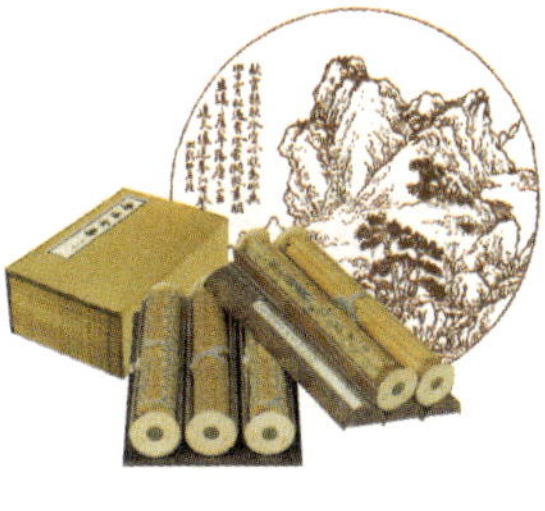

不读诗词，不足以知春秋历史；不读诗词，不足以品文化精粹；不读诗词，不足以感天地草木之灵；不读诗词，不足以见流彩华章之美。

人一生要读的古典诗词

明 道 主编

中国華僑出版社
·北京·

图书在版编目（CIP）数据

人一生要读的古典诗词 / 明道主编 . — 北京 : 中国华侨出版社 , 2013.6（2023.7 重印）

ISBN 978-7-5113-3740-5

I. ①人… Ⅱ . ①明… Ⅲ . ①古典诗歌—诗集—中国 Ⅳ . ① I222

中国版本图书馆 CIP 数据核字（2013）第 140178 号

人一生要读的古典诗词

主　　编：明　道
责任编辑：姜　婷
封面设计：冬　凡
文字编辑：李翠香
美术编辑：杨玉萍
经　　销：新华书店
开　　本：720mm × 1020mm　1/16开　印张：18　字数：458千字
印　　刷：三河市万龙印装有限公司
版　　次：2013 年 8 月第 1 版
印　　次：2023 年 7 月第 9 次印刷
书　　号：ISBN 978-7-5113-3740-5
定　　价：78.00 元

中国华侨出版社　北京市朝阳区西坝河东里 77 号楼底商 5 号　邮编：100028
发 行 部：（010）88893001　　传　　真：（010）62707370
网　　址：www.oveaschin.com　　E-mail：oveaschin@sina.com

如果发现印装质量问题，影响阅读，请与印刷厂联系调换。

前言

古人说，不读诗词，不足以知春秋历史；不读诗词，不足以品文化精粹；不读诗词，不足以感天地草木之灵；不读诗词，不足以见流彩华章之美。

中国是“诗歌的国度”，古典诗词是中国传统文化的奇葩，是我们民族文化遗产中极为珍贵的一部分。3000 多年前，我们的祖先就创作出了以“诗三百”为代表的优秀诗篇，此后每个历史时期，诗歌创作都结出了丰硕的成果，其中不少名篇佳句脍炙人口，传颂至今。它们早已融入我们的文化性格，启发着我们的心智，滋养着我们的心灵，丰富着我们的精神，陶冶着我们的人格，成为我们日常生活的一部分。

这是一本能让你花较少的时间读完最美的古典诗词的经典之作，为你达到“腹有诗书”的境界提供一扇方便之门。书中收录了数百首在思想上和艺术上极具成就的古诗词，有文学史上著名诗人和词人的代表作，有各类题材的作品精粹，有广泛社会影响的名篇佳句等，比较全面地反映了我国古典诗词的全貌，能有效地帮助你了解古代名诗名词的概貌和更深入地领悟古典诗词的意蕴。

《古诗源》是唐之前古诗最重要的选本，由清朝人沈德潜选编。“诗至有唐为极盛，然诗之盛，非诗之源也。……则唐诗者，宋、元之上流，而古诗又唐人之发源也。”（沈德潜）故而编选此书。《古诗源》选辑了先秦至隋各个时代的诗歌，也包括一些民歌谣谚。

《诗经》是我国古代第一部诗歌总集，是中国优秀传统文化中的核心经典之一。《诗经》不仅记录了我们民族的感情之源，还是我们的语言之源。现代汉语中的许多词汇、成语、典故、谚语、格言都是出自《诗经》。

以屈原为代表作家的《楚辞》的产生，开辟了中国文学史上继《诗经》以后的一个新时代。屈原是我国文学史上第一个伟大诗人，产生于长江流域的《楚辞》，开创了中国文学的浪漫主义先河，给后世文学以深远的影响。

从汉立到隋灭这漫长的 800 多年时间里，我国诗歌获得空前发展。如果说短诗是汉诗的锋芒，那么乐府就是汉诗的光辉。东汉末年的动乱时代，其中最具影响力的是《古诗十九首》。它抒写了乱世中人生的悲苦，它将叙事、写景和抒情熔于一炉，它的语言朴实自然而生动妥帖。一方面，《古诗十九首》是五言创作达到成熟的标志；另一方面，它是“建安文学”

的先声。

魏晋南北朝诗具有清劲的风骨、洒脱的精神、深刻的内涵、自然的审美，在中国诗歌史上具有承前启后的作用。

唐诗在中国文学史上占有举足轻重的地位，代表着我国诗歌的最高水平。王勃、李白、王维、杜甫、白居易、李商隐等诗坛巨匠以他们杰出的创作才华成就了唐诗最壮美的光彩，将唐诗推到前所未有的高度，并形成了流派纷呈、名家辈出的局面。

宋词是中国古代文学皇冠上光辉夺目的一颗明珠，又像一座芬芳绚丽的园圃。她以姹紫嫣红、千姿百态的风神，与唐诗并称双绝。

元曲是中华民族灿烂文化宝库中的一朵奇葩，它在思想内容和艺术成就上都体现了独有的特色，和唐诗、宋词鼎足并举，都代表一代文学之盛，成为我国文学史上三座重要的里程碑。

宋、元、明、清诗和元、明、清词都有很多传世之作，表现了不同时代的文学特点。

本书以中国文学史为纲，集合了历代诗词著名选本的精华，讲述了先秦、两汉、魏晋南北朝、唐五代、宋元明清各个时代的诗词艺术特点。为了帮助读者更好地理解原作，本书增设了相关辅助性栏目：作者介绍简单介绍了作者的生平和作品风格，使读者对作者有一个大体了解；注释部分除对难懂的词语进行注释外，还对全部难字进行了注音；译文力求忠于原作，使读者能直接了解原诗词的语言风格。此外，书中选配了众多契合诗意词意的图片，给读者带来视觉享受的同时，也扩大其想象空间。你需要做的只是跟随本书走入古典诗词美丽清新的世界，感受至美意境，体验诗情人生。

目录

古歌谣

诗　经

楚　辞

汉魏晋南北朝诗

唐　诗

唐宋词

元　曲

宋、元、明、清诗

元、明、清词

古歌谣

中国是诗的国度，我们的祖先从开始说话的那天起就开始了诗的歌唱。《毛诗序》说得好："诗者，志之所之也。在心为志，发言为诗。情动于中而形于言，言之不足故嗟叹之，嗟叹之不足故咏歌之。咏歌之不足，不知手之舞之，足之蹈之也。"诗歌本来就是人的情感的表达，当人类的语言还不足以充分表达人们心中的情感的时候，歌唱在表达人的情感方面也许比语言更为生动，也更为贴切，因为每一个字和着一个优美的音符和乐调，每一个音符和乐调里都包含着无尽的情意！今天我们看到的这些远古时代留存下来的歌谣，是先民们思想情感最真实的记录，这些歌谣足以让我们真切地感受到我们祖先的所思所感，所爱所恨，它们扣人心弦，让人有身临其境的感觉。

饭牛歌[①]

南山矸，白石烂[②]，生不逢尧与舜禅[③]。短布单衣适至骭[④]，从昏饭牛薄夜半[⑤]。长夜漫漫何时旦[⑥]？

【注释】

①饭：借为"贩"，贩卖。②矸（gàn）：山石白净的样子。烂：灿烂。以上两句以山石明丽灿烂，隐喻尧舜唯贤是用的盛世。③禅：尧以天下为公，把帝位传给有才德的舜，此所谓"禅让"。这与后世帝王将帝位传给子孙不同。"生不"句为宁戚感伤生不逢时。④骭（gàn）：小腿。宁戚生活穷困，衣不蔽膝。⑤薄：至。⑥"长夜"句：以长夜漫漫比拟自己怀才不遇，不知何时才能受到君主的重用。

【诗解】

相传此诗为春秋时宁戚所作。宁戚，春秋时卫国人，早年怀经世济民之才而不得志。他获悉齐桓公重人才，便决心投靠齐国，以便有一番作为。他不畏艰难来到临淄，自我推荐，击牛角高歌。这首歌表现了宁戚对尧舜盛世的向往以及空有壮志才能而无法施展的悲伤。宁戚最终得到齐桓公的重用，拜为大夫，后长期任齐国大司田，负责齐国的农业生产，帮助齐国迅速富裕起来，是齐桓公主要辅佐者之一。

楚狂歌

凤兮凤兮[①]，何德之衰？往者不可谏[②]，来者犹可追[③]。已而已而，今之从政者殆而[④]。

【注释】

①凤：比喻圣者孔子。②谏：匡正。③追：补救。④已：止，算了。殆：危险。

【诗解】

这首歌出自《论语·微子》，楚国的狂人接舆唱着歌经过孔子的车前，唱道："凤鸟啊，凤鸟啊，您的德行为什么这样衰微？过去的已经不能挽回，未来的还来得及改正。算了吧，算了吧，今天的从政人物也太危险了。"春秋时代礼崩乐坏，战争频繁，政治混乱。很多有学问的人看到时世太乱，难以挽救，便消极起来，采取了隐居避世的态度。楚国的狂人接舆就是其中的代表之一。他看到一心想要恢复周代礼乐典章制度的孔子，就以歌唱的方式规劝孔子不要知其不可为而为之。

越人歌

今夕何夕兮[①]，搴舟中流[②]？今日何日兮，得与王子同舟[③]？蒙羞被好兮[④]，不訾诟耻[⑤]。心几烦而不绝兮[⑥]，得知王子[⑦]。山有木兮木有枝，心说君兮君不知[⑧]！

【注释】

①夕：夜晚。《诗经·唐风·绸缪》："今夕何夕？见此良人。"②搴（qiān）舟：划船。中流：河中。③王子：指鄂君子皙。④蒙羞：感到害羞。被好：遇到相好。⑤不訾：不计量。诟：责骂。以上两句是说：只要能与王子相好，我就不在乎别人的责骂耻笑。⑥"心几"句：心中几多忧烦不绝如缕。⑦得知王子：能被王子相知。⑧说：通"悦"，喜欢、爱慕。

【诗解】

西汉刘向《说苑·善说篇》记载，楚王母弟鄂君子皙泛舟河中，乘青翰之舟，张翠盖，钟鼓齐鸣。摇船的是一位越地的姑娘，她趁乐声暂停，便怀抱双桨，用越语唱了这首歌谣，表达了她对鄂君子皙真挚的爱慕之情。歌词清新委婉，一唱三叹，是越女心曲的自然流露，优美动人。谐音双关的运用，尤显得含蓄蕴藉。

易水歌

风萧萧兮易水寒①，壮士一去兮不复还②！

【注释】

①萧萧：疾风声。②壮士：荆轲自称。

【诗解】

荆轲是卫国人，后来到燕国，受到燕太子丹的礼遇，被称为荆卿。荆轲为报太子丹的知遇之恩，于公元前227年入秦刺杀秦王。临行时，“太子及宾客知其事者，皆白衣冠以送之。至易水上，既祖，取道。高渐离击筑，荆轲和而歌，为变徵之声，士皆垂泪涕泣，又前如歌曰：‘风萧萧兮易水寒，壮士一去兮不复还！’复为慷慨羽声，士皆瞋目，发尽上指冠。于是荆轲就车而去，终已不顾”。全诗慷慨悲壮，秋风萧萧、易水清寒的自然景物烘托渲染了荆轲英勇赴难的侠士本色和视死如归的献身精神。

战斗之歌

同人于野①，同人于门②，同人于宗③。伏戎于莽④，升其高陵⑤，三岁不兴⑥。乘其墉⑦，弗克攻⑧。同人先号眺⑨，而后笑：大师克相遇⑩，同人于郊⑪。

【注释】

①同人于野：聚合族人于野外。同：聚合。②门：城门。③宗：宗庙。以上三句描写了聚合族人的三个阶段：由散居乡野的族人分别聚合，再集结于城门，最后集合于宗庙而受命于先祖。④伏戎于莽：把军队埋伏在草莽丛林之中。戎：军队。⑤升其高陵：登上高地，占据有利的形势。升：登。⑥三岁不兴：战斗相持数年。三岁：数年。兴：起。⑦乘其墉：登上那城墙。墉：城墙。⑧弗克攻：没有人能攻取。克：能。⑨同人先号眺：众将士起初啼哭，因为战斗不利。⑩大师克相遇：众军终能抵御敌人。遇：抵挡。⑪同人于郊：会师郊外。

【诗解】

出自《易经·同人》。这是一首战斗之歌。其叙事的清晰完整是令人惊异的：首先概略记叙了集结军队的三个阶段，然后着重描述了战争的过程。这首诗表现了战士们敢于抗击来犯之敌的勇气，歌颂了他们坚强不屈的斗争精神。句式整齐，音韵和谐，是《易经》中不可多得的表现战争题材的杰作。

诗 经

《诗经》原名为《诗》，或称《诗三百》。战国时期被列为儒家“六经”之一。及至汉武帝时，“罢黜百家，独尊儒术”，并设“五经”博士。于是《诗》被汉代儒者奉为经典，乃称《诗经》，并沿用至今。

《诗经》收集了311篇诗歌，其中6篇只有标题，没有内容，有标题和文辞的现存305篇。内容可分为两部分：一部分为贵族文人所作，作者大多无可考究；另一部分是由民间采集而来再经乐官加工整理的民歌，作者亦无从考究。内容包括周民族的史诗、颂歌、怨刺诗，以及婚恋诗、征役诗、爱国诗等，丰富多彩。

由于其丰富的内容、高度的现实性、思想和艺术上的高度成就，《诗经》在中国乃至世界文化史上都占有重要地位。它开创了中国诗歌之优秀传统，对后世文学产生了深远影响。

关 雎

关关雎鸠①，在河之洲。窈窕淑女②，君子好逑③。参差荇菜④，左右流之。窈窕淑女，寤寐求之⑤。求之不得，寤寐思服⑥。悠哉悠哉⑦，辗转反侧⑧。参差荇菜，左右采之。窈窕淑女，琴瑟友之。参差荇菜，左右芼之。窈窕淑女，钟鼓乐之。

【注释】

①关关：水鸟相互和答的鸣声。雎（jū）鸠（jiū）：水鸟名，即鱼鹰。相传这种鸟情意专一。②窈（yǎo）窕（tiǎo）：幽静美丽的样子。淑：好，善。③逑（qiú）：配偶。④参（cēn）差（cī）：长短不齐的样子。荇（xìng）菜：一种水生植物，可以采来作蔬菜吃。⑤寤（wù）：睡醒。寐（mèi）：睡着。⑥思服：思念。⑦悠哉：思虑深长的样子。哉：语气词，相当于“啊”“呀”。⑧辗转反侧：在床上翻来覆去睡不安稳。

【译文】

“关关关关……”相应和的一对雎鸠，栖宿在黄河的小洲上。娴静美丽的好姑娘，正是与君子相配的好对象。长短不齐的荇菜，时左时右地去采摘它。娴静美丽的好姑娘，君子日夜心思都在追求着她。追求她却不能得到她，翻来覆去想她——睡不着。那么深长的深长的思念啊，翻来覆去不能成眠。长短不齐的荇菜，时左时右地将它采摘。娴静美丽的好姑娘，必能琴瑟和鸣相亲相爱。长短不齐的荇菜，左右选择才去摘取。娴静美丽的好姑娘，钟鼓齐鸣地来取悦她。

桃 夭

桃之夭夭[①]，灼灼其华[②]。之子于归[③]，宜其室家[④]。桃之夭夭，有蕡其实。之子于归，宜其家室。桃之夭夭，其叶蓁蓁[⑤]。之子于归，宜其家人。

【注释】

①夭夭（yāo）：娇嫩而茂盛的样子。②灼灼（zhuó）：花朵开得火红鲜艳的样子。华：同“花”。③之：指示代词，这，这个。子：女子，姑娘。于：往。归：女子出嫁。后世就用“于归”指出嫁。④宜：和顺，使动用法，使……和顺。室家：家庭。以下“家室”“家人”同义。⑤蓁蓁（zhēn）：叶子茂密的样子。

【译文】

桃树多么繁茂，盛开着鲜花朵朵。这个姑娘出嫁了，她的家庭定会和顺美满。桃树多么繁茂，垂挂着果实累累。这个姑娘出嫁了，她的家庭定会和顺美满。桃树多么繁茂，桃叶儿郁郁葱葱。这个姑娘出嫁了，她的家庭定会和顺美满。

木 瓜

投我以木瓜[①]，报之以琼琚[②]。匪报也[③]，永以为好也。投我以木桃，报之以琼瑶[④]。匪报也，永以为好也。投我以木李，报之以琼玖[⑤]。匪报也，永以为好也。

【注释】

①投：抛，投赠。木瓜：一种落叶灌木。古代风俗，以瓜果之类为男女定情信物。②报：报答，回赠。琼（qióng）：美玉美石的通称。琚（jū）：佩玉。③匪：通“非”。④瑶：美玉。⑤玖（jiǔ）：黑色的玉。琼玖：泛指美玉。

【译文】

你送我一个木瓜，我回送你一枚佩玉。这不只是回赠，而是为了永远相好。你送我一个桃子，我回送你一块美石。这不只是回赠，而是为了永远相好。你送我一个李子，我回送你黑色美玉。这不只是回赠，而是为了永远相好。

子 衿

青青子衿[①]，悠悠我心[②]。纵我不往，子宁不嗣音[③]？青青子佩[④]，悠悠我思。纵我不往，子宁不来？挑兮达兮[⑤]，在城阙兮[⑥]。一日不见，如三月兮！

【注释】

①衿(jīn)：衣领。②悠悠：思念不已的样子。③宁：岂，难道。嗣(sì)：继续。音：音信。嗣音：即保持联系。④佩：指身上佩玉石的绶带。⑤挑：跳跃。达：放恣。⑥阙(què)：城门两边的高台。

【译文】

青青的是你衣领的颜色，悠悠思念的是我的心。即使我不去看你，你为何不捎个音信？青青的是你佩带的颜色，悠悠的是我的思念。即使我不去看你，你为何不来？走来走去，心神不宁，在城门边的高台里。只有一天没见面，好像隔了三个月！

蒹 葭

蒹葭苍苍①，白露为霜。所谓伊人②，在水一方③。溯洄从之④，道阻且长⑤。溯游从之⑥，宛在水中央⑦。蒹葭萋萋⑧，白露未晞⑨。所谓伊人，在水之湄⑩。溯洄从之，道阻且跻⑪。溯游从之，宛在水中坻⑫。蒹葭采采⑬，白露未已⑭。所谓伊人，在水之涘⑮。溯洄从之，道阻且右⑯。溯游从之，宛在水中沚⑰。

【注释】

①蒹(jiān)：又称荻，细长的水草。葭(jiā)：初生的芦苇。苍苍：芦苇入秋后，颜色深青，茂盛鲜明的样子。②谓：说。伊：指示代词，那，那个。③方：通“旁”，边，侧。④溯(sù)：逆着水流的方向行走。洄(huí)：弯曲盘旋的水道。从：追随，追寻，寻求。⑤阻：险阻，阻碍。⑥溯游：顺流而下。⑦宛：宛然，仿佛，好像。⑧萋萋：草长得茂盛的样子。⑨晞(xī)：干，晒干。⑩湄(méi)：水草交接的地方，水边，也即是岸边。⑪跻(jī)：地势高起。⑫坻(chí)：水中小沙洲。⑬采采：众多稠密的样子。⑭已：止。⑮涘(sì)：水边。⑯右：迂回，曲折。⑰沚(zhǐ)：水中小洲，小沙滩。

【译文】

细长的荻苇青苍苍，白露凝成冰霜。我思念的人啊，在水的那一边。逆着河道追寻她，道路崎岖而漫长。顺着流水追寻她，她好像在水的中央。细长的荻苇萋萋生，露水还没晒干。我思念的人啊，在河的岸边。逆着河道追寻她，道路崎岖而高险。顺着流水追寻她，她仿佛在水中沙洲上。细长的荻苇密密长，露水还没有消失。我思念的人啊，在河的水边。逆着河道追寻她，道路崎岖而曲折。顺着流水追寻她，她仿佛在水中沙滩上。

鹿 鸣

呦呦鹿鸣[1]，食野之苹[2]。我有嘉宾[3]，鼓瑟吹笙[4]。吹笙鼓簧[5]，承筐是将[6]。人之好我[7]，示我周行[8]。呦呦鹿鸣，食野之蒿[9]。我有嘉宾，德音孔昭[10]。视民不恌[11]，君子是则是效[12]。我有旨酒[13]，嘉宾式燕以敖[14]。呦呦鹿鸣，食野之芩[15]。我有嘉宾，鼓瑟鼓琴[16]。鼓瑟鼓琴，和乐且湛[17]。我有旨酒，以燕乐嘉宾之心。

【注释】

①呦呦（yōu）：鹿鸣叫的声音。②苹：草名，一说为蒿草，一说为马帚，即北方的扫帚菜。③嘉宾：贵宾、佳客。④瑟：古代弹拨乐器。笙（shēng）：古代的一种簧管乐器。⑤簧（huáng）：笙中之簧叶。鼓簧：指吹笙，鼓动簧叶而发声。⑥承：奉（"捧"之古体）。筐：指盛币帛之竹筐。承筐：指主人命奴仆捧出盛币帛的竹筐。将：送。⑦好（hào）：爱护。⑧示：指示。周行（háng）：大道，正道。⑨蒿（hāo）：青蒿。⑩德音：好品德，美名。孔：很。昭：明。孔昭：很显著。⑪视：古"示"字。恌（tiāo）：轻浮，不正派。不恌，指正派厚道。⑫君子：指有道德修养有学问的人。则：准则。效：效仿。⑬旨：美，甘。旨酒：美酒。⑭式：语助词。燕：同"宴"，宴会。敖：即"遨"，游乐，逍遥。⑮芩（qín）：草名，蒿草之类。⑯琴：古代弹拨乐器名。古人往往以"琴瑟"喻夫妇或友人情谊和谐。⑰湛（zhàn）：同"沈"，深。

【译文】

群鹿呦呦鸣叫，来吃田野青草。我有佳客贵宾来啊，弹瑟又吹笙。吹笙吹笙，鼓簧鼓簧，捧出盈筐币帛，来赠我那尊贵的客人啊！贵宾对我无限厚爱，教我道理最欢喜。群鹿呦呦鸣叫，来吃田野青蒿。我有佳客贵宾来啊，品德高尚有美名。示范人们不可轻佻，君子学习好典型。我有琼浆美酒，贵宾就请畅饮逍遥吧！群鹿呦呦鸣叫，来吃田野芩草。我有佳客贵宾来啊，弹瑟弹琴来助兴。弹瑟又弹琴，宾主和乐又尽兴。我有琼浆美酒，贵宾沉醉乐开怀。

采 薇

采薇采薇[1]，薇亦作止[2]。曰归曰归，岁亦莫止[3]。靡室靡家[4]，猃狁之故[5]。不遑启居[6]，猃狁之故。采薇采薇，薇亦柔止[7]。曰归曰归，心亦忧止。忧心烈烈[8]，载饥载渴[9]。我戍未定[10]，靡使归聘[11]。采薇采薇，薇亦刚止[12]。曰归曰归，岁亦阳止[13]。王事靡盬[14]，不遑启处[15]。忧心孔疚[16]，我行不来[17]！彼尔维何[18]？维常之华[19]。彼路斯何[20]？君子之车。戎车既驾[21]，四牡业业[22]。岂敢定居，一月

三捷[23]。驾彼四牡，四牡骙骙[24]。君子所依[25]，小人所腓[26]。四牡翼翼[27]，象弭鱼服[28]。岂不日戒，猃狁孔棘[29]。昔我往矣[30]，杨柳依依[31]。今我来思[32]，雨雪霏霏[33]。行道迟迟，载渴载饥。我心伤悲，莫知我哀！

【注释】

①薇：即野豌豆苗，可以食用。②作：初生。止：语气助词。③莫：古“暮”字。④靡：无。⑤猃(xiǎn)狁(yǔn)：我国北方的少数民族。西周时称猃狁，春秋时称北狄，战国以后称匈奴。⑥遑(huáng)：暇。启：跪坐。居：安坐。古人席地而坐，两膝着席，跪坐时腰板伸直，臀部跟足跟离开；安坐时臀部贴在足跟上。⑦柔：幼嫩。⑧烈烈：火势猛烈的样子，这里指忧心如焚。⑨载：又。⑩戍：戍守，指驻守的地方。⑪使：使者。聘：问候。归聘：带回问候家人的音信。⑫刚：粗硬，指薇菜将老，茎叶变粗变硬。⑬阳：阴历十月。⑭靡盬：没有止境。盬(gǔ)：停止。⑮启处：与上文“启居”同义。⑯孔：非常。疚：痛苦。⑰来：返回，归来。⑱尔：花盛开的样子。维何：是什么。⑲常：通“棠”，棠棣。华：古“花”字。⑳路：同“辂(lù)”，古代的一种大车。斯何：同“维何”。㉑戎车：兵车，战车。㉒牡：雄马。业业：高大健壮的样子。㉓捷：通“接”，即接战。㉔骙骙(kuí)：强壮的样子。㉕依：乘。㉖腓(féi)：蔽护，掩护。㉗翼翼：行列整齐的样子。㉘弭(mǐ)：弓的两头缚弦的地方。象弭：用象牙镶饰的弓。鱼服：用鱼皮做的箭袋。服：通“箙”，箭袋。㉙棘：同“急”。㉚昔：过去。㉛依依：柳条随风摇曳飘拂的样子。㉜思：语气助词。㉝雨(yù)：降落，散落。霏霏：大雪纷飞的样子。

【译文】

采薇菜呀采薇菜，薇菜新芽已长大。回家乡呀回家乡，已盼到年终岁尾。抛弃亲人离家园，只因匈奴来侵犯。跪不宁来坐不安，只因匈奴来侵犯。采薇菜呀采薇菜，薇菜柔嫩刚发芽。回家乡呀回家乡，心里忧愁多牵挂。忧心如同被火焚，又饥又渴真苦煞。防地调动难定下，无法给家人捎音信。采薇菜呀采薇菜，薇茎渐渐长硬。回家乡啊回家乡，又到十月“小阳春”。王室差事无休无止，想要休息没闲暇。心中充满忧愁伤痛，远征在外难归还。那绚丽耀眼的是什么？那是棠棣的花朵。高大的马车属于谁？那是将军的战车。驾起兵车要出战，四匹雄马矫健齐奔腾。边地怎敢图安居？一月要争几回胜。驾着那四匹雄马，雄马强壮又矫健，将军乘坐在车中，小兵掩护也靠它。四匹马步调一致，象牙弓配着鱼皮箭袋。哪有一天不戒备？匈奴实在太猖狂。回想我当初出征时，杨柳依依随风吹。如今回来路途中，雪花纷纷飘落下。我行路艰难慢慢走，又饥又渴真劳累。满心伤感满腔悲，却没有谁人知道我的哀痛。

式　微

式微式微[1]，胡不归[2]？微君之故[3]，胡为乎中露？式微式微，胡不归？微君之躬，胡为乎泥中？

【注释】

①式：发语词。微：天黑。②胡：为什么。③微：非，若非，要不是。君：这里指统治者。

【译文】

天色愈来愈黑，为什么还不回家？若不是为主子的事，怎么会身沾露水？天色愈来愈黑，为什么还不回家？若不是为了主子的贵体，怎么会在泥水中受苦？

静　女

静女其姝①，俟我于城隅②。爱而不见③，搔首踟蹰④。静女其娈⑤，贻我彤管⑥。彤管有炜⑦，说怿女美⑧。自牧归荑⑨，洵美且异⑩。匪女之为美，美人之贻。

【注释】

①静女：同“淑女”，文静娴雅的女子。姝（shū）：美丽，美好。②俟（sì）：等候，等待。隅（yú）：角落。③爱：躲藏，隐藏。④搔首：用手挠头。踟（chí）蹰（chú）：来回走动，走来走去。⑤娈（luán）：美丽，漂亮。⑥贻（yí）：赠送。彤（tóng）：红色。彤管：象征一片赤心和火样的热情。⑦有：助词。炜：红色鲜明，有光泽的样子。⑧说：同“悦”。怿（yì）：喜。说怿：喜爱。女：同“汝”，你。⑨牧：牧场，郊外。归（kuì）：通“馈”，赠送。荑（tí）：草名，白茅。古代常以白茅来象征婚媾。以白茅相赠，是一种求爱的表示。⑩洵：确实，真的。异：奇异。

【译文】

文静的姑娘多么美丽，约我等候在城门角。故意藏起来不让我看见，急得我挠头又徘徊。文静的姑娘多么漂亮，送给我一个红管。红管亮闪闪，我真喜欢它的美丽。从郊外回来送给我白茅，白茅实在美得出奇。并不是茅草有多好看，只因为是美人送的。

相　鼠

相鼠有皮①，人而无仪。人而无仪，不死何为？相鼠有齿，人而无止②。人而无止，不死何俟③？相鼠有体，人而无礼！人而无礼，胡不遄死④！

【注释】

①相（xiàng）：看，瞧。②止：容止。言行适当，有所节制。或借作“耻”。③俟：等待。④遄（chuán）：速，快，立即。

【译文】

看那老鼠都有皮，人却不懂礼仪。人既不懂礼仪，活着还有什么意义？看那老鼠都有牙齿，人却不知廉耻。人既不懂廉耻，不死还待何时？看那老鼠都有肢体，人却不懂守礼。人既不懂守礼，为什么还不赶快死？

氓

氓之蚩蚩[1]，抱布贸丝[2]。匪来贸丝[3]，来即我谋[4]。送子涉淇，至于顿丘[5]。匪我愆期[6]，子无良媒。将子无怒，秋以为期。乘彼垝垣[7]，以望复关[8]。不见复关[9]，泣涕涟涟。既见复关，载笑载言[10]。尔卜尔筮，体无咎言[11]。以尔车来，以我贿迁[12]。桑之未落，其叶沃若[13]。于嗟鸠兮[14]，无食桑葚[15]。于嗟女兮，无与士耽[16]！士之耽兮，犹可说也[17]；女之耽兮，不可说也！桑之落矣，其黄而陨。自我徂尔[18]，三岁食贫[19]。淇水汤汤[20]，渐车帷裳[21]。女也不爽，士贰其行[22]。士也罔极[23]，二三其德[24]！三岁为妇，靡室劳矣[25]。夙兴夜寐[26]，靡有朝矣[27]。言既遂矣，至于暴矣。兄弟不知，咥其笑矣[28]。静言思之，躬自悼矣。及尔偕老，老使我怨。淇则有岸，隰则有泮[29]。总角之宴[30]，言笑晏晏[31]。信誓旦旦[32]，不思其反[33]。反是不思[34]，亦已焉哉[35]！

【注释】

①氓（méng）：民，人。诗中男子的代称。蚩蚩（chī）：憨厚的样子。或同“嗤嗤”，笑嘻嘻的样子。②布：古货币名。贸：买，交易。一说“布”作“布匹”。以布匹换取丝，是以物换物。③匪：同“非”，不是。④即：就。即我：接近我，靠近我。谋：商量（婚事）。⑤顿丘：卫国地名，今河南清丰县西南。⑥愆（qiān）：拖延，耽误。愆期：约期而失信。⑦乘：登上。垝（guǐ）：毁坏，倒塌。垣（yuán）：墙。⑧复关：地名，氓所居住的地方。⑨复关：此代指氓。⑩载：语气助词。载笑载言：又说又笑。⑪体：卦象，即卜筮的结果。咎言：凶辞，不吉利的话。⑫贿：财物，指嫁妆。⑬其：代词，代指桑。沃若：润泽、茂盛的样子。⑭鸠：斑鸠，传说它吃多了桑果就会迷醉。⑮桑葚（shèn）：桑果。⑯士：男子。耽（dān）：迷恋，沉湎。⑰说：通“脱”，解脱，摆脱。⑱徂（cú）：往，到。徂尔：嫁给你。⑲三岁：多年，非确数。食贫：过受穷吃苦的生活。⑳汤汤（shāng）：水势很大的样子。㉑渐：浸湿。帷裳：车上的帷帐。写女子被弃后，渡淇水回去的情形。㉒爽：过错。贰：有二心，不专一。㉓罔：无。极：准则。罔极：没有准则，行为不端。㉔二三其德：三心二意。㉕靡：不，没有。室：家中。劳：家务辛苦。㉖夙：早，指黎明前。兴：起，起床。㉗靡有朝：不止一天，天天如此。㉘咥（xì）：嬉笑的样子，带有讥讽的意味。㉙隰（xí）：低湿的地方。泮（pàn）：岸边。㉚总角：古人未成年时将头发梳成两个发髻，如头顶两角。宴：欢乐。㉛晏晏：相处和悦融洽的样子。㉜信誓：诚挚的誓言。旦旦：诚恳、忠实的样子。㉝反：变心，背叛。㉞是：这，指信誓。㉟已：止，罢了。焉哉：双重感叹词，表示感叹不已的语气，显示出女子的决绝。

【译文】

农家小伙笑嘻嘻，抱着布来换我的蚕丝。不是有心换丝，借机找我商量婚事。送他过淇水，送到顿丘才告辞。不是我拖延婚期，是你没有找个好媒人。请你不要生我气，约定秋天作为婚期。登上那破败的墙垣，眺望我思念的复关。不见我的复关，伤心泪儿涟涟。见到我的复关，又笑又说心欢畅。你去占卦问卜，卦象没有不吉的话。驾着你的车来，搬迁我的嫁妆。桑树叶儿未落，桑叶又嫩又润。唉，斑鸠，别贪吃那桑葚。唉，女人，不可与男人迷恋。男人迷恋，还可以解脱。女人迷恋，就无法自拔。桑树叶儿落下，枯黄憔悴任飘零。自从我嫁到你家，多年来吃苦受穷。淇河水奔流荡荡，浸湿了车上的帷帐。我做妻子并没有过错，男人你却反复无常。男人变化无常性，三心二意坏德行。做你妻子多年，家务辛劳没有什么不干。早起晚睡，天天如此，家里的活儿干也干不完。家业有成已安定，就变得粗暴无礼。兄弟们不知真相，嘻嘻讥笑再加嘲讪。静静细想，独自伤心悲叹。曾经发誓，与你白头到老，这样的偕老使我怨恨。淇水虽宽有堤岸，沼泽虽阔有边涯。回想年少未嫁时，你说我笑温雅无间。誓言说得响亮，却不料如今翻脸变冤家。违背的誓言不愿再想，从今与你一刀两断！

玄　鸟

天命玄鸟①，降而生商，宅殷土芒芒②。古帝命武汤③，正域彼四方④。方命厥后⑤，奄有九有⑥。商之先后，受命不殆⑦，在武丁孙子。武丁孙子，武王靡无胜。龙旂十乘⑧，大糦是承⑨。邦畿千里⑩，维民所止⑪，肇域彼四海⑫。四海来假⑬，来假祁祁⑭。景员维河⑮。殷受命咸宜，百禄是何⑯！

【注释】

①玄鸟：燕子。②宅：居。芒芒：广大。③古帝：指天帝。④正：治理。域：封疆。⑤方：古通“旁”，广，普遍。⑥奄有：尽有。九有：即九州。⑦殆：通“怠”，懈怠。⑧十乘：此指兵车十辆。⑨糦：指酒食，祭祀用的供品。⑩邦畿：指封畿。⑪止：居住。⑫肇：开始。⑬假：至，来朝。⑭祁祁：众多貌。⑮景：大。员：周围。维：围绕。⑯何：通“荷”，承受。

【译文】

上天命令神燕，降生下了契来做商王，住在殷这块广大的土地之上。古时候天帝命成汤治理天下，征服四方。遍告天下诸侯，商朝全部拥有九州之广。商的先王接受了天命勤政不怠，武丁子孙继承大业保兴旺。成汤更是好君主，十辆马车龙旗扬，酒食丰盛祭先祖。上千里辽阔的国土啊，是人民安居乐业的好地方。封疆达四海，四海诸侯络绎不绝朝见忙。高高的山原萦绕着黄河，殷商受之于天命万事吉祥，繁荣富强永无疆。

楚辞

楚辞的本义是指战国时期“书楚语，作楚声，纪楚物”的楚地歌词。“楚辞”这一诗体产生于战国时代末期，由屈原开创。当时，在江汉流域的楚国山川秀丽，物产丰富，巫风盛行；中原地区百家争鸣，散文流行，传统的和具有时代特色的文化相互交融发展，这一切都为楚辞的诞生和发展奠定了物质和文化基础。西汉末年，许多“楚辞”作品就被刘向编纂为一部总集——《楚辞》。

《楚辞》是浪漫主义的代表作，在中国诗歌史上占有重要的地位。它的出现打破了《诗经》以后两三个世纪的沉寂，在诗坛上大放光彩。它与《诗经》开创了我国古代诗歌现实主义与浪漫主义融汇发展的优秀传统，是我国诗歌史上最早出现的两朵奇葩。后人也因此将《诗经》与《楚辞》并称为“风”“骚”。

离骚

【原文】

帝高阳之苗裔兮①，朕皇考曰伯庸②。摄提贞于孟陬兮③，惟庚寅吾以降④。皇览揆余于初度兮⑤，肇锡余以嘉名⑥：名余曰正则兮，字余曰灵均⑦。

【注释】

①帝，先秦的“帝”字，直至战国中期，都只指神界主宰者，夏以后的人间君主称“后”称“王”而不称“帝”。古氏族为了美化自己的世系，都要托祖于天神天帝，自称是某“帝”某“神”的后裔。高阳：即颛顼帝的别号。屈原之所以自托为其子孙，是因为颛顼的后代熊绎是周成王的大臣，受封于楚国，及至春秋楚武王熊通生子名瑕，后封于屈地，改姓屈，屈原就是他的后代。苗裔：后代的子孙。兮：文言助词，表示语气，相当于现在的“啊”。②朕（zhèn）：“我”的意思，也就是先秦时古人的自称。据《史记·秦始皇本纪》，秦始皇二十六年起，才诏定为帝王自称。皇：光大，美，是古代常用于神圣人、物的赞颂状词。考：指已经死去的父亲或祖先。皇考：就是对已经死去的父亲（或祖先）的美称。伯庸：“皇考”的表字。从《离骚》的艺术特点看来，应该是化名，例同下文的“正则”“灵均”。③摄提：“摄提格”的简称。古人把天宫划为子、丑、寅、卯、辰、巳、午、未、申、酉、戌、亥十二等分，称为十二宫。以岁星（木星）在天空转运所指向的方位来纪年。当岁星指向寅宫那一年，就叫摄提格，即寅年的别名。贞：正。孟：开端。陬（zōu）：夏历正月的别名。正月是一年的开端，故称“孟陬”。夏历正月是寅月。《楚辞》都用夏历。④惟：文言助词，常用于句首。庚寅：纪日的干支。寅年寅月寅日，古人认为是难得的吉日。吾：是作者在长诗中创造的神话式的艺术形象，不等于屈原本人。降：从天降临，与下文“百神翳其备降兮”的“降”意义相同。⑤皇：从王逸以来，都认为是“皇考”的简称。先秦文献中的单个“皇”字，用作名词，指天与古之帝王。王逸释“皇考”为亡父，又说它简称为“皇”，这不符合当时的语言习惯。刘向《九叹·愍命篇》把《离骚》的“皇考”理解为楚先王，相当于《诗经》颂诗里的“皇祖”“皇王”，这样的“皇考”才可以简称为“皇”。览：观察。揆：揣度，衡量。览揆：就是研究的意思。初：开始。度：作名词解，气宇，气度。初度：就是初生时的气度。⑥肇：

有“开端、起始”的意思，但此处另作他解。刘向在《九叹·灵怀篇》中有“兆出名曰正则兮，卦发字曰灵均”之句，闻一多在《离骚解诂》中认为“肇”是“兆”的借字，“肇”“兆”古通，因此“肇”在这里取意为卜兆算卦。锡：借作“赐”，赐给。嘉：善。嘉名：就是美名，包括下文的“名”与“字”。古代贵族子弟要在祖庙行冠礼时才取字。行冠礼的年龄一般在二十岁左右，这表示正式加入统治集团，担负起国家大任。⑦“名余”二句：这是在向人阐述我的名和字。正则：公正而有法则。灵均：灵善而均调。关于“正则”和“灵均”是否是屈原的名和字，至今众说纷纭，笔者认为，无论如何，“正则”“灵均”都是美名。

【译文】

我是帝高阳的后裔，我的父亲名叫伯庸。在太岁寅年的正月，庚寅之日我降生。先父看到我初降时的气度，卜兆赐给我美名。我的名叫正则，我的字叫灵均。

【原文】

纷吾既有此内美兮①，又重之以修能②。扈江离与辟芷兮，纫秋兰以为佩③。汩余若将不及兮④，恐年岁之不吾与⑤。朝搴阰之木兰兮，夕揽洲之宿莽⑥。日月忽其不淹兮⑦，春与秋其代序⑧。惟草木之零落兮⑨，恐美人之迟暮⑩。不抚壮而弃秽兮⑪，何不改乎此度？乘骐骥以驰骋兮⑫，来吾道夫先路⑬！

【注释】

①纷：盛貌。《楚辞》句例，往往以一个字或三个字的形容词置于句首。内美：内在的本质的美，这里指前八句所美化的世系、生辰、“初度”、名字。②重（chóng）：加上。修：修饰。能：古通“态”，这里有“才能”的意思。屈赋经常以修饰容态比喻锻炼品德。③“扈江离”二句：扈（hù）：披在身上，楚地方言。江离：一种香草名，生在江中。芷：香草名，即白芷。辟：同“僻”，幽也。辟芷：幽香的芷草。纫：作动词，穿连。秋兰：香草名，秋季开花，花呈淡紫色。佩：这里作名词，指佩带在身上的饰物。这两句所描绘的“修能”，与《九歌》中的少司命、山鬼诸神一样，显然不是屈原的实际形象。④汩：水流急速的样子。⑤不吾与：不与吾，不等待我。与：等待。⑥搴（qiǎn）：拔取，楚方言。阰（pí）：大的山坡，楚方言。木兰：香树名，辛夷的一种。揽：采。宿莽：一种经冬不死的香草。无论时间流逝多快，木兰都去皮不死，宿莽仍经冬不枯，暗喻自己在勤奋的锻炼中养成了清雅素洁的坚强个性。⑦淹：停留。⑧代序：轮换。序：古通“谢”。代序：即代谢。⑨惟：想。⑩美人：怀王。《离骚》里的美人都是“吾”思念、追求的对象，这是一个复杂巧妙的比喻。⑪今本句前有“不”字，宋洪兴祖《楚辞补注》说，他所见的《文选》古本没有。抚：据。壮，盛也。⑫骐骥：骏马，比喻有才能的人。⑬夫（fú）：语气助词。本篇除最后的“仆夫悲余马怀兮”的“夫”属实词外，其余都是语气助词。

【译文】

我既有许多内在的美德，又兼具外在的才能。身披幽香的江离和白芷，带着秋兰穿连的佩饰。时光如流水我怕追不上，岁月恐怕也不等我；朝霞中攀折山上的木兰，夕阳下采撷水洲的宿莽。日月匆匆一刻不停，春秋更替永无止息；想到草木的凋零陨落，害怕怀王霜染两鬓。为何不趁壮年摒弃污秽，为何不改变这样的态度？乘上骐骥去驰骋，我来为你引路。

【原文】

昔三后之纯粹兮①，固众芳之所在②；杂申椒与菌桂兮③，岂维纫夫蕙茝④？彼尧舜之耿介兮⑤，既遵道而得路；何桀纣之猖披兮⑥，夫唯捷径以窘步！惟夫党人之偷乐兮⑦，路幽昧以险隘；岂余身之惮殃兮⑧，恐皇舆之败绩⑨！忽奔走以

先后兮，及前王之踵武[10]；荃不察余之中情兮[11]，反信谗而齌怒[12]。余固知謇謇之为患兮[13]，忍而不能舍也；指九天以为正兮[14]，夫唯灵修之故也[15]！初既与余成言兮[16]，后悔遁而有他[17]；余既不难夫离别兮，伤灵修之数化[18]。

【注释】

①后：君王。昔三后：指老童、祝融、鬻熊。纯粹：丝无杂质称纯，米无杂质称粹；比喻古三王的德行美好。②固：本来。众芳：喻群贤。在：聚集。因为君王贤德，所以众多有才能的人才愿意聚集到他们身边。③申：这里是重叠的意思，形容茂盛。椒：花椒，一种灌木，所结的果子有香气。菌桂：应作"箘(jùn)桂"，即肉桂，一种香木。④维：唯，只有。蕙：兰草的一种，又名薰草。茝(chǎi)：白芷。⑤耿：光明。介：正直。⑥猖披：衣不束带、散乱不整的样子。⑦党人：指朝廷里结党营私的群小。先秦的"党"字多指朋比为奸的结合，故孔子说"君子群而不党"，和后来的含义不同。⑧惮：畏惧，害怕。⑨皇舆：君王的乘车，这里比喻楚国。败绩：本指军队溃败，此指车驾倾覆，喻国家灭亡。⑩踵：脚后跟。武：足迹。⑪荃：香草名，此处隐喻怀王。⑫齌(jì)怒：怒火中烧。"齌"本义指用猛火烧饭。⑬謇謇(jiǎn)：直谏忠言的样子。⑭九天：苍天，古说天有九层。正：通"证"，意思是指天为证。⑮灵修：作品中塑造的以怀王为原型的另一个艺术形象，寄望他德行兼备，使国家长盛不衰。灵：神。修：美。⑯通行本在这句前面，还有"曰黄昏以为期兮，羌中道而改路"两句，现已公认是衍文，故删去。成言：成约。⑰悔遁：变心。他：别的主意。这里是说秦相张仪游说楚怀王，以商于六百里之地劝他与齐断交，后来怀王信以为真之事。⑱数化：屡次变化。

【译文】

古代三王品德纯粹，群贤都围绕在他们周围。花椒丛和菌桂树杂糅相间，岂止是串连蕙草和白芷？那尧舜是多么耿直光明，遵循正道走正路。桀与纣衣不束带，只因贪图捷径难以前行。那些小人偷安享乐，国家的前途黑暗险阻。岂是我害怕自身遭殃，只怕王车将要毁坏。急匆匆前后奔走，想让你赶上先王的脚步；你不体察我的衷情，反而听信谗言对我发怒。明知忠言会招来祸患，想隐忍却难以舍割；遥指苍天为我作证，全都是为灵修的缘故。当初你与我盟誓，后来竟然反悔另有他想；我倒不难过与你分别，伤心的是灵修的变化无常。

【原文】

余既滋兰之九畹兮[1]，又树蕙之百亩。畦留夷与揭车兮[2]，杂杜衡与芳芷[3]。冀枝叶之峻茂兮[4]，愿竢时乎吾将刈[5]；虽萎绝其亦何伤兮[6]，哀众芳之芜秽[7]！

【注释】

①滋：培植。九畹：九是虚数，表示多（下文"九死"同此）。畹有十二亩、二十亩、三十亩几种说法。②畦(qí)：田垄，此作动词用，一行行地种植。留夷：即芍药。揭车：亦香草名。留夷和揭车都是楚地所产香草。③杂：套种。杜衡：即马蹄香。香草象征贤才。以上四句用栽植香草比喻培养英才。④冀：希望。峻：高大。⑤竢：同"俟"，等待。刈(yì)：收割。⑥萎绝：指草木的自然老化、死亡。⑦芜秽：指中途变质，即篇末

“兰芷变而不芳兮，荃蕙化而为茅”之意。

【译文】

我已培植九畹芝兰，又种下百亩惠草。分垄栽培留夷和揭车，其中间杂杜衡和芳芷。希望枝叶繁茂，到时候我就收割；即便枯萎凋谢也不悲伤，只哀伤众芳草的中途芜秽变质。

【原文】

众皆竞进以贪婪兮①，冯不厌乎求索②；羌内恕己以量人兮③，各兴心而嫉妒④。忽驰骛以追逐兮⑤，非余心之所急；老冉冉其将至兮⑥，恐修名之不立⑦。朝饮木兰之坠露兮，夕餐秋菊之落英⑧。苟余情其信姱以练要兮⑨，长颇颔亦何伤⑩！揽木根以结茝兮⑪，贯薜荔之落蕊⑫；矫菌桂以纫蕙兮⑬，索胡绳之纚纚⑭。謇吾法夫前修兮⑮，非世俗之所服⑯；虽不周于今之人兮，愿依彭咸之遗则⑰！

【注释】

①竞进：争着向上爬。贪婪：贪得无厌，不知满足。②冯不厌：指贪得无厌。冯：通“凭”，楚方言“满”的意思。厌：满足。③羌：发语词，楚方言。恕：揣度。④兴心：生心，打主意。⑤驰骛：奔走。⑥冉冉：渐渐。⑦修：本义是长，古人以长为美，此处为“美”义。⑧落：始也。英：花的别名。落英：初生的花，即蓓蕾。早晨喝木兰花上坠落的露滴，晚上以秋菊初生的花为食，饮露餐英是比喻修炼品德，使自己人格高洁。木兰春天开花，菊花秋天始荣，这两句意同上文“朝搴阰之木兰兮，夕揽洲之宿莽”，也是以朝夕喻岁时。是说一年到头，无时无刻都在坚持修洁。⑨苟：只要。信：确实。姱：美好。练要：精要，是说操守纯粹。⑩长：长期。颇（kǎn）颔（hàn）：面貌憔悴黄瘦。这四句意承上节，众人因追求名利而自得，我却因追求仁义高洁为志向。⑪木根：此指木兰的根。⑫薜荔：香草名，蔓生灌木，亦称木莲。落蕊：初开的花。蕊：花心。⑬矫：举。菌桂：应作箘桂，这里指箘桂的嫩枝。⑭索：绳索，作动词，搓绳。胡绳：一种蔓生的香草。纚纚（xǐ）：长而下垂，整齐美观的样子。以上四句就是篇首所说的“修能”，是“吾”的神话形象的重要部分。⑮謇（jiǎn）：发语词，楚方言。法：效法。前修：前代的圣人。⑯服：佩，用。⑰彭咸：关于彭咸是谁有很多种说法，有说是“殷贤大夫”，也有说是彭祖祝融，即太阳神，但现在也没有确凿的证据。唯一可以肯定的是，彭咸应该是诗人心中的另一个美好化身，他包含了作者对德行深厚的理想人物的憧憬和赞美之情。

【译文】

众人都贪婪成性，个个贪得无厌欲壑难填；用自己的私心猜量他人，钩心斗角互相嫉妒。急速奔驰追逐私利，不是我心中之所急；衰老慢慢地将要来到，怕美名还不能建立。清晨饮木兰滴下的露水，傍晚吃秋菊的花瓣；只求我情操确实美好，长期饥饿也不悲伤。用木兰的根须串连白芷，再串薜荔的花蕊；用菌桂的嫩枝串连蕙草，把胡绳揉搓得又长又美。我效法前贤的模样，不是世俗之人所能够做到的；虽然不合于今人的趣味，只愿依从彭咸的风范。

【原文】

长太息以掩涕兮①，哀民生之多艰②；余虽好修姱以鞿羁兮③，謇朝谇而夕替④。既替余以蕙纕兮⑤，又申之以揽茝⑥。亦余心之所善兮⑦，虽九死其犹未悔。怨灵修之浩荡兮⑧，终不察夫民心。众女嫉余之蛾眉兮⑨，谣诼谓余以善淫⑩。固时俗之工巧兮，偭规矩而改错⑪；背绳墨以追曲兮⑫，竞周容以为度⑬。忳郁邑余侘傺兮⑭，吾独穷困乎此时也；宁溘死以流亡兮⑮，余不忍为此态也！鸷鸟之不群兮⑯，自前世而固然⑰；何方圆之能周兮，夫孰异道而相安！屈心而抑志兮，忍尤而攘诟⑱；伏

清白以死直兮[19]，固前圣之所厚[20]。

【注释】

①太息：叹息。掩涕：掩面流泪。②民生：人生。先秦的“民”字，含义多有不同，一为百姓，一为自指，一为同列的小人。一般认为，这里的“民”既是诗人自伤之词，也是哀百姓生活多艰。这是诗人悲天悯人的济世情怀的体现。③虽（雖）：同“唯”，只。好（hào）：爱好。修：修饰。姱：美貌。鞿：马缰绳。羁（jī）：马笼头。鞿羁：束缚，牵累的意思。④謇：发语词。谇（suì）：原义是劝谏。但与上下文意不相属，郭沫若在《屈原赋今译》中曾说“作为卒字解，言卒业也”，即完成的意思。替：废弃。⑤纕（xiāng）：佩的带子。⑥申：再次。⑦亦：语助词，在这里有转折的语气。善：爱好。⑧浩荡：原义水大貌，这里意同荒唐，没有准则。⑨众女：喻上文“众”“党人”，是说包围在怀王身边的一群悭吝小人。蛾眉：美貌，比喻美德。⑩谣诼（zhuó）：造谣诽谤，楚方言。⑪偭（miǎn）：违背。规：制圆形的工具。矩：制方形的工具。规矩：在这里比喻法度。错：同“措”，措施。⑫绳墨：木匠画直线用的墨线，喻法度。“规”“矩”“绳墨”都是匠人用的工具。⑬周容：就圆随方，苟合取容。⑭忳（tún）：忧郁，烦闷的样子。侘（chà）傺（chì）：心情不定、失意的样子，楚方言。⑮溘（kè）：突然。溘死：暴死。流亡：指暴死野外，尸体不得收殓，而随水漂泊。⑯鸷（zhì）鸟：鹰类的鸟，猛禽。⑰固然：本来就是如此。⑱尤：罪罚。攘：本义是取。诟：侮辱。忍尤攘诟：就是承受各种罪责侮辱。⑲伏：同“服”，保持。⑳厚：动词，看重。

【译文】

长声叹息眼泪擦不干，哀伤人民生活的艰难；我爱好修饰而受到牵累，早晨刚进谏晚上就被废弃。毁坏了我蕙草作的佩带，又申斥我拿的芳芷。这些都是我的爱好，纵然九死也不后悔。怨恨灵修昏聩荒唐，终究不能体察我的衷肠；众女流嫉妒我的美貌，造谣中伤我是生性淫荡。世俗之人本来就工于取巧，违背规矩而改变措施；背弃绳墨而追随邪曲，竞相苟且取容以为法度。我忧郁苦闷惆怅失意，独自穷困窘迫在这样的时代；我宁愿暴死于野外，也不忍仿效这种丑态。雄鹰的不合群，自古以来就这样；方榫圆孔如何能吻合，异路人哪会相安？委屈心情压抑志向，隐忍罪责承担侮辱；坚守清白而死的正直，这本为前圣所称道。

【原文】

悔相道之不察兮[1]，延伫乎吾将反[2]；回朕车以复路兮，及行迷之未远。步余马于兰皋兮[3]，驰椒丘且焉止息[4]；进不入以离尤兮[5]，退将复修吾初服[6]。制芰荷以为衣兮，集芙蓉以为裳[7]；不吾知其亦已兮，苟余情其信芳！高余冠之岌岌兮[8]，长余佩之陆离[9]；芳与泽其杂糅兮，唯昭质其犹未亏[10]。忽反顾以游目兮[11]，将往观乎四荒[12]；佩缤纷其繁饰兮，芳菲菲其弥章[13]。民生各有所乐兮[14]，余独好修以为常[15]；虽体解吾犹未变兮[16]，岂余心之可惩[17]！

【注释】

①相：观察选择。察：仔细看清楚。②延：长久。一说延颈而望。伫：站立。延伫：长久站立。反：同“返”。③步马：解开车驾，让马散步。兰皋：长有兰草的水边。皋：水边。④椒丘：有椒树的山丘。且：暂且，姑且。焉：在这儿。⑤进：进仕。离：借作“罹”（lí），遭遇。尤：罪祸。这是说既然进仕郁郁不得志，倒不如退隐以洁一身。⑥初服：芳洁的服饰，这里比喻美好的品德。⑦芰（jì）：菱。芰荷：荷叶，楚方言。芙蓉：荷花。衣、裳：古代分别指上衣，下服，以叶为衣，以花为裳。⑧高：用作动词，加高。岌岌（jí）：本是山高的样子，这里与高叠用，形容很高。⑨长：用作动词，加长。陆离：很长的样子。⑩泽：旧说是“润泽”，与“芳”义近。但从上下文看来，应该是芳的反面，即污浊。糅（róu）：混在一起。芳泽杂糅是说芳香与污浊混杂在一起，比喻“吾”曾与“众女”“党人”共处。昭质，清白的本质。昭，明。这两句是出污泥而不染的意思，我虽与一些奸邪小人共处于朝廷之中，但我决不会同流合污。⑪游：放纵。游目：远眺，放眼纵观。⑫四荒：四方荒远之处。荒：远。⑬菲菲：花草香气浓郁。弥：更加。章：同“彰”，显著。⑭民生：人生。⑮好修：爱好“修能”。常：习惯的意思，本作“恒”，与下文“惩”字叶韵，后因汉文帝叫刘恒，汉人为避讳而改。⑯体解：即肢解，古代一种酷刑，把人的四肢砍掉。⑰惩：戒惧而悔恨。

【译文】

悔恨选择道路不曾细察，踌躇不前我将要返回；掉转我的车走回原路，趁走入迷途还不太远。我的马徐行在兰草边，奔到椒山暂且休息；不前去遭遇罪祸，隐退去重新修我当年衣。缝制芰荷作上衣，采集芙蓉为下裳；没人欣赏我也没有关系，只要我的内心确实芳香。把我的冠冕做得更高，把我的佩带结得更长；芬芳与污泥虽然杂糅，它的光彩质地却未受损伤。蓦然回首张望，我将远观四方；佩带缤纷装饰锦簇，芬芳格外馥郁幽香。人们天生各有自己的喜乐，我独好修洁并习以为常；纵然肢解我也不会改变，难道我的心可以惩戒?

【原文】

女媭之婵媛兮①，申申其詈予②；曰：“鲧婞直以亡身兮③，终然夭乎羽之野④。汝何博謇而好修兮⑤。纷独有此姱节⑥？薋菉葹以盈室兮⑦，判独离而不服⑧。众不可户说兮，孰云察余之中情⑨？世并举而好朋兮⑩，夫何茕独而不予听⑪？”

【注释】

①女媭（xū）：一说是屈原的姐姐，一说是屈原的妹妹，都没有确实的证据，此处译为女伴即可，她是现实生活中对屈原既同情又缺乏理解的一类人物的艺术化身。婵（chán）媛（yuán）：关心爱切而显得婉转痛恻的样子。②申申：重叠不休，一遍又一遍。詈（lì）：责备。③鲧（gǔn）：传说中禹的父亲。婞（xìng）直：刚直。亡身：忘我。亡同“忘”。婞直亡身是说持正而不顾自身。④夭：死于非命。羽：山名。传说鲧被杀于羽山。⑤博：多。謇：直言。博謇：过于忠贞，爱说直话。⑥姱（kuā）：美好。节：节操。朱骏声《离骚补注》认为是“饰”字之误。饰指服饰，《离骚》以服饰喻节操。⑦薋（cí）：作动词，草堆积起来的意思。菉（lù）：即王刍，草类的一种。葹（shī）：即苔耳。菉葹都是恶草，比喻奸邪小人。⑧判：区别开来。服：佩带。⑨孰：谁。云：语助词。余：指“咱们”。⑩并举：互相抬举。好朋：喜欢结党营私。⑪茕（qióng）独：原义是无兄弟称茕，无子称独。

【译文】

女媭对我那么关切，再三地把我责备；她说：“鲧刚直而忘身，结果死于羽山的原野。你何必直言好修洁，独自赋有这美好的节操?屋子里堆积着野花杂草，偏你与众不同不愿佩带。不能逐户去解说，有谁会体察咱们的真情；世人相互吹捧好结党朋，你为啥孤傲不听我的话。”

【原文】

依前圣以节中兮[①]，喟凭心而历兹[②]；济沅湘以南征兮[③]，就重华而陈词[④]；启《九辩》与《九歌》兮[⑤]，夏康娱以自纵[⑥]；不顾难以图后兮，五子用失乎家巷[⑦]。羿淫游以佚畋兮[⑧]，又好射夫封狐[⑨]；固乱流其鲜终兮[⑩]，浞又贪夫厥家[⑪]。浇身被服强圉兮[⑫]，纵欲而不忍[⑬]；日康娱而自忘兮[⑭]，厥首用夫颠陨[⑮]。夏桀之常违兮[⑯]，乃遂焉而逢殃[⑰]；后辛之菹醢兮[⑱]，殷宗用而不长[⑲]。汤禹俨而祗敬兮[⑳]，周论道而莫差[㉑]。举贤而授能兮[㉒]，循绳墨而不颇。

【注释】

①节中：节制不偏，保持正道。②喟（kuì）：叹息。凭：愤懑。历：经历，遭遇。兹：现在，此时。③济：渡。征：行。④重华：舜的名字。传说舜葬于沅湘以南的九嶷山。⑤启：禹之子。《九辩》与《九歌》：我国古代神话中两个有名的乐曲，传说是启上天做客时偷带下来的。⑥夏康娱以自纵：语法与下文“周论道而莫差”同。一说这句仍指启一人。康：大。康娱：过分地逸乐。另一说是指启及其儿子太康。例同下文“日康娱而自忘”。⑦五子：启的五个儿子。用：因而。失：指太康失国。一说“失”为衍字。家巷：家乡，此指故都，太康耽于淫乐，被有穷国的后羿夺了故都。一说，家巷指内部的争斗。夏启十年至十一年间，五个儿子叛乱，被平定。夏启十五年，最小的儿子武观又叛，“五子家閧”就是指这两次内乱。或说“五子”即指武观。⑧淫、佚：都是过度享乐的意思。畋（tián）：打猎。⑨封：大。⑩鲜终：少有好的结果。⑪浞（zhuó）：人名，即寒浞，相传是羿的国相。厥：其。家：妻室家小。传说后羿沉迷于游猎，不理政事，国相寒浞擅权，与妃子纯狐私通，害死后羿。⑫浇（ào）：人名，即过浇，寒浞的儿子。被服：穿戴，引申为负恃、信奉之义。强圉：多力也。⑬不忍：不肯自制。⑭自忘：忘记自身的安危。⑮颠陨（yǔn）：坠落。太康弟仲康之孙少康，攻灭浇，夏遂复兴。⑯常违：“违常”的倒文，违背了正常的道理。⑰乃：于是。遂：终于，结果。焉：语气词。⑱辛：纣王的庙号。菹（zū）醢（hǎi）：菹是切细的腌菜，醢是肉酱，此指古代的一种酷刑，把人剁成肉酱。⑲宗：宗祀，指王朝。⑳汤禹：“汤”指商汤，“禹”指夏禹。在屈赋中禹汤并称共三次，下文“汤禹严而求合兮”，《怀沙》“汤禹久远兮”，都是先汤后禹。俨：读作“严”，严明。祗（zhī）：与“敬”意义相同。敬重法度，不敢胡作非为，即谨慎的意思。㉑周：指周初的文王、武王和周公等人。㉒举贤授能，是屈原重要的政治主张之一，在作品里反复强调。这四字虽只在这里出现一次，但屈赋是文学作品，不是政治论文，这一政治主张，主要寄寓于“骐骥”“众芳”等大量形象化的语言之中。

【译文】

遵循前代圣贤坚持正道，可叹历尽如此磨难让人寒心；渡过沅水湘江而朝南行，向虞舜去陈述衷情；夏启窃得《九辩》《九歌》，夏王朝纵情娱乐放任无度；不居安思危考虑后患，五个儿子起了内讧。后羿沉溺于游猎嬉戏，喜欢射杀大狐狸。本来淫乱之徒就没有好下场，又被寒浞抢占了他的妻室。浇身体强壮有力，放纵自己的欲望不加节制；每日寻欢作乐以致忘形，终究掉了脑袋。夏桀行为违背常理，于是遭到灾殃。纣王把忠臣弄成肉酱，殷朝的王位也因而不长久。汤和禹都谨慎敬戒，周先王讲求理法也没差错，举用贤者和能者，遵守规矩没有偏颇。

【原文】

皇天无私阿兮[①]，览民德焉错辅[②]；夫维圣哲以茂行兮[③]，苟得用此下土。瞻前而顾后兮，相观民之计极[④]；夫孰非义而可用兮，孰非善而可服[⑤]？阽余身而危死兮[⑥]，览余初其犹未悔[⑦]；不量凿而正枘兮[⑧]，固前修以菹醢。曾歔欷余郁邑兮[⑨]，哀朕时之不当；揽茹蕙以掩涕兮[⑩]，霑余襟之浪浪[⑪]。

【注释】

①私：偏私。阿：与“私”同义。无私阿：即公正不偏。②民：人，此指君主。错：同“措”，施行。看万民之中最有道德的，就让他做君王，让贤能之士去辅佐他。③维：唯。茂：美。④相（xiàng）观：仔细的考察。民：万民众生。计：计虑。极：目的。计极：最终的想法。⑤服：义同“用”。⑥阽（diàn）：临近危险。⑦初：初志，初衷。⑧枘（ruì）：插孔用的木栓，此指木柄。凿的上端圆形中空，枘插其内，是为柄。不迁就凿孔的方圆大小来削柄，就插不进去。这是比喻古代的诤臣，因不肯苟合取容，而不得善终。⑨曾：借作“增”，屡次。歔（xū）欷（xī）：悲泣抽噎的声音。⑩茹：柔软。⑪霑：同“沾”，浸湿。浪浪（láng）：流不断的样子。

【译文】

上天啊，不偏私，看到了有德行的才肯辅助。只有圣哲德行美好，才能够统治天下。考察了前王而又观省后代，看出了万民的心愿。哪有不义的人可被任用，哪有行为不好的人能被敬服？我纵使是身临绝境，回顾自己的初衷也不后悔。不度量凿孔的方圆而只求正枘，前代的贤人被剁成肉酱。我忧郁而又呜咽，哀怜我生不逢时。用蕙草擦干眼泪，眼泪滚滚沾湿了衣襟。

【原文】

跪敷衽以陈辞兮[1]，耿吾既得此中正[2]；驷玉虬以椉鹥兮[3]，溘埃风余上征。朝发轫于苍梧兮[4]，夕余至乎县圃[5]；欲少留此灵琐兮[6]，日忽忽其将暮。吾令羲和弭节兮[7]，望崦嵫而勿迫[8]；路曼曼其修远兮[9]，吾将上下而求索。饮余马于咸池兮[10]，总余辔乎扶桑[11]；折若木以拂日兮[12]，聊逍遥以相羊[13]。

【注释】

①敷：铺开。衽（rèn）：衣襟。②耿：明亮貌。中正：即上文“节中”，正道，真理。③驷：古代同驾一辆车的四匹马。这里作动词用，就是驾的意思。虬（qiú）：传说是无角的龙。鹥（yī）：传说中凤类的鸟，身有五彩。④轫：阻止车轮转动的木头。发轫就是在行车前把这块木头拿开，是出发的意思。苍梧：地名，舜所葬的九嶷山在其境内。⑤县圃：神话中的山名，在昆仑山顶。县：“悬”的古字。⑥灵琐：神的宫门。灵，神。琐，门上雕刻的花纹。此代指门。⑦羲（xī）和：古代神话中十个太阳的母亲，又是太阳的赶车夫。弭（mǐ）：停。节：鞭子。⑧崦（yān）嵫（zī）：神山名，传说中日没之处。⑨曼曼：同“漫漫”，长而远的样子。修：长。⑩马：指上文当马驾用的玉虬。咸池：太阳沐浴的神池。⑪总：整理系结。辔：缰绳。扶桑：神树名，据说在东方，日出于扶桑之下。⑫若木：神树名，据说生在昆仑山的西极，青叶红花，光华下

照。拂日：拂拭太阳，使它放出光明，不要昏暗下去。⑬相羊：同“徜徉”，自由自在地往来游玩，有逍遥之意。

【译文】

跪在衣襟上陈述衷情，我的心中耿直已得中正之道。驾玉虬乘彩凤，飘忽地乘风而上。清晨从苍梧动身，晚上便来到昆仑山上的悬圃。想要在这神山逗留片刻，无奈太阳却匆匆地要西沉入暮。我叫羲和慢慢地行车，看到崦嵫也不要急迫。前面的路那么长，那么远，我将要上天入地去寻求探索。让我的龙马在咸池饮水，把缰绳拴在扶桑树上。折下几根枝条轻轻遮挡阳光，且让我无拘无束地在这里逍遥闲逛。

【原文】

前望舒使先驱兮①，后飞廉使奔属②；鸾皇为余先戒兮③，雷师告余以未具。吾令凤鸟飞腾兮，继之以日夜；飘风屯其相离兮④，帅云霓而来御⑤。纷总总其离合兮，斑陆离其上下⑥；吾令帝阍开关兮⑦，倚阊阖而望予⑧。时暧暧其将罢兮⑨，结幽兰而延伫⑩；世溷浊而不分兮⑪，好蔽美而嫉妒。

【注释】

①望舒：月神。②飞廉：风神。奔属：奔跑跟随。③鸾：神鸟名，形状如鸡而大，五色。皇：即“凰”，雌凤。④屯：聚集。离：读作“丽”，依附。⑤帅：同“率”，率领。霓：通“蜺”，虹霓。虹常有内外两层，通称为虹。古人分别言之，内层色鲜，称虹；外层色淡，称蜺。御：迎接。⑥斑：光彩斑烂。上下：天地。⑦阍：守门人。关：本义是门栓，此指天门。⑧阊（chāng）阖（hé）：天门。⑨暧暧：昏暗的样子。罢：完，指一天将尽。⑩结：结交，这里是寄情的意思。延伫：长久站立。⑪溷（hùn）：义同“浊”，肮脏混浊。

【译文】

月神望舒在前面为我开道，风神飞廉跟在后面随着奔跑。鸾鸟凤凰在前头替我警戒，雷神却告诉我还没有准备好。我让凤鸟展翅飞腾，不管是白天还是黑夜都不停前行。旋风把分散的云朵聚集起来，率领着云霓前来列队恭迎。飘忽时聚时散，色彩斑斓乍离乍合，我让帝阍把天门打开，他却倚着天门冷冷地望着我。天色昏暗，一天将要过去，我编结着兰花久久地伫立。人世间是这样混浊善恶不分，总爱遮蔽美好的事物并且嫉妒它。

【原文】

朝吾将济于白水兮①，登阆风而緤马②；忽反顾以流涕兮，哀高丘之无女③。溘吾游此春宫兮④，折琼枝以继佩；及荣华之未落兮⑤，相下女之可诒⑥。吾令丰隆乘云兮⑦，求宓妃之所在⑧；解佩纕以结言兮⑨，吾令蹇修以为理⑩。纷总总其离合兮⑪，忽纬繣其难迁⑫；夕归次于穷石兮⑬，朝濯发乎洧盘⑭。保厥美以骄傲兮⑮，日康娱以淫游；虽信美而无礼兮，来违弃而改求⑯。

【注释】

①白水：神话中发源于昆仑山的河，饮后不死。②阆（làng）风：神山名，在昆仑山上。緤：系结，表示在这里停留。③高丘：指阆风山。无女：“吾”在天国碰壁以后，渡过白水，登上阆风山顶，却没有一个理想的神女可以追求。④春宫：东方青帝所居。⑤荣华：琼枝上的鲜花。⑥下女：指下文宓妃、简狄、二姚等下界名淑。她们都是神话式人物，只因不住在天上故称“下女”。“下”相对于天而言。诒（yí）：通“贻”，赠送。

⑦丰隆：云神。⑧宓（fú）：古通“伏”。宓妃：传说是伏羲氏的女儿，因溺死于洛水，而成为洛水女神。⑨佩纕：佩用的丝带。结言：寄言结交。⑩蹇（jiǎn）修：人名，旧说为伏羲氏之臣。但从《离骚》的艺术特点来看，应该是作者虚构的寓言人物。⑪纷总总：指宓妃开始时心绪很乱，拿不定主意。离合：若即若离，不易捉摸。⑫纬繣（huà）：别扭。难迁：难以迁就。⑬次：住宿。穷石：西极的山名，传说是夏代东夷族有穷氏后羿所居之地，说法不一。传说宓妃是河伯之妻，常与后羿偷情。⑭洧（wěi）盘：神话里的水名，发源于崦嵫山。⑮保：恃，仗。⑯来：招呼从者之词。违：放弃，丢开。

【译文】

明天早晨，我将渡过白水，登上阆风山把我的马拴在那里。猛然间回头望，忍不住流起泪来，哀伤这高山上没有理想的女子。我匆匆地游逛到春神的宫殿，折下玉树的枝条来续上佩饰。趁着这开放的花朵还未凋落，到下界去送给可心的女郎。我让丰隆驾起云彩，去寻找宓妃住的地方。把佩带解下来寄托我的心意，我让蹇修去作媒人。忙忙乱乱地她总是若即若离，忽然间闹起别扭，真难迁就。晚上，她在穷石住宿，早晨，她却在洧盘的岸边洗头。她仰仗着美貌而满脸骄傲，整日里在外面荒唐地漫游。她虽然貌美，可是太不懂礼节，走吧！我要丢弃她，另外去寻求（别的姑娘）。

【原文】

览相观于四极兮①，周流乎天余乃下；望瑶台之偃蹇兮②，见有娀之佚女③。吾令鸩为媒兮④，鸩告余以不好；雄鸠之鸣逝兮，余犹恶其佻巧⑤。心犹豫而狐疑兮⑥，欲自适而不可⑦；凤皇既受诒兮，恐高辛之先我⑧。欲远集而无所止兮⑨，聊浮游以逍遥；及少康之未家兮，留有虞之二姚⑩。理弱而媒拙兮，恐导言之不固⑪；世溷浊而嫉贤兮，好蔽美而称恶。闺中既以邃远兮⑫，哲王又不寤⑬；怀朕情而不发兮，余焉能忍与此终古。

【注释】

①览相观：三字同义连用，都是看的意思。②瑶台：玉台，犹“琼楼”，华贵美丽的建筑。偃蹇：高耸的样子。③有娀（sōng）：古代部落名。佚：美。传说有娀氏有个美貌的女儿，名叫简狄，未嫁时住在高台上面，她后来成了帝喾的次妃。④鸩（zhèn）：传说中的毒鸟，羽毛呈紫绿色，稍置酒中，即能致人死命。⑤佻巧：言辞不诚实。⑥犹豫、狐疑：都是双声联绵字，疑惑不决的意思。⑦适：往。⑧受：通“授”。诒：原义是赠给，作名词用，指聘礼。高辛：即帝喾。传说简狄为帝喾之妃，吞食玄鸟（燕子）的卵而生契，为商人的祖先。简狄的婚姻与玄鸟有关，而《离骚》此处不写玄鸟写凤凰，因为它是一部浪漫主义的作品，风格浓艳夸张，凤凰的形象比燕子华美得多，作者出于艺术上的需要，才这样处理。⑨集：就。⑩少康，夏代中兴的君主，是太康弟仲康之孙，其父名相。寒浞指使自己的儿子过浇杀相，少康逃到有虞国，国君把两个女儿嫁给他。后来少康杀浇复夏。有虞氏属姚姓，故其两个女儿称“二姚”。⑪导：致。导言：传递言语。固：成，牢固。⑫闺：宫中小门，引申为内室。闺中本义是女子所居之所，这里是女子的代称。邃：幽深，深远。⑬哲：明智。哲王：指楚怀王。寤：醒，喻觉悟。

【译文】

仔细观察了天空四方的边缘，在天上周游了一遍才降临大地。远远望瑶台那么巍峨壮丽，看见了有娀氏美女简狄。我吩咐鸩鸟去替我作媒，鸩鸟却告诉我说那美女不好。雄鸠边飞边叫着飞远了，可我却讨厌它的轻佻。心里犹豫不决而迟迟疑疑，想亲自前去又觉得不可以。凤凰已经送去了礼物，恐怕高辛已经比我先到了。我要到远处去又没有地方落脚，暂且随便游荡倒也逍遥。趁着少康还没有成家，有虞的两个女儿还在呢。提亲的媒人无能笨拙，恐怕这次传话又没有把握。世道混浊而又嫉贤妒能，喜欢隐蔽美好而宣扬邪恶。闺中的美人住在幽远深邃的地方，聪明的君王又还没觉悟。满怀衷情却无处倾诉，我怎能忍受这长久的痛苦了此一生！

【原文】

索藑茅以筳篿兮①，命灵氛为余占之②。曰：“两美其必合兮③，孰信修而慕之④？思九州之博大兮⑤，岂唯是其有女⑥？”曰：“勉远逝而无狐疑兮⑦，孰求美而释女⑧？何所独无芳草兮，尔何怀乎故宇⑨？世幽昧以昡曜兮⑩，孰云察余之善恶⑪？民好恶其不同兮⑫，惟此党人其独异⑬；户服艾以盈要兮⑭，谓幽兰其不可佩。览察草木其犹未得兮，岂珵美之能当⑮？苏粪壤以充帏兮⑯，谓申椒其不芳！”

【注释】

①索：取。藑（qióng）茅：是一种用来占卜的草。古代楚人有“茅卜法”，结草折竹来占卦就用此草。以：与。筳（tíng）、篿（zhuān）：都是算卦用的竹片，楚人用于另一种占卜法。把两种不同的占卜工具写在一起，正如把扶桑与若木扯在一块、把燕子改作凤凰一样，是《离骚》特殊的艺术手法。②灵氛：卜师之名。从《离骚》的艺术特点看来，向灵氛问卜，是虚构假设之词。③其：表示肯定的语气助词。④信：真正，确实。修：美。慕：与上下文义矛盾，与“占”字韵也不叶，经多方考证，没有确切的文义。⑤九州：泛指天下。⑥是：此。⑦曰：古书中同一个人说的话，中间往往再用“曰”字。这是灵氛针对屈原所提出来的怀疑劝勉他勤奋努力，出去则必有遇合。勉：劝勉。⑧释：丢开，放弃。女：同“汝”，指“吾”。⑨宇：当从一本作“宅”，形之误。“宅”古音待洛反，与“恶”（乌各反）叶韵。故宅：老家，指楚国。⑩世：当从一本作“时”，“世”与“何所独无芳草”矛盾。昡曜：迷乱的样子。⑪云：语气词。余：包括“灵氛”与“吾”，就是咱们的意思，是一种表示亲密的称谓。⑫民：一般的人们。⑬惟：唯。此：指“故宇”。⑭户：披。艾：野草名，有怪味。要：古“腰”字。⑮珵（chéng）：美玉。当：借作“党”，懂得，楚方言。⑯苏：借作“叔”，索取。帏：佩在身上的香囊。对草木尚且缺乏辨别的能力，更不能鉴别美玉，那么玉再美也不适合他们。灵氛这样说，是为了坚定“吾”的去志。

【译文】

找到灵草和竹片，请灵氛为我占卜。她说：“双方是美的一定能结合，可是谁真正美好值得去爱慕？想想天下是如此广大，难道只是这里有美女吗？”她说：“向远处去吧不要迟疑，哪有追求美好的人会把你丢下？什么地方没有芳草你何必如此怀念故土？世道既黑暗又让人眼花缭乱，谁能够详察咱们的善恶？人们的好恶本来就有不同，只是这里的小人更加独特不同。家家户户的人都在腰间挂满了艾草，反而说幽兰不可佩戴。分辨草木都不能真切，对美玉又怎能评价得恰当？拿粪土塞满了香囊，偏要说申椒一点也不香。”

【原文】

欲从灵氛之吉占兮，心犹豫而狐疑；巫咸将夕降兮①，怀椒糈而要之②。百神翳其备降兮③，九疑缤其并迎④；皇剡剡其扬灵兮⑤，告余以吉故。曰：“勉升降以上下兮⑥，求榘矱之所同⑦；汤禹严而求合兮，挚咎繇而能调⑧。苟中情其好修兮，又何必用夫行媒；说操筑于傅岩兮，武丁用而不疑⑨。吕望之鼓刀兮，遭

周文而得举[10]；宁戚之讴歌兮，齐桓闻以该辅[11]。及年岁之未晏兮[12]，时亦犹其未央[13]；恐鹈鴂之先鸣兮，使夫百草为之不芳[14]！”

【注释】

①巫咸：古代著名的神巫。但文中的巫咸，仅借用其名，不是历史人物，而是寓言人物。故下文巫咸称引周代的吕望、宁戚。降：从天降临。②怀：揣在怀里，准备。糈（xǔ）：精米，用于祭神的祭品。椒糈：香草和精米。要：祈求。③翳：遮蔽，形容“百神”盛多。备：齐，全都。④九疑：山名，此指九嶷山诸神。⑤皇：读作“煌”，辉煌，是“剡剡”的状语。剡剡（yǎn）：发亮的样子。灵：神。⑥勉：勉强。升降上下：俯仰浮沉，只“求榘矱之所同”，不计地位之高低。”⑦榘：即“矩”，量方形的工具。矱（yuē）：量长短的工具。同：合。⑧挚：即伊尹，汤时贤臣，帮助商汤灭夏。咎（gāo）繇（yáo）：即皋陶（yáo），传说是夏禹时期的贤臣，是精明公正的立法官。⑨说（yuè）：即傅说，相传本是傅岩地方筑土墙的奴隶，商王武丁梦到他，就画了像到处寻访，结果在刑徒中找到，后为殷高宗时贤相。筑：打土墙用的木杵。⑩吕望：又称吕尚，俗称姜太公。本属姜姓，因先代封邑在吕，故以吕为氏。传说曾在朝歌当过屠夫，遇文王而被重用，是周朝的开国贤臣。鼓：敲。鼓刀：敲刀发声，以招揽生意。⑪宁戚：春秋时卫国人，喂牛时敲着牛角唱歌，抒发怀抱，被齐桓公听到，带去列为客卿。该：预备。辅：辅佐大臣。该辅：预备作为辅佐。以上所举伊尹、傅说、吕望、宁戚诸人，都是处卑“好修”，就地待时，而得到知遇，都没有“用夫行媒”。⑫晏：晚。⑬犹其未：即“其犹未”。上文“虽九死其犹未悔”“唯昭质其犹未亏”“览余初其犹未悔”“览察草木其犹未得”，都作“其犹未”。⑭鹈（tí）鴂（jué）：子规鸟，秋天鸣。巫咸的话至此止。

【译文】

想听从灵氛的占卜吉言，心里却又犹犹豫豫无法决断。巫咸将在晚上求神降临，我准备着香椒和精米去邀请他。百神遮天蔽日一齐降临，九嶷山的众神都纷纷去迎接。光灿灿地闪耀着灵光，巫咸又告诉我一些吉利的典故。他说：“地上天下地去求索吧！去寻求道义相同的人。商汤夏禹诚心地寻求贤臣，才能和伊尹皋陶协同一心。只要内心确实是美好洁净的，又何必到处去托媒介绍？傅说曾在傅岩筑过土墙，武丁重用他却毫不怀疑。姜太公在朝歌操过屠刀，碰上周文王而得以荐举。宁戚喂牛时敲着牛角唱歌，齐桓公听到了任用他为辅佐。趁年岁还没有衰老，时势的极限还没有来到；当心那子规鸟叫得太早，使百草因此而芳香尽消。”

【原文】

何琼佩之偃蹇兮[1]，众薆然而蔽之[2]？惟此党人之不谅兮[3]，恐嫉妒而折之。时缤纷其变易兮，又何可以淹留[4]？兰芷变而不芳兮，荃蕙化而为茅。何昔日之芳草兮，今直为此萧艾也[5]？岂其有他故兮，莫好修之害也！余以兰为可恃兮[6]，羌无实而容长[7]；委厥美以从俗兮[8]，苟得列乎众芳[9]。

【注释】

①琼佩：玉树枝做的佩。此处是自喻。偃蹇：繁盛而高贵的样子。②薆（ài）然：受到遮蔽而显得黯然。③谅：诚实，信用。④淹留：久留。⑤萧、艾：都是蒿草，不香。⑥兰：旧说是暗射楚怀王的小儿子子兰，其实不然。⑦羌：发语词。容：外表。长：义同“修”，美好。古人以长为美。⑧委：弃。⑨苟得：能够得到，实际上还配不上。

【译文】

为什么琼玉的佩饰出众美丽，众人就把它的光彩遮蔽？这些小人是没有诚信的，怕他们会妒忌而把玉佩毁弃！世俗纷乱易变，怎能在这里久久流连？兰与芷变得不再芬芳，荃与蕙变成了茅草。为什么往日的芳草，今日里直成了野艾臭蒿？难道还有其他的缘故？都只怪它们不洁身自好！本以为幽兰可以信赖，谁知道它也虚有其表，抛弃了美质随从世俗，苟且地名列众芳。

【原文】

椒专佞以慢慆兮①，榝又欲充夫佩帏②；既干进而务入兮③，又何芳之能祗④！固时俗之流从兮⑤，又孰能无变化？览椒兰其若兹兮，又况揭车与江离？惟兹佩之可贵兮⑥，委厥美而历兹⑦；芳菲菲而难亏兮，芬至今犹未沬⑧。和调度以自娱兮⑨，聊浮游而求女；及余饰之方壮兮⑩，周流观乎上下。

【注释】

①椒：王逸认为是暗射“楚大夫子椒”，但和“兰”一样，没有具体实证可考。《离骚》对众芳芜秽写得特别沉痛，在作品中一再严词谴责，应有作者的实际感受为生活基础。大概屈原被疏以后，原来大批得到过屈原扶植、支持屈原的人，全都随风转舵，倒向靳尚等人一边，而与屈原为敌。这是符合旧时代官场世道的一般规律的。但要说哪种香草影射哪个人，那就很难说了。慆：义同“慢”，傲慢。②榝（shā）：茱萸（yú）一类的草，外形似椒而无香味。③干：义同“务”，钻营追求。④祗：敬重。⑤流从：“从流”的倒文，随波逐流，趋炎附势。⑥惟：同“唯”。⑦委：作“秉”解释，把持，坚持。历兹：至今。⑧沬：消失，消散。⑨和：调和，缓和。调度：调整。这句是说把自己的心情调整得和悦、愉快一些。⑩饰：指琼佩。这一段是听了巫咸“吉故”之说后的感慨，是对他的反驳。其中心意思是故国里连众芳都已变质，只剩下“琼佩”“偃蹇”，“吉故”不可能在故国重演再现。

【译文】

花椒专横谄媚而且傲慢，茱萸还想充满佩囊。既然都只贪图攀援钻营，又有哪种芳草能够坚持芳香之道？时俗本来就随波逐流，又有谁能够不生变化？看椒兰都已经这样了，更何况揭车和江离？只有这玉佩是可贵的，却遭到弃置经此危厄！清香依旧难以污损，芳香至今留存。调节内心的思度求得欢娱，姑且四处逍遥寻求美女。趁着我的玉佩还璀璨美丽，到天上地下去到处游览！

【原文】

灵氛既告余以吉占兮，历吉日乎吾将行①。折琼枝以为羞兮②，精琼靡以为粻③。为余驾飞龙兮，杂瑶象以为车④；何离心之可同兮，吾将远逝以自疏！邅吾道夫昆仑兮⑤，路修远以周流；扬云霓之晻蔼兮⑥，鸣玉鸾之啾啾⑦。朝发轫于天津兮⑧，夕余至乎西极；凤皇翼其承旂兮⑨，高翱翔之翼翼⑩。忽吾行此

流沙兮，遵赤水而容与⑪；麾蛟龙使津梁兮⑫，诏西皇使涉予⑬。

【注释】

①历：选择，挑选。②羞：这里泛指菜肴。③精：捣碎。今闽南话还称捣为“精”。靡（mí）：细末。粻（zhāng）：粮食。④象：象牙。⑤邅（zhān）：转，楚方言。⑥扬云霓：举云霓作为旌旗。晻（yǎn）蔼（ǎi）：云旗蔽日的样子。⑦玉鸾：玉制的车铃，挂在车横上，形状像鸾鸟。啾啾：铃声。⑧津：渡口。天津：天河的渡口。传说在箕、斗二星之间。⑨翼：作动词用，展翅。承：连接。旂：指云旗。⑩翼翼：整齐和谐的样子。⑪遵：循。赤水：神话里的水名，源出昆仑山。容与：从容宽适的样子。⑫麾：指挥。梁津：在渡口搭桥。梁：桥，这里用作动词。⑬诏：命令。西皇：西方天帝少皞。涉予：帮助我渡河。

【译文】

灵氛告诉我说卜占是吉祥的，选定好日子我就去远方。折琼枝来做菜肴，用碧玉捣碎做干粮。为我驾驭飞龙之车，用美玉象牙装饰那车。怎能跟异心人在一块？我将远游放飞自己！把行程转向昆仑，路途遥远天涯漫漫。用云霓做彩旗飘扬蔽日，玉制的车铃铿锵如鸟鸣。早晨从天河的渡口出发，黄昏就到了西天的尽头。凤凰的彩翎连接如云彩的旗帜，在天空之上高高飞翔。转眼间来到一片流沙之地，沿着赤水河从容优游。指挥蛟龙在渡口搭桥，叫西皇帮我渡过河流。

【原文】

路修远以多艰兮，腾众车使径待①；路不周以左转兮②，指西海以为期③。屯余车其千乘兮，齐玉轪而并驰④；驾八龙之婉婉兮⑤，载云旗之委蛇⑥。抑志而弭节兮⑦，神高驰之邈邈⑧；奏《九歌》而舞韶兮⑨，聊假日以媮乐⑩。陟升皇之赫戏兮⑪，忽临睨夫旧乡⑫；仆夫悲余马怀兮，蜷局顾而不行⑬。乱曰⑭：已矣哉！国无人莫我知兮⑮，又何怀乎故都？既莫足与为美政兮⑯，吾将从彭咸之所居⑰。

【注释】

①腾：传告。待：当从一本作“侍”，与“期”叶韵。径待：在路边侍卫。②路：路过。不周：神话里的山名，在昆仑山西北。③期：读作“极”，目的地。④轪（dài）：车轮的别名，楚方言。⑤婉婉：一作蜿蜿，龙在天空飞行蜿蜒的样子。⑥委蛇（yí）：即“逶迤”，舒卷蜿蜒的样子。⑦抑志：抑制自己的情

绪。⑧邈邈：高远的样子。⑨韶：即九韶，传说是舜时的舞乐。⑩假日：利用时间。媮（yú）：通“愉”。⑪陟（zhì）：登。皇：皇天。戏：同“曦”，光明的样子。⑫临：居高临下。睨：斜视。⑬蜷局：卷曲不伸。顾：回头。⑭乱：本是古代乐曲里的一个名称，用在末尾，相当于今天的“尾声”。辞赋最后往往也有“乱”辞作为一篇的总结。⑮莫我知：“莫知我”的倒文。⑯美政：理想的政治。⑰从彭咸之所居：追随彭咸去他的居处。

【译文】

行程悠远而艰难，叫随从的车辆在两旁等待。路过不周山向左转弯，直奔西海而去！成千的车辆列队集中，玉制的车轮隆隆转动。每辆车驾八条婉婉的神龙，车上云旗飘飘荡荡。控制住兴奋减少兴态，心神已经像奔马一样跑远了。奏起了《九歌》，舞起《九韶》，姑且娱乐一下来打发时光！登上了光辉灿烂的皇天，忽然间俯看到了故乡！仆人悲伤，马儿也怀恋，弯曲着身体回头看不肯向前。最后说：就这样算了吧！国家里没有人懂得我，我又何必怀念故都？既然没有人能同我推行美政，我将追随彭咸寻求安身的地方！

九 歌

东皇太一

吉日兮辰良[①]，穆将愉兮上皇[②]。抚长剑兮玉珥[③]，璆锵鸣兮琳琅[④]。瑶席兮玉瑱[⑤]，盍将把兮琼芳[⑥]。蕙肴蒸兮兰藉[⑦]，奠桂酒兮椒浆[⑧]。扬枹兮拊鼓[⑨]，疏缓节兮安歌，陈竽瑟兮浩倡[⑩]。灵偃蹇兮姣服[⑪]，芳菲菲兮满堂。五音纷兮繁会[⑫]，君欣欣兮乐康[⑬]。

【注释】

①辰良：“良辰”的倒文，为了与“皇”“琅”押韵。②穆：恭敬肃穆。将：介词，同“以”。愉：通“娱”，此作动词用，使之快乐。③抚：抚摸。珥（ěr）：剑鼻，在剑柄上，此指剑柄。④璆（qiú）锵（qiāng）：佩玉相碰发出的声音。琳琅：美玉名。⑤瑶：美玉名，这里形容席的质地精美。瑱（zhèn）：同“镇”。玉瑱：压

席的玉器。席铺在神位前面，上面摆着祭品。⑥盍（hé）：同“合”，聚集在一起。将：拿起。把：持。将把：摆设的动作。琼：美玉名，这里形容花色鲜美，例同“瑶席”。⑦肴蒸：祭祀用的肉。藉：垫底用的东西。⑧奠：祭献。桂酒：桂花浸泡的酒。椒浆：香椒浸泡的美酒。⑨枹（fú）：鼓槌。拊：敲击。⑩陈：列。竽：笙类的吹奏乐器，有三十六簧。瑟：弹奏乐器，有二十五弦。倡：同“唱”。浩倡就是大声唱，气势浩荡。⑪灵：这里指以歌舞娱神的巫女。《九歌》里的“灵”都指所祀之神。偃（yǎn）蹇（jiǎn）：舞姿优美的样子。⑫五音：宫、商、角、徵、羽，是我国古代音乐的五种音阶。宫相当于C调的第一音，商相当于D调的第一音，以此类推。⑬君：指东皇太一。

【译文】

吉祥日子美好的时光，恭敬肃穆娱祭上皇。手持着玉饰的长剑，身上戴的佩玉脆响叮当。瑶玉装饰的席子、美玉制成的压镇，还有那满把的琼玉吐芬芳。蕙草裹着祭肉垫着馨兰，祭献上桂花美酒和椒浆。扬起了鼓槌敲打着，节奏舒缓伴着轻柔的歌声，吹竽鼓瑟众声齐唱。神灵翩然起舞，挥动着华丽的衣裳，浓郁的香气四溢满堂。五音齐鸣交响四方，神君喜悦而快乐安康。

湘夫人

【原文】

帝子降兮北渚[1]，目眇眇兮愁予[2]。嫋嫋兮秋风[3]，洞庭波兮木叶下[4]。登白薠兮骋望[5]，与佳期兮夕张[6]。鸟何萃兮蘋中？罾何食兮木上[7]？沅有茝兮澧有兰[8]，思公子兮未敢言[9]。荒忽兮远望，观流水兮潺湲。麋何食兮庭中？蛟何为兮水裔[10]？朝驰余马兮江皋，夕济兮西澨[11]。闻佳人兮召予，将腾驾兮偕逝[12]。

【注释】

①帝子：湘君对湘夫人的尊称。古人称男女不分性别，均作“子”。因为湘夫人是帝尧的女儿，所以这里的“帝子”相当于后世的“公主”。②眇眇：远望不清的样子。愁予：使我发愁。“愁”作动词用。③嫋嫋（niǎo）：柔弱而细长的样子。④波：动词，生波。⑤白薠（fán）：草名，秋季生长，雁所食。⑥佳：佳人，指湘夫人。期：约会。张：为晚间的约会而准备、张罗。⑦鸟：指不能入水的陆地飞禽。萃：聚集。蘋：水生植物，萍类。罾（zēng）：鱼网。这两句与《湘君》的“采薜荔兮水中，搴芙蓉兮木末”意同，突出了充溢于人物内心的失望与困惑，大有所求不得、徒劳无益的意味。⑧茝（chǎi）：香草名，即白芷。⑨公子：指湘夫人。古代贵族称公族，贵族子女不分性别，都可称“公子”。⑩麋（mí）：鹿的一种，较大。蛟：传说是无角的龙。水裔：水边。裔：本义是衣的下摆，引申为边。麋本当在山林而来到庭院里，蛟本当在深渊而来到水边。实写眼前荒凉景象，意同上文“鸟何萃兮蘋中，罾何为兮木上”。⑪济：渡。澨（shì）：水边。⑫腾驾：驾着马车奔驰。偕逝：同去。“召予”“偕逝”，以及下文所写的同居生活，都是湘君夜宿“西澨”时的南柯美梦。

【译文】

湘夫人仿佛已经降临在北岸，我遥望不见而无限哀愁。微微的秋风，吹皱了洞庭湖水，落叶飘扬。我登上长满白薠的高地纵目四望。与湘夫人的约会，一直忙到月昏黄。鸟儿为什么聚集在蘋草中？鱼网为什么挂在树枝上？沅有白芷，澧有幽兰，我虽思念湘夫人却不敢讲。心思恍惚，举目四望，只看到那洞庭湖水缓缓流淌。野麋寻食，为什么拘束在庭院？蛟龙游戏，为什么困蹙在浅滩？清晨我骑马奔驰在江畔，傍晚就已经渡过了大江西边水岸。听说夫人在召唤我，将与你一同驰车去成欢。

【原文】

筑室兮水中，葺之兮荷盖①。荪壁兮紫坛②，播芳椒兮成堂③。桂栋兮兰橑④，辛夷楣兮药房⑤。罔薜荔兮为帷⑥，擗蕙櫋兮既张⑦。白玉兮为镇，疏石兰兮为芳⑧。芷葺兮荷屋，缭之兮杜衡。合百草兮实庭，建芳馨兮庑门⑨。九嶷缤兮并迎，灵之来兮如云⑩。捐余袂兮江中⑪，遗余褋兮澧浦⑫。搴汀洲兮杜若⑬，将以遗兮远者⑭。时不可兮骤得⑮，聊逍遥兮容与！

【注释】

①葺：编结覆盖。②紫坛：用紫贝铺砌的庭院。紫：指紫贝。坛：中庭，楚方言。③成：借作“盛”。用芳椒涂壁，香气满堂。④橑（liǎo）：椽。⑤辛夷：香木名。药：白芷。⑥罔：古同“网”，此作动词用，编结。⑦擗（pǐ）：掰开。櫋（mián）：帐顶。⑧疏：分布。石兰：兰草的一种。⑨庑（wǔ）：走廊。⑩九嶷：此指九嶷山的群神，即下句的“灵”。“偕逝”的美梦至此止。⑪袂（mèi）：复襦，外衣。⑫遗：读作“坠”，丢下。褋（dié）：汗衫。⑬汀：水中平地。⑭远者：陌生人。一说指湘夫人，想做最后的努力，但这与捐袂遗褋的决绝态度不符。⑮骤：屡次。骤得：一次次地得到。

【译文】

我们在水中建造一栋房子，用芷草修葺，用荷叶苫在房顶上。用荪草装饰墙壁，用紫贝砌中庭，把芳椒撒满屋子，满堂馨香。桂木做的栋梁，兰饰的天花板，辛夷的门楣，白芷的卧房。编结薜荔做帷帐，分蕙草做隔扇，全部已陈设妥当。洁白的美玉做席镇，压住四角，布列石兰散播它的芬芳。荷叶做的屋子，用芷草修葺，再用杜衡缠绕在房屋四围。聚集了百草充满庭院，筑起放置各种香草芳馨满溢的门廊。九嶷山的神灵纷纷来欢迎，为迎接湘夫人众神灵下降如同彩云一样。我把衣袖抛弃在江水之中，我把短衣丢在澧水岸旁。我在平洲上采摘杜若，向远方的情人表述衷肠。消逝的岁月不能再来，姑且逍遥自在而把心胸放宽！

河 伯

与女游兮九河①，冲风起兮横波②。乘水车兮荷盖③，驾两龙兮骖螭④，登昆仑兮四望，心飞扬兮浩荡⑤。日将暮兮怅忘归⑥，惟极浦兮寤怀⑦。鱼鳞屋兮龙堂⑧，紫贝阙兮朱宫⑨。灵何为兮水中⑩？乘白鼋兮逐文鱼⑪。与女游兮河之渚，流澌纷兮将来下⑫。子交手兮东行，送美人兮南浦⑬。波滔滔兮来迎，鱼鄰鄰兮媵予⑭。

【注释】

①九河：传说禹治黄河时开了九条河道，此泛指黄河众支流。②冲风：冲地而起的风，即暴风。③水车：以水为车。荷盖：以荷叶为车盖，古代车盖为圆形，似伞。④骖（cān）：古代一辆车套四匹马，中间的两

匹马叫“服”，两旁的两匹叫“骖”。这里作动词用，驾在两旁。螭（chī）：无角的蛟龙。这句是说：两条有角的龙驾在中间，两条无角的龙驾在两旁。⑤浩荡：水大貌，这里形容心情开阔。⑥怅：当作“憺”，迷恋。⑦惟：思念。极浦：遥远的水边。寤：醒。寤怀：从对昆仑的迷恋中清醒过来，怀念起遥远的水乡，极言思念之甚。⑧龙堂：壁上画龙的厅堂。⑨阙：王宫前面两边高耸的望台。⑩灵：对河伯的尊称。⑪鼋（yuán）：一种大鳖，色青黄。“白鼋”疑是神话中的怪异大鳖。文鱼：像鲫鱼、鲤鱼一类有斑纹的鱼。文鱼与白鼋一样，应该都是古代传说中的神异水族。⑫流澌：融解的冰块，也可以解释为流水。将：随同。⑬子、美人：都是河伯对巫女或洛神的美称。⑭媵（yìng）：古代陪嫁的女子，此作动词用，护送陪伴。

【译文】

我想跟您一块儿在九河里遨游，哪怕暴风吹起汹涌洪波。乘上以荷叶为盖的水车，驾御着两龙，幼螭在两旁护驾。登上昆仑峰顶举目四望，心灵飞扬，豁然开朗。太阳快要落山了，我竟然陶醉得流连忘返！当想起那远岸，才忽然思念起自己的故乡。用鱼鳞砌成的屋子，装饰着龙鳞的厅堂，紫色贝壳堆砌的门阙，明珠装饰的殿堂。神君您为何要居住在水中央？骑着白色大鳖去追随文鱼，神君啊！我愿与您同游在河上。溶解的冰块随流而下，您与我握手告别将要走向东方，我送您到南浦渡口，滔滔的波浪都来迎接您，成群的鱼儿把我送回家。

天问

【原文】

曰：遂古之初①，谁传道之？上下未形，何由考之？冥昭瞢暗②，谁能极之③？冯翼惟像④，何以识之？明明暗暗，惟时何为⑤？阴阳三合，何本何化⑥？

【注释】

①遂：通“邃”（suì），远。②冥：幽暗，指黑夜。昭：光明，指白昼。瞢（méng）、暗：都是昏暗的意思，“瞢”“暗”连文，是说昼夜未分，混沌不明的样子。③极：穷究。④冯（píng）翼：宇宙混沌时，大气充盛弥满的运动状态。古代传说，未有天地之时，宇宙间只有大气在运动。惟：语气助词。像：只可想象得之，而无实形可见。古代“形”“象”有别，“形”实“象”虚。这是一种看不见摸不着不实在的无定形感觉或现象。⑤惟：发语词。时：是，此。⑥三：同“参”，渗合。我国古代的朴素辩证思想，认为宇宙万物的生长，都是阴气与阳气这两个对立物渗合统一的结果。又说阴阳渗合是由阳者吐气，阴者含气；吐气称“施”，含气称“化”；施出者为本，化即化育、化生。或说“三”指阴、阳、天。

【译文】

话说：远古初态，宇宙尚未形成，谁能将此种形态传言开来？天地还没有成形，又从何考定天地的差别？日月明暗昼夜清浊皆混沌一片晦暗不清，谁能探究出它的道理？天地形成前仅能想象到处充塞着无形的元气，又怎么能识别它的形体？昼与夜、阴与阳的分界，究竟是谁作谁为的？阴阳三合而生宇宙，何为本源何所变化？

【原文】

圜则九重①，孰营度之②？惟兹何功③，孰初作之？斡维焉系④，天极焉加⑤？八柱何当⑥，东南何亏⑦？九天之际⑧，安放安属⑨？隅隈多有⑩，谁知其数？

【注释】

①圜：同“圆”，指天。则：规则，体制。②营：通“萦”，环绕。度：计量。③惟：发语词。兹：此。何：赞叹词。④斡：旋转，指旋转着的圆穹形天。维：本义是绳，此指地维，是四方形平地的四个角。⑤天极：星名，构成天顶，指最高层天的顶端。极：屋梁，引申为顶义。加：安放。⑥八柱：有两种说法，一种是支撑天的八座山，另一种是指地上支撑天的八根柱子。当：对着。⑦亏：缺损，此指低陷。⑧九天：这里指天的中央和八方。际：边际，指九野之间。⑨放：放置，设置。属（zhǔ）：连接。⑩隅：角落。隈（wēi）：弯曲处。

【译文】

天圆而生九重。谁又曾去环绕度量？开辟九重天需要什么样的功力，又是谁的力作？能使天体旋转的网绳系在哪里？而天体的八极又依附在何处？撑天的八柱根植何方？东南的 天柱为何缺损不齐？九天的边际，放置何处？附属何方？天边相交隅角众多，又有谁能知道它的数目？

【原文】

天何所沓①？十二焉分②？日月安属？列星安陈③？出自汤谷，次于蒙汜④。自明及晦，所行几里？夜光何德，死则又育⑤？厥利维何，而顾菟在腹⑥？女歧无合，夫焉取九子⑦？伯强何处⑧？惠气安在⑨？何阖而晦⑩？何开而明？角宿未旦⑪，曜灵安藏⑫？

【注释】

①沓：交会。是问天与地在哪里交会。②十二：即十二辰，指太阳与月亮在天空黄道上的一年十二会。③属：附着。陈：陈列。④汤（yáng）谷：即“旸谷”，传说这是日出的地方。次：停宿。蒙：神话中的水名。汜（sì）：水边。蒙汜：传说中太阳落下的地方。⑤夜光：月亮的别名。德：通“得”。则：而。育：生。“死”“育”指月的亏、盈。⑥厥：其，指月亮。维：同“惟”。顾菟：指月中的阴影。⑦女歧：传说为女神“九子母”，系由尾宿“九子星”衍变而来。合：匹配，婚配。夫：发语词。取：取得，这里指生出。⑧伯强：亦名禺强、隅强，神话传说中北方的一位风神。⑨惠气：祥瑞惠和之气。⑩阖：关闭。⑪角宿（xiù）：星名，二十八宿中东方苍龙七宿的第一宿，有两颗，传说这两颗星之间就是天门。旦：明，指天亮。⑫曜灵：对太阳的尊称。以上是《天问》的第一部分，都写天象。先写鸿蒙未开，再写建立天盖，最后写日月星宿。

【译文】

天体中的日月在哪里会合？十二个时辰如何划分？日月依附在哪里？众星陈列在哪里？太阳从旸谷中升起来，夜晚歇息在蒙水河边。从天明到日暮，所行之路究竟有多少里？月亮具有什么本领，竟然死了又能再生？月亮究竟有什么好处？而兔子竟在月亮里面藏身？女岐未曾婚配，怎么会生了九个孩子？伯强之神主宰戾气，他在何处？祥和明惠之气究竟在哪里？关闭什么而天黑？开启什么而天亮？角宿星尚未发光，太阳又藏在何方？

【原文】

不任汩鸿[①]，师何以尚之[②]？佥曰："何忧[③]，何不课而行之[④]？"鸱龟曳衔[⑤]，鲧何听焉？顺欲成功[⑥]，帝何刑焉[⑦]？永遏在羽山[⑧]，夫何三年不施[⑨]？伯禹愎鲧[⑩]，夫何以变化？纂就前绪[⑪]，遂成考功[⑫]。何续初继业，而厥谋不同[⑬]？洪泉极深，何以寘之[⑭]？地方九则[⑮]，何以坟之[⑯]？应龙何画？何尽何历[⑰]？鲧何所营？禹何所成？康回冯怒，坠何故以东南倾[⑱]？

【注释】

①任：胜任。汩(gǔ)：治水。鸿：借作"洪"，指洪水。②师：众人。尚：推举。③佥(qiān)：皆，都。④课：试，考察。行：用。⑤鸱龟：形如鸱鸟的龟。曳(yì)：牵绕，缠绕。衔：相衔接。⑥顺欲：顺从愿望。鲧这样做也是为了治平洪水，顺从众人的愿望。一说欲是"将"的意思。顺欲成功：犹言将要成功。⑦刑：极刑。⑧遏(è)：遏制，幽闭。永遏：长久拘禁。羽山：神山名，传说在东边海滨，鲧死于此。⑨施：通"弛"，缓解，释放。"不施"指不释放鲧。⑩愎(bì)：当从一本作"腹"。是说禹直接从鲧的腹部生出来。⑪纂就：继续。前：前人。绪：事业，指平治水土的工作。前绪：即前业。⑫考：对已亡故的父亲的称呼，这里指禹的先父鲧。⑬谋：谋略，指治水的方法。传说鲧用筑堤堵塞的消极方法，禹用疏通九河的积极方法。下面对比两人不同的方法及其不同的后果。⑭寘：同"填"，填塞。⑮方：音义同"旁"，广大。则：当从一本作"州"。⑯坟：堤。此作动词用，筑堤。传说鲧盗息壤以筑堤。"息"是生长的意思，息壤是一种会自行增殖的神泥。⑰这两句当依一本作"应龙何画，河海何历？"应龙，有翼的龙。据说蚩尤出兵伐黄帝，黄帝就命令应龙攻打翼州之野。应龙畜水。蚩尤请来风伯雨师，操纵大风雨。于是黄帝请天女叫魃，大雨停止。应龙杀死蚩尤，后又杀夸父，于是去往南方，所以南方多雨。而此处应龙为禹画地导流入海是又一个神话。传说禹治水时，应龙以尾巴画地，成为江河，导水入海。历：经过，指水通过。⑱康回：指共工。冯：通"凭"，满，盛。坠：同"地"。传说共工与颛顼争帝，败后盛怒，用头撞坏西北天柱周山，周山因而改称不周山，大地也因而向东南倾斜。在总结夏禹治水时，插入共工之事，是因为共工使地倾东南，为禹的导洪入海准备了地理条件。共工争帝虽败，但在改造自然方面，却是胜利的英雄。故写完鲧禹治水后，即追述共工的先行之功。

【译文】

鲧不能胜任治水重任，众人为何推举他？众人都说不必太过担忧，为什么不让他试着去做呢？鸱鸮和龟拖土衔泥，鲧为何对它们言听计从？如果顺应民意治水成功，尧帝又怎么会对鲧施以刑罚？虽然鲧在羽山被处死，但他的尸体为什么三年没有腐烂？伯禹从鲧腹中而生，为何他治水的方法会有变化？继续先人未尽的事业，完成先父治水之功德。为何能继承先业，而他的谋略方法却与前人不相同？洪水渊泉深不见底，竟然能将它填平？天下土地有九州，肥瘠有九等，用什么方法来划分？应龙如何以尾画地导流？江河湖海流域遥远又是如何流入大海？鲧在治水时采取了什么办法？禹成就了什么？康回勃然大怒，大地为

什么就向东南倾斜？

【原文】

九州安错[1]？川谷何洿[2]？东流不溢，孰知其故？东西南北，其修孰多[3]？南北顺隳，其衍几何[4]？昆仑县圃[5]，其尻安在[6]？增城九重，其高几里[7]？四方之门[8]，其谁从焉？西北辟启，何气通焉[9]？

【注释】

①错：同“措”，安排。②洿（wū）：凹坑，此作动词用，挖坑，掘坑，可引申为疏浚。③修：长度，指距离。我国古代有各种关于大地广度的臆说，具体数字各不相同，有的认为南北比东西略短，有的认为南北与东西同，有的认为南北长于东西。观《天问》文意，屈原属后一种看法。④衍：余。这两句是说：以南北的宽度减东西的长度，尚余多少。⑤县（xuán）圃：神话里的地名，神仙所居之处，在昆仑山上。⑥尻：即“尾”，脊骨的末节，这里是基础的意思。“县圃”的“县”是悬空的意思，即系于天，故问其地基安在。⑦增城：古代神话传说中的地名，为昆仑山上的一座城堡，共九层。⑧四方之门：昆仑山之门。⑨辟：打开。气：风。传说昆仑西北有“不周之山”，昆仑的北门开以纳不周之风。

【译文】

九州大地如何安置？河流山谷为何都如此深？水都东流入海而不满溢，谁知道这是什么原因？大地有东西南北四方。哪方更长又长出多少？从南到北为椭圆形状，它的广度又是多少？昆仑山上悬圃仙境，到底在哪里呢？山有增城九重，它的高度又有多少里？四方之门户，都有谁由此出入？西北门户敞开，是让什么气由此通过？

【原文】

日安不到？烛龙何照[1]？羲和之未扬[2]，若华何光[3]？何所冬暖？何所夏寒？焉有石林？何兽能言？焉有虬龙[4]，负熊以游？雄虺九首[5]，倏忽焉在[6]？何所不死[7]？长人何守[8]？靡萍九衢，枲华安居[9]？一蛇吞象[10]，厥大何如？黑水玄趾，三危安在？延年不死，寿何所止[11]？鲮鱼何所[12]？鬿堆焉处[13]？羿焉弹日？乌焉解羽[14]？

【注释】

①烛龙：古代神话中的一种神龙，能把日光照不到的地方照亮。②羲和：神话中的太阳之母，又是太阳的赶车夫。扬：扬鞭东行。③若华：若木的花。若木是神树，在昆仑西极日落之处，花发红光，照耀大地。④虬（qiú）龙：无角的龙。⑤虺（huǐ）：传说中的毒蛇。⑥倏（shū）：义同“忽”，倏忽，极快的样子。⑦不死：指不死的人。⑧长人：指长寿的人。⑨靡萍：一种神异的萍草，生长在水中。靡：古通“麻”。萍：同“萍”。衢：本指岔道，这里指一枝多杈，或一叶多瓣。枲

(xǐ)：麻的一种。华：古“花”字。⑩蛇吞象：指《山海经》中巴蛇吞象的事。⑪黑水：水名，发源于昆仑山。玄趾：地名，传说为黑水流域的一座山。⑫鲮(líng)鱼：一种怪鱼，即《山海经》中所说的陵鱼，人面人手鱼身，见则风涛起。⑬鬿(qí)：义同“魁”，大。堆：“雀”的误字。鬿堆：神话传说中的一种亦怪鸟、亦神兽的动物。⑭羿(yì)：神话中的英雄，善射。彃(bì)：射。乌：金乌，传说是太阳里的三脚神鸟。解羽：羽毛脱落，指死。传说尧时，十日并出，草木焦枯。羿奉尧命，射落九日，日中金乌羽毛飘零，都被射死。这里也是太阳的代称。

【译文】

太阳光何处照不到？为何还要烛龙照耀？日神羲和还没扬鞭启程，若木之花为何会放光？什么地方冬天温暖？什么地方夏天严寒？哪里能有岩石成林？什么野兽能说人的语言？哪里会有虬龙，背着熊遨游？雄的虺蛇长了九个头颅，往来倏忽会在何处？什么地方的人长生不死？长寿的人在守候什么？蔓生浮萍生有九重枝，枲麻的花又长在哪儿？灵蛇能吞下大象，那灵蛇的身子又有多大？黑水、玄趾之地，还有三危等山川都在哪里？哪里的人长生不死，生命究竟有无期限？鲮鱼生于何方？鬿雀长在哪里？后羿在哪里射下了太阳？日中金乌于何处坠羽丧生？

【原文】

禹之力献功①，降省下土四方②。焉得彼涂山女，而通之于台桑③？闵妃匹合④，厥身是继⑤。胡维嗜不同味⑥，而快鼌饱⑦？启代益作后⑧，卒然离蠥⑨。何启惟忧⑩，而能拘是达⑪？皆归䠶鞠⑫，而无害厥躬⑬。何后益作革⑭，而禹播降⑮？启棘宾商⑯，《九辩》《九歌》⑰。何勤子屠母⑱，而死分竟地⑲？

【注释】

①之力：“之”作“致”解，致力，用力，与“献功”对文。功：指治水。②降：从天降临。省(xǐng)：察看。③涂山：传说中的南方古国名。一说在安徽当涂，一说在浙江会稽。传说禹在治水途中，娶涂山氏之女为妻。台桑：旧说是地名。一说指桑间野地。桑间野地是古代男女私会的地点。④闵：同“悯”，爱怜。妃：配偶，是说禹的配偶涂山之女。⑤继：继嗣。⑥维：语气助词。嗜不同味：指志趣不同。⑦快：满足于。鼌：音义同“朝(zhāo)”。“饱”与“继”韵不协调，疑是“食”的误字。“朝食”是古代男女情事的隐语。⑧“启代”句：传说益是禹的助手，禹死后曾继承禹的王位，后被启取代。后：君主，国王。⑨卒(cù)：读作“猝”，出其不意。卒然：突然。离：借作“罹”，遭遇。蠥(niè)：忧患，灾祸。⑩惟：通“罹”，遭遇。惟忧：即罹忧，遭难。这里是指启当初被益所囚。⑪拘：拘禁，囚禁。达：逃脱。拘是达：即“达是拘”的倒装句，是说启逃脱益的拘禁。⑫归(kuì)：通“馈”，送来。䠶：古“射”字，此指弓箭。鞠：音义同“鞠”，一本即作“鞠”，是练武用的毬。⑬躬：身。⑭作：刘盼遂校作“祚”(zuò)，王位。革：推翻。⑮播降：播下种子，比喻子嗣繁昌。⑯棘：读作“亟”，屡次。宾：宾礼，古代的一种礼制，是诸

侯朝见天子。此作动词用，朝见。商：当为“帝”字之误。⑰《九辩》《九歌》：系夏启所制的新乐曲。⑱勤：笃厚，厚待，这里是偏爱的意思。屠母，传说禹妻涂山氏孕启时，化为石头，禹高呼：“归我子！”石即破裂，启从中出。启的名字就是由此而来。“屠母”指破石的传说。“勤子”与“屠母”互为对比，有厚此薄彼的意思。⑲死：古通“屍”。竟：满。启是个淫君，天帝却对他特别偏爱，为了使他出生，不惜屠母分屍；后来又与他往来密切，送给他天乐《九辩》《九歌》，更助长夏王朝的淫乐生活。屈原笔下的天帝，远不是道德的典范。

【译文】

大禹勤劳辛苦完成功业，尧让他去察视天下四方。在何处与涂山氏之女相遇，而与她在台桑结成夫妇？与涂山女结合，是忧虑没有继嗣。为什么禹喜好与众不同，不贪图男欢女爱的情欲？启代益而做国君，突然间遭到禁困。为什么启遭到拘囚，却又能逃脱？益的兵徒皆交兵器投降或逃跑，而启无丝毫损伤。为何后来伯益失败，而夏启的统治能够长久？启执戟而舞并以美女祭祀天帝，得到了《九辩》和《九歌》。为何爱子竟使母亡，而尸骨竟分散遍地？

【原文】

帝降夷羿①，革孽夏民②。胡䠶夫河伯，而妻彼雒嫔③？冯珧利决④，封狶是䠶⑤。何献蒸肉之膏⑥，而后帝不若⑦？浞娶纯狐⑧，眩妻爰谋⑨。何羿之䠶革⑩，而交吞揆之⑪？

【注释】

①帝：天帝。夷羿：夏代大康时有穷国的君主。有穷氏是东夷族，故称“夷羿”。②革：革除。孽：灾祸。革孽夏民是“革夏民孽”的倒文。史传启之子太康耽于游猎，羿利用夏民的不满情绪夺了夏都。③妻：作动词用，娶妻。彼：指河伯。雒嫔：指洛水女神宓（fú）妃。据说宓妃是河伯之妻，后羿射瞎河伯左眼，夺宓妃为妻。④冯：大而满，指拉满弓。珧（yáo）：蚌壳，此指蚌壳装饰的弓。决：射箭时钩弦的用具，套在右手指上，今称扳指。利决：灵活顺利地使用扳指。⑤封：大。狶（xī）：野猪。⑥蒸：祭。膏：肥美的肉。⑦若：顺从。不若：不顺从，即不顺从羿的心愿，指羿不得善终。屈原认为行为不善，祭祀无用，下文“缘鹄饰玉，后帝是飨；何承谋夏桀，终以灭丧”也以祭礼的丰厚来挖苦、讽刺暴君的可悲下场。⑧浞（zhuó）：寒浞，后羿的国相。纯狐：纯狐氏之女，后羿之妻。后羿重蹈大康的覆辙，也沉溺于游猎，不理国政，寒浞与其妻私通，后合谋杀羿自立为君。⑨眩（xuàn）：惑乱，此作淫乱解。眩妻：犹淫妻，指羿妻纯狐。爰：乃，于是。谋：指纯狐与寒浞图谋杀羿。⑩䠶革：传说后羿能射穿七层皮革。⑪交吞：联合吞食。传说后羿打猎回来，被家众烹食。揆（kuí）：揣度，思量，此作暗算解。

【译文】

天帝派遣夷羿降临，以消除忧患安抚夏民。为何却要射杀河伯，而娶雒嫔为妻？持着强弓戴上扳指，巨大的野猪都能射死。为何羿献上肥美的祭肉，天帝仍然不使他如意？寒浞要娶羿妻纯狐氏之女，惑于羿妻之言而谋杀羿。为什么羿能射穿皮革，而竟遭暗算被烹成肉汤？

【原文】

阻穷西征，岩何越焉①？化为黄熊②，巫何活焉？咸播秬黍，莆雚是营③。何由并投，而鲧疾修盈④？白蜺婴茀⑤，胡为此堂⑥？安得夫良药，不能固臧⑦？天式从横⑧，阳离爰死。大鸟何鸣⑨，夫焉丧厥体？

【注释】

①"阻穷"二句：是说鲧被困羽山，不得越羽山之岩的事。②黄熊：指鲧死后化作黄熊之事，也有一说是化作黄能，即三足鳖，神异之物。③咸：都。秬（jú）黍：黑色黍子，是古代良种。莆（pú）：疑即"蒲"字，水生的草。雚（gàn），芦苇类植物。营：读作"耘"，除草。"莆雚是营"即清除水草。鲧虽未根治洪水，却也有一定成绩。原来的一些草泽地区，清除了水草，种上了小米。④并：读作"屏"。投：弃。疾：恶，指恶名。在儒家经典里，鲧与共工、驩兜、三苗共称为"四凶""恶人"。修：长久。盈：满。修盈：指罪恶之多。⑤蜺（ní）：同"霓"，虹的一种，也称副虹，色较淡。白蜺：指嫦娥身着霓裳羽衣。婴：颈饰。茀（fú）：妇女首饰。⑥堂：盛装的样子。⑦臧：读作"藏"。传说嫦娥吞了西王母的不死之药，飞进月宫。不能固臧，是说嫦娥变成月影蟾蜍，仍显露于人间。⑧天式：自然的法则及规律。式：法式，法则。从横：即"纵横"，喻矛盾交错。从：同"纵"。⑨大鸟：姜亮夫认为是指太阳里的金乌。

【译文】

鲧往穷石西行遇阻受困，山岩重重又怎能超越？鲧既然已经化为黄熊，巫师又如何使他复活？鲧教百姓播种黑黍，种植莆雚。为什么和四凶一样同被摒弃，而认为鲧恶贯满盈？嫦娥身着霓裳美服头戴首饰，为何打扮如此华丽堂皇？羿从哪儿得到了仙药，却又不能妥善收藏？天体形式有纵有横，阳气散失就会死亡。巨大的飞鸟为什么鸣叫，又为何会解体命丧？

【原文】

蓱号起雨①，何以兴之？撰体协胁②，鹿何膺之③？鳌戴山抃④，何以安之？释舟陵行，何以迁之⑤？惟浇在户⑥，何求于嫂⑦？何少康逐犬⑧，而颠陨厥首？女岐缝裳⑨，而馆同爰止⑩。何颠易厥首⑪，而亲以逢殆⑫？

【注释】

①蓱：即蓱翳，或作屏翳，神话里的雨师。②按此二句依《楚辞校补》当作"撰体胁鹿，何以膺之"。撰：胁，借指身体。鹿：指风神飞廉（用蒋骥说）。传说飞廉鹿身鸟头。③膺：呼应，应承。以上两句通行本作"撰体协胁，鹿何膺之"，疑"协"字因"胁"字而衍。④鳌（áo）：神话中的大海龟。抃（biàn）：拍手，此指抃舞，即鼓掌欢舞，传说渤海之东，有十五只巨鳌，用头顶着五座神山。⑤释：放弃。陵行：在陆地上行走。陵：陆地，楚方言。迁之：指神山迁移。传说龙伯国有一巨人，一次钓去六只巨鳌，它们所负载的岱舆、员峤两山，因而漂到北极，沉入大海。浇与鳌颇多类同之处。古代传说往往人兽不分，浇可能是鳌的化身，故《天问》将鳌负山与浇释舟合为一节。⑥惟：发语词。浇（áo）：寒浞之子，又称过浇，富有武力，曾杀死夏国君相（大康之侄，仲康之子），后又被相之子少康所杀。户：门，此指浇嫂的家。⑦嫂：浇之嫂，据说是寡妇。⑧少康：夏代的中兴之主，在夷夏争霸的斗争中杀浇复国。⑨女岐：人名，浇之嫂。⑩馆：馆舍。"馆同"即"同馆"。止：宿。⑪颠易厥首：指少康派人夜袭，错杀了女岐。易：以此代彼，指杀错。⑫亲：亲身，指浇自身。殆：危险，祸殃。这句是说浇后来遇难的事。

【译文】

雨师屏翳能呼云唤雨，他到底是如何使雨势兴起？风神长着鹿的身体，为何能接受长成这样的体形？大龟昂首背着五山击手而舞，这五座山又怎么能稳定不移？让舟船在陆地上行驶，怎么才能让它移动？来到女岐的门口，对他的嫂嫂有何相求？为什么少康驱赶猎犬袭击浇，却误杀了女岐砍下她的头？女岐替浇缝补衣裳，两人淫乱同宿共眠。为什么少康误取首级，女岐遭殃身亡？

【原文】

汤谋易旅，何以厚之①？覆舟斟寻②，何道取之？桀伐蒙山③，何所得焉？

妹嬉何肆，汤何殛焉④？舜闵在家⑤，父何以鳏⑥？尧不姚告⑦，二女何亲？

【注释】

①汤：牟廷相、闻一多认为是“浇”的误字。谋：谋划，研究。易：治。旅：甲的别名。传说浇最早作甲。厚：指浇制的战甲坚厚。②斟寻：古国名。③桀：夏朝末代国君，是历史上著名的昏暴之君。蒙山：古国名。④殛：诛灭，指灭夏国。⑤闵：同“悯”，爱，此指孝。⑥鳏（guān）：字同“鳏”，无妻的男子。舜幼年丧母，父亲是个糊涂的盲人，偏爱继妻的儿子象。舜三十岁，还不曾娶妻，且受到全家人多方虐待。后来，尧访知舜是贤人，提拔他作继承人，并把自己的两个女儿娥皇和女英都嫁给他。⑦姚：舜属姚姓，此指舜父瞽叟。尧不姚告：尧不把配亲的事告诉姚家长辈。

【译文】

少康开始谋划灭浇时人甚少，为什么能迅猛壮大而取得胜利？浇有覆舟之力而灭斟寻，而少康又用什么方法取胜？夏桀出兵攻打蒙山，得到了什么战利品？妹嬉做了什么放肆的事，商汤竟把她诛杀？舜忧心还没有成家，父亲为什么不给他娶亲？如果尧不告诉舜父，娥皇、女英如何能与舜成亲？

【原文】

厥萌在初，何所亿焉①？璜台十成，谁所极焉②？登立为帝③，孰道尚之④？女娲有体⑤，孰制匠之？舜服厥弟，终然为害⑥。何肆犬体⑦，而厥身不危败？

【注释】

①萌：指贪欲初萌。亿：通“臆”，臆测，预料。这是说纣王制作象牙筷子时，大师箕子曾叹道：有了象牙筷子，势必要配上玉的杯子；有了玉的杯子，势必要配上山珍海味。发展下去，终将劳民伤财，滥建宫室。②璜（huáng）：美玉。十成：指十层。极：至，这里是最后完成的意思。③立：古通“位”。帝：登位为帝，是指舜继位为帝王。④道：通“导”，引导。尚：推崇，崇尚。⑤女娲（wā）：我国神话里一位造人、补天的女神。在先秦古籍中，其名仅见于《天问》，汉以后记载渐多。女娲又是女性的天帝。⑥服：顺从。弟：指舜同父异母的弟弟象。舜娶帝尧二女，象很嫉妒。为了夺取嫂嫂，千方百计地陷害兄长，这就是“终然为害”的意思。⑦肆：放纵，肆无忌惮。犬体：泛指兽性。这里是说象肆无忌惮地犹如猪狗一样谋害舜。

【译文】

生民最初的生活劳动，谁能凭空猜测？纣王建造的璜台高达十层，谁能有这样的功劳？女娲登位称帝，是谁记载传播这件事？女娲创造了人类，又是谁制成了她的形体？舜帝顺从他的弟弟象，最终使其成为祸患。为何象放肆如同猪狗一般，而舜却能不为他所害？

【原文】

吴获迄古①，南岳是止②。孰期去斯③，得两男子④？缘鹄饰玉⑤，后帝是飨⑥。何承谋夏桀⑦，终以灭丧？帝乃降观⑧，下逢伊挚⑨。何条放致罚⑩，而黎服大说⑪？

【注释】

①吴：古国名，春秋时据有今江苏、浙江的一部分。获：得。迄古：久远。②南岳：泛指南方的山岳，此不必实指。止：止境。③期：料想。去：一本作“夫”，当据改。夫斯：这样，指上文“迄古”二句。④两男子：指太伯、仲雍两贤人。他们分别是古公亶父（周文王的祖父）的长子和次子，由于看出父亲要把君位传

给幼子季历，就主动避开，逃到江南。吴地人拥太伯为国君，太伯死后，仲雍继位。⑤缘（yuán）：衣服的边饰，引申为装饰。⑥后帝：天帝。飨：拿酒食招待。⑦承：传，贻。谋：通“规”，规谋，规划。⑧帝：商汤。降：下来，走出去。观：观察，视察民情。⑨伊挚：即伊尹，名挚。⑩条放：从鸣条放逐。条：鸣条，地名，在今河南开封北岸，或说在今山西安邑县北。夏桀败于鸣条，并从这里被流放到南巢（在今安徽巢县附近）。致罚：遭致惩罚。⑪黎服：黎民百姓。刘永济说“服”是“民”的误字。“服”古写作“㞋”，与“民”字形近。说：同“悦”。

【译文】

吴国得到长久存在之地，于是留在南岳之地使民众栖止。谁能想到离开这个地方，竟然能得到太伯、仲雍两贤人？妹嬉的衣服上绣鸿鹄配饰玉佩，桀对她的恩宠如同帝王一样。为何她竟能接受伊尹的谋略，而最终使夏桀灭亡？商汤降临下土巡视四方，在民间遇到贤臣伊尹。为何夏桀自鸣条被放逐受罚，而黎民百姓十分高兴？

【原文】

简狄在台，喾何宜①？玄鸟致贻，女何喜②，该秉季德③，厥父是臧④。胡终弊于有扈⑤，牧夫牛羊？干协时舞，何以怀之⑥？平胁曼肤⑦，何以肥之？有扈牧竖⑧，云何而逢？击床先出⑨，其命何从？恒秉季德⑩，焉得夫朴牛⑪？何往营班禄⑫，不但还来⑬？昏微遵迹，有狄不宁⑭。何繁鸟萃棘，负子肆情⑮？

【注释】

①简狄：传说中有娀氏之女，嫁给高辛氏帝喾（kù），生子契，契是商族的始祖。台：玉石装饰的九层瑶台。宜：同“仪”，此作动词用，求爱。②玄鸟：即燕子。传说简狄吞下玄鸟之卵而生商之始祖契。致：送去。贻（yí）：赠，此作名词用，礼物，指送的蛋。③该：“亥”字之误。亥是殷人祖先，契的八世孙，传说他始“服牛”，即用牛驾车的创始人。秉：保持。秉德是古代常用语。季：亥的父亲，叫作“冥”，传说他曾任夏朝水官。④厥：其。臧：善，此作榜样解。⑤弊：通“毙”，死。扈：“易”之误。有易是夏代古国名。亥到有易放牧，被有易人杀死。⑥干：盾牌。协：配合。时：是，此。王亥执盾入舞。这是古代一种流行的武舞，称干舞，是万舞（包括文舞籥舞和武舞干舞）的一部分，有蛊惑淫事的作用，有时也以万舞称干舞。诗的这两句可能是写王亥以干舞诱惑有易女人。怀：诱惑。⑦胁：腋下有肋骨的部位。平胁：体态丰腴的样子。曼肤：肤色润美。曼：美。⑧牧竖：牧童。竖：蔑称，童仆。⑨击床：指牧竖袭击王亥于床第之间。⑩恒：王恒，王亥之弟。商族有兄终弟及的继承法。亥死于有易，弟恒继立。⑪朴：大。⑫班禄：颁赐爵禄。“班”同“颁”。往营班禄，姜亮夫认为可能说王恒到有易去颁赐爵禄，希望以此换回所失之牛。⑬但：疑是“得”字因形残而误。⑭昏微：即上甲微，亥之子。遵迹：遵循祖宗的行迹，指继承王位。有狄：即有易。“狄”“易”古音相近。传说上甲微借河伯的军队讨伐有易，杀其国君绵臣。⑮“繁鸟萃棘”是古代典故，比喻众目睽睽，丑行难饰。萃：集中。棘：荆棘。很多鸟集中在荆棘上。负：背弃。肆情：放纵情欲。

【译文】

简狄深居九层高台，帝喾为什么对她如此钟爱？玄鸟送来礼物，简狄为何那么欢喜？王亥秉持了父亲王季的德行操守，于是他的父亲大为褒奖。为什么最终遭到困顿，为有易氏放牧牛羊？王亥跳起武舞，竟使有易氏之女对他怀思。有易氏之女体态曼妙，王亥以什么赢得了她为妻？有易氏之女与王亥，是如何得以相遇相逢？击床之事件发生的时候王亥已经逃出去了，否则如何能够保全性命？王恒依然秉承王季的德行，又为什么能够重得王亥所失的牛？为什么王恒能得到有易的赐禄，而且能够安然回返？上甲微追循祖迹而征伐有易，有易国因此不得安宁。为什么会荒废于击鸟射兽，而且会有荒淫秽乱的言行？

【原文】

眩弟并淫①，危害厥兄②。何变化以作诈③，后嗣而逢长④？成汤东巡，有莘爰极⑤。何乞彼小臣，而吉妃是得⑥？水滨之木，得彼小子⑦。夫何恶之，媵有莘之妇⑧？汤出重泉⑨，夫何罪尤⑩？不胜心伐帝⑪，夫谁使挑之？

【注释】

①眩（xuàn）：眼花，引申为糊涂，昏乱。弟：王逸说是舜弟“象”。②厥：其。③变化：传说象为了陷害舜，变换过三种奸诈的阴谋。④逢：大，昌盛。传说舜做天子后，不咎既往，封象于有庳，子孙都做了诸侯。⑤有莘（shēn）：古国名，在今河南陈留县。极：到。⑥小臣：官名，此指伊尹，本为有莘国的媵臣。吉：美好。⑦“水滨”二句：传说伊尹的母亲住在伊水边上，怀孕时伊水泛滥，母溺死，化为空心桑树。水退以后，人们听到婴儿哭声，就从空桑中抱出伊尹，献给国君。⑧媵（yìng）：陪嫁的人，此作动词用。⑨重泉：桀囚禁汤的地方。⑩尤：罪。⑪胜心：克制内心的欲望。伐：称功，夸耀。帝：指夏桀。这两句是说：商汤不能克制内心的欲望而去讨伐夏桀，这是受何人指使挑唆的？

【译文】

不成器的弟弟也是如此荒淫，并且因此杀害了他的兄长。为何王统善变狡诈多端，而他的后代竟也能长久绵延？成汤出巡东方，来到了有莘氏的国土。为什么本来是乞取小臣伊尹，竟娶得了贤淑的妃子？水边的那株空桑树下，拾获了那个小儿伊尹。为什么又生出恶感，把他送给有莘氏之女？汤从囚地重泉摆脱，究竟他犯了什么罪？汤能下定决心而伐桀，又是谁挑唆的？

【原文】

会鼂争盟①，何践吾期②？苍鸟群飞③，孰使萃之④？到击纣躬⑤，叔旦不嘉⑥。何亲揆发，足周之命以咨嗟⑦？授殷天下，其位安施？反成乃亡⑧，其罪伊何⑨？争遣伐器⑩，何以行之？并驱击翼，何以将之⑪？

【注释】

①鼂：同“朝”。会鼂：史称甲子之朝，指周武王姬发与各路诸侯于甲子日凌晨会师在殷郊牧野（今河南汲县北）盟誓，当天攻下殷都。会：会合。争：一本作“请”，宣告。②吾：疑是“晤”字之残。晤期：会晤的日期。③苍鸟：鹰，喻各路诸侯。④萃：聚集。⑤据《周书·克殷篇》和《史记·周本纪》记载：周武王攻下殷都后，先乘车到达纣王自尽的地方，亲自向尸体射了三箭，然后下车用剑击之，最后用大斧砍下纣王的头，挂在大白旗上。到：通“倒”。躬：身体。⑥叔旦：即周公，武王之弟，故称叔旦；因封于周（岐山北），而称周公。嘉：称赞。⑦揆：测度。亲揆：贴心领会。发：武王名。足：应为“定”的误字。咨：叹息，此疑代指怀柔政策。这两句是说：周公不赞成残杀败军，而能领会武王的真正心意，用怀柔政策平定天下。“到击纣躬”，大概是武王的一时激愤，怀柔政策才是他一贯主张。⑧反：当从一本作“及”，等到。⑨伊：语气助词。⑩伐器：攻伐之器。伐：攻伐。此句是指周武王东征四国之事。⑪将：统率。

【译文】

武王伐纣，诸侯前来朝会请求一起征伐，为什么都能如期实践约定？苍鹰成群而飞，是谁把它们聚集在一起？分解砍断纣王的尸体，周公叔旦并不赞成。为什么武王亲自拨乱反正，确定周的天下，百姓赞叹不已？上天既然已将天下授予殷商，为什么又转移给了周？纣王的军队全部倒戈而使国亡，他又有哪些罪过？武王的军士踊跃拿起武器，是用的什么方法来动员他们？军队并驱齐进击敌，他又是怎么样来统率大军？

【原文】

昭后成游，南土爰底[①]。厥利惟何，逢彼白雉[②]？穆王巧梅，夫何为周流[③]？环理天下[④]，夫何索求？妖夫曳衒，何号于市[⑤]？周幽谁诛？焉得夫褒姒[⑥]？

【注释】

①昭后：西周第四代国王。成：规模盛大。南土：指楚国。爰：乃。底：至。昭王南避，据说淹死于汉江。②逢：迎取。雉（zhì）：野鸡。③穆王：西周第五代国王。巧梅：即“巧模”，穷巧模拟，指穆王穷巧模拟营造宫室器具。④理：借作“履”，行。环理天下：即指周穆王周行天下。⑤据《国语·郑语》《史记·周本纪》记载：周厉王（幽王祖父）时，有一个七岁的小宫女碰到龙的吐沫所化的玄鼋，等她长大就自然怀孕了，在宣王（幽王父）时生一女。因害怕处罚，把她扔掉，被一对叫卖木弓、箭袋的夫妇拾去收养，带到褒国（在今陕西褒城县东南），后来就是传说“千金一笑”“致亡西周”的褒姒。妖夫：指收养褒姒的夫妇。曳：牵引，指夫妇相引而行。衒（xuàn）：炫耀，指行卖时夸说货美。号：指叫卖。⑥谁诛：诛谁。诛：讨伐。幽王若不讨伐褒国，就不会得到褒姒。这二句意同上文“桀伐蒙山，何所得焉？”伐人等于自伐，诛人等于自诛。

【译文】

昭王盛车出游，来到遥远的楚国。他想获取什么利益，难道只是想获取白色的野鸡？穆王既然得到了良马，又为什么还要周游四方？既得天下就应当治理，又为何到处周游？妖异的夫妇在大街上一边走一边叫卖，他们究竟在叫卖什么？到底是谁杀了周幽王？又是如何得到的褒姒？

【原文】

天命反侧[①]，何罚何佑[②]？齐桓九会[③]，卒然身杀[④]。彼王纣之躬[⑤]，孰使乱惑？何恶辅弼[⑥]，谗谄是服[⑦]？比干何逆[⑧]，而抑沉之？雷开何顺[⑨]，而赐封之？何圣人之一德，卒其异方[⑩]？梅伯受醢[⑪]，箕子详狂[⑫]？

【注释】

①反侧：反复无常。②何罚何佑：当作“何佑何罚”。佑：通“祐”，神的福祐。③齐桓：齐桓公，是“春秋五霸”的第一个霸主。九会：多次会盟诸侯。实际上齐桓公与诸侯会盟不止九次。九表示多，不是实指。④卒：终。身杀：犹言身亡。这是说齐桓公晚年任用竖刁、易牙、堂巫、开方四个恶人，酿成内乱。桓公被禁于一室，病时竟得不到饮食，死后诸子争权，六十七天尚未入殓，以致尸体腐烂，虫都爬出门外。⑤之：这。之躬：这个人。⑥弼：义同“辅”。辅弼：能起辅佐作用的贤臣。⑦服：任用。⑧比干：纣的叔父。因多次谏言，纣王怒而杀之，剖其心。⑨雷开：也称“来革”，纣王的佞臣。⑩卒：结局。异方：不同的方式。⑪醢（hǎi）：是“菹（zū）醢”的省文。菹醢是古代的一种酷刑，把人剁成肉酱。诸侯梅伯因忠谏而受此刑。⑫箕子：纣王的叔父，封于箕，为殷太师，忠谏纣王不被接纳，而披发装疯。详：通“佯（yáng）”，假装。

【译文】

天命真是反复无常，什么人会受惩治而什么人能得到福祐？齐桓公有九合诸侯的威力，最终也遭到杀身之祸。那殷商纣王以帝王之尊，又是谁使他狂暴昏乱？为什么会憎恶辅佐良臣，却听信小人的谗言谄媚？比干有什么悖逆的地方，而要加害于他？雷开善于阿谀奉承，却得赏赐封地？为什么圣人的德业相同，最终的结局却不相同？梅伯受刑被剁成肉酱，箕子披发装疯消极避世。

【原文】

稷维元子①，帝何竺之②？投之于冰上，鸟何燠之③？何冯弓挟矢④，殊能将之⑤？既惊帝切激⑥，何逢长之⑦？

【注释】

①稷：后稷，名弃。维：是。元：首。元子：长子。传说稷是帝喾的长子，是周族的始祖。喾正妃姜嫄因踩着上帝的脚印而怀孕生稷。②帝：帝喾的神化。竺：借作“毒”。③投：投放，抛弃。稷诞生后，家里人先弃之于“隘巷”，再弃之于“平林”，都未弃成，最后弃之于“寒冰”，但又有“鸟覆翼之”。因多次被弃，故取名为“弃”。燠（yù）：温暖。后稷被“竺”、被弃的原因，在于氏族社会末期，对偶婚未严，丈夫往往怀疑第一个孩子是妻子在母家怀胎的，故有“杀首子，以荡肠正世”的风俗。后稷遭弃正是这种远古风俗的史影。④冯：持。⑤殊：特异。能：才能。将：持。这两句说稷从小就有特殊的才能。⑥惊帝：惊动上帝，即《诗经·生民》所说的“上帝不宁”。切激：激烈，说上帝震惊激烈。⑦逢：大。逢长：长大成人。

【译文】

后稷是嫡出长子，帝喾为何会憎恶他？将他丢弃在寒冷的冰上，鸟儿为什么会用翅膀盖着他给他温暖？为什么稷能拿强弓持利箭，是因为有殊异的才能而得到天帝的帮助？帝喾既然惊异而弃稷，为什么天帝又护佑他长大成才？

【原文】

伯昌号衰①，秉鞭作牧②。何令彻彼岐社，命有殷国③？迁藏就岐，何能依④？殷有惑妇⑤，何所讥？受赐兹醢⑥，西伯上告。何亲就上帝罚⑦，殷之命以不救⑧？师望在肆，昌何识⑨？鼓刀扬声⑩，后何喜？武发杀殷，何所悒⑪？载尸集战⑫，何所急？伯林雉经⑬，维其何故⑭？何感天抑坠⑮，夫谁畏惧？皇天集命⑯，惟何戒之？受礼天下⑰，又使至代之⑱？

【注释】

①伯昌：即周文王，姬姓，被殷王朝封为雍州伯，也称西伯。号：号召。号衰，发号于衰微之世。②秉：持。秉鞭作牧，是说周文王作雍州牧伯一事。③令：使，指天命使然。彻：引申为发展、扩大。岐：地名，在今陕西岐山县东北，古公室父开始迁居于此。社：祭祀土地神的庙，建于国都，象征政权。④依：归。⑤惑妇：指妲己。⑥受：纣王。兹：读如“孳”，即“子”的假借字。文王的长子伯邑考被纣王所杀，并将其肉烹制为羹赐给姬昌服食。⑦亲就：亲受，主动接受。纣王灭绝人性，亲受天罚。⑧以：同“用”，因而。⑨师：太师，军队的统帅。望：吕尚，号太公望，俗称姜太公，做周的太师。肆：店铺。昌何识，如何识得吕望的贤才。据说吕望在店铺里卖肉，文王去请教，他说：“下屠屠牛，上屠屠国。”“文王喜，载与俱归也。”⑩鼓刀：敲刀。鼓：鸣。⑪武发：周武王，名发。悒：忧郁，这里是愤恨的意思。⑫尸：木主，特指周文王姬昌的灵牌。集战：会战。⑬伯：当为“燔”之音讹，焚烧，指纣王自焚于火中。雉经：缢死。⑭维：语气助词。故：缘故。⑮感：通“憾”。抑：义同“按”，指各种地质灾害。⑯集命：集禄命而授之，即授予天下。⑰礼：借作“理”，治理。⑱至：通“周”，指西周王朝。

【译文】

伯昌在殷商衰退的时候，拿着鞭子来到九州做牧伯。为什么上天把大任降临到岐社，让他们来统治殷国？当年太王带着宝藏迁居岐山，现在岐地将以什么作为依持？殷有妲己迷惑纣王，对纣王又能怎样劝谏？文王被赐喝用他儿子的肉煮的汤，西伯姬昌向天告命。为什么要亲自把纣王的罪状上告于天帝，而不去拯救殷商衰退的国运？姜太公吕望隐居在屠市，伯昌为什么就能识知？吕望敲击刀子放声歌唱，文王听后为什么那么欢喜？武王姬发既然已经诛纣灭商，为何还有忧虑？载着文王灵位出战，为什么又这样心急？纣王自焚身亡，究竟是什么原因？为何他的死能感天动地，而生前又畏惧谁？天帝既然已降天命于殷，为什么祖伊还要劝戒？纣王既然已经统治天下，为什么又被异姓取代？

【原文】

初汤臣挚①，后兹承辅②。何卒官汤，尊食宗绪③？勋阖梦生④，少离散亡⑤。何壮武厉⑥，能流厥严⑦？彭铿斟雉，帝何飨⑧？受寿永多，夫何久长⑨？中央共牧，后何怒⑩？蠭蛾微命，力何固⑪？惊女采薇，鹿何祐⑫？北至回水，萃何喜⑬？兄有噬犬，弟何欲？易之以百两，卒无禄⑭？

【注释】

①汤：商汤。挚：伊尹。伊尹初为商汤的媵臣。②兹：读作“滋”，益，进而。承：通“丞”，辅。③卒：死。官：疑“追”字之讹。这两句是说：伊尹死后其牌位进入商的宗庙，跟成汤一起受到祭祀。“尊食宗绪”是享受王宗的庙食。④勋：功，此作“阖”的状语，言“阖”功勋显赫。阖（hé）：吴王阖闾。梦：吴王寿梦。生：古“姓”字，指长孙。阖闾是寿梦的长孙。⑤少：少年。离：借作“罹”，遭遇。散亡：指阖闾年少时曾离散流放在外。⑥壮：长大。武厉：勇武猛厉。⑦流：流播。严：原来应当是“庄”字，与“亡”叶韵，汉代人为避明帝之讳而改。“庄”在这里指战功。⑧彭铿（kēng）：即彭祖，传说中寿命长达八百岁的人。斟：此指烹调。传说彭铿善于烹调。飨：享食。⑨寿：久。传说彭铿是尧时人，活到周代。长：当作“怅”，惆怅：烦恼不快。⑩中央：中央之州。共牧：可能中央之州有公共牧场，国人到那里“共牧”。后：指周厉王。厉王“好专利”“不布利”，遂引起国人起义。⑪蠭：古“蜂”字。蛾：古通“蚁”。蜂蚁：比喻周厉王时起义的国人。微命：指国人赤手空拳，以命相拼。力何固：力量为什么那么顽强，是说国人的这种不达目的决不罢休的态度，实在是很强大。⑫殷亡后：原殷的属国孤竹国国君二子伯夷、叔齐隐居首阳山，采薇充饥，不吃周朝的粮食。有位妇女提醒他们说：“这薇也是周的草木啊！”从此，他们连薇也不吃。传说有白鹿给他们哺乳。惊女：“惊”是“警”之误，妇女警醒他们。薇：一种野菜，高二三尺，嫩时可食。祐：当从一本作“佑”，帮助。⑬北至：向北行至。伯夷、叔齐隐居前大概住在首阳山以南。回水：河水环绕处，即河曲。首阳山在今山西永济县南，其西、南是黄河，北是汾水，周围河网稠密，故称回水。萃：聚集。指兄弟相聚隐居。⑭噬（shì）：咬。春秋时秦国君主秦景公有恶狗，弟鍼想要，景公不肯。鍼以百辆车去换，景公怒而夺其爵禄。百两：百辆车。

【译文】

开始汤让伊尹当个小臣，后来竟然做了辅政宰相。为何伊尹一直追从商汤为官，子孙得享王宗庙食百世？寿梦的孙子阖闾功勋卓著，少年时遭受离乱之苦。为什么壮年后能如此勇武，而使其威严远布流传？彭祖善于烹调雉鸡之羹，为何帝尧要亲自品尝并大加赞美？彭祖得享高寿活了八百多岁，为什么竟然能活得这么长久？中土九州共同治民，黄帝为什么会发怒？蜂蚁生命原本微小，为什么它们的生命力如此顽强？伯夷、叔齐采薇当作食物，有村妇警戒讥讽，白鹿为什么会来庇佑夷齐？二人北行来到回水之地，见到了什么让他们突然惊喜？秦伯有善咬的猛犬，为何他弟弟竟萌生据为己有的念头？弟弟想要以一百辆车来交换，最终不成反而失去了俸禄。

【原文】

薄暮雷电，归何忧？厥严不奉①，帝何求？伏匿穴处，爰何云②？荆勋作师，夫何长③？悟过改更，我又何言④？吴光争国，久余是胜⑤。何环穿自闾社、丘陵⑥，爰出子文⑦？吾告堵敖，以不长⑧。何试上自予⑨，忠名弥彰？

【注释】

①奉：奉持，保持。②“伏匿”二句：是说自己遭到排斥，退居在野。爰何云：作“云何爰”。云：语气助词。爰：哀叹，楚方言。“爰”与“言”叶韵。③荆：楚国。勋：大。作师：兴兵。长：指国运久长。④当是作者对楚王讲的话。⑤吴光：吴公子光夺取吴国王位之后，连年作战，屡败楚师。楚怀王受张仪之骗后，曾心血来潮，轻举妄动，倾全国军队伐秦，结果兵败地削。这一节是提醒楚怀王要吸取历史教训，不可轻易兴兵。⑥闾：里巷的大门。社：古代二十五家为一社，这里泛指村庄。⑦爰：乃。出：生出。子文：春秋前期楚成王的令尹（丞相）。其母处女时代与表兄斗伯比（楚宗室）私通而生子文，产后嫁给伯比。⑧吾：疑是“牾”字之误。牾告：犹今“乱”讲。堵敖：楚文王之子，即位不久被其弟弟楚成王所杀自立。⑨试：读作“弑”。予：作“与”，“予”“与”古通。自与：给自己。在传统观念里，楚成王与子文是一对明君贤臣，素享美名，屈原却揭了他们的老底，颇有非议。

【译文】

傍晚时分雷电交加，归去吧，还有什么忧愁？其威严已经不复存在，对天帝又有什么祈求？虽然藏身在荒山野林，气愤填胸还能讲些什么？荆楚之师功勋显著，如何能够久长？既然能够悔悟过失改正错误，我又有何话可说？吴光与楚争国，我国为什么能被他战胜？为何来往穿越里社丘陵，通淫荡之事，而生出令尹子文？子文对堵敖讲若杀熊恽，则国将衰不能长久。为何子文侍奉杀君之主，而能显忠义之名？

九　章

涉　江

【原文】

余幼好此奇服兮，年既老而不衰。带长铗之陆离兮①，冠切云之崔嵬②。被明月兮珮宝璐③，世溷浊而莫余知兮。吾方高驰而不顾④，驾青虬兮骖白螭⑤。吾与重华游兮瑶之圃⑥，登昆仑兮食玉英⑦。与天地兮比寿，与日月兮齐光。哀南夷之莫吾知兮，旦余济乎江湘⑧。

【注释】

①铗：剑柄，此指剑。陆离：很长的样子。②冠：帽，此作动词用，戴。切云：当时一种高帽子的名字。《离骚》有“高余冠之岌岌”的描写，这是屈原喜爱的形象。③明月：指夜明珠。璐：美玉名。珮：同“佩”。④方：才。顾：回头。⑤虬（qiú）：传说中无角的龙。骖（cān）：古代一车套四匹马，中间的马叫“服”，两旁的叫“骖”，这里作动词用，驾在两旁。

螭（chī）：也是一种无角的龙。⑥重华：舜的名。瑶之圃：玉树的园圃。传说昆仑山产玉，是上帝的园圃所在。⑦英：花。“英”古音“央”，与下文“光”叶韵。玉英是指玉的精华。这里用以代表最精美的非人间的食品，象征最高尚的真理。⑧南夷：指屈原流放的楚国南部的土著。屈原作品里关于修饰奇服、与前圣同游的描写，都寓有不与楚国统治集团同流合污的意思。在现实生活中愈是受迫害，被孤立，他愈要在精神上表现得倔强、傲岸、目空一切。前面用高昂的调子，浪漫的彩笔，描写自己与楚国当权者的决绝，采用的是虚写手法，这两句才点破其实际内容，为下文的实写作铺垫。

【译文】

我从小就喜欢这种奇伟的服饰，现在年纪虽然老了但是兴致仍没减退。腰间挂着长长的宝剑悠悠摆动，头上戴着高耸的切云帽，披挂着明月珠子佩戴着美玉，可叹这世道混浊没人了解我。我正想向高处奔驰而义无反顾，青龙驾车，白龙御套，我和重华畅游瑶园玉圃，登上昆仑山同食玉枝琼花。我与天地一样万寿无疆，我与日月同放光芒。哀痛在南夷这地方没有人能知道我，明早我就要渡过长江和湘水了。

【原文】

乘鄂渚而反顾兮①，欸秋冬之绪风②。步余马兮山皋，邸余车兮方林③。乘舲船余上沅兮④，齐吴榜而击汰⑤。船容与而不进兮，淹回水而凝滞⑥。朝发枉渚兮⑦，夕宿辰阳⑧。苟余心其端直兮，虽僻远之何伤！入溆浦余儃佪兮⑨，迷不知吾所如⑩。深林杳以冥冥兮，乃猨狖之所居⑪。

【注释】

①乘：登。鄂渚：地名，在今湖北武昌。②欸（āi）：哀叹。绪：余。③邸：同“抵”。方林：地名，大概在长江北岸。“方”有旁边的意思。④舲（líng）船：有门窗的小船。⑤齐：指动作整齐，这里作动词用，犹“并举”。吴：有二解，一、吴国；二、大。榜：船桨。汰：水波。⑥淹：淹留，停滞。回水：回旋的水。⑦枉渚：在今湖南常德市南。⑧辰阳：故城在今湖南辰溪县西。⑨溆（xù）浦：在今湖南溆浦县。儃（chán）佪（huái）：徘徊，指心情的无所着落。到溆浦后，不知该向哪里去，踌躇一阵，大概就住下来了。⑩如：往。⑪狖（yòu）：黑色长尾猿。

【译文】

登上鄂渚回头遥望国都，慨叹秋冬的余风依然凌厉。我的马慢慢走过水边的高地，我的车在方林停留。乘着小船儿溯沅水而上，船夫们一齐摇桨击拍波浪。船慢腾腾地不肯行进，停留在回旋的水流中不前。早晨我从枉渚启程，傍晚就歇宿在辰阳。只要我的心端直忠贞，即使偏僻荒远又有何妨。进入溆浦我觉得踌躇彷徨，迷惑中我不知要去向何方。茂密的树林幽深而昏暗，这本是猿猴所生息的地方。

【原文】

山峻高以蔽日兮，下幽晦以多雨。霰雪纷其无垠兮①，云霏霏而承宇②。哀吾生之无乐兮，幽独处乎山中。吾不能变心而从俗兮，故将愁苦而终穷。接舆髡首兮③，桑扈赢行④。忠不必用兮，贤不必以⑤。伍子逢殃兮，比干菹醢。与前世而皆然兮⑥，吾又何怨乎今之人！余将董道而不豫兮⑦，固将重昏而终身。

【注释】

①霰：雪珠。②承：连接。宇：屋檐。一说“宇”指天宇，阴云弥漫天空。③接舆：春秋时楚国的隐士、狂士。髡(kūn)：剃发，是古代的一种刑罚。传说接舆自己剃去头发，避世不出仕。这是对统治者坚决不合作的表示。④桑扈：古代隐士，就是《庄子·大宗师》里的子桑户，《论语》里的“子桑伯子”。蠃(luǒ)：同“裸”字。桑扈裸体行走和接舆自髡一样，都是故意违抗世俗的表现。⑤以：又同“用”。⑥与：读作“举”，全部。⑦董：正。

【译文】

山峰高峻遮蔽了太阳，山脚下多雨而幽晦阴暗。雪花纷纷飘落无边无际，云雾弥漫在屋檐下集散。可叹我一生得不到快乐，幽居大山中寂寞孤独。我不能改变志向去顺从世俗，当然难免终身困苦，愁绪满怀而不得志。接舆剃发佯狂，桑扈脱衣裸体而行。忠良之人不一定被任用，贤能之人不一定被推荐。伍子胥遭遇祸殃，比干被剁成肉酱。前世就是这样，我又何必怨恨当今的人呢！我依然将遵守正道毫不犹豫，当然我将终身陷于黑暗。

【原文】

乱曰：鸾鸟凤皇，日以远兮。燕雀乌鹊，巢堂坛兮①。露申辛夷②，死林薄兮③。腥臊并御④，芳不得薄兮⑤。阴阳易位，时不当兮。怀信侘傺⑥，忽乎吾将行兮。

【注释】

①堂：殿堂。坛：祭台。②露申：即瑞香花。辛夷：香木名，北方叫木笔，南方叫望春。③薄：草木交错。林薄：草木杂生的地方。④御：进用。⑤薄：靠近。⑥怀信，怀抱着忠信之心。

【译文】

尾声：鸾鸟、凤凰，一天天远去。燕雀、乌鹊，却在殿堂庭院里筑巢。露甲、辛夷，枯死在草木丛中。腥膻臊臭并用，芳香却不能够靠近。阴阳颠倒变换了方位，这时代混沌不明。满怀忠信却屡遭惆怅失意，我将飘然而远行。

橘 颂

【原文】

后皇嘉树①，橘徕服兮②。受命不迁③，生南国兮。深固难徙，更壹志兮。绿叶素荣④，纷其可喜兮。曾枝剡棘⑤，圆果抟兮⑥。青黄杂糅，文章烂兮⑦。精色内白⑧，类任道兮⑨。纷缊宜修⑩，姱而不丑兮。

【注释】

①后：后土。皇：皇天。后皇：是对天地的尊称。先“后”后“皇”，是因为古代称人王为“皇后”，倒置为“后皇”，可以避免与人王的“皇后”相混。②徕：同“来”。服：习惯。③受命：受天地之命，即禀性，天性。④素荣：橘树初夏时开五瓣的白花。⑤曾：通“增”。曾枝：犹繁枝。剡(yǎn)：尖利。棘：指橘枝上的刺。⑥抟(tuán)：同“团”，圆圆的。⑦文章：花纹色彩，指橘子的颜色。烂：光泽貌。⑧精色：鲜明的皮色。内白：内瓤清白净洁。⑨类：像。任：抱。⑩纷缊(yūn)：指橘的香味盛茂。宜修：美好。

【译文】

天地间孕育一种美好的橘树，生下来就习惯了我们的水土。你秉承天生的品质坚贞不移，生长在江南的国土。你生长得根深蒂固难以迁徙，更有着专一的志行。翠绿的叶片相衬着白色花朵，缤纷繁茂的样子让人欣喜。重叠浓密的枝条长满锐利的荆棘，圆圆的果实挂满枝头。青色黄色的果实交错混杂，色彩斑斓多么灿烂夺目。外表鲜明精美内心纯净洁白，多么像一个可担当重任的君子啊。繁茂的枝条恰到好处的修饰，优雅的美貌不同于流俗。

【原文】

嗟尔幼志①，有以异兮。独立不迁，岂不可喜兮。深固难徙，廓其无求兮②。苏世独立③，横而不流兮④。闭心自慎⑤，终不失过兮⑥。秉德无私⑦，参天地兮⑧。愿岁并谢⑨，与长友兮。淑离不淫⑩，梗其有理兮⑪。年岁虽少，可师长兮。行比伯夷⑫，置以为像兮⑬。

【注释】

①嗟：赞叹词。②廓：指胸怀旷达。③苏：苏醒。④横：横渡。流：水向下。这句以驾舟横渡不随流而下，比喻为人处世不因时俗的好尚而变更自己的意志。⑤闭心：凡事藏在心里。意同上文“无求”，下文“自慎”。⑥失过：“过失”的倒文。⑦秉：持。私：偏阿，不公正。⑧参：合。作者说橘也公正“无私”，其德可比天地。⑨岁：年寿。并谢：同死，是指百草百卉同时凋谢的时候。⑩淑：善。离：借作“丽”。⑪梗：正直。理：纹理。此以橘之干直而有纹理，喻人之坚守直道、符合正理。⑫伯夷：殷末孤竹君的长子，周灭殷后，耻食周粟，饿死于首阳山。这是一个个性坚强、独行其志的典型，橘的特性与之相似，所以用来相比拟。⑬像：榜样。

【译文】

啊！你虽幼年却有如此志气，有着与大众不相苟同的地方。你坚守独立的品格永不改变，很令人欢喜。你品德深厚坚定不移，心胸开阔不追求私欲。你苏醒独立超越这污浊世俗的世界，敢于逆流横渡而不追随流俗。你清心寡欲谨慎自重，自始至终不会有罪行与过失。你秉持美德而无私欲，此情此德可与天地齐。愿与岁月一起流逝，而与你结成知己友谊天长地久。你善良美丽而无杂念，既坚贞又富有条理。你的年龄虽然还小，但你的品德却可为师表。你的品行可与伯夷相比，是我追随效仿的榜样。

汉魏晋南北朝诗

汉魏晋南北朝诗主要分为四大部分，即汉诗、魏诗、晋诗、南北朝诗，时间跨度为从汉朝建立之初到隋朝统一全国这漫长的八百多年。这一时期，我国诗歌获得空前发展。这一时期的诗歌创作，既是对《诗经》《楚辞》光荣传统的继承与发扬，又为唐代诗歌的繁荣提供了必要准备，具有承前启后的重要意义。

中国诗歌发展从先秦到汉魏晋南北朝，到唐代达到顶峰，经历了一个循序渐进的发展过程。先有《诗经》《楚辞》影响唐诗发展，后有汉魏晋南北朝诗影响唐诗发展。相对于《诗经》《楚辞》对唐诗的影响，汉魏晋南北朝诗对唐诗的影响更大、更直接。

可以说，汉魏晋南北朝诗上承《诗经》《楚辞》，下启唐代诗歌，具有重要意义。

汉 诗

刘 邦

刘邦（公元前 256—前 195 年），字季，沛县丰邑（今江苏丰县）人。在秦末农民战争中，登高一呼，天下英雄云集于其麾下，称“沛公”。公元前 206 年，他率军攻破咸阳灭秦，被义军盟主项羽封为汉王，封地为汉中、巴蜀（因此在战胜项羽后建国时，国号定为汉）；公元前 202 年，他灭项羽，建立汉朝，史称汉高祖。庙号为太祖，谥号高皇帝，因司马迁在《史记》中称其为汉高祖，后世多沿用此称号。在掌权 8 年（公元前 202—前 195 年）期间，他在政治、经济等方面采取了许多进步措施，又先后平定了诸异姓王的叛乱，对中国的统一和强大、华夏文明的保护和发扬作出了突出贡献。这些都有利于西汉初年经济、中央集权及文化建设的恢复和巩固。刘邦的诗歌作品有《大风歌》和《鸿鹄歌》。

大风歌

大风起兮云飞扬①，威加海内兮归故乡②。安得猛士兮守四方③！

【注释】

①兮：语气助词，古音读如“阿”，犹今口语“啊”。②加：凌驾。海内：四海之内，犹言“天下”。“威加海内”意谓“威镇天下”。③安得：怎得。这句是说希望得到猛士镇守四方。

【诗解】

《大风歌》是汉朝刘邦所作的诗歌，生动地展示出他的矛盾心情。唐朝乐队有以此改编的同名歌曲。公元前 195 年，刘邦东讨淮南王英布，西归途中，路过他的家乡沛县，便邀集故人宴饮。在宴席上由一百二十个小儿歌唱助兴，刘邦击筑（一种弦乐器）并作了这首诗。刘邦在战胜项羽后，称帝建汉，《大风歌》表达了他一统天下的广阔胸怀，也流露了踌躇满志的情绪，但在其内心深处却隐藏着对当时局面虽已初定，但国家仍未稳定，特别是外族威胁严重存在的忧虑之情。诗风刚健豪放，雄视古今。

项　籍

项籍（公元前232—前202年），字羽，历史上通常称之为项羽，秦下相（今江苏宿迁市）人。中国古代著名将领及政治人物，秦末时被楚怀王熊心封为鲁公，在公元前207年的决定性战役巨鹿之战中统率楚军大破秦军主力。公元前206年灭秦之后，自立为“西楚霸王”，统治黄河及长江下游的梁楚九郡。后在楚汉战争中为汉高祖刘邦所败，在乌江（今安徽和县）自刎而死。项羽是中国历史上以勇武著称的将领，古人对其有“羽之神勇，千古无二”的评价，“霸王”一词，专指项羽。

垓下歌

力拔山兮气盖世。时不利兮骓不逝①。骓不逝兮可奈何！虞兮虞兮奈若何②！

【注释】

①骓：青白杂色的马，是项羽常骑乘的一匹骏马。这句是说：虽乘乌骓骏马，也难突破汉军重围。②虞：项羽宠姬。若：你。这句是说：虞啊虞啊！我又如何安排你啊！

【诗解】

公元前202年，项羽兵败之后，驻军垓下，兵少食尽，被刘邦军队重重围困。夜晚，项羽听到四面楚歌，皆为汉军所唱，他认识到大势已去，与心爱的虞姬饮酒帐中，慷慨悲歌，唱出了这首流传千古的歌诗，生动表现了英雄末路、无可奈何的悲凉之情。

刘　彻

刘彻（公元前156—前87年），生于长安，幼名彘。他是汉景帝刘启的第十个儿子、汉文帝刘恒的孙子、汉高祖刘邦的曾孙。他是汉朝的第五位皇帝，即汉武帝，公元前140年至公元前87年在位。刘彻是一位拥有雄才大略的君主，他继承汉景帝的政策，对内完成真正统一，对外解除匈奴威胁；在政治上、经济上都实行了一些重要的改革措施。经过五十多年的经营，他使汉朝的文治武功都达到了前所未有的高度。

刘彻仿效古代采诗制度，创立乐府机关来掌管宫廷音乐，兼收集民间歌谣和乐曲，对乐府诗的发展起了一定推动作用。他本人也能歌善赋，今存《悼李夫人赋》一篇，《瓠子歌》二首，《秋风辞》和《李夫人歌》各一首。

秋风辞

秋风起兮白云飞，草木黄落兮雁南归。兰有秀兮菊有芳①，怀佳人兮不能忘。泛楼船兮济汾河②，横中流兮扬素波③。箫鼓鸣兮发棹歌④，欢乐极兮哀情多⑤。少壮几时兮奈老何！

【注释】

①秀：草本植物开花叫“秀”。芳：香气。“兰有秀”与“菊有芳”是互文见义，兰有秀也有芳，菊有芳也有秀。②泛：浮。泛楼船，即“乘楼船”的意思。汾河：源出山西宁武县管涔山，西南流纵贯全省，至万荣县西北入黄河。③扬素波：激起白色波浪。④棹（zhào）歌：划船时唱的歌。⑤极：尽。

【诗解】

汉元鼎四年（公元前113年），汉武帝刘彻率领群臣到河东郡汾阳县（今山西万荣县北面）祭祀后土（土神），途中传来南征将士的捷报，而将当地改名为闻喜，沿用至今。

时值秋风萧飒之际，鸿雁南归，汉武帝听说汾水旁边有火光腾起，就在那里立了一座后土祠来祭祠大地。之后他乘坐楼船泛舟汾河，饮宴中流，在舟中与群臣宴饮时作此诗。

这首诗有感叹人生易老的思想。

乐府

上　邪

上邪①！我欲与君相知②，长命无绝衰③。山无陵④，江水为竭，冬雷震震⑤，夏雨雪⑥，天地合⑦，乃敢与君绝⑧！

【注释】

①上邪：犹言“天啊”。上，指天。邪，同“耶”。②相知：相爱。③命：古与“令”字通，使。这两句是说：我愿与你相爱，让我们的爱情永不衰绝。④陵：大土山。⑤震震：雷声。⑥雨雪：降雪。⑦天地合：天与地合而为一。⑧乃敢：才敢。“敢”字是委婉的用语。

【诗解】

这是一篇女子自誓之辞。以女子的口吻抒写，表达对爱情的矢志不渝。从内容来看，诗中连用五件不可能有的事为誓，用以表示她认定了自己选择的男人值得去爱。从表现手法来讲，叙写五事，或用三言，或用四言，语句跌宕，毫不露排比的痕迹，生动而深刻地展示了主人公的性格特征。

江　南

江南可采莲，莲叶何田田①！鱼戏莲叶间。鱼戏莲叶东，鱼戏莲叶西，鱼戏莲叶南，鱼戏莲叶北②。

【注释】

①田田：莲叶浮水之貌。②这四句是明写鱼游，隐喻青年男女在劳动过程中的嬉戏。

【诗解】

这是一首优美的民歌，它生动地描绘了江南人采莲时的欢乐情景。《乐府解题》云："《江南》，古辞，盖美芳晨丽景，嬉游得时也。"

陌上桑

日出东南隅①，照我秦氏楼。秦氏有好女②，自名为罗敷③。罗敷喜蚕桑④，采桑城南隅。青丝为笼系⑤，桂枝为笼钩⑥。头上倭堕髻⑦，耳中明月珠⑧，缃绮为下裙⑨，紫绮为上襦⑩。行者见罗敷，下担捋髭须⑪。少年见罗敷，脱帽著帩头⑫。耕者忘其犁，锄者忘其锄。来归相怨怒，但坐观罗敷⑬。（一解）

使君从南来⑭，五马立踟蹰⑮。使君遣吏往，问是谁家姝⑯。"秦氏有好女，自名为罗敷。""罗敷年几何？""二十尚不足，十五颇有余⑰。"使君谢罗敷⑱："宁可共载否⑲？"罗敷前置辞⑳："使君一何愚㉑！使君自有妇，罗敷自有夫。"（二解）

"东方千余骑，夫婿居上头㉒。何用识夫婿㉓？白马从骊驹㉔，青丝系马尾㉕，黄金络马头；腰中鹿卢剑㉖，可直千万余㉗。十五府小吏㉘，二十朝大夫㉙，三十侍中郎㉚，四十专城居㉛。为人洁白皙㉜，鬑鬑颇有须㉝。盈盈公府步㉞，冉冉府中趋㉟。坐中数千人，皆言夫婿殊㊱"。（三解）

【注释】

①日出东南隅：春天日出东南方。这句点出采桑养蚕的节令。②好女：美女。③自名：自道姓名。一说，"自名"犹言"本名"。④喜：一作"善"。⑤青丝：青色丝绳。笼：指采桑用的竹篮。⑥笼钩：竹篮上的提柄。⑦倭堕髻：即"堕马髻"，其髻偏在一边，呈欲堕之状，是东汉时一种时兴的发式。⑧明月珠：宝珠名。据《后汉书·西域传》说，大秦国（古指罗马帝国）产明月珠。⑨缃（xiāng）：浅黄色。⑩襦：短衣。⑪捋（lǚ）：用手顺着抚摩。髭（zī）：口上边的胡子。⑫著：显露。帩（qiào）头：同"绡头"，古人束发用的

纱巾。⑬坐：因。这二句是说耕者、锄者因观罗敷晚归，引起夫妻争吵。⑭使君：东汉人对太守、刺史的称呼。⑮五马：闻人倓《古诗笺》云：汉制“太守驷马而已，其有加秩中二千石，乃右骖（驷马的右边加一骖马），故以‘五马’为太守美称。”⑯姝：美女。⑰颇：少，略微。⑱谢：问。⑲宁可：愿意。《说文》徐锴注云：“今人言宁可如此，是愿如此也。”这二句是吏人转达太守对罗敷的问语，是说使君问你，愿否同他一道乘车而去。⑳置辞：同“致辞”，答话。㉑一何：犹“何其”，相当今口语“何等地”“多么地”。一，语助词。㉒上头：行列的最前面。㉓何用：是“用何”的倒语，意即“根据什么……”。㉔骊驹：深黑色的小马。㉕系（jì）：绍结。㉖鹿卢：同“辘轳”，古时长剑之首用玉做鹿卢形。㉗直：同“值”。以上四句是罗敷夸耀其夫的高贵服饰，借以说明其夫的高贵身份。㉘府小吏：太守府的小吏。“十五”及下文的“二十”“三十”“四十”皆指年龄。㉙朝大夫：在朝廷任大夫的官职。㉚侍中郎：皇帝的侍从官。㉛专城居：为一城之主，如太守、刺史之类的大官。这四句是罗敷夸其丈夫官运亨通，步步高升。㉜洁白皙：面容白净。㉝鬑鬑（lián）：鬓发疏长之貌。这句是说略有一些疏而长的美须。㉞盈盈：行步轻盈之貌。“公府步”“府中趋”，犹旧日所谓的“官步”。㉟冉冉：行步舒缓之貌。㊱殊：是人才出众的意思。

【诗解】

这首诗写的是聪慧的采桑女罗敷巧妙拒绝太守无理调戏的故事。本诗在揭露汉代高官大吏横暴荒淫的同时，成功塑造了罗敷这个美丽坚贞、有勇有谋的妇女形象。此外，该诗在艺术上别具一格。比如诗中写罗敷的美貌一节，除一句正面描写之外，其余全是侧面描写（就是从看见罗敷的人的失常神态、举止去写），由此可见罗敷之美。

本诗分三解。“解”相当于“章”，就是乐诗的段落。

长歌行

青青园中葵①，朝露待日晞②。阳春布德泽③，万物生光辉④。常恐秋节至，焜黄华叶衰⑤。百川东到海，何时复西归？少壮不努力，老大徒伤悲！

【注释】

①葵：有锦葵、蜀葵等。这里代指花草树木。②晞（xī）：因日晒而干。③阳春：春天。德泽：恩惠，这里指春天的阳光雨露。④这两句是说：春天的阳光雨露，使万物都焕发出生命的光彩。⑤焜（kūn）黄：植物枯黄之貌。华：同“花”。衰，音 cuī。

【诗解】

《长歌行》共三首，这是其中的第一首。这首诗借抒写万物盛衰有时，来慨叹人应当奋发自励。

饮马长城窟行

青青河畔草，绵绵思远道①。远道不可思②，宿昔梦见之③。梦见在我傍，忽觉在他乡④。他乡各异县，展转不相见⑤。枯桑知天风，海水知天寒⑥。入门各自媚⑦，谁肯相为言⑧！

客从远方来，遗我双鲤鱼⑨。呼儿烹鲤鱼，中有尺素书⑩。长跪读素书⑪，其中意何如：上言加餐饭⑫，下言长相忆⑬。

【注释】

①绵绵：连绵不断之貌。这里义含双关，由看到连绵不断的青青春草，而引起对征人缠绵不断的情思。远道：犹言“远方”。②不可思：是无可奈何的反语。这句是说征人辗转远方，想也是白想。③宿昔：一作“夙昔”，昨夜。《广雅》云：“昔，夜也。”④这二句是说：刚刚还见他在我身边，一觉醒来，原是南柯一梦。⑤展转：同“辗转”。不相见：一作“不可见”。⑥枯桑知天风，海水知天寒：闻一多《乐府诗笺》云：“喻夫妇久别，口虽不言而心自知苦。”⑦媚：爱。⑧言：《广雅》云：“言，问也。”这二句是说别人回到家里，只顾自己一家人亲亲热热，可又有谁肯来安慰我一声？⑨双鲤鱼：指信函。古人寄信是藏于木函中，函用刻为鱼形的两块木板制成，一盖一底，所以称之为“双鲤鱼”。以鱼象征书信，是我国古代习用的比喻。⑩尺素：指书信。古人写信是用帛或木板，其长皆不过尺，故称“尺素”或“尺牍”。这句是说打开信函取出信。⑪长跪：古代的一种跪姿。古人日常都是席地而坐，两膝着地，犹如今日之跪。长跪是将上躯直耸，以示恭敬。⑫餐饭：一作“餐食”。⑬这二句是说：信里先说的是希望妻子保重，后又说他在外对妻子十分想念。

【诗解】

这是一首妻子思念丈夫的诗。上半部分抒写妻子因为丈夫久出不归，日夜思念的孤独凄凉之情；下半部分写妻子捧读丈夫来信时的惊喜情状。本诗形象生动，情真意切，读之如闻其声，如见其人。

白头吟

皑如山上雪[1]，皎若云间月[2]。闻君有两意[3]，故来相决绝[4]。今日斗酒会[5]，明旦沟水头[6]，躞蹀御沟上[7]，沟水东西流。凄凄复凄凄[8]，嫁娶不须啼。愿得一心人，白头不相离。竹竿何嫋嫋[9]，鱼尾何簁簁[10]。男儿重意气[11]，何用钱刀为[12]！

【注释】

①皑：白。②皎：洁白。③两意：犹“二心”，与下文“一心”相对。④决绝：断绝。决，一作“诀”。⑤斗：酒器。⑥明旦：明日。⑦躞（xiè）蹀（dié）：小步徘徊的样子。御沟：指环绕宫墙或流经宫苑的渠水。⑧凄凄：悲伤之貌。⑨嫋嫋：嫋，同“袅”，细长柔软。⑩簁簁：余冠英以为犹“漇漇”，形容鱼尾象濡湿的羽毛。在中国歌谣里，钓鱼常是男女求偶的象征隐语。这两句意思是说：二人在情意相投的时候，正如用竹竿钓鱼一样，竹竿是多么柔长，鱼又是多么欢悦活泼。⑪意气：情义。⑫钱刀：钱币。刀，刀币。为：语末疑问词。这二句是说：男子应当重爱情，而今何以为了钱刀而抛弃了我。

【诗解】

这首诗的作者是汉代名女子卓文君。相传，司马相如发迹后，渐渐耽于享乐，日日周旋于脂粉堆里，直至欲纳茂陵女子为妾。卓文君忍无可忍，因而作了这首《白头吟》，呈递相如。随诗并附书曰：“春华竞芳，五色凌素，琴尚在御，而新声代故！锦水有鸳，汉宫有水，彼物而新，嗟世之人兮，瞀于淫而不悟！朱弦断，明镜缺，朝露晞，芳时歇，白头吟，伤离别，努力加餐勿念妾，锦水汤汤，与君长诀！”司马相如读完这一诗一书后，回忆起当年的夫妻恩爱，便放弃纳妾念头，夫妇和好如初。

古诗为焦仲卿妻作并序

汉末建安中[1]，庐江府小吏焦仲卿妻刘氏[2]，为仲卿母所遣，自誓不嫁。其家逼之，乃投水而死。仲卿闻之，亦自缢于庭树。时人伤之，而为此辞也。

孔雀东南飞，五里一徘徊。“十三能织素，十四学裁衣，十五弹箜篌，十六诵诗书。十七为君妇，心中常苦悲。君既为府吏，守节情不移，贱妾留空房，相见常日稀。鸡鸣入机织，夜夜不得息。三日断五匹[3]，大人故嫌迟[4]。非为织作迟，君家妇难为。妾不堪驱使，徒留无所施。便可白公姥[5]，及时相遣归[6]。”

府吏得闻之，堂上启阿母：“儿已薄禄相[7]，幸复得此妇。结发同枕席，黄泉共为友。共事二三年，始尔未为久。女行无偏斜，何意致不厚[8]？”阿母谓府吏：“何乃太区区[9]！此妇无礼节，举动自专由。吾意久怀忿，汝岂得自由？东家有贤女，自名秦罗敷。可怜体无比[10]，阿母为汝求。便可速遣之，遣去慎莫留！”府吏长跪告，伏惟启阿母：“今若遣此妇，终老不复取！”阿母得闻之，槌床便大怒：“小子无所畏，何敢助妇语！吾已失恩义[11]，会不相从许[12]！”

府吏默无声，再拜还入户。举言谓新妇，哽咽不能语[13]：“我自不驱卿[14]，逼迫有阿母。卿但暂还家，吾今且报府[15]，不久当归还，还必相迎取。以此下心意[16]，慎勿违吾语。”新妇谓府吏：“勿复重纷纭[17]！往昔初阳岁[18]，谢家来贵门[19]。奉事循公姥，进止敢自专[20]？昼夜勤作息，伶俜萦苦辛。谓言无罪过，供养卒大恩[21]。仍更被驱遣，何言复来还？妾有绣腰襦[22]，葳蕤自生光[23]。红罗复斗帐，四角垂香囊。箱帘六七十，绿碧青丝绳。物物各自异，种种在其中。人贱物亦鄙，不足迎后人[24]，留待作遗施[25]，于今无会因[26]。时时为安慰，久久莫相忘。”

鸡鸣外欲曙，新妇起严妆[27]。著我绣裌裙[28]，事事四五通：足下蹑丝履，头上玳瑁光。腰若流纨素，耳著明月珰[29]。指如削葱根，口如含朱丹[30]。纤纤作细步[31]，精妙世无双。上堂谢阿母，母听去不止[32]。“昔作女儿时，生小出野里，本自无教训，兼愧贵家子。受母钱帛多[33]，不堪母驱使。今日还家去，念母劳家里。”却与小姑别，泪落连珠子：“新妇初来时，小姑始扶床，今日被驱遣，小姑如我长[34]。勤心养公姥，好自相扶将。初七及下九[35]，嬉戏莫相忘”。出门登车去，涕落百余行。

府吏马在前，新妇车在后，隐隐何甸甸[36]，俱会大道口。下马入车中，低头共耳语：“誓不相隔卿[37]，且暂还家去，吾今且赴府。不久当还归，誓天不相负。”新妇谓府吏：“感君区区怀[38]。君既若见录[39]，不久望君来。君当作磐石[40]，妾当作蒲苇[41]。蒲苇纫如丝，磐石无转移。我有亲父兄，性行暴如雷，恐不任我意，逆以煎我怀。”举手长劳劳[42]，二情同依依。

入门上家堂，进退无颜仪[43]。阿母大拊掌[44]：“不图子自归[45]！十三教汝织，十四能裁衣，十五弹箜篌，十六知礼仪，十七遣汝嫁，谓言无誓违[46]。汝今何罪过，不迎而自归？”“兰芝惭阿母[47]，儿实无罪过。”阿母大悲摧。

还家十余日，县令遣媒来。云有第三郎，窈窕世无双，年始十八九，便言多令才[48]。阿母谓阿女：“汝可去应之。”阿女衔泪答[49]：“兰芝初还时，府吏见丁宁[50]，结誓不别离。今日违情义，恐此事非奇[51]。自可断来信，徐徐更谓之[52]。”

阿母白媒人："贫贱有此女[53]，始适还家门[54]；不堪吏人妇，岂合令郎君[55]？幸可广问讯[56]，不得便相许。"

媒人去数日，寻遣丞请还，说有兰家女，承籍有宦官。云有第五郎，娇逸未有婚，遣丞为媒人，主簿通语言。直说太守家，有此令郎君，既欲结大义，故遣来贵门。阿母谢媒人："女子先有誓，老姥岂敢言？"阿兄得闻之，怅然心中烦[57]。举言谓阿妹："作计何不量[58]！先嫁得府吏，后嫁得郎君，否泰如天地[59]，足以荣汝身。不嫁义郎体，其往欲何云[60]？"兰芝仰头答："理实如兄言。谢家事夫婿，中道还兄门，处分适兄意[61]，那得自任专？虽与府吏要[62]，渠会永无缘[63]！登即相许和[64]，便可作婚姻。"

媒人下床去，诺诺复尔尔[65]。还部白府君[66]："下官奉使命，言谈大有缘。"府君得闻之，心中大欢喜。视历复开书[67]，便利此月内，六合正相应。"良吉三十日，今已二十七，卿可去成婚。"交语速装束，络绎如浮云。青雀白鹄舫，四角龙子幡[68]，婀娜随风转。金车玉作轮，踯躅青骢马[69]，流苏金镂鞍[70]。赍钱三百万，皆用青丝穿。杂彩三百匹，交、广市鲑珍[71]。从人四五百，郁郁登郡门[72]。

阿母谓阿女："适得府君书，明日来迎汝。何不作衣裳？莫令事不举[73]！"阿女默无声，手巾掩口啼，泪落便如泻。移我琉璃榻[74]，出置前窗下。左手持刀尺，右手执绫罗，朝成绣夹裙，晚成单罗衫。晻晻日欲暝[75]，愁思出门啼。

府吏闻此变，因求假暂归。未至二三里，摧藏马悲哀。新妇识马声，蹑履相逢迎，怅然遥相望，知是故人来。举手拍马鞍，嗟叹使心伤。"自君别我后，人事不可量，果不如先愿，又非君所详。我有亲父母，逼迫兼弟兄，以我应他人，君还何所望[76]！"府吏谓新妇："贺卿得高迁[77]！磐石方且厚，可以卒千年[78]；蒲苇一时纫，便作旦夕间[79]。卿当日胜贵，吾独向黄泉。"新妇谓府吏："何意出此言！

同是被逼迫，君尔妾亦然。黄泉下相见，勿违今日言！”执手分道去，各各还家门。生人作死别，恨恨那可论！念与世间辞，千万不复全[80]。

府吏还家去，上堂拜阿母：“今日大风寒，寒风摧树木，严霜结庭兰[81]。儿今日冥冥[82]，令母在后单。故作不良计，勿复怨鬼神！命如南山石，四体康且直[83]。”阿母得闻之，零泪应声落。“汝是大家子，仕宦于台阁[84]。慎勿为妇死，贵贱情何薄[85]？东家有贤女，窈窕艳城郭。阿母为汝求，便复在旦夕。”府吏再拜还，长叹空房中，作计乃尔立[86]。转头向户里，渐见愁煎迫。

其日牛马嘶[87]，新妇入青庐[88]。晻晻黄昏后，寂寂人定初[89]。“我命绝今日，魂去尸长留。”揽裙脱丝履，举身赴清池[90]。府吏闻此事，心知长别离。徘徊庭树下，自挂东南枝。

两家求合葬，合葬华山傍。东西植松柏，左右种梧桐。枝枝相覆盖，叶叶相交通[91]。中有双飞鸟，自名为鸳鸯，仰头相向鸣[92]，夜夜达五更。行人驻足听[93]，寡妇起彷徨。多谢后世人，戒之慎勿忘[94]。

【注释】

①建安：东汉献帝年号，公元196年至219年。建安中，即建安年间。②庐江府：汉代郡名，郡治起初在今安徽省庐江县西，汉末迁徙到今安徽省潜山县。府，指郡守的官府。③断：把织成的布截断，从织机上取下来。匹：同“疋”，据《汉书·食货志》记载，当时布帛幅宽二尺二寸、长四丈为一匹。④大人：对长辈的尊称，这里是兰芝称呼其婆母。故：故意。⑤白公姥（mǔ）：禀告婆母。公姥，公婆，从全诗看，仲卿父已不在，所以公姥在这里是偏义复词，指婆母。⑥及时：趁早，赶快。遣归：打发回去，休弃。⑦禄相：古人迷信认为一个人的富贵贫贱都是命中注定的，而且“骨法为禄相表”（王符《潜夫论·相列》），从骨相中就可以看出命运的好坏。这句是说：我的骨相已注定了我运乖时蹇。⑧何意：想不到。不厚：不厚遇，不喜爱。⑨区区：指见识狭小、目光短浅。⑩可怜：可爱。这句是说秦罗敷模样可爱，没人比得上。⑪失恩义：恩断义绝。⑫会：将必定。从许：依从允许，答应。从这句以上是第一段，写兰芝嫁到焦家后，受婆母虐待和被驱遣的经过。⑬哽咽：因悲痛而声气阻塞。⑭自：本。卿：古时君呼臣，或平辈间互称，这里是对妻子的爱称。⑮报府：一作“赴府”，到郡府去。⑯下心意：安下心，沉住气。⑰重纷纭：再找麻烦。这句的意思是说：不要再多事接我回来了。⑱初阳岁：冬末春初的季节。⑲谢家：辞家。⑳进止：举止、行动。这句是说自己的举止行动哪里敢自作主张？㉑谓言：自以为。供养：侍奉。这二句是说：我本以为自己没有什么过错，只要好好侍奉婆母报答她的恩德就行了。㉒绣腰襦（rú）：一种绣花的短袄。㉓葳蕤（ruí）：草木茂盛的样子。这里是形容刺绣的花样，花繁叶茂，闪闪发光。㉔后人：后来者，指仲卿将来再娶的妻子。㉕作遗施：作为赠送人用的东西。遗（wèi）：赠送。又作“遣”。㉖因：机会。无会因，没有见面的机会。㉗严妆：郑重地梳妆打扮。㉘绣裙：绣花的裙子。裌：同“袷”，今作“夹”。㉙这二句是说：兰芝要尽量打扮得齐整，穿好绣裙后，需要做的事还有四五件，指下文的穿鞋、插簪、戴耳珰。关于这二句还有以下几种说法：一是“极意装束”，尽量打扮得满意；二是“数数迟延，以捱晷刻”，因不忍离去而有意地拖延时间；三是“或是心烦意乱，一遍两遍不能妥贴。”可参考。㉚削葱根：削尖了的葱白。朱丹：一种红色的宝石。这二句是形容兰芝手指的白嫩尖细，和嘴唇的红艳。㉛纤纤：细小。这句是形容兰芝走路时迈着小碎步。㉜母听去不止：婆母听任她去，并不留阻。此句一本作“阿母怒不止”。㉝钱帛：指彩礼。这二句是说接受了您很多聘礼，却不能很好地受您使唤。㉞这四句是说：兰芝初来时，小姑刚刚能扶床站立，而现在已经长得和自己一般高了，所以可以很好地侍奉老人。按前面曾说“共事二三年”，兰芝嫁到焦家只有二三年，小姑不能这样快地长大。这四句诗均见于唐代顾况的《弃妇行》，所以前人每疑此四句非本篇原有，可能是后人所加。㉟初七及下九：七月初七是七夕，古时妇女在这天晚上供祭织女，乞巧。每月的十九日是“下九”，妇女们停止针黹集聚在一起游

戏玩耍，叫阳会。㊱隐隐、甸甸都是车声。㊲隔：犹“绝”，断绝。㊳区区怀：自己的真诚心意。㊴见：被、蒙。录：记。见录：记着我。㊵磐石：大石。磐石沉重不能移动，以喻忠诚不变。㊶蒲苇：蒲草和苇子，皆水草，柔韧不可折断，以喻爱情的坚贞。㊷劳劳：忧伤。这句是说：二人挥手告别，悲伤不已。以上是第二段，写兰芝被迫离开焦家时与仲卿分手的情况。㊸进退：偏义复词，即进见。无颜仪：没脸，难为情。㊹拊掌：拍手，这里是一种表示惊讶的动作。㊺不图：没想到。㊻无誓违：誓，或是“諐”（qiān）之误。“諐”，是“愆”的古字。无諐违，即无过失。另一说：誓违，即违誓。《说文》：“誓，约束也。”无违誓：即不违反婆家的约束（规矩）。二说皆可通。㊼惭阿母：感到没有脸面见母亲。㊽便（biàn）言：善于辞令，有口才。便，同“辩”。令：美好。㊾衔泪：含泪。衔，一作“含”。㊿丁宁：嘱咐。今作“叮咛”。见叮咛：受到仲卿的叮嘱。(51)奇：佳、好。这句是说：恐怕这样做很不好。(52)来信：指县令派来的媒人。这二句是说：还是回绝了媒人，等以后慢慢地再说吧。(53)贫贱：我家门第低贱，这是刘母自谦之词。(54)适：出嫁。这句是说：刚刚出嫁就被休弃回了娘家。(55)这二句是说：她连吏人妇都当不了，怎么能配得上贵公子呢？(56)问讯：打听消息。这句是说：希望你去多打听一些别人家的姑娘。(57)怅然：愤恨不满的样子。(58)作计：作决定，打主意。不量：欠思考，不好好衡量。(59)否：恶运。泰：好运气。这句是说二次结婚一好一坏，真有天渊之别。(60)其往：一作“其住”，可以。意思是说长久这样下去又将怎么办呢？(61)处分：决定，处理。(62)要（yuē）：同“约”，约定。(63)渠：他，指仲卿。渠会，即和他相会。无缘：没有缘分，没有机缘。(64)登即：立即，马上。(65)诺诺复尔尔：好了，好了，就这样办吧。(66)还部：回到府衙。白：回报。府君：指太守。(67)视历、开书：为互文，即为挑选吉日而查检历书。《隋书·经籍志》载有《六合婚嫁历》，大约就是古时结婚择吉所用的历书。开，一作“阅”。(68)青雀白鹄（hú）舫：青雀舫和白鹄舫，是贵人乘坐的画舫。龙子幡（fān）：可能是一种画有龙形的幡旗。舫的四角插着幡。(69)踯（zhí）躅（zhú）：缓步前进。青骢（cōng）马：青白杂毛的马。(70)流苏：用五彩羽毛做成的穗子。金镂鞍：即金雕鞍，用金属雕缕的马鞍。(71)交、广：交州和广州。交州，汉郡名，今广东、广西等地。广州，三国吴置，在今广东省。市：购买。鲑（xié）珍：珍贵的海味。这句是说：还有从交州、广州买来的珍贵海产。建安时还没有广州之称，所以此句可能是后人修改添加的。又，余冠英说：这句诗似可读成四句，“交”同“教”，“广市鲑珍”就是广泛购买鲑珍。(72)郁郁：盛多的样子。这里是形容人马物品之多。登郡门：登当作“发”，发郡门，即从郡邑出发。又，登郡门，是说齐集在府门前面，亦可通。从这句以上是第三段，写兰芝回到娘家后的痛苦处境，以及太守、阿兄逼嫁的经过。(73)莫令事不举：不要让事情办得不周全。(74)琉璃榻：琉璃，即玻璃。榻，一种矮而窄的小床。琉璃榻，即镶嵌着琉璃或玉石的榻。(75)晻晻（àn）：天色昏暗无光的样子。暝：天黑，日落。(76)以上八句是兰芝对仲卿说的话。(77)高迁：高升，这里指兰芝再嫁太守之子。(78)卒：终。这两句是以磐石自喻说：我像磐石一样方正、厚实，可以保持千年不变。(79)旦夕间：一朝一夕之间，极言其短暂。(80)这二句是说：决定与世长辞，无论如何也不能再活下去了。(81)严霜结庭兰：寒霜冻坏了庭兰。这三句是仲卿用自然现象来比喻他和兰芝所受到的迫害。(82)日冥冥：黄昏日落。这是比喻自己生命即将结束。(83)南山石：比喻寿命如山之高，如石之固。四体：四肢，指身体。直：舒坦、顺适。(84)台阁：即尚书台。这两句是说：你是大户人家的子弟，先辈在台阁做过官。(85)贵贱情何薄：意思是说：你的身份比兰芝高贵，所以休弃了她并不算薄情。(86)作计乃尔立：自杀的主意就这样确定了。乃尔：如此，这样。(87)牛马嘶：牛马嘶叫，是说迎亲的牛车马骑之多。(88)青庐：一种用青布搭成的帐篷，是古时举行婚礼的地方。据段成式《酉阳杂俎》记载：“北朝婚礼，青布幔为屋，在内门外，谓之青庐，于此交拜迎妇。”(89)人定初：人们刚刚安息的时候。或“人定钟”初鸣时，即亥时初刻，相当于今之晚九点钟。(90)举身：纵身。(91)交通：连接在一起。(92)相向鸣：相对而鸣。(93)驻足：停下脚步。(94)多谢：多多致意。戒之：记住，引以为戒。这是作者劝告世上做家长的话。以上是第四段，写兰芝和仲卿为反抗封建势力的迫害而相继自杀的结局。

【诗解】

《孔雀东南飞》既是我国文学史上一首优秀的民间叙事诗，又是我国古代民间文学中的光辉诗篇之一。它与南北朝的《木兰辞》并称“乐府双璧”及“叙事诗双璧”。《孔雀东南飞》的两个主人公以其对爱情的坚贞不渝而流传千古。

《孔雀东南飞》抒写的是汉代末年庐江郡小吏焦仲卿和妻子刘兰芝的婚姻悲剧。故事发生在东汉建安年间。当时人们出于同情，把他们的悲剧编成故事诗传诵。后来经过文人不断加工修润，在将近三百年后才被写定。

《孔雀东南飞》的故事情节编排曲折，场面景物描写细致，人物行动具体、对话生动，人物形象比较鲜明，语言自然、活泼，具有很强的表现力。诗中浓厚的抒情意味，充满了作者的同情和期望。

《孔雀东南飞》的思想性和艺术性达到了完美统一，在我国文学史上占有重要的地位。

古　歌

其　一

秋风萧萧愁杀人，出亦愁，入亦愁。座中何人，谁不怀忧？令我白头。胡地多飚风，树木何修修[1]。离家日趋远，衣带日趋缓。心思不能言，肠中车轮转。

【注释】

①修修：与"翛翛"通，鸟尾敝坏无润泽之貌，这里借喻树木的干枯。

【诗解】

这首诗采用自然淳朴的语言抒写了客居他乡的游子思乡恋家之深情。

古诗

行行重行行

行行重行行[1]，与君生别离。相去万余里，各在天一涯[2]。道路阻且长[3]，会面安可知？胡马依北风[4]，越鸟巢南枝[5]，相去日已远[6]，衣带日已缓。浮云蔽白日，游子不顾反[7]。思君令人老，岁月忽已晚。弃捐勿复道[8]，努力加餐饭[9]！

【注释】

①重（chóng）：又。这句是说行而不止。②涯：方。③阻：艰险。④胡马：北方所产的马。⑤越鸟：南方所产的鸟。"胡马依北风，越鸟巢南枝"，是当时习用的比喻，借喻眷恋故乡的意思。⑥已：同"以"。远：久。⑦顾反：还返，回家。顾，返也。反，同"返"。⑧弃捐：抛弃。⑨这两句是说：这些都丢开不

必再说了，只希望你在外保重。

【诗解】

本篇是《古诗十九首》的第一首，描写一个女子对其离家远行的爱人的思念之情。诗中巧妙运用比兴手法，以简洁语言表达无限深情。

西北有高楼

西北有高楼，上与浮云齐。交疏结绮窗①，阿阁三重阶②。上有弦歌声，音响一何悲！谁能为此曲？无乃杞梁妻。清商随风发，中曲正徘徊。一弹再三叹，慷慨有余哀。不惜歌者苦，但伤知音稀。愿为双鸿鹄③，奋翅起高飞④。

【注释】

①疏：镂刻。绮：有花纹的细绫。这句是说窗上透刻着像细绫花纹一样的格子。②阿（ē）阁：四面有曲檐的楼阁。这句是说阿阁建在有三层阶梯的高台上。③鸿鹄：据朱骏声《说文通训定声》说："凡鸿鹄连文者即鹄。"鹄：就是天鹅。一作"鸣鹤"。④高飞：远飞。这二句是说愿我们像一对鸿鹄，展翅高飞，自由翱翔。

【诗解】

本篇是《古诗十九首》的第五首，它以听歌起兴，感叹知己难逢。

涉江采芙蓉

涉江采芙蓉，兰泽多芳草。采之欲遗谁？所思在远道。还顾望旧乡，长路漫浩浩。同心而离居①，忧伤以终老。

【注释】

①同心：多用于男女之间的爱情或夫妇感情融洽。

【诗解】

本篇是《古诗十九首》的第六首，抒发了游子思念家乡之深、怀恋亲人（情人）之切的情感。

明月皎夜光

明月皎夜光，促织鸣东壁[①]。玉衡指孟冬，众星何历历。白露沾野草，时节忽复易。秋蝉鸣树间，玄鸟逝安适[②]？昔我同门友，高举振六翮[③]；不念携手好，弃我如遗迹[④]。南箕北有斗，牵牛不负轭[⑤]。良无盘石固，虚名复何益！

【注释】

①促织：蟋蟀。②玄鸟：燕子。安适：往什么地方去？燕子是候鸟，春天北来，秋时南飞。这句是说天凉了，燕子又要飞往什么地方去了？③翮（hé）：鸟的羽茎。据说善飞的鸟有六根健劲的羽茎。这句是以鸟的展翅高飞比喻同门友的飞黄腾达。④这句是说：就像行人遗弃脚印一样抛弃了我。⑤牵牛：指牵牛星。轭：车辕前横木，牛拉车则负轭。“不负轭”是说不拉车。这二句是用南箕、北斗、牵牛等星宿的有虚名无实用，比喻朋友的有虚名无实用。

【诗解】

本篇是《古诗十九首》的第七首，表达了失意文人对世态炎凉和人情冷暖的慨叹。开头以悲秋起兴，从季节变易说到人情冷暖，最后表达了对那些忘记旧交的人的强烈愤慨。

迢迢牵牛星

迢迢牵牛星，皎皎河汉女。纤纤擢素手[①]，札札弄机杼[②]。终日不成章[③]，泣涕零如雨[④]。河汉清且浅，相去复几许[⑤]！盈盈一水间[⑥]，脉脉不得语[⑦]。

【注释】

①擢：拔、抽出。这句是说：织女摆动她的纤纤素手。②札札：机织声。③终日不成章：是用《诗经·大东》语意，说织女终日也织不成布。《诗经》原义是织女徒有虚名，不会织布，这里则是说织女因害相思，而

无心织布。章：指布匹上的经纬纹理。④零：落。⑤几许：犹言“几何”。这两句是说：织女和牵牛二星彼此只隔着一条银河，相距才有多远！⑥盈盈：水清浅貌。间：隔。⑦脉脉：“眽眽”的俗写，含情相视之貌。

【诗解】

本篇是《古诗十九首》的第十首，借天上织女思念牛郎的故事，写人间男女的相思之情。

明月何皎皎

明月何皎皎，照我罗床帏。忧愁不能寐，揽衣起徘徊①。客行虽云乐，不如早旋归。出户独彷徨，愁思当告谁？引领还入房②，泪下沾裳衣！

【注释】

①揽衣：犹言“披衣”“穿衣”。揽：取。②引领：伸颈，意为抬头远望。

【诗解】

本篇是《古诗十九首》的最后一首，这是一首妻子思念丈夫的抒情诗。开头写月夜里，妻子思念丈夫以致难以入睡，使得接下来抒写迫切盼望丈夫归来的心情水到渠成，最后翻腾的愁情达到顶点，以至再也禁不住而“泪下沾裳衣”。全诗层次分明，感情流露清晰自然，成功地诠释了思妇复杂的心情。

魏诗

曹操

曹操（公元155—220年），字孟德，沛国谯（今安徽亳州市）人，是我国古代著名的政治家、军事家和文学家。作为政治家和军事家，曹操统一北方，形成与吴、蜀相峙的三国鼎立局面，并为日后晋朝进一步统一全国创造条件。此外，他所采取的一些措施对于中原地区的经济发展起到了极大的促进作用，诸如打击豪强、抑制兼并和广行屯田等。作为文学家，曹操的创作体现了乱世之中一统天下的雄心壮志，慷慨悲壮，思想积极。他的诗今存二十首，都是采用乐府古题，鲜明地表现了对汉代乐府的继承。他的文章以“清峻通脱”著称，显示出他崇尚刑名，反对儒学传统的突出特点。鲁迅先生曾称他为“改造文章的祖师”。曹操的著作今有辑本《曹操集》，诗歌注本以黄节的《魏武帝诗注》较为详备。

观沧海

东临碣石，以观沧海。水何澹澹[①]，山岛竦峙[②]。树木丛生，百草丰茂。秋风萧瑟，洪波涌起。日月之行，若出其中。星汉灿烂[③]，若出其里。幸甚至哉，歌以咏志。

【注释】

①何：多么。澹澹：浩荡平满的样子。②山岛：指碣石山，当时的碣石山在海边上。竦（sǒng）峙（zhì）：高峻挺拔的样子。③星汉：天河。

【诗解】

《观沧海》是《步出夏门行》的第一首。曹操曾用这个旧题写过新辞，全诗共四首，前面有“艳”（序歌）。《观沧海》通过描绘碣石山下深秋独有的海景，自然而巧妙地抒发了作者对于当时的种种忧虑，诸如动荡的社会、艰难的生计、不定的人心，并暗含着他要削平割据、稳定时局、建功立业、统一天下的壮志雄心。诗作所呈现的场景极其壮阔，而豪迈的情感又与壮阔的场景水乳交融。

龟虽寿

神龟虽寿，犹有竟时[①]。腾蛇乘雾，终为土灰。老骥伏枥[②]，志在千里。烈士暮年[③]，壮心不已。盈缩之期[④]，不但在天。养怡之福，可得永年[⑤]。幸甚至哉，歌以咏志。

【注释】

①竟：终极，终了。②骥：千里马。伏枥：卧在马棚里，形容马老病的样子。枥，马棚。③烈士：重义轻生、有志建功立业的人。④盈缩之期：指人的寿命长短。盈：满、长。缩：短。⑤永年：长寿。这二句是说：如果能使人的身体和精神经常保持安静愉快，就能健康长寿。

【诗解】

《龟虽寿》是《步出夏门行》的第四首。这首诗表达了作者自强不息、老当益壮、锐意进取的积极精神与豪迈气概。这是从哲学角度表现作者对人生的看法，既是他对方士们关于神仙种种妄谈的否定，也是对于当时社会上流行的消极颓废和及时行乐说法的否定。

短歌行

对酒当歌，人生几何？譬如朝露[①]，去日苦多。慨当以慷，幽思难忘[②]。何以解忧？唯有杜康[③]。青青子衿[④]，悠悠我心[⑤]。但为君故，沉吟至今[⑥]。呦呦鹿鸣，食野之苹[⑦]。我有嘉宾，鼓瑟吹笙。明明如月，何时可掇[⑧]？忧从中来，不可断绝。越陌度阡[⑨]，枉用相存[⑩]。契阔谈讌[⑪]，心念旧恩。月明星稀，乌鹊南飞，

绕树三匝，何枝可依？山不厌高，海不厌深。周公吐哺⑫，天下归心。

【注释】

①朝露：汉代人常以朝露比喻人的年命之短，可参看汉乐府《薤露》。②幽思：深藏着的心事，即"忧世不治"。③杜康：相传是我国最早发明酿酒的人，这里即用以代指酒。④青衿：周朝时学子的服装，用在诗里代指学子，这里是指有智谋、有才干的人。衿：衣领。⑤悠悠：形容思念的深沉和久长。⑥沉吟：低声吟咏，指深切怀念和吟味的样子。⑦苹：艾蒿。⑧掇：同"辍"，停止，断绝。月光不可阻塞断绝，以比喻人的忧思不能抑止。掇，一作"拾取""捉取"。以月光不可捉取比喻忧思不可排除。⑨越陌度阡：古谚有所谓"越陌度阡，更为客主"，是说朋友之间互相过从的事。曹操这里用其成句以言贤士之远道来投。⑩枉用相存：如同说"贤士们屈尊来光顾我"。枉：枉驾，屈驾。存：存问。⑪契阔谈讌：即讌谈契阔，在欢乐的宴会上畅叙离别怀念之情。讌：同"宴"。契阔：本义是两件东西放在一起的相合（契）与不相合（阔），后来用以代指人的会合与离别。这里单指离别。⑫吐哺：吐出口中正在咀嚼的食物，指中途停止吃饭。《韩诗外传》卷三记载周公曾说："吾，文王之子，武王之弟，成王之叔父也，又相天下，吾于天下亦不轻矣。然一沐三握发，一饭三吐哺，犹恐失天下之士。"《史记·鲁世家》中也有与此大致相同的文字。这里曹操显然是以周公自命的。

【诗解】

《短歌行》是曹操按旧题写作的新辞。原作共两首，这里选的是第一首。诗作反映了曹操为实现他一统天下的政治理想而广纳贤士的急切心情。

诗作的第一节调子低沉，这是汉末以来乱世之中社会上普遍流行的消极颓废人生观在作者思想上引起的涟漪。从第二节调子开始变化，作品出现了柳暗花明又一村的局面：崭新的境界中蕴藉着积极的思想。最后四句简洁有力，直抒胸臆，抑扬顿挫，慷慨激昂，成为流传至今的四言警句。

曹丕

曹丕（公元187—226年），字子桓，三国时期著名的政治家、文学家，魏朝的开国皇帝。公元220—226年在位，庙号高祖（《资治通鉴》作世祖），谥为文皇帝（魏文帝），葬于首阳陵。沛国谯（今安徽亳州市）人。因文学方面的成就而与其父曹操、其弟曹植并称为"三曹"。

曹丕作为政治家，在经营国家、发展中原地区的生产方面，起了一定作用；但是，他建立了"九品中正法"，以维护豪族利益为目的，为此后的士族门阀制度埋下种子。

曹丕作为文学家，诗文风格悲婉凄清、低回纤弱，思想内容和艺术成就不如其父与其弟，但论说文成就比其弟曹植要高，其著名的《典论·论文》是我国文学批评史上最早的专篇著作。

曹丕的著作有辑本《魏文帝集》，诗歌注本以黄节的《魏文帝诗注》略为详备。其散文成就也较高，代表作有《与吴质书》。

杂　诗

其　一

漫漫秋夜长，烈烈北风凉。展转不能寐，披衣起彷徨。彷徨忽已久，白露沾我裳。俯视清水波，仰看明月光。天汉回西流①，三五正纵横②。草虫鸣何悲，孤雁独南翔。郁郁多悲思，绵绵思故乡③。愿飞安得翼？欲渡河无梁！向风长叹息，断绝我中肠。

【注释】

①天汉：天河。“天汉回西流”与《燕歌行》的“星汉西流夜未央”同义。②三五：指天空疏稀的小星。纵横：指群星布列的样子。正纵横，言夜正深。夜深而觉星稀者，月明故也。③绵绵：指思绪之多且长。

【诗解】

这首诗通过描绘凄清的秋夜，表达了在外漂泊的游子的落寞怀乡之情。

其　二

西北有浮云，亭亭如车盖①。惜哉时不遇，适与飘风会。吹我东南行，行行至吴会②。吴会非吾乡，安得久留滞。弃置勿复陈③，客子常畏人。

【注释】

①亭亭：孤高的样子。车盖：古代的车篷，形如大伞。②吴会：指当时的吴郡（郡治在今江苏苏州）和会稽郡（郡治在今浙江绍兴）。吴和会当时都属于东吴，乃异国之地，这样说是用以比喻漂泊周流之远。③“弃置”句：这是汉魏时诗中常见的套语，见汉乐府《孤儿行》、曹植《赠白马王彪》等。

【诗解】

这首诗以浮云顺风飘移为喻，抒写了客子征夫的周游之苦，对当时战乱的厌倦之情跃然纸上。

曹植

曹植（公元192—232年），字子建，沛国谯（今安徽亳州市）人，曹操的儿子，曹丕的弟弟，三国时魏国诗人、文学家，建安时期最有才华的诗人。

早期曹植很受父亲宠爱，几乎被立为太子，因而受到曹丕嫉恨。曹丕即位后，曹植遭受严重打击与迫害。曹丕死后，曹叡即位，曹植曾多次上书，希望报效国家，但都未如愿。最后在困顿苦闷中英年早逝。

以曹丕即位为界，曹植的生活和创作可分为前后两个时期。前期作品一部分反映了他在政治上的雄心壮志和对于建功立业的热烈向往；另一部分作品抒写了社会动荡和人民疾苦。后期作品则一方面表达自己备受压抑、壮志难酬的悲愤情绪；另一方面反映统治集团的内部矛盾和统治阶级的内在本质。

曹植在创作方面很有才华。首先，其诗歌艺术成就较高。他不仅注重声律，还对五言诗的发展有重要贡献。其次，他的章表辞赋也很著名，洋溢着非凡的才气。

作品有《曹子建集》。诗歌注本以黄节的《曹子建诗注》较为详备。

白马篇

白马饰金羁，连翩西北驰①。借问谁家子？幽并游侠儿②。少小去乡邑，扬声沙漠垂。宿昔秉良弓③，楛矢何参差④。控弦破左的⑤，右发摧月支。仰手接飞猱⑥，俯身散马蹄。狡捷过猴猿，勇剽若豹螭⑦。边城多警急，虏骑数迁移。羽檄从北来⑧，厉马登高堤⑨。长驱蹈匈奴⑩，左顾凌鲜卑⑪。弃身锋刃端，性命安可怀？父母且不顾，何言子与妻！名编壮士籍，不得中顾私⑫。捐躯赴国难，视死忽如归。

【注释】

①连翩：轻捷矫健的样子。②幽并：幽州、并州，古代二州名。游侠：汉代指那种崇武尚气、能急人之难的人。③宿昔：同“夙夕”，早晨、晚上，指每日皆如此。④楛(hù)矢：楛木做的箭。参差：本义是长短不齐的样子，这里实际是指多。以上二句是说：他们的良弓日夜不离手，身边还佩带着许多的箭。⑤控弦：开弓。的：箭靶。⑥仰手：指仰身而射。接：迎面而射。⑦剽：轻捷。螭(chī)：传说中的一种无角的龙。⑧羽檄：插有羽毛的军中征调文书。军书插羽，以示紧急。《说文》：“檄，以木简为书，长尺二寸，用征召也。”⑨厉马：策马。堤：高坡。以上二句是说：边方的紧急征调文书下来了，勇士们闻命策马，登高堤以探视敌情。⑩蹈：践踏，此处即指冲击。⑪凌：冲击。⑫顾私：怀念个人或家庭的私事。

【诗解】

这首诗里塑造了一个爱国将士的形象，他武艺高强、渴望建功立业，甚至不惜壮烈牺牲。作者正是借着歌颂这样一个英勇的北方将士，来抒发自己愿意为解救国难而不惜抛弃一切，乃至生命的英勇豪迈精神。

七步诗

煮豆燃豆萁[1]，漉豉以为汁。其在釜下燃[2]，豆在釜中泣。本是同根生，相煎何太急！

【注释】

①萁：豆梗。②漉(lù)：过滤。豉(chǐ)：豆鼓，一种豆制食品。有的本子没有“漉豉以为汁。其在釜下燃”二句。

【诗解】

在这首诗里，作者以豆萁相煎为喻，形象地控诉了其兄曹丕对自己和其他众兄弟的残酷迫害，也隐含地揭示了曹魏王朝的内部矛盾。

阮　籍

阮籍（公元210—263年），字嗣宗，陈留尉氏（今河南省尉氏县）人。其父阮瑀是“建安七子”之一。阮籍崇尚老庄哲学，在政治上既不满现实，又谨慎避祸。他与嵇康、刘伶等七人为友，常常聚集在竹林之下肆意畅饮，世称“竹林七贤”。因为阮籍曾任步兵校尉，所以人们也称他为阮步兵。阮籍是“正始之音”的代表，其中以《咏怀》八十二首最为著名。阮籍通过不同的写作技巧，如比兴、象征、寄托等，借古讽今，寄寓情怀，形成了一种“悲愤哀怨，隐晦曲折”的诗风。

除诗歌之外，阮籍还长于散文和辞赋。今存散文九篇，其中最长及最有代表性的是《大人先生传》《达庄论》等，表达一种消极的出世之情。另又存赋六篇，其中述志类有《清思赋》《首阳山赋》；咏物类有《鸠赋》《猕猴赋》。作品有辑本《阮步兵集》，诗歌注本以黄节的《阮步兵咏怀诗注》较为详备。

夜中不能寐

夜中不能寐，起坐弹鸣琴。薄帷鉴明月[1]，清风吹我襟。孤鸿号外野，翔鸟鸣北林[2]。徘徊将何见，忧思独伤心。

【注释】

①这句是说：明月照着薄薄的帷帐。鉴：照。②北林：《诗经·秦风·晨风》：“鴥(yù，疾飞之貌)彼晨风(鸟名)，郁彼北林。未见君子，忧心钦钦。”后世的文人在使用“北林”一语时，往往带有心神忧郁的意思。

【诗解】

这是阮籍《咏怀诗》的第一首，是八十二首咏怀诗的总开端。真实而概括地抒发了作者身处当时社会现实中的内心苦闷。阮籍是个在行动上佯狂放荡，在内心里痛苦至极的人。只有诗歌才能让他把那郁结在内心深处的、无处发泄的愁苦和愤懑隐约曲折地倾泻出来。

晋诗

陶渊明

陶渊明（公元365—427年），字元亮，号五柳先生，谥号靖节先生，入刘宋后改名潜，浔阳柴桑（今江西九江市西南）人，是中国文学史上的大诗人。他的曾祖陶侃做过大司马，祖父、父亲都做过太守、县令一类的官，外祖做过征西大将军。不过到了他这一代，家境已衰落，因此他一生过着穷困潦倒的生活。

陶渊明身处晋、刘宋易代的时期，黑暗的政治、尖锐的阶级斗争、激化的民族矛盾，均对他构成深刻影响。

陶渊明青年时期胸怀大志，但在黑暗现实中壮志难酬；中年时期为饥寒所迫，曾做过几任小官；晚年时期完全过着归隐和耕种的生活。

田园生活是陶渊明诗的主要题材，相关作品有《饮酒》《归园田居》《桃花源记》《五柳先生传》《归去来兮辞》等。这些诗歌表现了他以“自然”为核心的哲学，反映了他的鄙夷功名、理想高远、志趣高洁和守志不阿，表达了他对污秽现实的强烈憎恶和对淳朴农村生活的向往与热爱。

陶渊明不仅能描绘恬淡安适的田园生活，他还能激情四溢慷慨激昂地歌咏和赞扬那些历史上以及神话传说中斗争失败却永不屈服的英雄。

诚然，消极的乐天知命和人生无常的思想在陶渊明的作品中也比较明显，甚至一些颓废没落的情绪也有流露。不过，陶渊明的诗以平淡自然的风格，简洁的语言，含蓄浑厚的意境，在我国古代诗歌史上独放异彩。

陶渊明作品的注本，今存较早的是宋刊巾箱本李公焕《笺注陶渊明集》。另外，有比较通行的是陶澍集注《靖节先生集》。

归园田居

其　一

少无适俗韵，性本爱丘山。误落尘网中[①]，一去三十年。羁鸟恋旧林，池鱼思故渊。开荒南野际，守拙归园田[②]。方宅十余亩，草屋八九间。榆柳荫后檐，桃李罗堂前。暧暧远人村[③]，依依墟里烟[④]。狗吠深巷中，鸡鸣桑树颠。户庭无尘杂，虚室有余闲[⑤]。久在樊笼里，复得返自然。

【注释】

①尘网：指尘世，官府生活污浊而又拘束，犹如罗网。这里指仕途。②守拙：在潘岳的《闲居赋序》中，有“巧官”“拙官”二词，巧官即善于钻营，拙官即一些守正不阿的人。守拙的含义即守正不阿。③暧暧：暗淡的样子。④依依：轻柔的样子。墟里：村落。⑤虚室：闲静的屋子。余闲：闲暇。

【诗解】

《归园田居》共五首。这五首所咏是归田之乐。根据诗文，榆柳成荫，桑麻已长，并不是冬天的景色，所以这应该是作者归田后第二年所作，即晋安帝义熙二年（公元406年），陶渊明四十二岁。

这首诗描绘了一派宁静和平的田园风光，但这并不是久经战乱的农村的写实景观，而是作者当时心境的形象化反映。这种形象化的心境，体现了他对污浊朝市、险恶环境的批判。所以，辞官归田是适合作者本性的理想选择，因为在这里他可以摆脱官场的羁绊，体会农村的淳朴生活。

饮　酒

其　一

结庐在人境[1]，而无车马喧。问君何能尔[2]？心远地自偏。采菊东篱下，悠然见南山[3]。山气日夕佳[4]，飞鸟相与还。此中有真意[5]，欲辨已忘言。

【注释】

①结庐：构筑屋子。人境：人间，人类居住的地方。②尔：如此、这样。③悠然：自得的样子。南山：指庐山。④日夕：傍晚。⑤此中：即此时此地的情和境，也即隐居生活。真意：人生的真正意义，即“迷途知返”。这句和下句是说：此中含有人生的真义，想辨别出来，却忘了如何用语言表达。意思是既领会到此中的真意，不屑于说，也不必说。

【诗解】

这首诗是《饮酒》的第五首，作者将那种安贫乐道悠然自得的心境娓娓道来。其点睛之笔在于“心远”一词，意为思想已经远离了仕宦荣华的喧扰，其他方面也自然归于宁静。

杂 诗

其 一

人生无根蒂，飘如陌上尘。分散逐风转，此已非常身[1]。落地为兄弟，何必骨肉亲？得欢当作乐，斗酒聚比邻。盛年不重来[2]，一日难再晨。及时当勉励，岁月不待人。

【注释】

①此：指此身。非常身：不是经久不变的身，即不再是盛年壮年之身。②盛年：壮年。

【诗解】

《杂诗》共十二首，这是原诗第一首。在这首诗中，作者提出了人与人之间应有的美好关系：和睦相处，饮酒相聚，快乐互动。这是理想而单纯的生活愿望。这种生活愿望的提出既在于作者感到人生的无常、快乐的易逝，又在于他对当时尘世中的明争暗斗、尔虞我诈、追名逐利和不择手段等恶劣风气的无比厌倦。

南北朝诗

谢灵运

谢灵运（公元 385—433 年），陈郡阳夏（今河南太康县）人，世居会稽（今浙江绍兴县）。原为陈郡谢氏士族。东晋名将谢玄之孙，小名“客”，人称谢客。又以袭封康乐公，称谢康公、谢康乐。谢玄死后，十八岁的谢灵运就袭爵康乐公，因称谢康乐。公元 420 年宋高祖刘裕代晋后，谢灵运降公爵为侯，先后出任永嘉太守及临川内史等职。他自视甚高，却没被重用，所以不满刘宋王朝。谢灵运寄情山水，不恤政事，为人奢豪放浪，喜欢娱乐聚会，夜夜狂欢。元嘉十年因谋反获罪被杀。

谢灵运是著名山水诗人，他擅长使用精雕细琢的语言来记叙游历见闻、描绘自然风光，他抒写的佳句以鲜明的形象、优美的意境而闻名。不过就从全诗来考量，经常是在结尾处落入玄言佛理的窠臼，情绪之消极颓废，社会内容之空洞匮乏，削弱了他作品的价值。甚至，有的时候他的语言过于精工富艳，所以往往比较晦涩难懂。但是，谢灵运大力创作山水诗，从题材上扭转了东晋以来的玄言诗风，使山水诗成中国文学史上的一大流派，对南朝和唐代诗歌的发展有一定的影响。可以说，谢灵运是中国文学史上山水诗派的开创者。谢灵运的作品有《谢康乐集》（明焦竑本）。

石壁精舍还湖中作①

昏旦变气候，山水含清晖②。清晖能娱人，游子憺忘归③。出谷日尚早，入舟阳已微。林壑敛暝色，云霞收夕霏④。芰荷迭映蔚⑤，蒲稗相因依。披拂趋南径⑥，愉悦偃东扉。虑澹物自轻⑦，意惬理无违。寄言摄生客⑧，试用此道推。

【注释】

①石壁精舍是作者的庄园始宁县（今浙江上虞县）始宁墅附近的佛寺。湖，指巫湖。作者经常去石壁精舍游玩。他居住在南山，需要经过中间的巫湖，才能到达北山的石壁精舍。②清晖：指山光水色。③憺（dàn）：安闲舒适。这两句意思是说：山光水色使诗人心旷神怡，以致乐而忘返。④这二句是说：森林山谷之间到处是一片暮色，飞动的云霞已经不见了。⑤芰（jì）：菱。这句是说：湖中芰荷绿叶繁盛互相映照着。⑥披拂：用手拨开草木。⑦澹（dàn）：同“淡”。这句是说：个人得失的考虑淡薄了，自然就会把一切都看得很轻。⑧摄生客：探求养生之道的人。

【诗解】

景平元年（公元 423 年）秋，诗人辞去永嘉太守的官职，回到始宁墅过起隐居生活。

这首诗就是写作者从石壁精舍返回，傍晚经湖中，泛舟时的景色：出谷时看见山水清晖，入舟时见到云霞、菱荷和蒲稗，登岸后瞧见趋南径、偃东扉，写得井然有序，仿佛一篇精雕细琢的山水游记。最后四句把抒情和议论自然地结合起来，表达出一种隐逸避世的思想。

夜宿石门①

朝搴苑中兰，畏彼霜下歇②。暝还云际宿③，弄此石上月。鸟鸣识夜栖，木落知风发。异音同致听，殊响俱清越。妙物莫为赏，芳醑谁与伐④。美人竟不来，阳阿徒晞发⑤。

【注释】

①作者的别墅就在石门。石门，即石门山，在今浙江省嵊县。这首诗又名《石门岩上宿》。②搴（qiān）：拔取。歇：尽，凋谢。③暝（míng）：黄昏。④芳醑（xǔ）：美酒。伐：赞美。这句是说：谁同我一起品尝这好酒。⑤美人：指诗人思念的好友。阳阿：神话中所说的太阳升起的山丘。山南叫阳，曲隅为阿。晞（xī）：晒干。这两句意思是说：没有知心好友同游，只能在阳阿独自晒头发。

【诗解】

诗人夜宿于石门别墅的岩石上，听着鸟鸣风声，感受着秋夜的美景，不禁悲从中来，如此佳色绝景，却无具有高情逸趣的人相伴同游，一起欣赏，孤寂之感油然而生。诗中通过耳闻声音的写法来描绘山中秋夜的独特风光，生动、别致，给读者提供想象的空间。

东阳溪中赠答①

其　一

可怜谁家妇，缘流洗素足。明月在云间，迢迢不可得。

其　二

可怜谁家郎，缘流乘素舸。但问情若为②，月就云中堕③。

【注释】

①东阳溪：即东阳江（今金华江），流经今浙江东阳、金华一带。②若为：若何，如何。③就：从，自。

【诗解】

《东阳溪中赠答》共二首，都是以明月为喻，表达男女双方率真朴实的两情相悦。第一首是男子以歌唱方式表达对濯足姑娘的爱慕之情。第二首是女子对男子的应答，她满心欢喜地回应了乘船男子的爱慕。只要双方有真情实爱做基础，就可以相爱不渝。

这首诗是谢灵运学习民歌之作，一反那种精工华丽的风格，仿佛语言质朴的南朝乐府。

谢　朓

谢朓（公元 464—499 年），字玄晖，陈郡阳夏（今河南太康县附近）人。南朝齐著名诗人，出身世家大族。年少出名，因曾出任宣城太守，所以又称他“谢宣城”。齐东昏侯永元元年（公元 499 年），在统治阶级内部斗争中，因为他不肯参与萧遥光谋反而被陷害，卒年三十五岁。

谢朓的诗作现存二百多首，其中山水诗的成就很高。他的山水诗一扫玄言余习，写景抒情清新自然，风格清俊秀丽，富有情致，且佳句颇多。如“余霞散成绮，澄江静如练”（《晚登三山还望京邑》）、“天际识归舟，云中辨江树”（《之宣城郡出新林浦向板桥》）、“鱼戏新荷动，鸟散余花落”（《游东田》）等，至今脍炙人口。

从谢朓现存的作品看，他的五言诗具有寄情山水，不杂玄言的崭新特色，号称“永明体”。虽然曾受谢灵运的影响，但其深刻的内容和清丽的文采都超过谢灵运。在今天看来，他的诗对唐代诗人有较大影响。此外，谢朓的赋也写得清丽脱俗，对后代也有深刻影响。

作品有《谢宣城集》。

晚登三山还望京邑

灞涘望长安[1]，河阳视京县[2]。白日丽飞甍，参差皆可见。余霞散成绮[3]，澄江静如练。喧鸟覆春洲，杂英满芳甸。去矣方滞淫[4]，怀哉罢欢宴。佳期怅何许[5]，泪下如流霰[6]。有情知望乡，谁能鬒不变[7]！

【注释】

①灞涘：灞水岸。王粲《七哀诗》："南登灞陵岸，回首望长安。"这句是借王粲望长安比喻自己望京邑。涘(sì)，水边。②河阳：县名，故城在今河南孟县西。京县：指洛阳。潘岳《河阳县诗》："引领望京室。"这句是借潘岳望洛阳比喻自己望京邑。③绮：锦缎。④方：将。滞淫：久留。⑤佳期：指还乡邑之期。⑥霰(xiàn)：雪粒。⑦鬒(zhěn)：黑发。

【诗解】

三山，在今南京市西南长江南岸，上有三峰，南北相连。京邑，指建业(今南京市)。

这首诗大概是谢朓离开建业，出任宣城太守，路上经过三山，眺望远方时所作。诗歌抒发了作者登山眺望时诱发的思乡之情。

之宣城郡出新林浦向板桥

江路西南永，归流东北骛[1]。天际识归舟，云中辨江树。旅思倦摇摇，孤游昔已屡。既欢怀禄情，复协沧州趣[2]。嚣尘自兹隔，赏心于此遇[3]。虽无玄豹姿，终隐南山雾[4]。

【注释】

①永：长。归流：指归海的江水。骛(wù)：奔驰。②怀禄：贪图俸禄，指做官。协：适合。沧州：也作苍州，滨水的地方，古时指隐者的住处。这两句是说：这次去宣城既满足了贪恋做官的欲望，又符合隐居的兴趣。③嚣尘：指充满着嘈杂声音和污浊烟尘的人世。赏心：游赏的乐趣。这两句是说：从此以后就可以离开人烟扰攘的地方去过悠闲自得的生活了。④这里用的是《列女传》中的一个故事。故事中说南山有玄豹，遇到雾雨便一连七日都不出来，以避免受害。两句的意思是：我自己虽然没南山的玄豹那样的才智，善于避害，但也终于隐遁起来了。

【诗解】

这首诗大概是作者出任宣城太守时在路上所作。诗中表达了他倦于独自旅行的情感，同时也表示了对于远离嚣尘过隐居生活的热烈向往。

玉阶怨

夕殿下珠帘，流萤飞复息[1]。长夜缝罗衣，思君此何极[2]！

【注释】

①这两句是说：遥望宫殿，见皇帝已经垂帘入寝，院中只有流萤飞来飞去。②此：如此，这样。这两句说，宫女长夜不眠，缝制罗衣，思君之情何时了！

【诗解】

这是一首用乐府旧题写的宫怨诗，表达了宫女长年见不到君王的怨情。

徐　陵

徐陵（公元507—582年），字孝穆，东海郯（今山东郯城县）人。徐摛之子。南朝梁陈间的诗人，文学家。徐陵早年以诗文闻名。八岁能写文章，十二岁读通《庄子》《老子》。长大后，广涉史籍，颇有口才。

梁武帝萧衍时期，徐陵任东宫学士，成为当时宫体诗人，与庾信齐名，并称“徐庾”。入陈后历任尚书左仆射、中书监等职，继续宫体诗创作，诗文皆以轻靡绮艳见称。同时，他也写过一些描写边塞风光的作品。作品有辑本《徐孝穆集》六卷，又编有《玉台新咏》十卷。

关山月

关山三五月，客子忆秦川。思妇高楼上，当窗应未眠。星旗映疏勒，云阵上祁连①。战气今如此，从军复几年②！

【注释】

①星旗：旗星，古人认为此星是战争的征象。疏勒：汉时西域诸国之一。疏勒城在今新疆疏勒县。云阵：阵云，也是战争的征象。祁连：祁连山，在今甘肃西部和青海东北部。这两句是说：旗星照在疏勒城头，阵云布在祁连山上。②战气：战争的气氛。这两句是说：战争的气氛如此浓厚，从军的时间还要几年才能结束呢？

【诗解】

这首诗从征夫的角度抒写了征夫与思妇之间的思念之情，在改变宫体诗方面起到了一定的作用。

南朝乐府

西洲曲

忆梅下西洲，折梅寄江北①。单衫杏子红，双鬓鸦雏色②。西洲在何处？两桨桥头渡③。日暮伯劳飞，风吹乌臼树④。树下即门前，门中露翠钿⑤。开门郎不至，出门采红莲⑥。采莲南塘秋，莲花过人头。低头弄莲子，莲子青如水。置莲怀袖中，莲心彻底红。忆郎郎不至，仰头望飞鸿⑦。鸿飞满西洲，望郎上青楼⑧。楼高望不见，尽日栏杆头。栏杆十二曲，垂手明如玉⑨。卷帘天自高，海水摇空绿⑩。海水梦悠悠⑪，君愁我亦愁。南风知我意，吹梦到西洲⑫。

【注释】

①下：飘落。这二句是说：因回忆起梅花飘落的时候曾在西洲聚会，所以当梅花开时便又折梅寄给已去江北的爱人。②杏子红：一本作“杏子黄”，即杏黄色。鸦雏色：是说妇女的头发像小乌鸦羽毛那样又黑又亮。③两桨桥头渡：划动双桨即可到达桥头的渡口。指西洲的所在。④伯劳：一种鸣禽，亦名博劳，又名䴗（jué），本字作“鶪”。《诗经·七月》：“七月鸣䴗”，伯劳仲夏始鸣。乌臼树：亦名乌桕（jiù）。一种高大的落叶乔木。⑤翠钿（diàn）：用翠玉制作或镶嵌的首饰。⑥莲：以下几句的“莲”字，都有双关的意思。⑦望飞鸿：古人有鸿雁传书的说法，所以“望飞鸿”即盼望书信。⑧青楼：涂饰青漆的楼房，古时谓妇女之所居。⑨垂手：是说女子垂下扶着栏杆的手。⑩海水：即江水。一说指秋夜的蓝天。⑪海水梦悠悠：是说思梦如海水悠悠不断。⑫这二句是说：希望南风能理解她对爱人的思念之情，把她送到在西洲团聚的美梦中去，即希望在梦中相会。

【诗解】

温庭筠写的《西洲曲》中有这样两句“西洲风色好，遥见武昌楼”，由此推断西洲大概在武昌附近，可能是武昌西南方长江中的鹦鹉洲。

《西洲曲》表现了居住在西洲附近的一个女子，因爱人去了江北而苦苦思念和痴痴等待爱人归来的思想感情。在写法上，把侧面描写与人物的自我抒情融为一体，以客观景物的变化来衬托人物的主观情感。在语言上，本诗富有极强的音乐节奏感，呈现出婉约而细致的风格特点，恰好体现了南朝民歌的特色。

北朝乐府

敕勒歌[1]

敕勒川，阴山下[2]。天似穹庐[3]，笼盖四野。天苍苍，野茫茫。风吹草低见牛羊。

【注释】

①敕勒：北朝时居住在今山西北部和内蒙古南部的游牧民族。《敕勒歌》就是流传于敕勒族中的民歌。②敕勒川：泛指敕勒族游牧的草原，或云即今内蒙古土默特旗一带。阴山：在今内蒙古自治区。③穹（qióng）庐：毡帐，即蒙古包。

【诗解】

这首诗描绘了壮美的草原风光：阴山脚下，土地辽阔、牧草丰茂、牛羊肥壮。其风格奔放雄浑，是文学史上声誉极高的一首民歌。

木兰诗

唧唧复唧唧，木兰当户织。不闻机杼声，唯闻女叹息。问女何所思？问女何所忆？女亦无所思，女亦无所忆[1]。昨夜见军帖，可汗大点兵，军书十二卷，卷卷有爷名。阿爷无大儿，木兰无长兄，愿为市鞍马[2]，从此替爷征。

东市买骏马，西市买鞍鞯，南市买辔头，北市买长鞭。旦辞爷娘去，暮宿黄河边。不闻爷娘唤女声，但闻黄河流水鸣溅溅。旦辞黄河去，暮至黑山头，不闻爷娘唤女声，但闻燕山胡骑鸣啾啾。

万里赴戎机，关山度若飞[3]。朔气传金柝，寒光照铁衣[4]。将军百战死，壮士十年归。

归来见天子，天子坐明堂。策勋十二转，赏赐百千强。可汗问所欲，木兰不用尚书郎，愿驰千里足，送儿还故乡[5]。

爷娘闻女来，出郭相扶将[6]。阿姊闻妹来，当户理红妆[7]。小弟闻姊来，磨刀霍霍向猪羊。开我东阁门，坐我西阁床。脱我战时袍，著我旧时裳。当窗理云鬓[8]，对镜帖花黄[9]。出门看火伴[10]，火伴皆惊忙[11]。同行十二年，不知木兰是女郎。

雄兔脚扑朔[12]，雌兔眼迷离[13]。双兔傍地走[14]，安能辨我是雄雌？

【注释】

①忆：思念。②市鞍马：购买马鞍和马匹。据《新唐书·兵志》记载：起自西魏的府兵制规定从军的人要自备武器、粮食和衣服。③戎机：军机，这里指战争。这二句是说：到万里之外从军作战，像飞一样迅速地度过了雄关大山。④朔气：北方的寒风冷气。朔，北方。金柝（tuò）：刁斗，一种用铜做成的器皿，容量相当

于一斗，形状似带柄的锅，是古时军中用具，白天当锅做饭，晚上当梆子打更。这二句是说：在夜里北风传送着刁斗声，寒冷的月光照射着铠甲战袍。⑤驰：一作“借”。这二句是说：希望骑上一匹骏马回到家乡去。⑥郭：外城。相扶将：互相搀扶着。是说父母互相搀扶着到城外来迎接木兰。⑦理红妆：梳妆打扮。⑧云鬓：指头发。⑨对镜：原作“挂镜”，据《诗纪》改。帖：同“贴”。花黄：古代妇女的面饰，黄色。王士禛《五代诗话》卷四引《西神脞说》：“妇人匀面，古惟施朱傅粉而已。至六朝，乃兼尚黄。”⑩火：通“伙”。⑪忙：一作“惶”。⑫扑朔：形容兔前后脚扑打不齐。⑬迷离：形容眼神不定。⑭傍地：挨着。傍，依傍。走，跑。

【诗解】

《木兰诗》共二首。均讲述木兰女扮男装替父从军的故事。这里选取的是第一首。《木兰诗》体现了故事情节完整性与人物性格丰满性的完美统一。在这个起因、经过和结果三者兼具的故事里，一个淳朴善良、勇敢刚毅的女性形象浮现出来。她热爱家乡，鄙弃利禄，在战场上如同一个血性男儿，在家里是一个孝顺的女儿。在典型环境中塑造典型人物，使得《木兰诗》具有很强的现实主义色彩。此外，《木兰诗》还充满乐观主义精神和浪漫主义色彩。一个女子征战沙场并且胜利归来，没有强大的乐观主义主义精神何以成就？一个姑娘完全从女性身份中跳脱出来，如同男人那样出生入死，这是浪漫之所在。再有，《木兰诗》里，拥有严谨的结构安排、具体的场景描写和细致的心理刻画，语言更是形象鲜明、生动活泼。总之，这首诗从思想、题材到艺术技巧都对后世文学产生很大影响。

唐诗

唐诗是我国优秀的文学遗产之一，也是世界文学宝库中的一颗璀璨的明珠。这颗明珠的出现，一方面固然是文学本身不断发展变革的结果，但更为根本的还是由当时的社会基础和历史条件所决定的。

唐代诗歌的发展过程，大致可以分为初唐、盛唐、中唐、晚唐四个阶段。

这一时期，诗歌形成了现实主义和浪漫主义的光辉传统，总结了创作经验。

唐诗的内容丰富，可谓空前。它反映了唐代的历史发展过程，也反映了社会各阶层人民的生活状况和精神面貌。可以说，唐诗是唐代社会的一个缩影。它在文学上和生活上都丰富了人们的想象，至今仍然生机盎然。唐诗中承载的积极向上的高尚节操，最终成为了一种激励中华民族生生不息的博大精神。

骆宾王

骆宾王（公元622—684年），婺州义乌（今属浙江）人。幼年即聪明过人，七岁能作诗。高宗朝初为道王府属，后历任奉礼郎、武功主簿、长安主簿、侍御史。因数度上疏言事，获罪下狱，贬临海（今属浙江）丞。后随徐敬业起兵讨武后，作檄斥其罪。敬业兵败，骆宾王被杀（一说逃亡不知所之）。骆宾王是“初唐四杰”之一，尤擅七言歌行，其诗笔调宏肆，风格雄放。《全唐诗》收诗三卷。

在狱咏蝉

西陆蝉声唱①，南冠客思深②。不堪玄鬓影③，来对白头吟④。
露重飞难进，风多响易沉。无人信高洁，谁为表予心⑤？

【注释】

①西陆：秋天。②南冠：此为囚徒之义。《左传·成公九年》：“晋侯观于军府，见钟仪，问之曰：‘南冠而絷者谁也？’有司对曰：‘郑人所献楚囚也。’”③玄鬓：指黑色的蝉翼。④白头吟：汉司马相如发迹后对卓文君爱情不专，文君作《白头吟》给相如，中有“愿得一心人，白头不相离”句，作者此处引来喻自己对国家的一片赤诚被辜负。⑤予：我。

【诗解】

距离诗人囚禁之所不远的地方有数株古槐，夕阳西下时，苍郁的树冠中总能传来悲切的蝉鸣，一声声，一阵阵，冲击着诗人的心灵。蝉首色黑，对比着愁苦沉吟的作者鬓发的霜色。人们认为蝉餐风饮露、清洁自守，诗人用它来比喻自己品质操行。诗人借叹蝉在秋风重露中艰难飞行、徒然鸣叫而寄托自己受难却无处申诉之悲，诗人反问世人：没有人相信我的高洁品性，谁愿代我表白一片冰心。

王　勃

王勃（公元 650—676 年）字子安，绛州龙门（今山西河津县）人。出身望族，祖父王通为隋末大儒。王勃早慧，高宗麟德三年（公元 666 年）应举及第，曾任虢州参军，后往海南探父，溺水受惊而死。王勃与杨炯、卢照邻、骆宾王并称“初唐四杰”，其诗多抒发个人情志，又少量抒发政治感慨、抨击时弊之作。擅长五言律诗、五言绝句，诗风清新秀丽。《全唐诗》存诗二卷。

送杜少府之任蜀州①

城阙辅三秦②，风烟望五津③。与君离别意，同是宦游人④。
海内存知己，天涯若比邻。无为在歧路⑤，儿女共沾巾。

【注释】

①少府：县尉。之任：赴任。②辅：环抱。三秦：项羽灭秦后，分秦之旧地为雍、塞、翟三国，统称“三秦”。③五津：指岷江的五大渡口，即白华津、万里津、江首津、涉头津、江南津，皆在蜀中。④宦游人：出外做官之人。⑤无为：不要。歧路：分岔路口，古人送行常至路的岔口而分手。

【诗解】

此诗是王勃送友人去四川时所写。起首两句渲染出一派壮阔景象，将相隔千里的秦、蜀两地写于一张画面之上，突出了“展望”之意。“与君”二句承首联写惜别，尽显惺惺相惜之情。“海内存知己，天涯若比邻”十字慷慨发挥，谓知己之心不会受到距离的影响，虽然海角天涯，却因为心的紧紧相连而如同比邻。结语处殷勤劝慰即将远行的朋友不要像小儿女一般饮泣落泪，表现了作者豁达的胸襟和奋发向上的精神风貌。

贺知章

贺知章（公元 659—744 年），字季真，自号四明狂客，越州永兴（今浙江萧山）人。武后证圣元年（公元 695 年）登进士第，由张说奏荐入丽正殿修书，后迁礼部侍郎、太子宾客，官至秘书监，故称贺监。为人旷达不羁，好饮酒，善谈笑，与张旭、包融、张若虚号为“吴中四士”，最后还隐镜湖。能诗善书，诗风清新明快。

回乡偶书

少小离家老大回，乡音无改鬓毛衰[1]。
儿童相见不相识，笑问客从何处来？

【注释】

①衰（cuī）：稀少。

【诗解】

诗的前两句叙述自己从小离家年老方归的身世，写出如今乡音未改而鬓发已白的情状，蕴含着深深的伤老情绪。后二句展现了一幕富于戏剧性的儿童笑问的场面，寄寓着作者对久别故乡后反主为客的无限感慨。此诗贵在亲切质朴的语言和浓浓的人情味。

陈子昂

陈子昂（公元 661—702 年），字伯玉，梓州射洪（今属四川）人。曾任右拾遗，后人因称“陈拾遗”。陈子昂出身豪族，少任侠，成年后始发愤攻读。武后光宅元年（公元 684 年）登进士第，因上《大周受命颂》而受武后赏识。初任麟台正字，后迁右拾遗。而后从武攸宜东征契丹，要求分兵万人为前驱，为武攸宜所恶，受到降职处分。后辞官回乡。武三思指示县令段简陷害他，下狱，忧愤而死。陈子昂主张改革六朝以来纤弱靡丽的诗风，提倡“汉魏风骨”是唐代诗文革新运动的先驱。《全唐诗》收诗二卷。有《陈伯玉集》。

登幽州台歌[1]

前不见古人，后不见来者。
念天地之悠悠，独怆然而涕下。

【注释】

①幽州台：战国时燕昭王为招纳天下贤才而筑的高台。

【诗解】

礼贤下士的古人已经远去，从善如流、能够继承前人美德的贤者却还茫然不见。诗人仰观无垠宇宙，俯思悠悠人生，倍感孤独落寞，不由得怆然涕下。

王之涣

王之涣（公元688—742年），字季凌，并州（今山西太原）人。他常与高适、王昌龄等相唱和，以善于描写边塞风光著称。其诗多被当时乐工制曲歌唱，名动一时。代表作有《登鹳雀楼》《凉州词》等。

登鹳雀楼①

白日依山尽，黄河入海流。
欲穷千里目，更上一层楼。

【注释】

①鹳雀楼：在现山西永济。楼有三层，面对中条山，下临黄河。常有鹳雀停留其上，因称鹳雀楼。

【诗解】

首联写登鹳雀楼所见景色：苍茫白日依山而尽，滚滚黄河奔流入海。这北国河山的磅礴气势和壮丽景象使作者胸襟大开，他继而联想到，如果要望到更远的地方，就须更上层楼。此诗虽然写的是登临所感，却蕴含着对于人生哲理的感悟，体现着积极向上的进取精神。

凉州词

黄河远上白云间，一片孤城万仞山。
羌笛何须怨杨柳①，春风不度玉门关。

【注释】

①杨柳：指乐府横吹曲《折杨柳》。

【诗解】

前二句尺幅万里，极写塞外山河气势，将群山之苍茫迴拔，黄河之绵长逶迤，由东至西，由低至高，逆笔绘出，其间更加孤城一座，俯视四野，雄浑苍凉之气浮于纸面。后二句借埋怨呜咽羌笛无须再奏凄怆《杨柳》，陈述千载难解玉关之情，尽寓世世征人悲苦，代代胡汉恩怨，读罢让人悱恻伤怀。

孟浩然

孟浩然（公元 689—740 年），襄州襄阳（今湖北襄阳）人。早年隐居家乡鹿门山，以诗自娱。四十岁入长安求仕，无成，失意而归。开元二十五年（公元 737 年），张九龄镇荆州，辟为从事。开元二十八年（公元 740 年），王昌龄游襄阳，二人相得甚欢。孟浩然因饮食不当引发旧疾而卒。孟浩然是唐代第一个大量写作山水田园诗的作家，尤工五律，诗风恬淡，意境清远，世人将他与王维并提，称“王孟”。有《孟浩然集》。

临洞庭上张丞相

八月湖水平①，涵虚混太清②。气蒸云梦泽③，波撼岳阳城。
欲济无舟楫④，端居耻圣明⑤。坐观垂钓者，徒有羡鱼情⑥。

【注释】

①湖水平：湖水涨得饱满。②涵虚：水气浩淼的样子。太清：天空。③云梦泽：古大泽名，包括今湖南湖北两省的部分。④济：渡。舟楫：船只。⑤端居：闲居。耻圣明：有愧于此圣朝明世。⑥“坐观”两句：这两句是作者将“临渊慕鱼，不如退而结网”的古语另翻新意。

【诗解】

前两联写秋天的洞庭湖：八月的洞庭湖水涨得与岸齐平，它烟波浩渺，远远望去，水光天色难以分清。它的水气蒸腾，滋养哺育了广大的云梦泽，波浪澎湃鼓荡，撼动了坐落在湖边的岳阳城。

后两联向张丞相委婉抒发胸臆：我想渡过湖去，却苦于找不到舟楫；空守安闲，又感到有愧于圣明的朝代。我坐在一边观看专心致志的渔翁，心中徒然有跟随他临水垂钓的心情。

岁暮归南山

北阙休上书①，南山归敝庐②。不才明主弃，多病故人疏③。
白发催年老，青阳逼岁除④。永怀愁不寐⑤，松月夜窗虚。

【注释】

①北阙：指朝廷奏事处。②敝庐：破旧的居所。③故人疏：老朋友因之而疏远。④青阳：春天。⑤永怀：郁于胸怀而不去。

【诗解】

仕途失意以后，孟浩然只好重新归隐南山。他在诗文中心情沉重地说："我的才学不够，所以受到圣明君主的弃置；因为身体多有疾病，亲朋好友也都渐渐地和我疏远了。"头上有了白发，就更觉得年老的速度在加快；春天回归人间的时候，就意味着这一年即将走到终点。老大无成的诗人用"催"和"逼"形容时光的流逝，足见他心中的不甘和无奈。愁绪满怀，诗人夜不能寐，窗间松影月光虚迷一片，衬托着他惆怅落寞的心情。

过故人庄

故人具鸡黍[1]，邀我至田家。绿树村边合[2]，青山郭外斜。

开轩面场圃[3]，把酒话桑麻。待到重阳日[4]，还来就菊花[5]。

【注释】

①具：准备。鸡黍：农家丰盛的饭菜。黍（shǔ）：黄米饭。②合：环绕。③轩：窗户。场圃：打谷场和菜圃。④重阳日：阴历九月初九重阳节，古人有登高饮菊花酒的习俗。⑤就：赴。

【诗解】

老友备下农家菜肴，邀请浩然前去一聚，浩然欣然而往。到得乡间，但见绿树环抱着村庄，青山在远处映衬；宾主落座后打开窗户，窗外正对谷场菜园，于是他们把酒闲话农事。惬意的拜访，友人的深厚情谊，作者岂能不生再次前来之意？他在告辞时留言说："等到重阳佳节时，我还要前来做客，与你共赏美丽的菊花。"

留别王维

寂寂竟何待，朝朝空自归。欲寻芳草去[1]，惜与故人违[2]。
当路谁相假[3]，知音世所稀。只应守寂寞，还掩故园扉[4]。

【注释】

①寻芳草：指寻找隐居的去处。②违：分离。③当路：当权者。假：提携，帮助。④扉：门。

【诗解】

求仕不得，孟浩然也不愿再在京城长安滞留，他满怀失意地悄然离去，并将这首诗留给挚友王维，作为此行的一个说明。诗中说：寂静落寞中，我也不知道自己究竟在等待什么，但是每一天都拖着失望的步子独自而回。我想要追寻芳草的清香远远离开，但又对你这位老朋友依依不舍。当权者没人对我伸出援手，世上的知音本来就少之又少啊。我想我只应当甘守寂寞，就此归去，重新掩起故园的柴门。

诗文言浅意深，满含辛酸，颇能引起求仕失意者的共鸣。

宿建德江

移舟泊烟渚，日暮客愁新。
野旷天低树，江清月近人。

【诗解】

日暮时分，诗人移船至烟雾蒙蒙的小洲边停泊下来，苍茫的暮色，让作客异乡的他心头又增添了些许新愁。向江边望去，原野平旷，天幕从远方树木的梢顶低斜下去；不知不觉中，新月升起，清清的江面上倒映的月影，显得和人是那么亲近……

全诗寓情于景，泊舟所见反映出的是愁客独特的内心感受。

春　晓

春眠不觉晓，处处闻啼鸟。
夜来风雨声，花落知多少。

【诗解】

世间最美莫过于春天的梦，睡意酣香而天已破晓，此时鸟儿的叫声从各处美景胜境中传来，诗人爱春之意自生。忽然想到一夜春风春雨，更见落英缤纷，不知昨夜繁花又飘落多少，进而惜春之情转深。诗中蕴含着珍惜人生春晓，不愿让美好事物过早逝去的感想，永远引起人们心底的共鸣。

王昌龄

王昌龄（公元690？—756年），字少伯，京兆长安（今陕西西安）人。开元进士，授秘书省校书郎。曾被贬为江宁（今江苏南京）丞、龙标（今湖南黔阳）尉，后人因称“王江宁”“王龙标”。安史乱起，避乱江淮一带，触忤刺史闾丘晓，为晓所杀。尤善七绝，多写边塞哀愁和闺中幽怨，被称为“七绝圣手”。明王世贞论盛唐七绝，认为只有王昌龄可以与李白争胜，列为“神品”。《全唐诗》存诗四卷。有《王昌龄集》。

塞上曲

蝉鸣空桑林①，八月萧关道②。出塞入塞寒，处处黄芦草。从来幽并客③，皆共尘沙老。莫学游侠儿④，矜夸紫骝好⑤。

【注释】

①空桑林：叶子已然枯落的桑树林。②萧关：古时关中与塞北的交通要冲，在今宁夏固原东南。③幽并：幽州和并州，唐时皆属于边防之地。④游侠儿：指恃勇逞强、意气用事、常常惹是生非的人。⑤矜夸：骄傲自夸。紫骝（liú）：泛指骏马。

【诗解】

阴历八月的边塞风物，桑林凋落，秋风鸣蝉；萧关道上征人远戍，大漠荒寒，处处枯草。来自幽州和并州的边关将士都在边塞沙场上度过一生，诗人劝告青年人，莫学那些整日矜夸紫骝宝马如何名贵的游侠儿，空自夸耀却不能为国出力御敌。全诗现出了一种积极的人生观和价值观。

芙蓉楼送辛渐①

寒雨连江夜入吴，平明送客楚山孤②。
洛阳亲友如相问，一片冰心在玉壶。

【注释】

①芙蓉楼：旧址在今江苏镇江市。辛渐：王昌龄的朋友。②平明：清晨。

【诗解】

漫江夜雨过后，诗人于清晨在芙蓉楼与朋友话别，望楚山孤寂，家乡万里，他心中怎能不感慨万千？然而他终于还是没有说出更多的话语，只是托友人给自己远在洛阳的故旧亲朋捎去一句“一片冰心在玉壶”的口信。的确，只这一句就足够了，它寄寓着诗人从不曾改变的情怀与心志，正如那玉壶中的冰凌，形时晶莹，溶时清澈，净洁之质，始终如一。

长信怨

奉帚平明金殿开[①]，暂将团扇共徘徊。
玉颜不及寒鸦色，犹带昭阳日影来[②]。

【注释】

①奉帚：手持扫帚。②昭阳：赵合德所居之昭阳宫。

【诗解】

本诗中写女主人公手把团扇徘徊，暗示主人公的命运好像团扇一样。末联尤为绝妙，道寒鸦尚能晒到昭阳殿的太阳，而女主人公却不能得到些微恩爱关怀。怨意一出，让人感到无限悲凉。

出　塞

秦时明月汉时关，万里长征人未还。
但使龙城飞将在[①]，不教胡马度阴山。

【注释】

①但使：只要。龙城：在今河北省喜峰口一带，为汉代右北平郡所在地。汉武帝曾用李广为右北平太守。匈奴闻之，数年不敢来犯。龙城飞将：指西汉名将李广，匈奴称之为“汉之飞将军”。

【诗解】

自秦、汉以来的悠远时间，万里塞外的广阔空间，世世代代不断修筑的关城，前仆后继、去而不返的征人，这一切都令诗人不仅是发思古之幽情，而是道出由衷的心愿：热切盼望朝廷能招贤使能，使像飞将军李广一样的良将镇守边关，让胡人退避三舍，不再肆虐猖獗。此诗历来受到诗评家们的高度推崇，被称为唐人七绝的压卷之作。

李　白

李白（公元 701—762 年），字太白，号青莲居士。祖籍陇西成纪（今甘肃秦安县），出生于中亚碎叶城（今吉尔吉斯境内，唐属安西都护府）。约五岁时随父迁居绵州昌隆（今四川江油）青莲乡。家境富有，少年学习范围广泛，才能和情趣丰富多样。二十五岁离蜀漫游各地。天宝初供奉翰林，不久即遭谗去职。安史之乱时，入肃宗弟永王璘幕。李璘与肃宗争权事败被杀，李白受牵连而入狱，后被流放夜郎（今贵州桐梓县），在途中遇赦东还。晚年投奔其族叔当涂令李阳冰，最后病死在当涂（今属安徽）。有《李太白文集》三十卷行世。

月下独酌

花间一壶酒，独酌无相亲。举杯邀明月，对影成三人。月既不解饮，影徒随我身。暂伴月将影①，行乐须及春②。我歌月徘徊，我舞影零乱。醒时同交欢，醉后各分散。永结无情游③，相期邈云汉④。

【注释】

①将：和。②及：趁着。③无情：忘情。④云汉：天河、银河。

【诗解】

花间置酒，春意甚浓；月下独自饮酒，寂寞可知。诗人邀天上明月与地上身影一同行乐歌舞，虽月不能解醉中之乐，身影也只能随身而动，然而当此良辰美景，有月与影相陪伴，也可以一抒心中幽情，不辜负这大好的春光。待到诗人酩酊大醉，将与月、影相别之际，他与它们深情相约："但愿永作此忘情交游，约定相会于邈远的天河。"全诗笔致豪放，情思潇洒，但终是掩不住诗人内心的孤独与苦闷。

关山月

明月出天山①，苍茫云海间。长风几万里，吹度玉门关②。汉下白登道③，胡窥青海湾④。由来征战地⑤，不见有人还。戍客望边邑⑥，思归多苦颜⑦。高楼当此夜，叹息未应闲。

【注释】

①天山：今甘肃祁连山，古时匈奴称天为祁连，故名天山。②玉门关：在今甘肃敦煌西，相传和田美玉经此传入中原，因此得名，古时为中原通西域的门户。③"汉下"句：指汉高祖刘邦亲率军与匈奴交战，被困白登山七日一事。④胡：指吐蕃。窥：窥伺。青海湾：即青海湖。唐军多与吐蕃交战于此。⑤由来：从来。⑥戍客：戍边的官兵。⑦苦颜：愁容。

【诗解】

一轮明月升起在峻伟的天山，出没于苍茫云海之间。浩荡长风掠过几万里，吹度千古玉门雄关。历史上汉高祖用兵白登山征战匈奴，吐蕃觊觎青海河山，这里从古到今都是征战厮杀的地方，几乎看不到有人活着归还。戍边将士眼望着边地的城塞，思念起故乡，愁眉不展。他们家中的妻子在这个夜晚，也一定在闺楼上凭栏远眺，哀叹连连。

子夜吴歌

长安一片月，万户捣衣声[①]。秋风吹不尽，总是玉关情。何日平胡虏[②]，良人罢远征[③]。

【注释】

①捣衣：将缝洗已毕的衣服置于砧板之上，用木棒捶打使之平服。②胡虏：指屡犯西北边境的游牧民族。③良人：指丈夫。

【诗解】

每当秋风吹起，秋月朗照的时候，长安城里就会响起此起彼伏的砧杵之声，那是众多的妻子在为她们远在边关的丈夫准备征衣。那飒飒的秋风，能将树叶吹落，能将云儿吹散，然而它却不能吹断妻子对玉关征人的万里情牵。想必在这样的秋夜里，妻子们一下一下地捶捣着棉衣的时候，都在默思着同一个问题，那就是何日才能荡平胡虏，让丈夫不必再离家远征。

长干行

妾发初覆额[①]，折花门前剧[②]。郎骑竹马来，绕床弄青梅[③]。同居长干里，两小无嫌猜。十四为君妇，羞颜未尝开。低头向暗壁，千唤不一回。十五始展眉[④]，愿同尘与灰。常存抱柱信[⑤]，岂上望夫台[⑥]。十六君远行，瞿塘滟滪堆[⑦]。五月不可触，猿声天上哀。门前迟行迹[⑧]，一一生绿苔。苔深不能扫，落叶秋风早。八月蝴蝶黄，双飞西园草。感此伤妾心，坐愁红颜老。早晚下三巴[⑨]，预将书报家。相迎不道远[⑩]，直至长风沙[⑪]。

【注释】

①初覆额：头发刚刚盖住额头。②剧：游戏。③弄青梅：指绕床追逐，投掷青梅嬉戏。④始展眉：意谓情感开始于眉宇间展露出来。⑤抱柱：《庄子·盗跖》载：尾生曾与一女子约会于桥下，女子不来，潮水至而尾生却不离开，抱梁柱溺死。此处喻坚贞。⑥岂上望夫台：意谓何曾想到要到望夫台去期盼丈夫的归来。⑦瞿塘：即瞿塘峡，长江三峡之一，位于四川奉节县东。滟（yàn）滪（yù）堆：瞿塘峡入口处的大礁石。每逢水涨，滟滪堆便为水所淹没，常有船只触礁而沉。⑧迟行迹：指丈夫离家时在门口留下的足迹。⑨早晚：何时。三巴：指巴郡、巴东、巴西，均在今四川东部。⑩不道远：不说远，不辞劳苦。⑪长风沙：地名，距金陵七百里。

【诗解】

从青梅竹马到如愿以偿地嫁给他，从初为君妇的羞涩到愿与他风雨相伴的执着，然后是因他外出经商而两地分离，之后是无限惦念、翘首苦盼，还有深情寄语：你什么时候回来，即使到七百里以外的长风沙迎接，我也不嫌远！

庐山谣寄卢侍御虚舟

我本楚狂人[①]，凤歌笑孔丘[②]。手持绿玉杖，朝别黄鹤楼。五岳寻仙不辞远，一生好入名山游。庐山秀出南斗傍[③]，屏风九叠云锦张，影落明湖青黛光。金阙前开二峰长[④]，银河倒挂三石梁。香炉瀑布遥相望，回崖沓嶂凌苍苍[⑤]。翠影红霞映朝日，鸟飞不到吴天长[⑥]。登高壮观天地间，大江茫茫去不还。黄云万里动风色，白波九道流雪山[⑦]。好为庐山谣，兴因庐山发。闲窥石镜清我心[⑧]，谢公行处青苔没[⑨]。早服还丹无世情[⑩]，琴心三叠道初成[⑪]。遥见仙人彩云里，手把芙蓉朝玉京[⑫]。先期汗漫九垓上[⑬]，愿接卢敖游太清[⑭]。

【注释】

①楚狂人：陆通，字接舆，因楚昭王时政治混乱，故佯狂不仕。②凤歌：相传接舆经过孔子旁，歌曰："凤兮凤兮，何德之衰。"劝孔子，世道衰败，不要做官。③"庐山"句：古以星宿指配地上州域，庐山一带正是南斗分野。④金阙：即金阙岩，在香炉峰西南。二峰：指香炉峰、双剑峰。⑤苍苍：天空。⑥吴天：庐山三国时为吴地。⑦九道：古说长江流到浔阳境而分九派。雪山：形容长江卷起的白浪。⑧石镜：庐山东有圆石，明净如镜。⑨谢公：指南朝的谢灵运，他曾于庐山作诗以记其游历。⑩还丹：道家仙丹。⑪琴心三叠：道家修炼仙丹术语。⑫玉京：道家谓元始天尊之居处。⑬先期：预先约定。汗漫：广远、漫无边际。九垓：九天。⑭卢敖：秦始皇时的博士（古代官职名），秦始皇曾派他寻仙。太清：天空最高处。

【诗解】

诗人以兀傲癫狂、不齿入仕的楚人接舆自比，嘲笑孔子那样志在事君的人。他手持绿玉杖，早晨离开黄鹤楼，不辞遥远地走遍五岳访求神仙，顺由自己的爱好前去名山遨游。

庐山突出在南斗星旁，像屏风一样重叠的山峦隐映在彩云之间，山映水影呈现着青黑色的光。金阙岩前二峰雄立，三石梁瀑布有如银河倒挂，香炉峰瀑布遥遥相对，那里的重崖叠嶂上凌苍天。待到旭日初生，满天红霞与苍翠山色相辉映，山势高峻，鸟飞不到，更显得吴天宽广。长江浩荡东流，一去不返；万里黄云飘浮，天色瞬息变幻；茫茫九派，白浪滔滔如同层层雪山。

诗人爱作庐山歌谣，诗兴因庐山而激发，他从容自得地照照石镜，在长满青苔的山路上怀想谢公。他希望能够早些服食仙丹忘掉世情，并自认为学道已经初步成功。他仿佛看见手持芙蓉的仙人驾彩云飞向玉京，他愿意带着志同道合的朋友去畅游太空。

梦游天姥吟留别[①]

海客谈瀛洲[②]，烟涛微茫信难求。越人语天姥[③]，云霓明灭或可睹。天姥连天向天横，势拔五岳掩赤城[④]。天台四万八千丈，对此欲倒东南倾[⑤]。我欲因之梦吴越[⑥]，一夜飞度镜湖月[⑦]。湖月照我影，送我至剡溪[⑧]。谢公宿处今尚在[⑨]，渌水荡漾清猿啼[⑩]。脚著谢公屐[⑪]，身登青云梯。半壁见海日[⑫]，空中闻天鸡[⑬]。千岩万壑路不定，迷花倚石忽已暝[⑭]。熊咆龙吟殷岩泉[⑮]，慄深林兮惊层巅。云青青兮欲雨，水澹澹兮生烟[⑯]。列缺霹雳，丘峦崩摧。洞天石扉，訇然中开[⑰]。青冥

浩荡不见底，日月照耀金银台[18]。霓为衣兮风为马，云之君兮纷纷而来下[19]。虎鼓瑟兮鸾回车[20]，仙之人兮列如麻[21]。忽魂悸以魄动，怳惊起而长嗟。惟觉时之枕席，失向来之烟霞。世间行乐亦如此，古来万事东流水。别君去兮何时还[22]，且放白鹿青崖间[23]，须行即骑访名山。安能摧眉折腰事权贵，使我不得开心颜！

【注释】

①天姥(mǔ)：山名，在今浙江新昌县东。②海客：来往海上的人。瀛洲：古以蓬莱、方丈、瀛洲为三座仙山。③越：指今浙江一带。天姥山唐时属越州。④拔：超越。掩：盖过。赤城：山名，在今浙江天台县北。⑤“天台”两句：意谓天台虽高，但比起天姥，却像是低倾向东南。⑥“我欲”句：意谓日思游天姥，入夜则开始了梦游吴越。⑦镜湖：在今浙江绍兴。⑧剡(shàn)溪：在浙江省曹娥江上游。⑨谢公宿处：南朝谢灵运游天姥，曾在剡溪投宿。⑩渌(lù)水：清澈的水流。⑪谢公屐(jī)：谢灵运为登山所特制的木屐。⑫半壁：半山腰。⑬天鸡：传说桃都山中有大树名桃都，上有天鸡，日出照此木，天鸡则鸣，天下之鸡皆随之鸣。⑭暝：黑暗。⑮殷：形容水盛之貌。⑯澹澹：水波荡漾闪动的样子。⑰“列缺”四句：意谓忽然间电闪雷鸣，山峰为之坍塌。仙洞石门，轰然大开。訇(hōng)然：即轰然。⑱金银台：神仙所居的金阙银台。⑲云之君：指神仙。⑳虎鼓瑟：老虎鼓瑟。鸾回车：鸾鸟拉车。㉑列如麻：言其众多。㉒“别君”句：李白作此诗时准备由东鲁下吴越，君指东鲁的友人。㉓白鹿：传说仙人常乘白鹿。

【诗解】

这是一首记梦诗，是李白的代表作之一。诗以写作者寻求仙境而不能得起兴，继而写因听说吴越之地有天姥山，山高势险，云霞明灭，或可与仙境媲美，因而于梦中寻去，并由此揭开了梦游天姥的序幕。诗人将神话传说与对山水的真实体验融为一体，尽脱现实时间、空间的拘羁，任由想象驰骋，为我们展开了一幅幅瑰丽奇幻、异彩纷呈的画面；虽是描写梦境，却真切自然、毫不做作，在渲染离奇诡谲的气氛上尤其出色。诗的末尾部分抒发了作者梦醒后的感想，既有对“世间行乐亦如此，古来万事随流水”的慨叹，又有对“且放白鹿青崖间，须行即骑访名山”的向往。然而情感最强烈的当数那“安能摧眉折腰事权贵”的反诘，其中寄托了他对现实的强烈不满和反抗，抒发了他对自由生活的热爱之情。

宣州谢朓楼饯别校书叔云[1]

弃我去者，昨日之日不可留。乱我心者，今日之日多烦忧。长风万里送秋雁，对此可以酣高楼。蓬莱文章建安骨[2]，中间小谢又清发[3]。俱怀逸兴壮思飞，欲上青天

览明月④。抽刀断水水更流，举杯销愁愁更愁。人生在世不称意，明朝散发弄扁舟。

【注释】

①宣州：今安徽宣城市。谢朓楼：是南齐谢朓任宣城太守时所建。叔云：李白的叔叔李云。②蓬莱文章：此指李云供职的秘书省，李云在秘书省任校书郎一职。建安骨：曹操父子和建安七子作品风格苍健遒劲，被后人称为建安风骨。③小谢：这里指谢朓。他以山水风景诗见长，后人常将他和谢灵运并举，因他的时代在后，故称为“小谢”。清发：清新秀发。④览：通“揽”。

【诗解】

李白的族叔李云将要离开宣州，李白在谢公楼为他置酒饯行。

酒酣之际，诗人思潮如涌，不禁引吭高歌。他慨叹逝者如斯，无法挽留，慨叹眼下心情多烦多忧，他仰望万里长风吹送秋雁，胸怀因而舒展，认为此时此刻正合沉醉高楼。他因为豪俊之士能以诗文留名千古而意兴遄飞、壮思不已，忽又联系眼下境遇，不由得黯然神伤。他欲斩断愁丝却发现愁丝如流水，他想要以酒浇愁却发现醉后愁更浓。浪漫而又理想的诗人生活在这现实而又污浊的世界里无法快乐，于是他打算有朝一日摆脱束缚、泛舟江河。

蜀道难

噫吁嚱，危乎高哉，蜀道之难难于上青天。蚕丛及鱼凫①，开国何茫然。尔来四万八千岁，不与秦塞通人烟②。西当太白有鸟道③，可以横绝峨嵋巅。地崩山摧壮士死④，然后天梯石栈相钩连⑤。上有六龙回日之高标⑥，下有冲波逆折之回川⑦。黄鹤之飞尚不得过，猿猱欲度愁攀缘⑧。青泥何盘盘⑨，百步九折萦岩峦⑩。扪参历井仰胁息⑪，以手抚膺坐长叹。问君西游何时还，畏途巉岩不可攀⑫。但见悲鸟号古木，雄飞雌从绕林间。又闻子规啼夜月⑬，愁空山。蜀道之难难于上青天，使人听此凋朱颜。连峰去天不盈尺，枯松倒挂倚绝壁。飞湍瀑流争喧豗⑭，砯崖转石万壑雷⑮。其险也若此，嗟尔远道之人胡为乎来哉。剑阁峥嵘而崔嵬，一夫当关，万夫莫开。所守或匪亲，化为狼与豺⑯。朝避猛虎，夕避长蛇。磨牙吮血，杀人如麻。锦城虽云乐⑰，不如早还家。蜀道之难难于上青天，侧身西望长咨嗟⑱。

【注释】

①蚕丛、鱼凫：均为传说中的古蜀国国王。②秦塞：秦地。古蜀国本与中原不通，至秦惠王灭蜀，始与中原相通。③太白：秦岭峰名。鸟道：仅能容鸟飞过的道路，形容山路狭窄。④“地崩”句：

相传秦惠王曾嫁五美女于蜀，蜀遣五壮士迎之，返回途中遇大蛇入洞穴中，五人牵住蛇尾而用力外拉，结果山崩，壮士和美女都被压死，山也分成五岭。⑤石栈：于岩壁上凿石架木而成的通道。⑥“上有”句：谓有能挡住太阳神六龙车的高峰。六龙：相传太阳神所乘之车有六条龙来拉。高标：最高的山峰。⑦回川：萦回的川流。⑧猱（náo）：猕猴。⑨青泥：山名，在今陕西略阳县。盘盘：盘旋曲折。⑩萦岩峦：指峰岭迂回环抱。⑪参、井：均为星宿名。扪参历井是说蜀道之上伸手便可触及星辰。胁息：屏住呼吸。⑫巉（chán）岩：险峭的山岩。⑬子规：杜鹃。⑭喧豗（huī）：喧闹碰撞的声音。⑮砯（pīng）：水击岩石的声音。⑯“所守”两句：谓镇守这里的人若不可靠，一旦叛乱就会变成凶狠的豺狼。⑰锦城：即成都。⑱咨嗟：叹息。

【诗解】

诗文融神话、现实、想象为一体，将艰险瑰奇的蜀道景观带给行路人心灵上的强烈冲击摹写得淋漓尽致，字里行间无不蕴寓着作者超尘脱俗的浪漫主义情怀。后人对此诗的创作意图多有争论，有人说蜀道艰险即是仕途艰险，有人说本篇反映的是动荡的社会局面，各执一词，迄无定论。

行路难

金樽清酒斗十千①，玉盘珍馐值万钱②。停杯投箸不能食③，拔剑四顾心茫然。欲渡黄河冰塞川，将登太行雪满山④。闲来垂钓坐溪上⑤，忽复乘舟梦日边⑥。行路难，行路难，多歧路，今安在。长风破浪会有时，直挂云帆济沧海⑦。

【注释】

①斗十千：一斗酒值十千钱。②珍馐（xiū）：名贵的菜肴。③箸：筷子。④太行：太行山。⑤“闲来”句：相传姜子牙未遇周文王前曾在溪边垂钓。⑥“忽复”句：相传伊尹受商汤聘用之前，曾梦乘舟过日月之边。⑦“长风”句：南朝宋宗悫曾言志说：“愿乘长风破万里浪。”

【诗解】

有金樽盛着的清冽佳酿，有玉盘盛着的珍贵菜肴，然而诗人举杯又住，欲食又停，摞下筷子，起身拔剑四顾，心绪茫然。世路艰难，诗人来到长安施展抱负，无奈欲渡黄河却有河冰相阻，欲登太行却看到白雪满山，起初的踌躇满志变成了如今的惆怅失意。他也曾神游在远古时代吕尚和伊尹先抑后扬的经历中，想要以前人事迹作为慰藉和自勉，但神游归来，现实却使他转而大声疾呼：“行路难！歧路多！今后的道路又在哪里？”

愤懑则愤懑矣，诗人并没有失去信心，因为他坚信总有一天会乘风破浪、纵横江海。

将进酒

君不见黄河之水天上来，奔流到海不复回。君不见高堂明镜悲白发，朝如青丝暮成雪。人生得意须尽欢，莫使金樽空对月。天生我材必有用，千金散尽还复来。烹羊宰牛且为乐，会须一饮三百杯①。岑夫子，丹丘生②，将进酒，杯莫停。与君歌一曲，请君为我倾耳听。钟鼓馔玉不足贵③，但愿长醉不愿醒。古来圣贤皆寂寞，唯有饮者留其名。陈王昔时宴平乐④，斗酒十千恣欢谑⑤。主人何为言少钱，径须沽取对君酌⑥。五花马⑦，千金裘⑧，呼儿将出换美酒，与尔同销万古愁。

【注释】

①会须：正应当。②岑夫子，丹丘生：指岑勋和元丹丘。二人都是李白的朋友。③钟鼓馔玉：泛指豪门的奢华生活。钟鼓：指富贵人家宴会时使用的乐器。馔玉：精美的饭食。④陈王：指曹操之子曹植，曹植曾被封为陈王。⑤恣（zì）：尽情。⑥径须：只需。⑦五花马：毛色呈五种花纹的良马。⑧千金裘：价值千金的皮衣。

【诗解】

全诗融入了李白自长安放还以来胸中的诸多感慨，真实反映了他当时复杂而矛盾的思想感情。其中不但有对于时光易逝、人生苦短的慨叹，有对于人生应当及时行乐、放情言欢的强调，也有“天生我材必有用”的自我肯定，以及对于“古来圣贤皆寂寞”的悲愤。这种种情感与愁绪的宣泄都是围绕“酒”字展开，诗人在酒中找到了解脱苦闷的方法，满腔的激愤也终于在此畅饮时刻得以喷薄而出。从他这种无所节制、恣意纵情的豪饮当中，我们能够深深感受到他内心难以言状的无奈和痛苦，并且为他哀而不伤、悲而能壮的洒脱情怀所打动。

渡荆门送别①

渡远荆门外，来从楚国游②。山随平野尽，江入大荒流③。
月下飞天镜，云生结海楼④。仍怜故乡水，万里送行舟。

【注释】

①荆门：荆门山，在今湖北宜都西北，古时为楚蜀交界。②从：向。③大荒：广阔的田野。④海楼：海市蜃楼。

【诗解】

首联交代诗人已然渡过荆门，来到楚国一带遨游。中间两联写舟行所见：山峦随着开阔平原的出现而逐渐消失，江水浩浩荡荡，流入辽阔无际的远方荒原。晚上，平静江面上的月影宛如天上飞来的明镜；日间，蓬勃涌起、变幻无穷的云彩结成壮观的海市蜃楼。年轻的诗人意气风发，但初别故乡，心中满含眷恋。在他的眼中，故乡的水依旧跟随，不辞万里地伴送着他远行的小舟。

赠孟浩然

吾爱孟夫子①，风流天下闻②。红颜弃轩冕，白首卧松云③。
醉月频中圣④，迷花不事君。高山安可仰⑤，徒此揖清芬⑥。

【注释】

①夫子：对孟浩然的尊称。②风流：风雅潇洒。③“红颜”两句：言孟浩然少壮时便放弃仕途，老来更是隐居山林。红颜：年轻少壮。轩冕：古代官吏出行时的车轿伞盖。④频中圣：频频酒醉。⑤“高山”句：引诗经中的“高山仰止，景行行止”，表达对孟浩然的崇敬之情。⑥徒此：唯有在此。揖清芬：向孟浩然的高风雅致深施一礼。

【诗解】

首联热情抒发诗人对于孟浩然的爱慕之情，称赞孟浩然的风流气度天下闻名。中间两联着力描写孟浩然置簪缨于不顾，远走山林，寄情诗酒的高洁形象。尾联赞孟氏品格有如高山之峻峭孤拔，使人无法望其项背，并借此表达自己的深深敬意。

送友人

青山横北郭①，白水绕东城。此地一为别，孤蓬万里征②。
浮云游子意，落日故人情。挥手自兹去③，萧萧班马鸣④。

【注释】

①郭：外城。②蓬：蓬草枯后断根，随风飞扬，古人常以之喻征人。③兹：此。④班马：离群之马。

【诗解】

诗由景写起，“青山横北郭，白水绕东城”从回望视角写来，除烘托出一派安静祥和的氛围外，也可见作者送友人出城已有一段距离了。

中间四句写对即将只身远征天涯的友人的深深关切之意，巧用“浮云”“落日”作比，“浮云”比友人的行踪不定、任意东西，“落日”比自己像落日不肯离开大地一样对朋友依依惜别的心情。

尾联两句不再正面描写朋友间的离情，而是写分别时马儿的情状：它们似乎也深谙别离滋味，彼此恋恋不舍，悲鸣致意。全诗就在这样几声萧萧马鸣中结束，意致缠绵悱恻而不过分伤感。

登金陵凤凰台①

凤凰台上凤凰游，凤去台空江自流。吴宫花草埋幽径②，晋代衣冠成古丘③。三山半落青天外④，二水中分白鹭洲⑤。总为浮云能蔽日，长安不见使人愁。

【注释】

①金陵：今江苏南京。凤凰台：在金陵凤凰山上，相传南朝刘宋年间有凤凰集于此山，乃筑台，山和台也由此而得名。②吴宫：三国时吴国王宫。③衣冠：指名门世族。古丘：指坟墓。④三山：山名，在南京西南长江边上。⑤二水：秦淮河经南京后入长江，被横于其间的白鹭洲分为二支。

【诗解】

凤凰台上曾有凤凰来游，然而凤去台空，如今只有台下长江水仍然不停东流。诗人即此感叹盛衰转换、历史变迁：吴国壮丽繁华的宫廷已经荒芜，东晋的风流人物们也早就进了坟丘。他展望江山，见三山半隐半现于青天之外，江水被白鹭洲分为两支。但是壮美景色并不能让他忘掉重重的心事：浮云（奸佞小人）总是能够遮蔽太阳，看不到朝廷所在的长安，又怎能不使人发愁。

静夜思

床前明月光，疑是地上霜。
举头望明月，低头思故乡。

【诗解】

月光洒在床前，诗人开始还以为是地上结了白霜。抬起头来观看，原来是高挂夜空的明月。他低头徘徊，想起了那遥远的故乡……

玉阶怨

玉阶生白露，夜久侵罗袜。
却下水精帘①，玲珑望秋月。

【注释】

①水精：水晶。

【诗解】

诗写宫中女子的幽怨。玉阶冰冷，夜深之时，更有寒露生于其上。一位娇弱的女子伫立在那里，站得久了，露水渐渐浸湿了罗袜。不知她是否在叹息中转身归入屋内，但见水晶帘落下时，那玲珑闪光的空隙中，一双充满着孤凄哀怨的美目凝然痴望着秋月。

下江陵①

朝辞白帝彩云间②，千里江陵一日还。
两岸猿声啼不住，轻舟已过万重山。

【注释】

①江陵：今湖北江陵县。②白帝：白帝城，在今重庆奉节。

【诗解】

诗中突出“轻”“快”二字，不但是船轻而快，能一日千里，瞬息便过万重山，诗人的心情更是轻快。枷锁一去，真如脱笼飞鸟，自由自在，无所束缚。于是，以凄厉哀苦而著称的三峡之猿啼在诗人听来变得激越嘈杂，似在欢腾，蜀中浓滞的烟雾也好像有意散去，在这天清晨换成了彩云片片。全诗于一气奔放中蕴含回旋跌宕之美，轻舟快意，令人神远，被评者誉为唐绝压卷之作。

送孟浩然之广陵

故人西辞黄鹤楼，烟花三月下扬州。
孤帆远影碧空尽，惟见长江天际流。

【诗解】

诗的前两句点明了送别的时间、地点，还有孟浩然要去的地方。后两句写诗人目送友人的孤帆消失在碧空的尽头，视野中只剩下浩瀚的长江流向天际。

清平调

其　一

云想衣裳花想容，春风拂槛露华浓[①]。
若非群玉山头见，会向瑶台月下逢[②]。

【注释】

①槛：栏杆。②会：应是。瑶台：与前面的群玉山都是传说中西王母的居处。

其　二

一枝红艳露凝香，云雨巫山枉断肠[①]。
借问汉宫谁得似，可怜飞燕倚新妆[②]。

【注释】

①云雨巫山：用巫山神女会楚王典。此处是指有杨贵妃在侧，即便是巫山神女也无法吸引君王的视线。②倚：倚仗。

其　三

名花倾国两相欢，常得君王带笑看。
解释春风无限恨[①]，沉香亭北倚栏杆。

【注释】

①解释：消释。

【诗解】

这三首诗无不是将花与人结合起来写，而其旨还在赞颂杨贵妃超凡绝俗的容貌仪态。从第一首感叹如贵妃一般的人儿只有仙境才能遇到，到第二首以牡丹含露摹拟她的娇艳之态，安排巫山神女空自惆怅，汉宫飞燕甘拜下风的情节，到第三首捕捉名花佳人相互映照的情景，君王面对贵妃时眼角嘴边掩饰不住的笑意，使得杨妃的美丽酝酿在仙境，在人间，在花里，在夫妻恩爱中，在造物对此绝作的自叹里，那样卓然出群，那样沁人心脾。

王 维

王维（公元701？—761年），字摩诘，太原祁州人（今山西祁县）人。玄宗开元九年（公元721年）进士，累官至给事中。安史乱起，曾被迫任伪职。乱平后，获罪贬职，后官至尚书右丞，世称“王右丞”。自中年开始优游于蓝田辋川别业，过着亦官亦隐的生活，并潜心参禅学佛。王维工书画，通音律，诗文尤以山水田园诗见长。他的诗明净清新，常常融汇着画理、佛理，苏轼曾称其“诗中有画，画中有诗”。著作有《王右丞集》。

渭川田家

斜阳照墟落①，穷巷牛羊归②。野老念牧童，倚仗候荆扉。雉雊麦苗秀③，蚕眠桑叶稀④。田夫荷锄至⑤，相见语依依。即此羡闲逸⑥，怅然吟式微⑦。

【注释】

①墟落：村落。②穷巷：深巷。③雊（gòu）：野鸡叫。④蚕眠：蚕吐丝作茧后在内蜕皮化蛹，其间不食不动，称“眠”。⑤荷（hè）：扛着。⑥“即此”句：意谓就是这样的情景也让人羡慕其安然闲逸了。⑦式微：《诗经·邶风·式微》中有：“式微，式微，胡不归？”（胡不归：为何还不归去？）

【诗解】

当夕阳静照了村庄，幽深的小巷里便出现了成群放牧归来的牛羊，一位老者拄着拐杖站立在柴门旁边，耐心地等待着牧童。田埂上，三三两两的农夫正扛着锄头向家中走去，他们相见后亲切絮语；田野间，麦苗正在开花吐穗，麦地深处传来野鸡咕咕的鸣叫。桑林眼下变得稀稀疏疏，饱餐过后的蚕儿已经进入三眠。黄昏时节，万物思归，而独诗人宦海彷徨，不知何往。他只能徒然羡慕农家生活的自在单纯，怅然吟起《诗经》中的《式微》之诗。

西施咏

艳色天下重①，西施宁久微②？朝为越溪女，暮作吴宫妃。贱日岂殊众③，贵来方悟稀④。邀人傅脂粉⑤，不自著罗衣⑥。君宠益娇态⑦，君怜无是非⑧。当时浣纱伴，莫得同车归。持谢邻家子⑨，效颦安可希⑩？

【注释】

①“艳色”句：意谓艳丽的姿色为天下所看重。②“西施”句：意谓西施又怎能久居微贱？宁：岂。③“贱日”句：意谓微贱的时候难道有什么与众不同？④贵来：显贵的时候。方悟稀：方才感到稀罕。⑤傅：涂抹。⑥自：亲自。著：穿。⑦益：愈加。⑧“君怜”句：意谓君王怜爱而从不计较她的是非。⑨持谢：奉告。邻家子：指西施的邻居丑女东施。⑩“效颦”句：意谓光学西施皱眉又怎能希望得到别人的赏识。颦（pín）：皱眉。

【诗解】

本诗咏西施之绝世容貌、楚楚风神，感叹其判若霄壤的身世变化，不加褒贬而写尽世态炎凉，娓娓叙述中实现枯荣转换。诗末以反诘奉劝世人莫学东施效颦，此率意一问，寓意深刻，使人联想古今，颇具点化人生之功。

山居秋暝[1]

空山新雨后，天气晚来秋。明月松间照，清泉石上流。
竹喧归浣女，莲动下渔舟。随意春芳歇[2]，王孙自可留[3]。

【注释】

①秋暝：秋天的傍晚。②随意春芳歇：意谓春花要凋谢就凋谢吧。③王孙自可留：王孙可以在此居住。《楚辞·招隐士》有“王孙游兮不归，春草生兮萋萋”和“王孙兮归来，山中兮不可久留”句，意思是说：既然春天已过，王孙就请归来吧，山中冷清，不可长久居住。本诗反用其意，抒发的是作者愿居山林而不愿返回喧嚣市朝的情怀。

【诗解】

空山新雨过后，秋凉渐渐透出，山林中一派爽洁之气。如水的月光倾泻松间，清清的泉流淌于石上。竹林间响起阵阵喧闹声，那是年轻的女子们浣纱归来；池塘中荷叶摇动，那是渔舟在顺水行走。这有如世外桃源一样的地方必要到尘世之外才能找到，《楚辞·招隐士》中说：“王孙兮归来，山中兮不可久留。”隐居山中的诗人却说：“这里即使不是春天也非常美丽，王孙们大可以留下。”

汉江临眺[1]

楚塞三湘接[2]，荆门九派通[3]。
江流天地外，山色有无中。
郡邑浮前浦[4]，波澜动远空。
襄阳好风日[5]，留醉与山翁[6]。

【注释】

①临眺：登高望远。②楚塞：指古楚国边界。三湘：漓湘、潇湘、蒸湘。③荆门：即荆门山。九派：长江的许多支流。九是多的意思。④郡邑：此指襄阳城。浦：江面。⑤风日：风光。⑥山翁：指晋人山简，竹林七贤山涛之子。他曾任征南将军，镇守襄阳，好饮酒，每饮必醉。

【诗解】

此诗写作者泛览汉江时所见。首联写汉江形势，眼界开阔，下笔宽广。颔、颈两联具体描绘临眺所见：江水浩瀚，宛若流向天地以外；山色空蒙，全在似有似无之间。远方的城市仿佛漂浮在水面之上，那里的天空也好像随着江水的波澜一起动摇。末联抒发情怀，表达了作者对于襄阳风物的热爱之情，他因而要留下来，与山翁畅饮，陶然一醉在这美景良辰之间。

积雨辋川庄作

积雨空林烟火迟[1]，蒸藜炊黍饷东菑[2]。漠漠水田飞白鹭，阴阴夏木啭黄鹂。山中习静观朝槿[3]，松下清斋折露葵[4]。野老与人争席罢[5]，海鸥何事更相疑[6]。

【注释】

①空林：萧疏的树林。②藜（lí）：指蔬菜。黍（shǔ）：此指饭食。饷（xiǎng）：送饭。菑（zī）：初耕的田地。③朝槿（jǐn）：木槿，其花朝开暮落。④清斋：指吃素。葵：葵菜。⑤野老：作者自指。⑥海鸥：用鸥鹭忘机典。

【诗解】

连日的雨水过后，炊烟的升腾仿佛慢了许多。家家户户的农妇正在忙碌于备办饭食，好给还在田里耕作的男人们送去。广漠的水田上白鹭在悠然自得地飞翔，繁茂的树冠中传来黄莺婉转的歌唱，一切都显得那样安闲自在、恬静祥和。

脱离了喧嚣的俗世，诗人来到山中习静，他曾在观看朝开暮落的槿花时感悟人生，曾于松下清斋前折下带露的绿葵。如今的他，不再会与人争些什么，他要告诉盘旋的海鸥：我已毫无机心，你们也再不必有所疑惧，就请放心地前来与我做伴吧。

鹿　柴[1]

空山不见人，但闻人语响。
返景入深林[2]，复照青苔上。

【注释】

①鹿柴：是辋川的地名。②返景：日光反照。景：同“影”。

【诗解】

本篇的意境在于突出“空”“静”二字。空山人语，愈觉山空；一点儿折射过来的阳光落在青苔上，给幽暗的静物增添了一丝暖意。诗文空灵有声，静中有动，颇具禅意。

竹里馆①

独坐幽篁里②，弹琴复长啸。
深林人不知，明月来相照。

【注释】

①竹里馆：辋川别墅胜景之一。②幽篁：幽深的竹林。

【诗解】

独坐在幽静的竹林里，一边弹奏古琴，一边高声吟唱。在这不为人知的深林里，唯有一轮明月前来相照。小诗平淡几语，意境清幽绝俗，体现着作者恬静闲适的心情和自得其乐的情趣。

相　思

红豆生南国，春来发几枝？
愿君多采撷①，此物最相思。

【注释】

①撷（xié）：摘。

【诗解】

红豆，又名“相思子”，常被人们用来寄托相思之情，作者想借咏红豆而寄出的，是对流落江南的友人李龟年的一片思念之情。诗中有反问，反问红豆春来发几枝，意在盼望友人能见物思人，让真挚的友谊能如相思树般年年发出新芽；诗中有叮咛，叮咛友人多多采下相思子，因为那色泽如火的小红豆，每一颗都代表着自己对友人的一份厚意深情。

杂 诗

君自故乡来，应知故乡事。
来日绮窗前①，寒梅著花未②？

【注释】

①来日：指动身前来的那天。绮窗：雕饰精美的窗子。②著花：开花。

【诗解】

原诗共三首，此为其二。合而观之，似是写女子家住孟津（洛阳北），爱人身在江南，所以她看到由江南而来的行船，便问起是否有游子寄给家中的书信。船回到江南，游子向自故乡返回的舟人问起家中绮窗前的寒梅是否开放，舟人回答说：不但寒梅开了，鸟也啼了，阶前青草也长出来了，但她看到萋萋春草却更加忧愁悲伤。

九月九日忆山东兄弟

独在异乡为异客，每逢佳节倍思亲。
遥知兄弟登高处，遍插茱萸少一人①。

【注释】

①茱萸（yú）：落叶小乔木，开小黄花，有浓香，古人每逢重阳佩戴以避邪。

【诗解】

此诗是王维十七岁时在长安所写。诗文首句中的一个“独”字和两个“异”字，突出了他乡作客之人的孤独感受和对于环境的陌生与不适应；而紧随其后的“每逢佳节倍思亲”，不但在衔接上自然而然，而且将客中人在佳节的思乡情怀概括得极为真切和凝练。后二句独辟蹊径，不直接写思念兄弟，而是遥想兄弟登高、遍插茱萸而独缺自己的情景，表达出对不能与亲人团聚的伤感凄凉。

渭城曲

渭城朝雨浥轻尘①，客舍青青柳色新。
劝君更尽一杯酒，西出阳关无故人②。

【注释】

①浥：润湿。②阳关：在今甘肃敦煌西南，与玉门关一南一北，均为通西域的要隘。

【诗解】

朋友即将离去的那个清晨，似乎是得到了上天的照顾，一场淅淅沥沥的小雨过后，驿道上的尘土不再飞扬，客舍旁的柳色为之一新。饯行酒已饮过很多，作者终于不能再将友人挽留，于是最后一次劝酒道："请你再饮一杯吧，西出阳关后，恐怕就难遇到故人了。"此诗辞浅情深，宜歌宜画，当时即被谱为《阳关三叠》歌曲，流传至今。

高　适

高适（公元702？—765年），字达夫，郡望渤海蓨县（今河北景县）人。玄宗天宝八载（公元749年）有道科及第，授封丘尉。后客游河西，为哥舒翰掌书记。安史乱起，历官谏议大夫、淮南节度使、彭州刺史、蜀州刺史、西川节度使等职。终左散骑常侍，进封渤海县侯。高适擅写边塞军旅生活，边塞诗与岑参齐名，世称"高岑"。其诗雄健苍凉，气骨凛然。《全唐诗》收诗四卷，有《高常侍集》。

燕歌行并序

开元二十六年，客有从元戎出塞而还者，作《燕歌行》以示适。感征戍之事，因而和焉。

汉家烟尘在东北，汉将辞家破残贼[①]。男儿本自重横行，天子非常赐颜色。摐金伐鼓下榆关[②]，旌旗逶迤碣石间[③]。校尉羽书飞瀚海[④]，单于猎火照狼山。山川萧条极边土，胡骑凭陵杂风雨[⑤]。战士军前半死生，美人帐下犹歌舞。大漠穷秋塞草衰，孤城落日斗兵稀。身当恩遇常轻敌，力尽关山未解围。铁衣远戍辛勤久，玉箸应啼别离后[⑥]。少妇城南欲断肠，征人蓟北空回首。边风飘飘那可度，绝域苍茫更何有？杀气三时作阵云，寒声一夜传刁斗[⑦]。相看白刃血纷纷，死节从来岂顾勋？君不见沙场争战苦，至今犹忆李将军。

【注释】

①残：凶残。②榆关：今山海关。③碣石：古山名，在今河北省昌黎县西北。④羽书：紧急军书。瀚海：大沙漠。⑤凭陵：侵扰。⑥玉箸：形容眼泪像玉制的筷子。⑦刁斗：古代军中白天用来烧饭，晚上用来敲击巡更的铜器。

【诗解】

烽火起于东北边境，汉家大将于是告别家乡去征讨敌寇。男儿生当纵横驰骋，再加上天子特别的激励和奖赏，所以汉将率领着大军，一路上金鼓雷鸣，旌旗招展，气势非常。

前方校尉快马传书，说匈奴单于正在狼山扬威耀武，战争因此而正式揭幕。在那偏远荒凉的边境上，战士们每每与狂风暴雨般袭来的匈奴铁骑拼死相搏，而汉将却并不把敌人放在眼里，他沉迷在美人歌舞中。寒冷的边塞之秋来临了，能够作战的士兵越来越少，然而身受皇恩、大意轻敌的汉将却始终没能让敌人退去。可怜那些跟随他远征至此的战士，他们受尽艰苦，乡思无限，可怜战士们的妻子，她们望眼欲穿，肝肠寸断。

边关寒冷，杀气腾腾，最常见的景象是短兵相接、血肉横飞，舍命拼杀的战士，他们难道是为了功勋吗？让人伤感的是像飞将军李广一样的统帅已难寻觅，他爱护士卒，赫赫威名便足以退敌。

杜　甫

杜甫（公元712—770年），字子美，自称少陵野老。原籍襄阳，迁居河南巩县。杜审言之孙。年轻时应进士举，不第，漫游各地，后客居长安十年。安史之乱中投奔唐肃宗，授左拾遗。收复长安后出为华州司功参军，不久弃官入蜀，定居成都浣花溪草堂。一度在剑南节度使严武幕中任参谋，表为检校工部员外郎，故世称“杜工部”。严武死后携家出蜀，漂泊江南，病死在江湘途中。杜甫的诗以古体、律诗见长，风格多样，情感沉郁，展现了唐代由盛转衰的历史过程，被称为“诗史”。杜甫是我国最伟大的诗人之一，与李白齐名，并称“李杜”。有《杜工部集》。

望　岳

岱宗夫如何①，齐鲁青未了。造化钟神秀②，阴阳割昏晓。荡胸生曾云，决眦入归鸟③。会当凌绝顶④，一览众山小。

【注释】

①岱宗：对泰山的尊称。②钟：赋予，集中。③决眦入归鸟：意指山高鸟小，远望飞鸟，几乎要睁裂眼眶。决：裂开。眦（zì）：眼眶。④会当：终当。

【诗解】

全诗写“望”。远望齐鲁一带，绵延苍翠数千里，大自然把一切神奇秀丽都集中到这里，巍峨的泰山南北明暗判若晨昏。云雾翻腾涤荡心胸，远望归林飞鸟，诗人眼随神远。结句尤其精彩，志在登临，雄视一切，真是咏泰山诗的绝唱！

佳　人

绝代有佳人，幽居在空谷。自云良家子[①]，零落依草木。关中昔丧乱[②]，兄弟遭杀戮。官高何足论[③]，不得收骨肉。世情恶衰歇[④]，万事随转烛[⑤]。夫婿轻薄儿，新人美如玉。合昏尚知时[⑥]，鸳鸯不独宿。但见新人笑，那闻旧人哭。在山泉水清，出山泉水浊[⑦]。侍婢卖珠回[⑧]，牵萝补茅屋。摘花不插发[⑨]，采柏动盈掬[⑩]。天寒翠袖薄，日暮倚修竹。

【注释】

①良家子：好人家的女儿。②丧乱：指安禄山攻陷长安之事。③官高何足论：意谓官高显赫又有什么用呢。④世情恶衰歇：意谓世人总是厌恶衰落破败。歇：衰退。⑤万事随转烛：意谓世上的事情好像随风抖动的蜡烛，变化无常。⑥合昏：夜合花，叶子朝舒夜合。人们常以此比喻夫妻恩爱。⑦“在山”两句：喻自己隐于山中贞节自守，不愿因进入世俗而污浊了自己。⑧卖珠：指因为生活贫困而变卖珠宝。⑨摘花不插发：意谓无心修饰打扮。⑩动：动辄。盈掬：一满把。

【诗解】

一代佳人遭逢战乱，兄弟惨死，家境骤衰，被夫遗弃。人情凉薄，世态无常，令人慨叹。尤其是“但见新人笑，那闻旧人哭”伤情名句，悲彻千载犹闻其声。但佳人坚贞如竹柏，洁丽似清泉，风神绝美，永为人们咏叹。

丹青引赠曹将军霸

将军魏武之子孙[①]，于今为庶为清门[②]。英雄割据虽已矣[③]，文彩风流今尚存。学书初学卫夫人[④]，但恨无过王右军[⑤]。丹青不知老将至[⑥]，富贵于我如浮云。开元之中常引见[⑦]，承恩数上南薰殿。凌烟功臣少颜色[⑧]，将军下笔开生面。良相头上进贤冠[⑨]，猛将腰间大羽箭。褒公鄂公毛发动[⑩]，英姿飒爽来酣战。先帝天马玉花骢[⑪]，画工如山貌不同[⑫]。是日牵来赤墀下[⑬]，迥立阊阖生长风[⑭]。诏谓将军拂绢素，意匠惨淡经营中[⑮]。斯须九重真龙出[⑯]，一洗万古凡马空。玉花却在御榻上[⑰]，榻上庭前屹相向[⑱]。至尊含笑催赐金，圉人太仆皆惆怅[⑲]。弟子韩幹早入室[⑳]，亦能画马穷殊相。幹惟画肉不画骨，

忍使骅骝气凋丧㉑。将军画善盖有神，必逢佳士亦写真。即今飘泊干戈际，屡貌寻常行路人㉒。途穷反遭俗眼白，世上未有如公贫。但看古来盛名下，终日坎壈缠其身㉓。

【注释】

①魏武：指魏武帝曹操。②清门：寒门。③英雄割据：指魏、蜀、吴三足鼎立。④卫夫人：东晋著名书法家。⑤王右军：指曾任右军将军的王羲之。⑥"丹青"句：意谓曹霸一生沉浸于笔墨丹青中而不知老之将至。⑦引见：由内臣引领应诏朝帝。⑧凌烟功臣：贞观十七年二月，唐太宗命画功臣像于凌烟阁。开元时，玄宗曾命曹霸重画。少颜色：画的颜色因年久而暗淡。⑨进贤冠：唐代百官上朝时所戴的黑色礼冠。⑩褒公鄂公：指褒国公段志玄和鄂国公尉迟敬德。⑪玉花骢（cōng）：玄宗所乘骏马名。⑫"画工"句：意谓画工虽多，均不能得原马风神。⑬赤墀（chí）：皇宫内用红漆涂的台阶。⑭迥立：昂头屹立。阊（chāng）阖（hé）：本指天门，此代宫门。⑮"意匠"句：指曹霸苦心构思。⑯斯须：一会儿。真龙：神马。⑰玉花：指画中的玉花骢。却在：反在。⑱"榻上"句：意谓榻上马图和阶前真马两两相对，昂首屹立。⑲圉（yǔ）人：养马的马倌儿。太仆：掌管皇帝车马的官。惆怅：慨叹。⑳韩幹：玄宗时官太府寺丞，初以曹霸为师，后自成一派。入室：得师傅传授。㉑骅（huá）骝（liú）：骏马。㉒"屡貌"句：意谓曹霸罢官后，漂泊零落，甚至常常以给路人画像为生。㉓坎壈（lǎn）：困顿。

【诗解】

诗从曹霸的家世写起，称赞他风流文采一脉相承，潜心研习书画而不慕富贵；继而回顾他奉旨再绘凌烟功臣和摹写玄宗爱骑玉花骢诸事，酣畅淋漓地展现出画家的高超技艺和辉煌过去。然而时过境迁，一代大师晚年非常落拓，作者以悲凉的笔调，满含同情地描述了曹霸因战乱流落民间后的艰苦生活、窘困境遇，抒发了对其遭遇的愤愤不平之情。结尾两句作慰藉语，说古来负盛名者多穷困失意，既是慰人，也是慰己。

兵车行

车辚辚①，马萧萧②，行人弓箭各在腰。爷娘妻子走相送③，尘埃不见咸阳桥。牵衣顿足拦道哭，哭声直上干云霄④。道旁过者问行人，行人但云点行频⑤。或从十五北防河⑥，便至四十西营田⑦。去时里正与裹头⑧，归来头白还戍边。边庭流血成海水，武皇开边意未已⑨。君不见汉家山东二百州，千村万落生荆杞⑩。纵有健妇把锄犁，禾生陇亩无东西⑪。况复秦兵耐苦战⑫，被驱不异犬与鸡。长者虽有问，役夫敢申恨⑬？且如今年冬，未休关西卒⑭。县官急索租，租

税从何出？信知生男恶[15]，反是生女好。生女犹得嫁比邻，生男埋没随百草。君不见青海头[16]，古来白骨无人收。新鬼烦冤旧鬼哭，天阴雨湿声啾啾。

【注释】

①辚辚（lín）：车行时发出的咯咯的声音。②萧萧：形容马的嘶鸣声。③妻子：妻子和儿女。④干：犯，冲。⑤点行：按丁口册强制点征入伍。⑥北防河：黄河以北设防。⑦营田：即屯田，士兵们不作战时垦荒种田。⑧里正：即里长，管理户口、赋役等事。与裹头：替被征者裹头巾。因应征者年龄尚小，所以由里正替他裹头。⑨武皇：汉武帝，他在历史上以开疆扩土著称。此处喻唐玄宗。⑩荆杞：即荆棘。⑪无东西：指庄稼长得不成行列。⑫秦兵：来自秦地的兵士。⑬役夫：被征集的士兵。⑭“未休”句：指因连年交战，关西的士兵不能回家。⑮信知：真的明白。⑯青海：青海湖，唐和吐蕃多交战于此。

【诗解】

诗从父母妻子送征人上路的一幕写起，极言送别场面的凄惨悲恸。就是因为诸多的壮年男子被强征入伍，千家万户因此而失去了家中的顶梁柱，农村中形成了“千村万落生荆杞”的局面，何况官府税赋日重。因为男儿的结局总是战死沙场、埋尸荒野，所以民间流传着“反是生女好”的歌谣。作者以对青海古战场凄惨景象的描写完结全篇，沉痛抒发了对朝廷穷兵黩武行为的愤慨，以及对广大人民所遭受苦难的同情。

丽人行

三月三日天气新[1]，长安水边多丽人。态浓意远淑且真[2]，肌理细腻骨肉匀[3]。绣罗衣裳照暮春，蹙金孔雀银麒麟[4]。头上何所有，翠微㔩叶垂鬓唇[5]。背后何所见，珠压腰衱稳称身[6]。就中云幕椒房亲[7]，赐名大国虢与秦[8]。紫驼之峰出翠釜[9]，水精之盘行素鳞[10]。犀箸厌饫久未下[11]，鸾刀缕切空纷纶[12]。黄门飞鞚不动尘[13]，御厨络绎送八珍[14]。箫鼓哀吟感鬼神，宾从杂遝实要津[15]。后来鞍马何逡巡[16]，当轩下马入锦茵[17]。杨花雪落覆白蘋，青鸟飞去衔红巾[18]。炙手可热势绝伦，慎莫近前丞相嗔[19]。

【注释】

①三月三日：上巳节。古人常于这一天

来到水边祭祀以求去除不祥，后来逐渐变成春游欢宴的节日。②淑且真：优雅而自然。③骨肉匀：指体态匀称。④蹙（cù）：此指刺绣。⑤翠微：薄薄的翡翠片。 匐（è）叶：妇女的发饰。⑥腰衱（jié）：裙带。⑦云幕：画着云彩的帐幕。椒房亲：指杨贵妃的家族。⑧虢（guó）与秦：杨贵妃的两个姐姐被封为虢国夫人和秦国夫人。⑨紫驼之峰：驼峰上的肉。釜：锅。⑩水精之盘：水晶盘。素鳞：洁白的鱼。⑪犀箸：犀牛角做的筷子。厌饫（yù）：因饱而厌食。⑫鸾刀：带有铃铛的刀。缕切：切丝。空纷纶：指厨人们空忙了一番。⑬黄门：宦官的通称。鞚（kòng）：马笼头。不动尘：喻马跑得轻快。⑭八珍：泛指各种珍贵菜肴。⑮杂遝（tà）：纷杂。要津：要职。⑯后来鞍马：指杨国忠。逡巡：形容左顾右盼，甚是得意的样子。⑰锦茵：锦绣地毯。⑱青鸟：传说中的神鸟，为西王母的使者。红巾：红帕。以上两句实是暗指虢国夫人与杨国忠之间的暧昧关系。⑲丞相：指杨国忠。嗔：发怒，生气。

【诗解】

《丽人行》约作于天宝十二载（公元 753 年），诗的主旨是对杨贵妃兄姐妹们嚣张气焰的指斥和鞭笞。

诗开头从一般丽人写起，描写上巳日曲江水边踏青的丽人如云，体态娴雅、姿色优美、服饰华美，既是陪衬，又十分含蓄。继而笔锋一转，点出虢国夫人与秦国夫人，盛言其排场的盛大、宴游的豪奢及趋炎附势者之众，见出杨氏兄妹的娇宠之态。最后写杨国忠威势煊赫、意气骄恣，并暗示了其淫乱行为。结尾两句将主题点出，但依然不着议论，而是让读者自去批评。

全诗语极铺排，富丽华美中蕴含清刚之气。虽然不见讽刺的语言，但在惟妙惟肖的描摹中，隐含犀利匕首，讥讽入木三分。

春 望

国破山河在①，城春草木深②。感时花溅泪，恨别鸟惊心。

烽火连三月③，家书抵万金④。白头搔更短⑤，浑欲不胜簪⑥。

【注释】

①在：依旧。②草木深：指草木丛生。③烽火：战火。连三月：三月不断，指整个春天。④抵：值，相当。⑤白头：白发。⑥浑：简直。不胜簪：插不上发簪。

【诗解】

大乱之年，山河依然如故，国家却已是残破不堪，春来，被叛军焚掠过后的长安城杂草丛生、乱树幽深，一派凄凉景象。虽然也能见到春花，听到鸟鸣，但这一点美好的东西更是让作者感慨今昔巨变，他因而见春花而泪洒花上，闻鸟鸣而动魄惊心了。

连月不灭的烽火，让家庭支离破碎，让人们颠沛流离，家书一封是万金难换的，作者已然因国事而忧恨重重，又因惦念家人安危而寝食难安，陷入了无尽的愁烦与焦急当中。焦愁的他不停地搔弄着自己的白发，以至于白发短而又短，近来，连发簪也难以插牢。

月　夜

今夜鄜州月[1]，闺中只独看[2]。遥怜小儿女[3]，未解忆长安[4]。

香雾云鬟湿[5]，清辉玉臂寒。何时倚虚幌[6]，双照泪痕干[7]。

【注释】

①鄜(fū)州：今陕西富县。②闺中：指妻子。③小儿女：尚不懂事的子女。④解：懂得。忆长安：思念身在长安的父亲。肃宗至德元载（公元756年），叛军攻陷潼关，杜甫携家眷逃至鄜州，闻肃宗在灵武即位，于是前往效力，途中为叛军所俘，被解回长安。⑤香雾：月夜的雾气。⑥虚幌：薄纱帐。⑦双照：指月光同时照着身处异地的夫妻二人。

【诗解】

全诗别出心裁，言在彼而意在此，不说自己在对月思念妻子，却哀悯在远方的妻子独看明月；不说自己想念年幼的子女，却说他们尚不懂得记挂远方的父亲。“香雾”一联揣想妻子于月下思念自己的情景，尾联接续此情寄出自己对于战乱平息、合家团圆的热切期盼，思致奇特而缜密，情意缠绵而真切。

月夜忆舍弟

戍鼓断人行[1]，边秋一雁声[2]。露从今夜白，月是故乡明。

有弟皆分散，无家问死生。寄书长不达[3]，况乃未休兵[4]。

【注释】

①戍鼓：戍楼上的更鼓。断人行：指更鼓响后人们便不能再随意行走。②边秋：边地之秋。③长：老是，一直。④况乃：何况是。

【诗解】

秋天的傍晚，戍楼的更鼓警示着交通即将被阻断，寂寥的边地上，回荡着悠远的雁鸣。从今天这一夜开始，将进入白露时节，当秋月朗朗挂在长空，作者却觉得，它并不如家乡看到的明亮。作者惦念担忧兄弟，悲伤战乱带来的分离，在这个月夜里，他暗自叹息：“平日里给兄弟们寄去书信还常常不能到达，何况战事频仍，生死茫茫更难预料！”

旅夜书怀

细草微风岸，危樯独夜舟[1]。星垂平野阔，月涌大江流。
名岂文章著，官应老病休[2]。飘飘何所似，天地一沙鸥。

【注释】

①危樯（qiáng）：高耸的船桅。独夜舟：夜晚独自行舟。②老病休：因年老多病而离职。

【诗解】

微风吹拂着江岸细草，诗人的孤舟停泊在岸边。星光闪烁，天幕低垂向平野尽头；江水粼粼，拥着月光流向远方。诗人眼观壮阔景象，俯思人生得失，以往坎坷的遭遇，眼下凄凉的境况，让他时而发出“名声岂止是因为我文章作得好”的悲问，时而又转向“年老多病也就应该辞官退休”的沉吟。平静下来，他知道明天依然是孤独漂泊，不禁自问自答地叹道：“我这样飘然一身像个什么？不过像广阔天地间的一只沙鸥罢了。”诗文蕴含着杜甫才不见用、志不得展的孤愤，还有他老病无靠、转徙漂泊的悲哀。

登岳阳楼

昔闻洞庭水，今上岳阳楼。吴楚东南坼[1]，乾坤日夜浮。
亲朋无一字，老病有孤舟。戎马关山北[2]，凭轩涕泗流[3]。

【注释】

①坼（chè）：分裂。②戎马：指战事。关山北：指北方边境。③凭轩：倚着窗户。涕泗：眼泪鼻涕。

【诗解】

从前只听说过洞庭湖水气象非凡，如今登上了岳阳楼观看，杜甫不由得被深深地震撼了。他为我们这样形容所看到的景象：浩翰的洞庭湖水，在东南方分开了吴地与楚地的疆界，它洋洋于天地间，吞吐日月，整个宇宙好像日夜飘浮。

洞庭湖的宏伟奇丽，并不能舒展杜甫“亲朋无一字，老病有孤舟”的悲怀，但那一日，让他真正为之凭窗而流泪的，是那北方关塞仍然不休的战事，以及风雨飘摇的山河。

蜀　相[1]

丞相祠堂何处寻，锦官城外柏森森[2]。映阶碧草自春色，隔叶黄鹂空好音。三顾频烦天下计[3]，两朝开济老臣心[4]。出师未捷身先死[5]，长使英雄泪满襟。

【注释】

①蜀相：指三国时蜀国丞相诸葛亮。②锦官城：指成都。③三顾：指刘备三顾茅庐一事。频烦：同"频繁"。④两朝：指先主刘备、后主刘禅两朝。开济：开创基业，匡危济难。⑤"出师"句：蜀建兴十二年（公元234年），诸葛亮出师伐魏，因积劳成疾病逝于五丈原。

【诗解】

这首诗是礼赞诸葛丞相的名篇，诗中深情写道：问起在哪里才能找到诸葛丞相的祠堂，它就坐落在锦官城外古柏森森的地方。那映衬着台阶的小草每到春天空自呈现着碧绿春色，那婉转的黄鹂隔着枝叶徒然唱出好听的歌声。诸葛丞相因为感激刘备的三顾相请而出山谋划天下大计；开创基业，扶危济难，先后辅佐了刘家父子两朝。只是他出师未捷就因积劳成疾而病死，千古以来，天下的仁人志士，无不为此泪洒衣裳。

闻官军收河南河北

剑外忽传收蓟北[1]，初闻涕泪满衣裳。却看妻子愁何在，漫卷诗书喜欲狂[2]。白日放歌须纵酒[3]，青春作伴好还乡[4]。即从巴峡穿巫峡，便下襄阳向洛阳。

【注释】

①剑外：剑门关外。此指蜀地。蓟北：指今河北北部地区，是安史叛军的根据地。②漫卷：胡乱卷起。③放歌：放声歌唱。④青春：指春光正好。

【诗解】

全诗洋溢着一种杜诗中极为少见的激动愉悦之情，反映着诗人当时如同拨云见日般畅快的心情。无论是初闻消息时的泪满衣裳，还是随后漫卷诗书的癫狂，无不是因喜极而起。那放歌纵酒的豪情，急归故乡的渴望，都因诗人认为国事与命运从此俱会峰回路转而生。于是杜甫催促妻子赶快整理行装，在他的想象中，明日自己便可以登上回乡的轻舟，穿峡过江，从此翻开人生新的一章了。

登　高

风急天高猿啸哀，渚清沙白鸟飞回①。无边落木萧萧下，不尽长江滚滚来。万里悲秋常作客，百年多病独登台②。艰难苦恨繁霜鬓③，潦倒新停浊酒杯④。

【注释】

①渚：水中的小洲。回：回旋。②百年：一生。③繁霜鬓：两鬓白发日增。④“潦倒”句：这时杜甫正因病戒酒。

【诗解】

天空寥阔，秋风甚急。急风中夹着一声声凄厉的猿啼，寒冷的沙洲上空，飞鸟盘旋不下。向远方眺望，无边无际的落叶萧萧落下，奔流不息的长江汹涌而来。

悲秋万里本已引人忧愁，何况诗人常年漂流为客，如今拖着年老多病的身躯，独自登眺在无人的高台，景况真可谓凄苦至极。然而人生的种种艰难苦恨正在让他的白发日益增多，近来，因为潦倒困顿，却又逼得他不能以酒遣怀。

登　楼

花近高楼伤客心，万方多难此登临。锦江春色来天地①，玉垒浮云变古今②。北极朝廷终不改，西山寇盗莫相侵③。可怜后主还祠庙④，日暮聊为梁甫吟⑤。

【注释】

①锦江：在今四川成都市南。②玉垒：山名，在今四川灌县西。③西山寇盗：指吐蕃。④“可怜”句：意谓后主刘禅庸碌，但依靠诸葛亮的辅佐，故至今还有祠庙。⑤梁甫吟：乐府篇名，相传诸葛亮南阳隐居时好为此歌。

【诗解】

登上高楼，楼下繁花似锦，但诗人看到却感到哀伤，因为流落他乡时间已久，全国各地仍旧祸难重重。凭楼四望，锦江春色漫天彻地地汹涌而来；玉垒山间的浮云飘忽起灭，好似古往今来的风云变幻。

坚信大唐的气运会像北极星一样万古不衰，诗人奉劝西山的盗寇不要再徒劳地前来侵扰。想起庸碌的刘禅依靠诸葛亮的辅佐，至今还有祠庙，诗人在苍茫的暮色中，情不自禁地轻吟起诸葛丞相生前喜爱的诗歌。

咏怀古迹

其　三

群山万壑赴荆门①，生长明妃尚有村②。一去紫台连朔漠③，独留青冢向黄昏④。画图省识春风面⑤，环佩空归月夜魂⑥。千载琵琶作胡语，分明怨恨曲中论。

【注释】

①荆门：荆门山，在湖北宜都县西北。②明妃：即王昭君。昭君村在归州东北。尚有村：尚有她生长的村庄。③紫台：指皇宫。朔漠：指匈奴所居之地。④青冢：即昭君墓。传说每到深秋时节，北方草木皆枯，唯独昭君墓上小草青青依旧。⑤“画图”句：意谓汉元帝对着图画岂能得知昭君美丽的容颜。画图：指画工毛延寿因昭君不肯行贿于他而故意丑化她的事。省（xǐng）识：认识。⑥环佩：指代昭君。月夜魂：指昭君生不得归汉，只有死后的灵魂从月夜归来。

【诗解】

谁说昭君生长的地方不需用如此雄奇的笔力来描绘？这位去国和亲的一代名妃身上，不正凝聚着天地山川的灵慧秀美？然而昭君的美丽却只因一张故意作难的画像就被弃置一旁，致使她一朝远嫁匈奴，身后唯留下青草覆盖的坟冢面向着大漠黄昏，生她养她的故乡也只空等来女儿返归的游魂。悠悠千载，世间依旧流传着昭君因为思念故乡而时时弹起的琵琶曲，而琵琶声声里，分明寄寓着她生前无限的忧思怨恨。

江南逢李龟年

岐王宅里寻常见[1]，
崔九堂前几度闻[2]。
正是江南好风景，
落花时节又逢君。

【注释】

①岐王：睿宗第四子李范，封岐王。②崔九：殿中监崔涤，玄宗宠臣。

【诗解】

曾经常常在岐王府第见到你，曾经好几次在崔九堂前聆听你的歌声，而今正是江南景色美好的时候，纷纷落花中我又遇到了你。诗文“刚开头却又煞了尾”，连一句也不愿多说，字里行间却蕴含着治乱盛衰的无限感慨，还有故人在漂泊中重逢，黯然相对的不尽凄凉。

崔 颢

崔颢（公元 714—754 年），汴州（今河南开封）人，开元十一年（公元 723 年）进士及第。性格放荡不羁。曾为太仆寺丞，天宝中为司勋员外郎。早期诗多写闺情，后历边塞，诗风变得苍凉奔放。《全唐诗》存诗一卷。

黄鹤楼

昔人已乘黄鹤去[1]，此地空余黄鹤楼。黄鹤一去不复返，白云千载空悠悠。晴川历历汉阳树[2]，芳草萋萋鹦鹉洲[3]。日暮乡关何处是[4]，烟波江上使人愁。

【注释】

①昔人：指传说中的仙人。②历历：景物清晰分明的样子。汉阳：在武昌（黄鹤楼所在地）西。③鹦鹉洲：在今武汉市西南长江中，相传因东汉祢衡在此作《鹦鹉赋》而得名。④乡关：家乡。

【诗解】

黄鹤楼因传说中有仙人驾鹤经过而得名，作者登上高楼，感念那古老的传说，感慨仙去楼空，只留下千载白云。

于此巍巍高楼临江眺望，千里晴川映入眼帘，还有清清楚楚的汉阳树，芳草萋萋的鹦鹉洲，只是作者一直望到日暮时分，却不曾找到家乡的所在。暮雾下的大江，烟波迷茫，独立高楼的作者，满怀乡愁。

长干行

其　一

君家何处住，妾住在横塘。
停船暂借问，或恐是同乡。

其　二

家临九江水，来去九江侧。
同是长干人，生小不相识。

【诗解】

这里虽然选入的是两首诗，实际上是一问一答，前一首是女子在向男子发问："我住在横塘，你住在什么地方啊？我停下船来作此一问，是因为想到或许我们是同乡。"后一首是男子作答："我的家临着九江水，常常来往于九江两侧。我们都住在长干里，但是从小并不相识啊……"诗以白描手法，朴素自然的语言，描写了这对同是长干人却并不相识的青年男女萍水相逢时的情景，二人相见恨晚之意了然其中，对白坦诚大方，毫无忸怩做作之态。

岑　参

岑参（公元 715—769 年），江陵（今湖北江陵）人。少孤寒，初隐襄阳，二十岁献书阙下。天宝进士。天宝八载（公元 749 年）入安西四镇节度使高仙芝幕掌书记，天宝十三年充安西（今新疆库车）、北庭（今新疆吉木萨尔）节度判官。肃宗时历任右补阙、起居舍人、虢州长史等职。后罢官客死成都旅舍。岑参久佐戎幕，以边塞诗名世，是盛唐边塞诗派代表之一，与高适并称"高岑"。其诗气势豪迈，情辞慷慨，文采瑰丽，体现了"盛唐气象"。《全唐诗》存诗四卷。有《岑嘉州集》。

轮台歌奉送封大夫出师西征

轮台城头夜吹角①，轮台城北旄头落②。羽书昨夜过渠黎③，单于已在金山西。戍楼西望烟尘黑④，汉军屯在轮台北。上将拥旄西出征⑤，平明吹笛大军行。四边伐鼓雪海涌，三军大呼阴山动。虏塞兵气连云屯⑥，战场白骨缠草根。剑河风急云片阔，沙口石冻马蹄脱⑦。亚相勤王甘苦辛⑧，誓将报主静边尘。古来青史谁不见，今见功名胜古人⑨。

【注释】

①角：军中号角。②轮台：今新疆米泉县境。旄头落：指胡人败亡之兆。旄头：星宿名，旧时以为胡星。③羽书：紧急文书。渠黎：西域国名。④烟尘黑：指敌军迫近。⑤旄：旗竿上的饰物，指军旗。⑥虏塞：敌方要塞。屯：聚集。⑦剑河、沙口：均在今新疆境内。⑧亚相：封常清官御使大夫，位次于宰相。勤王：操劳王事。⑨"今见"句：意在赞美封常清功业胜过古人。

【诗解】

此诗与前篇《走马川行奉送封大夫出师西征》同为一事、一人而作，但叙事的侧重有所不同。前篇着力于描写边塞环境的恶劣和大军夜间艰苦行进的情景，本诗则侧重于描写唐军军威的雄壮和大将出征的气势，从而表达出作者对于封大夫誓定边尘的报国功业的敬慕之情。全诗充满了浪漫主义的激情和边塞生活的气息，这是盛唐边塞诗独具的积极向上的风格。

白雪歌送武判官归京

北风卷地白草折，胡天八月即飞雪。忽如一夜春风来，千树万树梨花开。散入珠帘湿罗幕，狐裘不暖锦衾薄①。将军角弓不得控，都护铁衣冷难著②。瀚海阑干百丈冰③，愁云惨淡万里凝。中军置酒饮归客④，胡琴琵琶与羌笛。纷纷暮雪下辕门，风掣红旗冻不翻⑤。轮台东门送君去，去时雪满天山路⑥。山回路转不见君，雪上空留马行处。

【注释】

①衾(qīn)：被子。②著(zhuó)：穿。③瀚海：大沙漠。阑干：纵横之貌。④中军：此指中军帐内。⑤"风掣(chè)"句：意谓红旗已然冰冻，风吹时也不再飘动。⑥天山：在今新疆境内。

【诗解】

西北边地，八月飞雪，雪降有如一夜春风忽起，吹得万树枝头梨花绽放。

边地的雪纷纷扬扬，雪花飘入珠帘，浸湿了罗幕，那份冰冻寒冷，让狐裘不暖，锦被嫌薄，将军拉不开擅长的强弓，都护难以穿上护身的铁铠。无根瀚漠，纵横的是百丈坚冰，天色惨淡，凝结着万里愁云。

就是在这样的一天，作者的朋友武判官将要返京，大家为他在中军帐置酒饯行。在胡琴、琵琶与羌笛的合奏声中，他们依依惜别，难分难舍，直至傍晚雪势又盛。

作者于轮台东门送别武判官，他看到皑皑白雪早把山路覆盖，心中不禁为友人的前程担忧。当友人的身影终于消失在这雪暮的山回路转之中，他空望着雪地上友人远走的行迹，久久不肯离去……

逢入京使

故园东望路漫漫，双袖龙钟泪不干①。
马上相逢无纸笔，凭君传语报平安。

【注释】

①龙钟：湿漉漉的样子。

【诗解】

前往之地是荒僻寥廓的绝域，一路的奔波劳苦令诗人身心疲惫，回望故乡但见长路漫漫、风烟渺茫，他终于耐不住心中的相思和眷恋，潸然泪下了。马上相逢进京的使者，无法取纸笔详写家书，万般无奈之下，诗人只好委托使者传口信向家中报平安。这“平安”二字，可以让家人感到欣慰，却蕴含着作者的无限辛酸。

韦应物

韦应物（公元737—约792年）京兆长安（今陕西西安）人。出身关中望族，少任侠，以门资恩荫入官为三卫郎。后折节读书，曾任左司郎中、江州刺史、苏州刺史，人称“韦江州”“韦苏州”。韦应物秉性高洁，诗以写山水田园著名，淡远清瑟，人比之陶潜。白居易曾赞“高雅闲澹，自成一家之体”。《全唐诗》存诗十卷，有《韦苏州集》。

淮上喜会梁川故人

江汉曾为客①，相逢每醉还。
浮云一别后，流水十年间。
欢笑情如旧，萧疏鬓已斑②。
何因不归去，淮上有秋山。

【注释】

①江汉：即汉江。②萧疏：稀疏。 斑：斑白。

【诗解】

曾与他同在江汉为客，与他相逢必醉，但人生聚散如浮云，年华易逝若流水，那一别十年不见。今朝幸得重逢，举杯畅谈，默契如故，所改唯有鬓发，已然萧疏斑白。作者问起梁川故人："什么原因让留恋此地而不思归乡？"转而静默不语，与他同看淮上美丽的秋山风华。

赋得暮雨送李曹

楚江微雨里①，建业暮钟时②。漠漠帆来重③，冥冥鸟去迟④。

海门深不见⑤，浦树远含滋⑥。相送情无限，沾襟比散丝⑦。

【注释】

①楚江：长江。②建业：今江苏省南京市，古称建业。③漠漠：水汽迷茫的样子。④冥冥：形容天色昏暗，细雨蒙蒙。⑤海门：长江入海处。⑥浦树：江边的树。⑦沾襟：指泪水沾襟。散丝：指细雨。

【诗解】

此诗是作者为友人送别之作。全诗紧抓"暮雨"二字，渲染送别时周围景象的凄清孤冷：迷蒙的微雨，沉响的暮钟，被水汽浸染得湿重的船帆，因羽翼尽沾雨水而不能疾飞的归鸟。如此景象，纵然不是送别之际也能让人心神不舒，何况作者是看着友人的客船驶向江海深处，消失在茫茫烟雨当中。全诗前三联都是写景，只有最后一联抒情，说自己与友人离情无限，绵绵情意正如密密斜织的雨丝。

寄李儋元锡

去年花里逢君别，今日花开又一年。世事茫茫难自料，春愁黯黯独成眠。身多疾病思田里①，邑有流亡愧俸钱②。闻道欲来相问讯，西楼望月几回圆。

【注释】

①思田里：指想要归隐田园。②邑：指自己管辖的

县邑。

【诗解】

诗是写给友人的。诗中写道：去年花里将你送别，今日花开，转眼已一年了。世事茫茫不清我不能预料，近来，带着淡淡春愁，我心情落寞地独自入眠。因为身体多有疾病，我常常想要回归田园，但管辖的地方还有流亡的百姓，这又让我觉得未尽职守，有愧于国家发放的俸钱。听你说要来我这里探问，我常站在西楼盼望，月儿已经圆了好几回。

滁州西涧①

独怜幽草涧边生，上有黄鹂深树鸣。
春潮带雨晚来急，野渡无人舟自横。

【注释】

①滁州：今安徽滁县。西涧：西面的山间溪流。

【诗解】

怜爱的是涧边幽草，自枯自荣；听的是浓荫中黄鹂的独鸣，清越婉转；有感于眼前的野渡孤舟，春潮急雨袭来时无从用力，只是顺势纵横。诗文描写是滁州西边山间溪流的景色，不但结合着诗人其时幽寂的心境，“春潮”二句中所蕴寓的感受，更是与他困厄却又无奈的处境息息相通。

张　继

张继（生卒年不详），字懿孙，南阳（今属河南）人，一说襄州（今湖北襄阳）人。天宝进士，至德年间曾为御史，大历末年任检校祠部员外郎，分掌财赋于洪州。张继为官清廉，关心人民疾苦。其诗多登临记行之作，诗风清远，不务雕琢。《全唐诗》收诗一卷。有《张祠部诗集》。

枫桥夜泊

月落乌啼霜满天，江枫渔火对愁眠。
姑苏城外寒山寺①，夜半钟声到客船。

【注释】

①姑苏：苏州。寒山寺：传高僧寒山居此而得名。

【诗解】

枫叶如火的季节里，诗人离家又是一年了。夜泊于苏州城外的枫桥，面对着满天霜华、星星渔火、瑟瑟江枫，还有那即将落下的秋月，他乡愁难解，怀思难眠。辗转反侧之际，几声栖而复惊的鸦啼提醒他：夜已深沉。这时候，城外寒山寺的钟声悠然响起，一声声、一下下传到客舟之上，传入不眠之人耳中，契合着思乡的心律，扣打着游子的心扉。

孟 郊

孟郊（公元 751—814 年），字东野，湖州武康（今浙江德清）人。少隐嵩山，德宗贞元十二年（公元 796 年）登进士第（当时已四十六岁）。五十岁出任溧阳县尉。孟郊秉性孤直，终生贫困潦倒，死后竟无钱下葬。诗与韩愈齐名，为韩孟诗派的开派人物。其诗主张“下笔证兴亡，陈词备风骨”，同时追求“入深得奇趣”。大部分诗则抒写个人的穷苦情怀，与贾岛有相似处，故有“郊寒岛瘦”的说法。《全唐诗》收诗五卷。有《孟东野诗集》。

列女操

梧桐相待老[1]，鸳鸯会双死。贞妇贵殉夫，舍生亦如此。波澜誓不起[2]，妾心古井水。

【注释】

①梧桐：梧为雄树，桐为雌树。②波澜誓不起：意谓心中不会再起波澜。

【诗解】

梧桐相伴到老，鸳鸯不肯独活，夫君一亡，贞烈女子便会以身殉夫，即使存活于世，也是心如古井之水，不会再起波澜。礼法令人殉则可怜，深情使人贞则可敬。本诗比喻贴切，清明如话，颇有民歌风味，让人过目不忘。

游子吟

慈母手中线，游子身上衣。临行密密缝，意恐迟迟归。谁言寸草心[1]，报得三春晖[2]？

【注释】

①寸草心：小草的嫩心，比喻天下儿女之心。②三春晖：春日温暖的阳光，比喻母爱的温暖。

【诗解】

母亲的细针密线织就了游子身上的征衣，游子将要离家的时候，母亲会将衣服缝补得更加结实，以确保它们能帮游子抵挡风寒；她其实更希望游子能早早归来，那样她才能真正地放下心来。全诗短短数语，但从古至今感动了千万读者，是描写亲情难得的佳作。

白居易

白居易（公元 772—846 年），字乐天，晚年号香山居士。贞元十六年（公元 800 年）进士，授秘书省校书郎。元和年间任左拾遗及左赞善大夫。后因上表请求严缉刺死宰相武元衡的凶手，得罪权贵，贬为江州司马。长庆初年任杭州刺史，宝历初年任苏州刺史，后官至刑部尚书。在文学上，白居易主张“文章合为时而著，歌诗合为事而作”，是新乐府运动的倡导者。其诗通俗易懂，相传诗作要老妪听懂为止。同元稹并称“元白”。有《白香山集》。

长恨歌

汉皇重色思倾国①，御宇多年求不得②。杨家有女初长成，养在深闺人未识。天生丽质难自弃，一朝选在君王侧。回眸一笑百媚生，六宫粉黛无颜色。春寒赐浴华清池，温泉水滑洗凝脂。侍儿扶起娇无力，始是新承恩泽时。云鬓花颜金步摇，芙蓉帐暖度春宵。春宵苦短日高起，从此君王不早朝。承欢侍宴无闲暇，春从春游夜专夜。后宫佳丽三千人，三千宠爱在一身。金屋妆成娇侍夜，玉楼宴罢醉和春③。姊妹弟兄皆列土④，可怜光彩生门户。遂令天下父母心，不重生男重生女。骊宫高处入青云，仙乐风飘处处闻。缓歌慢舞凝丝竹⑤，尽日君王看不足。渔阳鼙鼓动地来⑥，惊破霓裳羽衣曲。九重城阙烟尘生，千乘万骑西南行。翠华摇摇行复止⑦，西出都门百余里。六军不发无奈何，宛转蛾眉马前死。花钿委地无人收⑧，翠翘金雀玉搔头⑨。君王掩面救不得，回看血泪相和流。黄埃散漫风萧索，云栈萦纡登剑阁⑩。峨嵋山下少人行，旌旗无光日色薄。蜀江水碧蜀山青，圣主朝朝暮暮情。行宫见月伤心色，夜雨闻铃肠断声。天旋地转回龙驭⑪，到此踌躇不能去。马嵬坡下泥土中，不见玉颜空死处。君臣相顾尽沾衣，东望都门信马归⑫。归来池苑皆依旧，太液芙蓉未央柳⑬。芙蓉如面柳如眉，对此如何不泪垂？春风桃李花开日，秋雨梧桐叶落时。西宫南内多秋草，落叶满阶红不扫。梨园弟子白发新，椒房阿监青娥老⑭。夕殿萤飞思悄然，孤灯挑尽未成眠。迟迟钟鼓初长夜，耿耿星河欲曙天。鸳鸯瓦冷霜华重，翡翠衾寒谁与共。悠悠生死别经年，魂魄不曾来入梦。临邛道士鸿都客⑮，能以精诚致魂魄⑯。为感君王辗转思，遂教方士殷勤觅⑰。排空驭气奔如电，升天入地求之遍。上穷碧落下黄泉，两处茫茫皆不见。忽闻海上有仙山，山在虚无缥渺间。楼阁玲珑五云起，其中绰约多仙子。中有一人字太真[18]，雪肤花貌参差是。金阙西厢叩玉扃[19]，转教小玉报双成[20]。闻道汉家天子使，九华帐里梦魂惊。揽衣推枕起徘徊，珠箔银屏迤逦开[21]。云鬓半偏新睡觉[22]，花冠不整下堂来。风吹仙袂飘飖举[23]，犹似霓裳羽衣舞。玉容寂寞泪阑干[24]，梨花一枝春带雨。含情凝睇谢君王[25]，一别音容两渺茫。昭阳殿里恩爱绝，蓬莱宫中日月长。回头下望人寰处，不见长安见尘雾。惟将旧物表深情，钿合金钗寄将去。钗留一股合一扇，钗擘黄金合分钿[26]。但教心似金钿坚，天上人间会相见。临别殷勤重寄词，词中有誓两心知。七月七日长生殿，夜半无人私语时。在天愿作比翼鸟，在地愿为连理枝。天长地久有时尽，此恨绵绵无绝期。

【注释】

①汉皇：指唐玄宗。②御宇：统御天下。③醉和春：醉意伴随着春意。④列土：分封领地。⑤凝丝竹：喻歌舞紧扣音乐声。⑥“渔阳”句：指安禄山在渔阳起兵叛乱。鼙（pí）鼓：军队中用的小鼓。⑦翠华：皇帝仪仗中用翠鸟羽毛作装饰的旗帜。⑧花钿（diàn）：花朵形首饰。⑨翠翘、金雀、玉搔头：均是杨贵妃所佩带的钗簪。⑩云栈（zhàn）：高入云霄的栈道。剑阁：在今四川剑阁县东北大剑山、小剑山之间，为由陕入川的必经之路。⑪“天旋”句：指局势转变，玄宗还京。龙驭（yù）：皇帝的车驾。⑫信马归：任马驰骋而归。⑬太液：太液池。未央：未央宫。⑭椒房：后妃们住的地方。阿监：指宫中女官。⑮“临邛（qióng）”句：意谓来自蜀中，作客长安的道士。临邛：今四川邛崃县。鸿都：汉宫门名，此指长安。⑯致魂魄：将灵魂召来。⑰方士：有道术的人。⑱太真：杨贵妃为女道士时号太真。⑲扃（jiōng）：门户。⑳转教：指请侍女通报。小玉、双成：指太真侍女。㉑珠箔：珠帘。迤逦开：谓层层敞开。㉒新睡觉：刚睡醒。㉓袂（mèi）：衣袖。㉔阑干：形容泪水横流的样子。㉕凝睇（dì）：凝视。㉖擘（bāi）：同“掰”，分开。

【诗解】

白居易的《长恨歌》是古典诗歌中的不朽之作，从它问世到现在十二个世纪的漫长岁月里，始终传唱不衰，保持着极强的生命力。作者作此歌的初衷本是“惩尤物，窒乱阶，垂于将来”（《长恨歌传》），可以说是将《长恨歌》的主题定为了“耽色误国”，然而却在写作的过程当中为李、杨二人凄美的爱情故事所裹挟，不由自主地写出了这首千古绝唱。全诗将叙事、写景、抒情三者完美地结合在一起，将一幅幅浸透人间悲喜、饱含荣枯变化的画面展现在人们面前，动情讲述了一个朝代由盛而衰的历史，一位帝王由喜而悲的爱情，旷世的爱情与流传千古的佳句同样具有无穷魅力，超越了时空的阻隔和生命的极限，最终达到一种永恒的境界。

琵琶行（并序）

元和十年，余左迁九江郡司马。明年秋，送客湓浦口，闻舟中夜弹琵琶者。听其音，铮铮然有京都声。问其人，本长安倡女，尝学琵琶于曹、穆二善才，年长色衰，委身为贾人妇。遂命酒，使快弹数曲。曲罢悯然，自叙少小时欢乐事，今漂沦憔悴，转徙于江湖间。余出官二年，恬然自安，感斯人言，是夕始觉有迁谪意。因为长句，歌以赠之，凡六百一十六言，命曰《琵琶行》。

浔阳江头夜送客，枫叶荻花秋瑟瑟。主人下马客在船，举酒欲饮无管弦。醉不成欢惨将别，别时茫茫江浸月。忽闻水上琵琶声，主人忘归客不发。寻声暗问弹者谁，琵琶声停欲语迟①。移船相近邀相见，添酒回灯重开宴。千呼万唤始出来，犹抱琵琶半遮面。转轴拨弦三两声②，未成曲调先有情。弦弦掩抑声声思，似诉生平不得志。低眉信手续续弹，说尽心中无限事。轻拢慢捻抹复挑，初为霓裳后六幺③。大弦嘈嘈如急雨，小弦切切如私语④。嘈嘈切切错杂弹，大珠小珠落玉盘。间关莺语花底滑⑤，幽咽泉流水下难。冰泉冷涩弦凝绝，凝绝不通声渐歇⑥。别有幽愁暗恨生，此时无声胜有声。银瓶乍破水浆迸，铁骑突出刀枪鸣⑦。曲终收拨当心画⑧，四弦一声如裂帛。东船西舫悄无言，唯见江心秋月白。沉吟放拨插弦中，整顿衣裳起敛容。自言本是京城女，家在虾蟆陵下住。十三学得琵琶成，名属教坊第一部。曲罢常曾善才伏⑨，妆成每被秋娘妒⑩。五陵年少争缠头⑪，一曲红绡不知数。钿头银篦击节碎⑫，血色罗裙翻酒污。今年欢笑复明年，秋月春风等闲度。弟走从军阿姨死，暮去朝来颜色故⑬。门前冷落车马稀，老大嫁作商人妇。商人重利轻别离，前月浮梁买茶去⑭。去来江口守空船，绕船明月江水寒。夜深忽梦少年事，梦啼妆泪红阑干⑮。我闻琵琶已叹息，又闻此语重唧唧。同是天涯沦落人，相逢何必曾相识。我从去年辞帝京，谪居卧病浔阳城。浔阳地僻无音乐，终岁不闻丝竹声。住近湓江地低湿⑯，黄芦苦竹绕宅生。其间旦暮闻何物，杜鹃啼血猿哀鸣。春江花朝秋月夜，往往取酒还独倾⑰。岂无山歌与村笛，呕哑嘲哳难为听⑱。今夜闻君琵琶语，如听仙乐耳暂明。莫辞更坐弹一曲，为君翻作琵琶行。

感我此言良久立，却坐促弦弦转急[19]。凄凄不似向前声，满座重闻皆掩泣。座中泣下谁最多，江州司马青衫湿[20]。

【注释】

①欲语迟：欲说还休。②转轴：转动琵琶上琴柱调音色。③霓裳：《霓裳羽衣曲》。六幺：曲名。④大弦、小弦：分别指琵琶上最粗的弦和最细的弦。⑤间关：象声词，形容婉转的鸟鸣声。⑥“水泉冷涩”两句：意谓琵琶声好像水泉冷涩一样渐缓渐停，直至中断。⑦“银瓶”两句：形容琵琶声忽而铿然响起，如同银瓶迸裂水浆四溅，又如铁骑突出刀枪齐鸣。⑧拨：拨弦的用具。当心画：用拨当着琵琶的中心用力一划。⑨善才：善弹者。⑩秋娘：泛指歌伎。⑪缠头：唐时艺伎表演完毕，观者多以绫帛为赠，称为缠头。⑫“钿头”句：意谓欢乐时便以首饰击节打拍，以至于首饰常常断裂破碎。钿头银篦：两端镶有金玉花形的银篦子。⑬颜色故：姿容衰老。⑭浮梁：今江西景德镇。⑮阑干：指泪水横流的样子。⑯湓（pén）江：在今江西瑞昌，临九江。⑰独倾：独酌。⑱呕哑嘲哳（zhā）：形容声音杂乱刺耳。⑲促弦：拧紧琴弦。⑳青衫：唐官员品级最低的服色为青色。

【诗解】

《琵琶行》是继《长恨歌》之后又一部极为优秀的长篇叙事诗，是白居易谪居浔阳时所作。那一年的秋天，诗人于浔阳江头送别友人，主客正因宴席上缺少管弦相伴而无法畅饮，忽然被一阵从江上传来的琵琶声感动，于是逐音寻去，见到了本诗的女主人公——一位琴艺精湛却已年长色衰的琵琶女。

在作者的细腻而深刻笔下，她的情态声貌、举意动容无不透露着伤心人的矜持，她那时而幽婉、时而铿锵、高回低转的琵琶声中寄寓着无限心事，她关于自己身世的叙述，是对辉煌过去的追忆，是浮华过后的凄凉。而这一切听在作者耳中，看在作者眼里，他终于不胜伤感，潸然泪下，发出了“同是天涯沦落人，相逢何必曾相识”的深沉叹息。

全诗结构缜密，譬喻精妙，感情深挚，情节波澜起伏，时有绝处逢生之妙，而且诗中流传的千古佳句颇多，真是不朽名篇。

赋得古原草送别

离离原上草[1]，一岁一枯荣。
野火烧不尽，春风吹又生。
远芳侵古道，晴翠接荒城[2]。
又送王孙去[3]，萋萋满别情[4]。

【注释】

①离离：形容草长得茂盛。②晴翠：指阳光下草色翠绿鲜亮。③王孙：游子。《楚辞·招隐士》有：“王孙游兮不归，春草生兮萋萋。”④萋萋：茂盛的样子。

【诗解】

繁荣茂盛的原上小草，披头散叶，蓬勃

生长。它们年年都要经历一枯一荣，纵使被野火烧成一片灰烬，等春风再来的时候，依然会长出芽叶，绿满大地。芳草蔓延向远方，侵入古老的道路，晴天的时候，翠绿闪光的草色连接着荒凉的城墙。那一天，诗人踏着草原又送走了一位朋友，望着萋萋芳草，胸中充满了离情别绪。

后宫词

泪尽罗巾梦不成，夜深前殿按歌声①。
红颜未老恩先断，斜倚熏笼坐到明②。

【注释】

①按歌声：打着拍子歌唱。②熏笼：香炉上的罩笼。

【诗解】

夜深了，然而前面的宫殿中依然笙歌阵阵，歌声传入她的耳中，让她无法入眠。她独自在居处偷偷哭泣，因为自己悲凉的处境，因为红颜未老但皇上的恩宠已经断绝。这一夜，她彻夜不寐，斜倚熏笼，坐到天明……

问刘十九

绿蚁新醅酒①，红泥小火炉。
晚来天欲雪，能饮一杯无。

【注释】

①绿蚁：指浮在新酿的没有过滤的米酒上的绿色泡沫。醅（pēi）：没有过滤的酒。

【诗解】

有泛着绿色酒沫的新酿米酒，有烧着融融炭火的红泥小炉，而室外的天气，因为黄昏到来的一场飘雪而显得格外阴沉、寒冷。作者邀请友人前来小饮，一片真挚的情谊正像酒一般醇厚，像炭火一样温暖。相信刘十九接到此诗定会欣然赴约，与作者共同度过这寒冷阴沉的冬日傍晚。

刘禹锡

刘禹锡（公元772—842年），字梦得，洛阳人。德宗贞元九年（公元793年）登进士第，又登宏辞科。顺宗时任屯田员外郎，参与“永贞革新”，革新失败，被贬为朗州司马，迁连州刺史。后以裴度力荐，任太子宾客。武宗初，加检校礼部尚书衔。世称“刘宾客”“刘尚书”。刘禹锡以诗文称，早年与柳宗元并称“刘柳”，晚年与白居易并称“刘白”，其诗通俗清新，别具一格。《全唐诗》收其诗十二卷。有《刘梦得文集》。

乌衣巷

朱雀桥边野草花，乌衣巷口夕阳斜[1]。
旧时王谢堂前燕，飞入寻常百姓家。

【注释】

①斜：发“xiá”音。

【诗解】

诗的首联以“野草花”“夕阳斜”衬托旧时的朱门富户如今的落寞与平凡，不悲不慨，不黏不脱，语虽平淡，然而意味深长。末联抓住燕子栖息旧巢的特点，写燕子仍入此堂，但王谢零落，已化作寻常百姓之家，以小燕子表现出大主题，写尽人世沧桑、荣枯变换。

贾 岛

贾岛（公元779—843年），字阆仙，一作浪仙，范阳（今河北涿县）人。初落拓为僧，名无本，后还俗，屡举进士不第。曾任长江主簿，人称贾长江。贾岛诗以苦吟著名，“推敲”的故事便由他而来。其诗喜写荒凉孤僻之境，多苦寒之词，开晚唐尖新狭僻一派诗风。《全唐诗》存诗四卷。

寻隐者不遇

松下问童子，言师采药去。
只在此山中，云深不知处。

【诗解】

松树下问小童子“师傅去哪了”，他说师傅去采药了，就在这座山中，但云深雾浓，无法知道究竟在哪一处。小诗简单好懂，然而与童子一问一答间，传递出清幽高远的意境，蕴含着无穷无尽的理趣，还有诗人访友不遇、空望云山的惆怅。

元 稹

元稹（公元779—831年），字微之，河南河内（今河南洛阳附近）人。贞元九年（公元793年）明经及第。贞元十九年，登书判拔萃科，元和元年（公元806年），登才识兼茂明于体用科。因得罪宦官及守旧官僚，遭到贬斥。后转而依附宦官，官至同中书门下平章事。元稹是著名诗人，与白居易齐名，称“元白”。因诗风格相近，合称“元白体”。曾撰传奇《莺莺传》，对后世影响极大。《全唐诗》存诗二十八卷。有《元氏长庆集》。

遣悲怀

其 一

谢公最小偏怜女[1]，自嫁黔娄百事乖[2]。顾我无衣搜荩箧[3]，泥他沽酒拔金钗[4]。野蔬充膳甘长藿[5]，落叶添薪仰古槐[6]。今日俸钱过十万，与君营奠复营斋[7]。

【注释】

①“谢公”句：东晋宰相谢安最爱其侄女谢道韫。此指妻子从小娇生惯养。②黔娄：指自己家境贫困。③顾：看到。荩（jìn）箧（qiè）：荩草编成的箱箧。④泥他：软言求她。⑤甘：甘心。藿（huò）：豆叶。⑥仰：依仗。⑦营：办理。奠：祭品。斋：指请僧人超度。

【诗解】

此作回顾作者未发达之前夫妻二人的艰苦生活，极写韦氏这从小受到千娇百宠的相府千金嫁给自己后尽心相助、安于贫贱的高贵品行；拔钗沽酒、野蔬充膳诸般描述无不生动形象，感人肺腑。结尾说自己如今俸钱超过十万，独自在此为妻子经营祭奠，愧疚之情、哀伤之意尤为深沉。

其 二

昔日戏言身后意[1]，今朝都到眼前来。衣裳已施行看尽[2]，针线犹存未忍开。尚想旧情怜婢仆，也曾因梦送钱财。诚知此恨人人有，贫贱夫妻百事哀。

【注释】

①身后意：死后的打算。②行：行将。

【诗解】

韦氏从前曾经与作者戏言死后的事情，谁知玩笑话却变成了眼前的现实。作者因为不愿睹物思人，所以把妻子穿过的衣服施舍出去，将妻子做的针线活原封不动地保存了起来，不忍打开。他因为感念家中婢仆与妻子的旧日情份而对他们格外哀怜，因为梦到妻子仍然贫寒而烧送冥钱。他知道夫妻之间终不免有一天阴阳两隔，只是想起妻子，想起她与自己共守贫贱、苦乐相伴的日子，每一点每一滴无不让他感到格外悲伤。

其 三

闲坐悲君亦自悲，百年多是几多时？邓攸无子寻知命[1]，潘岳悼亡犹费辞。同穴窅冥何所望[2]，他生缘会更难期。惟将终夜长开眼，报答平生未展眉。

【注释】

①邓攸无子：晋邓攸在战乱中为拯救亡兄之子，丢弃了自己的儿子，以为自己还可以生养，但终无子嗣。②同穴：合葬。窅（yǎo）冥：深远，渺茫。

【诗解】

独自闲坐的时候，作者想起了妻子，他感到悲伤，悲伤妻子的早逝，悲伤自己失去人生的良伴。人寿有限，纵然百年也终有完结之日，其间又常常闪过命运难以捉摸的影子，善良的邓攸终生不再有子，这不就是最好的例子吗？妻子早亡，也许是命中注定，只是人死无知，作者想要为她写上一篇潘岳悼妻那样的诗篇，也是终觉徒然。他知道纵使与妻子同穴而葬，也会因为地下窅冥而哀情难通，知道他生再续前缘更是难以期待，他说，只有用自己长夜不寐的思念，去报答妻子平生未展的眉头。

行 宫

寥落古行宫，宫花寂寞红。
白头宫女在，闲话说玄宗。

【诗解】

从安史之乱结束到元稹写这首诗，时间已经过去了四十多年，国家的主人已然换了几任，前朝遗留下来的东西，除了江河日下的国势以外，还有已经无人问津的行宫，以及其中被遗忘了的宫女。行宫中的花儿寂寞地开着，曾经青春靓丽的宫女们已是白发苍苍。她们坐着、谈着，记忆好像只停在了开元、天宝年间，谈话的内容也只限于有关玄宗的陈年旧事。小诗短小精湛，意味隽永，倾诉了宫女无穷的哀怨之情，寄托着作者心中深沉的盛衰之感。

杜 牧

杜牧（公元803—852年），字牧之，京兆长安（今陕西西安）人，祖居长安下杜樊乡（今陕西长安县东南），世称“杜樊川”。世人为区别于杜甫，称之为“小杜”。文宗大和二年（公元828年）登进士第，登贤良方正能直言极谏科，授弘文馆校书郎。曾为江西观察使、宣歙观察使沈传师和淮南节度使牛僧孺的幕僚。历任监察御史、黄、池、睦诸州刺史。后入为司勋员外郎、官终中书舍人。杜牧是晚唐杰出的诗人与散文家，与李商隐齐名，时号“小李杜”。《全唐诗》存诗八卷。有《樊川文集》。

赤　壁

折戟沉沙铁未销，自将磨洗认前朝。
东风不与周郎便，铜雀春深锁二乔[1]。

【注释】

①铜雀：曹操在邺城所筑高台，其姬妾尽在台中。二乔：大乔、小乔，以美貌著称于世。大乔嫁给了孙策，小乔嫁给了周瑜。

【诗解】

作者游于赤壁矶下，江潮涌落中他看见了一支折断但还没完全烂掉的铁戟半掩沙中，于是他将它拾起，磨去锈蚀，洗去污渍，这才辨认出它属于六百余年前的朝代。作者不禁联想到那时于此发生的赤壁之战，有悖常情地强调如果那天东南风不起，火攻不能成功，那么东吴国灭、二乔被虏便将成为历史。杜牧通晓军事，他之所以讥周瑜侥幸取胜，意在标榜自己知兵习战。联系他此时不受重用的境遇，不难感受到他这是借论古事而抒发胸中抑郁不平之气。

泊秦淮

烟笼寒水月笼沙，夜泊秦淮近酒家。
商女不知亡国恨，隔江犹唱后庭花。

【诗解】

作者于大唐国势日渐衰微之际来到秦淮河，泊舟于临近酒家的地方。在江烟水月交相冲融掩映秦淮之夜，河两边的青楼妓馆是一如既往的酒绿灯红，在临河的酒家里，不识亡国之恨的歌女还在一遍遍地唱着《玉树后庭花》。这靡靡之音传到作者耳中，让他感慨不已，于是写下了这篇作品，警世戒饬之意不言自明。

寄扬州韩绰判官

青山隐隐水迢迢，秋尽江南草未凋。
二十四桥明月夜[1]，玉人何处教吹箫？

【注释】

①二十四桥：相传有二十四美人夜吹洞箫于扬州西城外小桥，此处泛指扬州的桥梁。

【诗解】

青山隐隐，绿水迢迢，诗人思念着远隔山水的朋友韩绰，而时令正值秋去冬来之际，他也不免怀念韩绰所在的温暖秀丽、秋来草未凋的江南了。诗人在诗中以委婉而谐谑的口吻问候对方："二十四桥月明，你又在何处潇洒风流？"一片真情尽融字里行间，同时也寄寓着诗人对同友闲游之快乐往昔的不尽追忆。

遣 怀

落魄江湖载酒行，楚腰纤细掌中轻①。
十年一觉扬州梦，赢得青楼薄幸名。

【注释】

①楚腰：用楚灵王好细腰之典故。掌中轻：用汉赵飞燕体轻能在掌上起舞之典故。

【诗解】

诗文前二句写自己因为失意而载酒漫游江湖，一度沉湎于偎红倚翠、声色歌舞。后二句感叹十年扬州生活恍如一梦，梦醒时才发现自己只落得个薄情之人的声名，懊悔辛酸尽在其中。

秋 夕

银烛秋光冷画屏，轻罗小扇扑流萤①。
天阶夜色凉如水②，卧看牵牛织女星。

【注释】

①轻罗小扇：轻巧的丝质小团扇。②天阶：皇宫里的石阶。

【诗解】

这是一首宫怨诗。首联通过对宫闱中凄清孤冷的环境的描绘，对宫女手把轻罗小扇扑打流萤这一动作细节的描写，暗示出宫女生活的寂寞和空虚。尾联写夜色虽凉而宫女却浑然不觉，出神凝望着空中闪烁的牛郎织女星，传递出她内心对于爱情的渴望。牛郎织女一年方得团聚一回，而宫女对他们这样的爱情仍羡慕不已，可见她心中情感的土壤是何等干涸渴雨。

赠　别

其　一

娉娉袅袅十三余[1]，豆蔻梢头二月初。
春风十里扬州路，卷上珠帘总不如。

【注释】

①娉娉（pīng）袅袅（niǎo）：柔美的样子。

【诗解】

首联写人，“娉娉袅袅”写其娇柔旖旎的形貌，“十三余”写其妙龄，“豆蔻梢头二月初”写其清纯喜人、含苞欲放的风姿。尾联寄情，写春风吹过扬州那繁华艳丽的十里烟花路，珠帘一一被吹起，才发现“万紫千红”终不能与伊人相比。《诗经·出其东门》中“有女如云”“匪我思存”可为诗意的概括。

其　二

多情却似总无情，唯觉樽前笑不成。
蜡烛有心还惜别，替人垂泪到天明。

【诗解】

离别筵上，千种离情，万种别绪，是谓“多情”；然而万千离情别绪无从表达，这一对恋人只是久久默对，是谓“无情”。作者又写自己欲故作笑颜缓和气氛但终不能，则更让人感到分别的无奈与凄凉。后二句一笔宕开，以拟人手法转去写蜡烛也知惜别，点滴蜡泪，替人垂泪到天明。无情之物尚且如此，有情之人的愁苦自不待言。

金谷园

繁华事散逐香尘，流水无情草自春。
日暮东风怨啼鸟，落花犹似坠楼人。

【诗解】

时光流转，作者来到金谷园故址，它往日的繁华已然烟消云散，但流水依旧潺湲，春草犹自碧绿，不理会人世的荣枯变换。日暮时分刮起了东风，带来哀婉幽怨的鸟鸣，吹下片片落花；在作者眼中，这随风飘落的花儿好似当日含情坠楼的绿珠姑娘，美丽但却薄命，思之让人伤感。

李商隐

李商隐（约公元 813—约 858 年），字义山，号玉溪生，怀州河内（今河南沁阳）人。开成二年（公元 837 年）进士，曾任县尉、秘书郎和东川节度使判官等职。因受牛李党争影响，累受排挤，潦倒终身，终年仅四十六岁。所作咏史诗多借古讽今，立意精警，所特创的无题诗精工典丽、深情绵邈。有《李义山集》。

蝉

本以高难饱[1]，徒劳恨费声。
五更疏欲断，一树碧无情。
薄宦梗犹泛[2]，故园芜已平[3]。
烦君最相警[4]，我亦举家清。

【注释】

①“本以”两句：古人认为蝉是餐风饮露的，故此处说它栖于高树而难得一饱，纵然作怨恨之声也是枉然。②薄宦：官卑职微。梗（gěng）犹泛：形容自己漂泊不定的生活就好像树梗浮于水面。③芜：荒草。④君：指蝉。

【诗解】

它居住在高高的树上，本就难得腹中充实，却还整天费尽气力地长鸣不停。长长的夏日里，它一直要鸣叫到五更时分，直到声嘶力竭。然而日夜哀鸣并不曾改变什么，连栖身的大树也依然是青翠如故，丝毫不为所动。作者笔下的蝉实际上是他自身的写照，蝉的哀鸣正如他在困境中的痛苦呻吟，而那毫不动情的树木则代表着冷漠世情。诗的末联是作者对蝉的寄语：真是烦劳你常常用鸣声来提醒我，其实我和你一样，也是洁身自好，举家清贫。

落　花

高阁客竟去，小园花乱飞。参差连曲陌[1]，迢递送斜晖[2]。
肠断未忍扫，眼穿仍欲归。芳心向春尽，所得是沾衣。

【注释】

①参差：指落花堆叠不平的样子。曲陌：曲折的小路。②迢递：远远地。

【诗解】

客散楼寂，看小园中残花飘落，花瓣纷扬。这些已离枝头的落花，无根无基，随风飞走，近者落于曲径之上，远者似在伴送夕阳，其依依不愿就此沉沦之情，怎不令人心生悲感？望眼欲穿盼来的春天转眼之间就要归去，花儿献给春天的一片芳心也会就此了结，最终只落得落红沾衣、零落成泥而已。诗是在咏叹落花，而其中寄寓了作者对于用世无门、处境惨淡的深深悲哀之情。那落花的身世，不正与作者的身世有着共通之处？

凉　思

客去波平槛，蝉休露满枝①。
永怀当此节②，倚立自移时。
北斗兼春远，南陵寓使迟③。
天涯占梦数④，疑误有新知。

【注释】

①蝉休：蝉声消歇。②永怀：长思。③南陵：县名，今安徽东南。寓使：托付传信的人。寓：托付。④占梦数：占卜梦境。

【诗解】

诗中诉说道：“当初你离去的时候正逢春江水涨，现在已然到了蝉休露重的秋天。我当此清寒之节凭栏思念你，曾不知日已归山，星月已上。随着北斗位置的推移，我知道春天已经越去越远，在漫长的时空间隔中，我不曾得到你的一点音信。我因此而向梦境占卜命数，常常疑惑你是因为有了新知而将我忘记。”诗中恐为人所弃的心情是很明显的。

北青萝

残阳西入崦①，茅屋访孤僧。落叶人何在，寒云路几层。

独敲初夜磬②，闲倚一枝藤③。世界微尘里④，吾宁爱与憎⑤？

【注释】

①崦（yān）：指太阳落山的地方。②初夜：夜之初。③藤：指藤杖。④“世界”句：《法华经》：“三千大千世界事，全在微尘中。”⑤宁：为什么。

【诗解】

残阳落入西山，诗人前往山上访问独居在那里的僧人。落叶满山，寒云相伴，峰回路转，他到达了孤僧居处的时候，已是晚上了。未见其人，先闻磬声，而后看到孤僧倚着一枝藤杖冥思。恍然间，诗人想起了《法华经》中所说的“三千大千世界全在微尘中”的警语。那是人生另外一种解脱方式，万念皆空，无爱无憎，就像眼前这位孤僧每日所过的生活。

锦　瑟

锦瑟无端五十弦[1]，一弦一柱思华年。庄生晓梦迷蝴蝶[2]，望帝春心托杜鹃[3]。沧海月明珠有泪[4]，蓝田日暖玉生烟[5]。此情可待成追忆，只是当时已惘然。

【注释】

①锦瑟：装饰华美的瑟。②“庄生”句：庄子曾经梦见自己化成蝴蝶翩翩起舞。③“望帝”句：相传蜀望帝杜宇死后其魂化为子规，即杜鹃鸟，鸣声凄厉哀怨，啼血方止。④“沧海”句：传说南海外鲛人，泣泪而成珠。⑤蓝田：山名，在今陕西，产美玉。

【诗解】

锦瑟平白无故地采用五十根弦，撩拨起它，一柱一弦地回忆着自己那逝去的华年。你也可以期待如庄子化蝶般在梦境中迷失自己，你也可以幻想化为杜鹃，哀泣夭折的志愿。沧海月明时，鲛人会落下晶莹光润的珠泪，蓝田日照中，美玉幻化出可望而不可即的玉烟。这伤逝的情感总也会成为记忆中的点滴，只是当时当日，却已叫人无限惘然。

无　题

昨夜星辰昨夜风，画楼西畔桂堂东。身无彩凤双飞翼，心有灵犀一点通[1]。隔座送钩春酒暖[2]，分曹射覆蜡灯红[3]。嗟余听鼓应官去[4]，走马兰台类转蓬[5]。

【注释】

①灵犀：旧说犀牛角中有白纹如线，直通两端。②送钩：古时的一种游戏，将钩暗中传递，藏于一人手中，未猜中者罚酒。③分曹：分组。射覆：将东西放在器物下面让人猜。④鼓：更鼓。应官：办理官差。⑤兰台：即秘书省。

【诗解】

关于昨夜的记忆，最亲切的感触是闪烁的星光，温馨的和风，而在画楼西、桂堂东，作者又遭遇了最动人的邂逅。那份两情相悦的默契，让你相信即便没有彩凤的双翼，心灵间的灵犀也能冲破重重阻隔，清楚而完满地传递表达各自的心意。

昨天晚上的欢宴，隔座送钩，分组射覆，因为有了她的存在而更觉春意融融，酒格外暖心，灯红得迷人。

在清寥的今夜回忆醉人的昨夜，作者想到她是否正身处新一轮的笑语欢歌。在不知不觉中，上差的鼓声已经敲响，他又不得不走马兰台，孤单渺小得，就好像是随风飘转的飞蓬。

隋　宫

紫泉宫殿锁烟霞①，欲取芜城作帝家②。玉玺不缘归日角③，锦帆应是到天涯。于今腐草无萤火④，终古垂杨有暮鸦⑤。地下若逢陈后主⑥，岂宜重问后庭花⑦。

【注释】

①紫泉：即紫泉宫，此指长安隋宫。②芜城：即扬州。③日角：旧说额头中央部分隆起如日，为帝王之相。④"于今"句：隋炀帝曾于长安、洛阳等地征集萤火虫，夜游时放出观赏。腐草：古人认为萤火虫是腐草变的。⑤垂杨：隋炀帝开凿运河，沿堤植柳两千里，后称"隋柳"。⑥陈后主：南朝陈的第五个皇帝，荒淫误国，后陈为隋所灭，故世常以陈后主代亡国之君。⑦后庭花：《玉树后庭花》，为陈后主所作，后被视为亡国之音。

【诗解】

作者在诗中以不无调侃的语气历数了他的斑斑劣迹：他放着长安富丽堂皇的皇宫不住，在扬州再建更豪华的宫殿作为新都；如果不是唐高祖李渊夺取了天下，他那极尽华丽的游船恐怕还要远行到天涯；他尽捕萤火虫以为夜晚寻欢取娱之用，致使草木中至今难见萤火；他开凿了千里隋堤，堤上遍植杨柳，现在成了乌鸦栖息的场所。末联是作者的假想之

问："要是隋炀帝在阴间遇到了陈后主，他还会邀其再来一曲《玉树后庭花》吗？"辛辣讽刺，余味无穷。

无 题

其 三

相见时难别亦难，东风无力百花残。春蚕到死丝方尽，腊炬成灰泪始干。晓镜但愁云鬓改[①]，夜吟应觉月光寒。蓬山此去无多路[②]，青鸟殷勤为探看[③]。

【注释】

①云鬓：形容女子如云朵一样的头发。②蓬山：蓬莱。③青鸟：传说中的神鸟，是西王母的使者。

【诗解】

因为相见本就不易，所以分别就更让人感到依依不舍、苦在心头，那份缠绵悱恻，有如身处暮春无力的东风中面对着凋残的百花。而当情思如春蚕之丝到死方尽，别泪如蜡炬之泪成灰方干，那么有情人在早晨愁看镜中渐染霜色的鬓发时，在清寒的月光下独吟诗篇时，那落寞的心境与浓重的思念又是何其难挨！诗的尾联作宽慰之语，意谓幸好你我相隔不算遥远，希望今后能时常探望对方；以美好的期盼和愿望来弥补现实中不能长相厮守的遗憾。

登乐游原

向晚意不适[①]，驱车登古原[②]。
夕阳无限好，只是近黄昏。

【注释】

①意不适：心情不舒畅。②古原：即乐游原，是长安附近的名胜，登原后能眺望整个长安城。

【诗解】

因为心情不甚畅快而驱车前往古原，因为登上古原而看到了美丽的夕阳，因为深爱着美丽的夕阳而叹惋它已近黄昏。诗人对于夕阳虽好却不能久留的慨叹，后世常用来形容人的身世和国家的时局。

夜雨寄北

君问归期未有期，巴山夜雨涨秋池①。
何当共剪西窗烛，却话巴山夜雨时。

【注释】

①巴山：巴蜀东部的山。

【诗解】

这首诗是李商隐滞留蜀中时写给远方妻子的。妻子来信问询归期，诗人写下此诗以为答复。诗中深情写道：你问我何时能回去，我却说不好回家的日期。今夜巴山秋雨甚急，池塘水涨。面对孤灯，我一次次地自问何时能回到你的身边，与你同坐西窗之下，共剪烛花，亲切絮语，向你讲述我曾于此巴山雨夜对你的无尽思念。

贾　生

宣室求贤访逐臣①，贾生才调更无伦。
可怜夜半虚前席，不问苍生问鬼神②。

【注释】

①宣室：汉未央宫正殿，此指代汉文帝。逐臣：贬谪之臣。②苍生：百姓。

【诗解】

贾谊被贬长沙之事，历来是怀才不遇之人借以抒写心中悲愤的熟滥题材。而在本篇中，诗人独辟蹊径，特意选取贾谊自长沙召回，征见于宣室的一段情节，以反跌法写出对汉文帝“虚前席只为问鬼神之事”的感慨，寓意深刻，发人深思。汉文帝毕竟是一代有道明君，他亲自下地耕作，皇后亲手养蚕种桑的故事在世间广受称颂，然而这样的帝王尚有埋没贤良之嫌，而况古来百千凡主乎？

杜秋娘

杜秋娘，生卒年不详，唐代金陵（今江苏南京市）女子，能歌善舞，又会写诗填词作曲，杜牧有《杜秋娘诗》述其事。作有《金缕衣》传世，其中的“花开堪折直须折，莫待无花空折枝”脍炙人口，是历来传诵的名句。

金缕衣

劝君莫惜金缕衣，劝君惜取少年时。
花开堪折直须折①，莫待无花空折枝。

【注释】

①直须：就须。

【诗解】

作这首诗的人的初衷，恐怕意在劝人莫惜金钱，风流潇洒要趁少年之时，妩媚伊人莫要错过。然而一首诗之所以能够产生深远的影响，往往在于它所表达出的并不只限于作者创作它的那一刻所要表达的内容，而是一些普遍的，具有共同性的道理和情感。就像这首诗，可以说它是在劝人们要珍惜青春，也可以说它是在劝人们要珍惜机缘。它蕴含着深刻哲理却又明白如话的语句让人读过一次便能铭记于心，时刻警醒着人们。

朱庆馀

朱庆馀，生卒年不详，越州（今浙江绍兴）人。敬宗宝历二年（公元 826 年）登进士第，官秘书省校书郎。曾客游边塞，仕途不得意。其诗辞意清新，描写细致，风格近于张籍。《全唐诗》存诗二卷。

近试上张水部

洞房昨夜停红烛，待晓堂前拜舅姑。
妆罢低声问夫婿，画眉深浅入时无？

【诗解】

诗文创作了这样的情节：昨夜洞房红烛，今晨新娘子要去给公公婆婆请安。她在梳妆完毕之后低声问自己的丈夫：“我描画的眉毛，不知道浓淡是不是合乎时宜？”问画眉实际上是在问自己的才学文章能否得到考官首肯，可谓托喻精妙。如果只把此诗当成描写新婚夫妇生活的情爱之作，则新婚夫妇的相敬如宾，尤其是新娘腼腆娇羞之态，也都被作者表现得真切动人。

宫中词

寂寂花时闭院门，美人相并立琼轩①。
含情欲说宫中事，鹦鹉前头不敢言。

【注释】

①琼轩：白玉长廊。

【诗解】

百花盛开时，宫院的门却寂寂地紧闭着。两位宫女并立在华美的长廊下，四目相对。她们本来是想要和对方说说宫中的事情，倾吐一下自己的心事，然而终于因为有鹦鹉在近前而作罢。会学舌的鹦鹉可以让人连几句心里话都不敢说，可见宫廷生活的险恶和对人性的压抑已经到了怎样的程度。

唐宋词

词，又名诗余、长短句，是一种音乐文学，是在诗的基础上发展起来的。它的产生、发展，以及创作、流传都与音乐有着直接的关系。晚唐五代时期，逐渐摆脱按曲拍谱词的束缚，词有了很大的发展，开始有取代诗的趋势。晚唐词人温庭筠及以他为代表的“花间”派词人和以李煜、冯延巳为代表的南唐词人的创作，都为词体的成熟和基本抒情风格的建立作出了重要贡献。词终于在诗之外别树一帜，发展成为一种独立的新诗体，成为古代最为突出的文学体裁之一。进入宋代，词的发展进入了一个全新的阶段，形成了一个前所未有的繁荣局面。

词的创作蔚为大观，产生了大批成就突出的词人，名篇佳作层出不穷，并出现了各种风格、流派。其中以柳永为代表的婉约派和以苏轼为代表的豪放派成为宋词发展历史上举足轻重的力量。

唐词

李白

菩萨蛮

平林漠漠烟如织①，寒山一带伤心碧。暝色入高楼②，有人楼上愁。
玉阶空伫立③，宿鸟归飞急。何处是归程？长亭更短亭④。

【注释】

①平林：林树远望齐平之貌。②暝(míng)色：暮色。③伫(zhù)立：长时间地站着。④更：连续，连接。

【词解】

词写思归之情。黄昏时分，作者伫立于高楼之上，眼前是一片苍茫暮色。平林、寒山、烟霭交织在一起，构成了一幅清冷凄迷的画面。见鸟儿归飞甚急，他心头泛起天涯游子的悲凉：鸟儿尚能归巢，而我的客居生活却不知何日结束；通往家乡的道路，长亭连接着短亭，漫长得望也望不到尽头！

忆秦娥

箫声咽[1]，秦娥梦断秦楼月。秦楼月。年年柳色，灞陵伤别[2]。
乐游原上清秋节[3]，咸阳古道音尘绝[4]。音尘绝[5]。西风残照，汉家陵阙。

【注释】

①箫声咽：《列仙传》：“箫史者，秦穆公时人也。善吹箫，能致孔雀、白鹤于庭。穆公有女字弄玉，好之，公遂妻焉。日教弄玉作凤鸣，居数年，吹似凤声，凤凰来止其屋。公为作凤台，夫妇止其上，不下数年，一旦皆随凤凰飞去。”②灞陵：即“霸陵”，因汉文帝葬于此而得名，为唐人送别之处。③乐游原：在今陕西西安市南，唐代的登游胜地。④咸阳古道：唐时从长安西去，咸阳为必经之地。⑤音尘绝：音信断绝。

【词解】

箫声呜咽，扰断秦娥梦境，她醒来看到月色朦胧。多少次月下怀想，年年的杨柳枯荣，当年与恋人在霸陵分别的情景还历历在目。只是清秋节里，乐游原的胜景如今只能自己一人前去游赏，自从分别，迎来送往的咸阳古道便再没有传来他的消息。音信全无，但苦盼依旧，西风残照中，汉家陵园外，是女子独自守候的身影。

秋风清

秋风清，秋月明。落叶聚还散，寒鸦栖复惊。相思相见知何日，此时此夜难为情！

【词解】

秋风清，秋风明，独自静默怀远，词中人不胜伤怀。落叶随风，聚而又散，乌鸦鸣寒，栖而复惊。别离以后，时常怅问的是“思念你，但不知何时才能再见你”；此时此夜，暗自叹息的是秋月秋风下，愈浓的思念让我难以为情。

张志和

张志和（？—744年），原名龟龄，字子同，婺州金华（今属浙江）人。肃宗时明经及第，待诏翰林，授左金吾卫录事参军。后因事贬官，赦归，遂浪迹江湖，徜徉山水，自号“烟波钓徒”。今存《渔歌子》词五首。

渔歌子

西塞山前白鹭飞[1]，桃花流水鳜鱼肥[2]。青箬笠，绿蓑衣，斜风细雨不须归。

【注释】

①西塞山：即道士矶，在湖北大冶县长江边。②鳜（guì）鱼：俗名花鲫鱼，亦称“桂鱼”。

【词解】

西塞山前悠闲地飞翔着几只白鹭，西塞山下桃花含笑，春江水涨，鳜鱼正肥。如果是晴天前往自可感受春之明丽，如果赶上丝丝细雨，便可戴起青箬笠，披上绿蓑衣，在斜风细雨中闲支钓竿，感受春的温柔。

这首小令是渔歌，写的是渔隐之乐，轻轻数语，不但写尽春意美景，更写出作者恬和淡雅的情怀。

白居易

忆江南

江南好，风景旧曾谙[1]。日出江花红胜火，春来江水绿如蓝[2]，能不忆江南？

【注释】

①谙（ān）：熟悉。②蓝：蓝草，其叶可制青绿染料。

【词解】

这首词以色彩取胜，作者不遗余力，以浓墨重彩渲染江南风景。然而这色彩与画布上所能呈现的又有不同，因为花红胜火、水绿如蓝的描绘不仅有色，更带出了春天热烈奔放、蓬勃兴旺的生机。这种高度的艺术提炼，千百年让人们永忆这胜似画图的江南春。

花非花

花非花，雾非雾。夜半来，天明去。来如春梦不多时，去似朝云无觅处。

【词解】

这是一首描写歌伎的词。作者形容歌伎似花而不是花，似雾而不是雾，不但写出了她们的美丽、轻盈和绰约的风姿，同时表现出她们神秘飘忽、难以捉摸的特征。她们夜半前来侑酒侍宴，天明之时便各自离去，来如美好短暂的春天梦境，去似朝云流散，无觅踪影。

温庭筠

温庭筠（公元812—870年），本名岐，字飞卿，山西太原人。少负才华，长于诗赋，每入试，押官韵，八叉手而成八韵，时号“温八叉”。生性傲岸，好讥讽权贵，因此累举不第，仅任方城尉、国子监助教等微职。温庭筠是晚唐著名词人，也有诗名，与李商隐号为“温李”。温诗风格秾艳，怀古之作多含讽喻意义。《全唐诗》存诗九卷。有《温飞卿集》。

望江南

梳洗罢，独倚望江楼。过尽千帆皆不是，斜晖脉脉水悠悠。肠断白蘋洲。

【词解】

这是一首很有名的小令，写的是闺思。女子自清晨梳洗完毕便倚楼眺望直到夕阳西下，看千帆过尽，独不见游子的归船，心中满是伤感与失望。“斜晖脉脉水悠悠”不但写景，同时也是写倚楼人的情脉脉、思悠悠，而“肠断白蘋洲”的戛然而止，语简、情深，余意不尽。

菩萨蛮

小山重叠金明灭①，鬓云欲度香腮雪②。懒起画蛾眉，弄妆梳洗迟③。

照花前后镜，花面交相映。新帖绣罗襦④，双双金鹧鸪⑤。

【注释】

①小山：指屏风上所画的小山。②鬓云：似云般的鬓发。③弄妆：梳妆打扮。④罗襦（rú）：丝绸短袄。⑤金鹧（zhè）鸪（gū）：指用金线绣成的鹧鸪鸟。

【词解】

画屏上重叠的小山伴随着阳光的移动忽明忽暗，暗示时间已经不早了。美人缓缓起得床来，光滑的秀发半垂香腮，宛如乌云渡雪。她懒洋洋地起身画蛾眉，恹恹无聊地梳洗上妆。梳妆完毕用前后两面镜子察看面容发髻是否都已满意，双镜辉映着她如花般的容貌。词文最后写美人新制罗袄上金线绣成的一对鹧鸪，以它们的华丽但却没有生气衬托美人的生活，以它们的成对成双对比美人的孤单寂寞。深含“岂无膏沐，谁适为容”的幽怨。

韦　庄

韦庄是晚唐西蜀重要词人与诗人。其词与温庭筠齐名，世称“温韦”，是花间派代表词人。词风流丽飘逸，多以白描手法抒写真情实感，有“弦上黄莺语”的美誉。今存词五十余首。

女冠子

四月十七，正是去年今日，别君时①。忍泪佯低面②，含羞半敛眉。
不知魂已断，空有梦相随。除却天边月，没人知。

【注释】

①君：可以指男也可以指女，此处当是指韦庄的旧恋人。②佯：假装，有意掩饰。

【词解】

四月十七日这天对于作者来说是一个特殊的日子，去年的这一天，他离开了自己心爱的人。他还能清楚地记得离别时刻她佯装低头实则强忍泪水的样子，忘不掉她娇羞可人的面容，还有那半蹙的柳眉间隐约可见的忧伤。作者与她分别时但觉肝肠寸断，分别后则是魂系梦牵。

岁月流逝，转眼间一年过去，伊人已不知去向。今年，四月十七，他仰望夜空，向她遥寄自己难释的情怀，叹息情之深、思之苦怕只有天边的月亮才能明了。

菩萨蛮

人人尽说江南好，游人只合江南老。春水碧于天，画船听雨眠。
垆边人似月①，皓腕凝霜雪。未老莫还乡，还乡须断肠。

【注释】

①垆边人：卖酒的姑娘。垆，放酒坛子的土墩。

【词解】

“人人尽说江南好，游人只合江南老。”江南的美好是人人皆知的，但没有真正到过江南的人恐怕不会有如此强烈深刻的感受。碧于天的春水，听雨眠的画船，这般景致情调，已经令人流连忘返，不思归计，哪堪再被那皓腕凝雪、当垆劝酒的“垆边人”含情相视？无怪乎作者会发出“未老莫还乡，还乡须断肠”的感慨。

思帝乡

春日游，杏花吹满头。陌上谁家年少，足风流[1]。妾拟将身嫁与，一生休[2]。纵被无情弃，不能羞。

【注释】

①陌：田间小道。②拟：打算。

【词解】

春游中的少女在田间小路上偶遇少年，少年的风流潇洒深深地打动了女子，让她顿生爱慕之情。冲动之下，女子暗自在心中作出了要将终身托付给少年的决定，并且愿意为这样的决定承担风险，所谓“纵被无情弃，不能羞”——就算是有一天被无情地抛弃，我也是无怨无悔。

冯延巳

冯延巳（公元903—960年），一名延嗣，字正中，广陵（今江苏扬州）人。南唐烈祖时以秘书郎与李璟游处，保大四年（公元946年），自中书侍郎拜平章事，出镇抚州，后又入朝为相，后罢相为太子少傅。冯延巳无治国之才，内政不修；但文词颖发，工诗，尤长乐府词。词风清丽，委婉深情。今存词一百二十首。有《阳春集》。

谒金门

风乍起[1]，吹皱一池春水。闲引鸳鸯香径里，手挼红杏蕊[2]。
斗鸭阑干独倚，碧玉搔头斜坠[3]。终日望君君不至，举头闻鹊喜[4]。

【注释】

①乍：忽然。②挼（ruó）：揉搓。③碧玉搔头：即碧玉发簪。④闻鹊喜：古人认为闻鹊声意味着有喜事来临。

【词解】

忽然到来的一阵和风，不但吹得一池春水波光粼粼，更让一位思妇的心中荡起了波澜。春光正好，她时而于花径之上闲引鸳鸯，时而百无聊赖地揉捻红杏花蕊，时而闲倚着栏杆看鸭儿争斗，出神得连碧玉搔头斜坠到鬓边也没有意识到。是鸭儿争斗使女子聚精会神地观赏而忘了自己吗?——是孤独的愁思让她走了神，她正为“终日望君君不至”而愁苦和恹恹着。

深锁的庭院，隔绝了尘世，却将思念之情浓缩。当几声喜鹊的喧闹传入女子耳中，她抬起头来，满脸是对郎君归来的喜讯的渴盼。

鹊踏枝

谁道闲情抛掷久?每到春来，惆怅还依旧。日日花前常病酒①，不辞镜里朱颜瘦。

河畔青芜堤上柳②，为问新愁，何事年年有?独立小桥风满袖，平林新月人归后。

【注释】

①病酒：因常醉酒而病。②芜(wú)：小草。

【词解】

谁说闲情抛弃了很久，作者说，每到春来，他还是惆怅依旧。作者的闲情缘于惜春，他面对鲜花而心忧明媚春光转瞬即逝，所以日日病酒遣怀，不辞镜里容颜日渐消瘦。

漫步在堤岸，看到河畔草青青，堤上柳依依，作者问起为何新愁如青草、绿柳一样春来即长，年年不尽。他独立小桥，任凉风鼓荡衣袖，直到新月从平齐的树林间升起，直到行人尽归，月明林静。

鹊踏枝

几日行云何处去?忘了归来，不道春将暮。百草千花寒食路①，香车系在谁家树?

泪眼倚楼频独语，双燕来时，陌上相逢否②?撩乱春愁如柳絮，悠悠梦里无寻处。

【注释】

①百草千花寒食路：指浪子在寒食前后于秦楼楚馆的冶游。②陌：泛指道路。

【词解】

行云比喻情郎，词中女子因为几天没有关于他的消息而感到焦急，心生幽怨，所以叹息“行云”忘了归来，埋怨他不懂春光易逝、红颜易老。她还因为春天里的百草千花而联想到人间的“百草千花”，猜测着他一路寻花问柳，香车不知系在谁家的树前。

痴情而忧伤的女子独倚高楼，噙着泪水，频频问询双燕：你们飞来的时候，是否遇到他正走在归来的路上？双燕自然不能回答她，她此时心乱如麻，愁如柳絮纷扰心中；欲在梦里将他寻觅，但梦境悠长，她茫然而不得寻处。

李 煜

李煜（公元937—978年），字重光，号钟隐，初名从嘉，南唐中主李璟第六子，文献太子卒，以尚书令知政事立为太子。中主南巡，太子留守金陵监国。宋太祖建隆二年（公元961年）即位，宋开宝八年（公元975年）宋军南征，宋将曹彬攻破金陵，李煜出降，被俘至京师，封违命侯。太平兴国三年（公元978年），被宋太宗赐服牵机药而死。

李煜治国庸懦，但多才多艺。他通晓音律，工书画，创“金错刀”体。善诗文曲词，词的成就尤高。他开拓了词的境界，被俘后，尤多慷慨悲凉之音，所作诗词，今有辑本。

虞美人

春花秋月何时了，往事知多少？小楼昨夜又东风，故国不堪回首月明中。
雕栏玉砌应犹在[1]，只是朱颜改。问君能有几多愁？恰似一江春水向东流。

【注释】

①砌：台阶。

【词解】

春花秋月本是世间美好的景物，然而李后主却发出了“何时了”的感慨，因为春花秋月会引他想起那风流旖旎的过往。只是时移世变，如今身为臣虏，过往因而变得不堪回首。

欲思不忍，不思却不能，后主想到了故国的宫殿，想着那雕花的栏杆，白玉的台阶应还在，不禁叹息红润的容颜却已更改。他自问心中到底有多少忧愁，怅然自答：“那便似一江春水向东流。”

相见欢

无言独上西楼，月如钩。寂寞梧桐深院锁清秋。
剪不断，理还乱，是离愁。别是一般滋味在心头。

【词解】

全词明白如话，却蕴含着无限的愁苦情绪，字里行间都能感受到作者深深的落寞与惆

怅。他清楚地知道，所有这些的痛苦，都起因于他心中缱绻不去的阵阵“离愁”。这离愁，是告别故国时说不尽的悲痛与悔恨；这离愁，是面对宫人相送时满面的泪水和愧疚；这离愁，是沦为臣虏后对往事的欲思不忍、罢思不能；这离愁，像千万条没有头没有尾的丝织成的网笼罩在心头，剪不断，理还乱，正所谓“别是一般滋味”，让作者无从解脱，苦不堪言。

相见欢

林花谢了春红，太匆匆。无奈朝来寒雨晚来风。
胭脂泪，留人醉，几时重？自是人生长恨水长东。

【词解】

看着众多的花儿脱去了春天里的红衣，作者伤感地叹息它们凋谢得太匆匆。花期既短，却又横遭朝来寒雨晚来风，但目之者又能何如？

挥不散的记忆是粉面娇颜上流下的盈盈泪水，每每想起便令人心醉神迷，但几时才可以与她重逢？作者叹道：人生总有恨，亦如水流长向东。

浪淘沙

帘外雨潺潺①，春意阑珊②，罗衾不耐五更寒。梦里不知身是客，一晌贪欢③。

独自莫④凭栏，无限江山，别时容易见时难。流水落花春去也，天上人间。

【注释】

①潺潺(chán)：雨水声。②阑珊：残，将尽。③一晌(shǎng)：片刻，一会儿。④莫：通“暮”。

【词解】

帘外雨声潺潺，听雨声便可晓得，春天将过。

五更梦断，是因为罗被难以抵挡破晓前的寒气，作者因寒冷而醒，醒来回想梦境，深叹梦中可以忘掉现实的残酷，享受须臾的欢乐。

独自一人在太阳下山时在高楼上倚靠栏杆遥望远方，因为想到旧时拥有的无限江山，心中便会泛起无限伤感。离别它是容易的，再要见到它就很艰难。

清平乐

别来春半，触目愁肠断。砌下落梅如雪乱，拂了一身还满。
雁来音信无凭，路遥归梦难成。离恨恰如春草，更行更远还生。

【词解】

从弟弟入宋到现在，春已过半，看到春光仍在一点一滴地流逝着，作者愁情无限。

伫立在台阶，阶下落梅似雪般纷乱，花瓣沾衣，拂去一身片刻便又落满。有雁飞过，但不曾带来远人的片纸音讯，山长水阔，远路使梦中也难觅归影。

作者离恨满怀，他将之比为春草，无处不在，无限地蔓延，滋生。

破阵子

四十年来家国①，三千里地山河。凤阁龙楼连霄汉，玉树琼枝作烟萝。几曾识干戈②？

一旦归为臣虏，沈腰潘鬓消磨③。最是仓皇辞庙日④，教坊犹奏别离歌⑤。垂泪对宫娥。

【注释】

①“四十年”句：南唐始祖建国到最后为宋所灭，历三朝共三十八年。②干戈：指战争。③沈腰：《南史·沈约传》记载，沈约怀才不遇，曾写信给好友说自己因病消瘦，以至于要收束腰带。后人因以形容人憔悴消瘦。潘鬓：晋潘岳《秋兴赋》序中云：“余春秋三十有二，始见二毛。”后人因以形容人的鬓发斑白。④辞庙：辞别宗庙。指离开南唐祖业，被押赴宋廷。⑤教坊：古时宫廷中管理音乐的官署。

【词解】

以阶下囚的身份对亡国往事作痛定思痛之想，自然不胜感慨系之。四十年来家国基业，三千里地的秀美河山，耸入云霄的凤阁龙楼，玉树琼枝般的奇花佳木，看惯了歌舞升平的后主何曾识得干戈。

只是一朝成为臣虏，他的精神与肉体都倍感折磨。最让他失魂落魄的记忆是那辞别宗庙、肉袒北上的日子，旧臣俱已风流云散，只剩教坊之人仍前来为他奏起别离悲歌，后主千言万语终作无声泪水，他垂泪对宫娥。

宋词

林逋

林逋（公元967—1028年），字君复，钱塘（今浙江杭州）人，北宋初年著名隐逸诗人。长期隐居于杭州西湖孤山，不仕不娶，无子，种梅养鹤以自娱，人称其“梅妻鹤子”，死后赐谥和靖先生。工诗词，风格淡远、婉丽。著有《和靖集》，存词三首。

长相思

吴山青，越山青，两岸青山相送迎。谁知离别情？
君泪盈，妾泪盈，罗带同心结未成①。江头潮已平。

【注释】

①“罗带”句：古时女子常将罗带打成心形的结，送给自己的爱人以示永不分离之愿。此句是说同心结未打成，爱人就要离去了。

【词解】

处在钱塘江两岸的吴山、越山，自古以来便见惯了人间的迎来送往；山色青翠，不曾因为人间的儿女情长而动容。然而在此分别的人们，常常是怀着缠绵悱恻的心情，忍受着肝肠寸断的痛楚，这滋味，从词中女子“谁知离别情”的反问中不难体会。分别的时刻，他泪眼盈盈，她也泪眼盈盈，两人虽然情投意合，但却避免不了这一场分别。当潮水涨到和堤岸齐平，他终于要乘船远去，在这“江头潮已平”的结束语中，蕴含的是难言的不舍与伤情。

柳永

柳永（约公元987—1053年），原名三变，字耆卿，崇安（今属福建）人。仁宗景祐初进士，官至屯田员外郎，世称柳屯田。柳永为人狂放不羁，往返于秦楼楚馆，仕途坎坷，终身潦倒。其词多写歌伎愁苦和羁旅行役之情，所作慢词居多，音律和婉，是把词从宫廷引向民间的第一个专业作家。柳永的词深受平民阶层的欢迎，甚至出现“凡有井水处，皆能歌柳词”（《避暑录话》）的盛况。有《乐章集》。

凤栖梧

伫倚危楼风细细[1]，望极春愁，黯黯生天际。草色烟光残照里，无言谁会凭栏意[2]。

拟把疏狂图一醉[3]，对酒当歌，强乐还无味。衣带渐宽终不悔，为伊消得人憔悴[4]。

【注释】

①伫（zhù）：久站。危楼：高楼。②会：理解。③拟：想要。④伊：她。

【词解】

在高楼上凭栏久立、凝望远方的时候，和风一直在轻轻吹拂；恍惚中，春愁从天边涌起，然后蔓延开来。夕阳残照里，草色暮色一派迷茫，静默之中，词人轻叹无人能理解自己凭栏凝伫的心意。想着放浪狂荡地以醉消愁，但真正对酒当歌时，深深感到的是勉强作乐的索然无味；眼看衣带渐宽，人渐憔悴，但既是为她才这样，心中是始终如一的无怨无悔。

定风波

自春来，惨绿愁红，芳心是事可可。日上花梢，莺穿柳带，犹压香衾卧[1]。暖酥消，腻云亸[2]，终日厌厌倦梳裹[3]。无那[4]，恨薄情一去，音书无个。

早知恁么[5]，悔当初、不把雕鞍锁。向鸡窗[6]，只与蛮笺象管[7]，拘束教吟课。镇相随[8]，莫抛躲，针钱闲拈伴伊坐[9]。和我，免使年少，光阴虚过。

【注释】

①衾（qīn）：被子。②亸（duǒ）：垂下。③厌厌：没精打采的样子。④无那：无奈。⑤恁（nèn）么：如此。⑥鸡窗：书房的窗子。⑦蛮笺（jiān）：纸。象管：象牙笔管的笔。⑧镇：整日。⑨伊：他。

【词解】

春回人间，处处是花红柳绿，燕语莺啼，可是女主人公却整日无精打采，对万事心不在焉，无可无不可，这不，都日上三竿了，她还慵卧在床上呢。相比从前，女子原本丰润酥嫩的姿容憔悴了许多，浓密如云的头发随意蓬乱着，可是她却懒得梳妆。为什么？因为薄情郎一朝离去便杳无音信，所以她才如此颓靡。薄情郎自该责怨，但女子还有许多的自责，她自责早知这样，当初不如不放他走；让他坐在书房，给他纸，与他笔，闲拈针线陪在旁，看着他做功课。两人不离不弃，苦乐相伴，就不会使年少光阴虚过。

雨霖铃

寒蝉凄切，对长亭晚，骤雨初歇。都门帐饮无绪[1]，留恋处，兰舟催发。执手相看泪眼，竟无语凝噎[2]。念去去千里烟波，暮霭沉沉楚天阔。

多情自古伤离别，更那堪、冷落清秋节。今宵酒醒何处？杨柳岸、晓风残月。此去经年[3]，应是良辰好景虚设。便纵有千种风情，更与何人说？

【注释】

①都门帐饮：意谓于京城郊外搭帐设宴饯别。②凝噎（yē）：形容喉咙里像塞了东西，说不出话来。③经年：年复一年。

【词解】

当黄昏的一场骤雨过后，伴随着暮蝉凄切的鸣声，作者即将与恋人分别。酒无心饮，食不甘味，情绪低落的作者草草结束了都门的别宴，来到水边，准备乘舟南下。在这最后的缠绵时刻，两人手把着手，泪眼相对，哽咽无语。

念及烟波渺渺的南国，暮霭低沉，征途千里，念及多情者自古最伤离别，而今却还要离别在这凄冷的清秋时节，作者百感交集，肠回九转。他想着今夜酒醒，难免泊船柳岸，独对一弯残月、冷冷晓风；他预想自此别后，便遇得良辰好景，也是如同虚设。离开了心爱的她，纵有千般人世风情，又能共谁倾心絮语？

望海潮

东南形胜[1]，三吴都会[2]，钱塘自古繁华。烟柳画桥，风帘翠幕，参差十万人家。云树绕堤沙，怒涛卷霜雪，天堑无涯[3]。市列珠玑[4]，户盈罗绮[5]，竞豪奢。

重湖叠巘清嘉[6]，有三秋桂子，十里荷花。羌管弄晴，菱歌泛夜[7]，嬉嬉钓

叟莲娃。千骑拥高牙⑧，乘醉听箫鼓，吟赏烟霞。异日图将好景⑨，归去凤池夸⑩。

【注释】

①形胜：位置重要，交通便利。②三吴：此处泛指江浙的广大地区。③天堑：天然的险阻。此处指钱塘江。④珠玑（jī）：珠宝。⑤罗绮：绫罗绸缎。⑥重湖：北宋时西湖已有里湖、外湖之分，故云。叠巘：层叠的山峦。⑦菱歌：采菱女子们欢唱的歌曲。⑧高牙：本指军前大旗，此处指高官的仪仗旗帜。⑨异日：他日。图：描绘。⑩凤池：凤凰池，此处指代朝廷。

【词解】

既是东南地区的交通枢纽，又是三吴等地的重要都市，杭州自古以来便以繁华闻名。那轻烟笼罩的杨柳，美丽精致的画桥，各式各样的竹帘翠幕，参差错落在十万人家之间。你还能看到望之如云的树木环抱着沙堤，澎湃似怒的海潮卷起白浪，以及壮美钱塘江的无边无涯。如果走在街市，眩目的是处处的珠光宝气、锦缎光华。

谈到秀美多姿，那就一定要说说杭州的重湖群山。你可以于秋季向山中寻桂子，可以在夏季观览湖中的十里荷花；坐在西湖岸边，可以晴天听羌管，夜来听菱歌，喜看湖中嬉戏的钓叟莲娃。

大将军在微醺中听着箫鼓管弦，吟诗作词，赞赏着美丽的水色山光。他日把这美好的景致描绘出来，回京升官时向朝中的人们夸耀。

八声甘州

对潇潇暮雨洒江天，一番洗清秋。渐霜风凄紧①，关河冷落②，残照当楼。是处红衰翠减，苒苒物华休③。惟有长江水，无语东流。

不忍登高临远，望故乡渺邈④，归思难收。叹年来踪迹⑤，何事苦淹留⑥？想佳人，妆楼颙望⑦，误几回，天际识归舟。争知我⑧，倚阑干处，正恁凝愁⑨！

【注释】

①凄紧：秋风渐冷渐急。②关河：关山与河流。③苒苒：渐渐地。④渺邈：遥远。⑤年来：近年来。⑥淹留：久留。⑦颙（yóng）：仰望。⑧争知：怎知。⑨恁（nèn）：如此，这样。

【词解】

潇潇暮雨遍洒江天，雨水洗出了高爽的清秋，秋风渐冷渐急，关河寥落，残阳照在词人登临的高楼。四望红衰翠减，万物凋败，只有长江水，无语东流。

每每登高临远，词人便不胜惆怅，望不见故乡，心中的归思又浓重得难以排遣。他回顾近年来漂泊的足迹，自问为何事而久久不归。遥想佳人终日倚楼凝望，心怜她几次三番地将来船误认为自己回归的小舟。所以情不自禁地叹息道："你怎知此时此刻，我正与你一样凝愁相望！"

鹤冲天

黄金榜上，偶失龙头望①。明代暂遗贤，如何向②？未遂风云便③，争不恣狂荡④？何须论得丧。才子词人，自是白衣卿相⑤。

烟花巷陌，依约丹青屏障。幸有意中人，堪寻访。且恁偎红倚翠⑥，风流事，平生畅。青春都一饷。忍把浮名，换了浅斟低唱。

【注释】

①龙头：状元。②如何向：怎么办。③风云便：风云际会，得到好的遭遇。④争：怎。恣：放纵。⑤白衣：没有官职。⑥恁：如此。

【词解】

虽然是不幸落第，作者却没有自贬自责，他将这次失手视为圣明的朝代暂时遗落了贤才。没有能够乘时乘势施展抱负，作者索性顺遂自己的狂荡，不问得失，高唱"才子词人，自是没有授官的公卿大夫；烟花巷陌，也可比那屏风上的高贵图画"。他还庆幸风尘女子中，有意中人可以寻访。

"就这样偎红倚翠吧，"他自语道，"风流快活的生活本是我平生所喜好，青春多么短暂，不如抛去浮名，浅斟酒杯，浅吟低唱。"

范仲淹

范仲淹（公元 989—1052 年），字希文，祖籍邠州（今陕西彬县），移居吴县（今江苏苏州）。少时贫困好学，真宗大中祥符八年（1015 年）进士。官至枢密副使、参知政事。范仲淹是北宋著名的政治家和文学家，曾积极推行"庆历新政"，为人廉洁公正，奉行"先天下之忧而忧，后天下之乐而乐"的做人准则。词作仅存五首，描写边塞秋思，羁旅情怀，突破了宋初词专写儿女柔情的界限，风格明健豪放。有《范文正公集》。

苏幕遮

碧云天，黄叶地，秋色连波，波上寒烟翠。山映斜阳天接水，芳草无情，更在斜阳外。

黯乡魂，追旅思，夜夜除非，好梦留人睡。明月楼高休独倚，酒入愁肠，化作相思泪。

【词解】

碧空衔云，黄叶满地，连绵的秋色一直向远方延伸，与那里的溟濛空翠的烟波相连。若在夕阳西下时寻去，登上水边的山峦，可见层林尽为余晖所染，一江寒水远走天边，还有隔岸弥望无尽的芳草地。

山川寥廓，风物壮美，常人见之易生感慨，而苦于漂泊之人见之则易动乡思。让人黯然神伤的离愁，对一路辛苦奔波的追忆，无不让作者感到凄恻难耐；想要得以解脱，怕只有祈求夜夜好梦来缓解对现实的无可奈何。百情塞胸之时，作者想要倚楼痛饮、对月寄怀以为宣泄，但终因心中有所警悟，继而打消此念。他意识到了什么？——酒入愁肠，会化作相思清泪。那种感觉，更让他难以承受！

渔家傲

塞下秋来风景异，衡阳雁去无留意①。四面边声连角起②，千嶂里③，长烟落日孤城闭。

浊酒一杯家万里，燕然未勒归无计④。羌管悠悠霜满地，人不寐，将军白发征夫泪。

【注释】

①衡阳雁去：古人认为大雁南飞至衡阳而止。②边声：边境上的马嘶、风号等声音。角：军中号角。③嶂：形容高险如屏障的山峦。④燕然未勒：谓外患未平。燕然：东汉窦宪大破北匈奴后，曾登燕然山（今蒙古杭爱山）刻石纪功。勒，刻。

【词解】

词中这样咏叹边塞的风景和将士的

情怀：秋色降临边塞啊，风景就变得大不相同。大雁飞去衡阳啊，不愿在此稍作停留。杂乱的边声夹着凄凉的号角声从四面涌起，群山环抱中，长烟直上，夕阳下孤城紧闭。举起浊酒一杯，想念万里之遥的家乡；归思无限啊，但边患一日不平，便是有家难回。伴随着悠悠羌管，寒霜覆盖了大地。这里的人们长夜不寐；将军的头发已经变白，士卒的面颊上挂着辛酸的眼泪。

张　先

张先（公元990—1078年），字子野，湖州乌程（今浙江吴兴）人。仁宗天圣八年（1030年）进士。官至都官郎中，晚年退居乡里。为人疏放不羁。能诗善词，尤工于乐府，其词多写男女恋情和花月景色，雕辞琢句，尤以小令见长。与柳永齐名。因善用“影”字，世称张三影。有《张子野词》。

天仙子

水调数声持酒听[1]，午醉醒来愁未醒。送春春去几时回？临晚镜，伤流景[2]，往事后期空记省[3]。

沙上并禽池上暝[4]，云破月来花弄影。重重帘幕密遮灯，风不定，人初静，明日落红应满径。

【注释】

①水调：曲调名，相传为隋炀帝所作。②流景：流逝的时光。③记省（xǐng）：清楚地记得。④并禽：双宿双飞的鸟儿。暝（míng）：昏暗。

【词解】

数声《水调》持酒听，午醉醒来愁未醒。作者默念春天一去不知何时才会回来，黄昏照镜，他伤叹着似水般流过的光景，伤叹往事种种，前约旧誓空成记忆。

池塘昏暗下来，对对鸳鸯栖息在沙岸；风儿吹散流云，月光下花影随风摇动。作者回到屋内，拉起重重帘幕护住烛光，听门外风声不停，不眠至夜深人静。他想，明日的落花，应该会铺满园中小径。

千秋岁

数声鶗鴂[1]，又报芳菲歇[2]。惜春更把残红折。雨轻风色暴，梅子青时节。永丰柳[3]，无人尽日花飞雪。

莫把幺弦拨[4]，怨极弦能说。天不老，情难绝。心似双丝网，中有千千结。

夜过也，东方未白孤灯灭。

【注释】

①鶗（tí）鴂（jué）：即杜鹃。②芳菲歇：意谓春日已过，又是花儿凋谢的时候。③永丰：白居易《杨柳词》有："永丰坊里东南角，尽日无人属阿谁。"④幺弦：琵琶的第四弦，音细。此处指代琴弦。

【词解】

耳边数声杜鹃啼叫，又报春日将尽，作者心中的惜春之情因而强烈起来。他想到把开败的花儿折下，让枝头的繁荣得以延续，但时节已到雨疏风狂、梅子初生的暮春三月，街道上缭乱的是如雪般飘飞的柳絮。

"莫把幺弦拨，因为它能奏出心中最深的忧怨。天不会老，情不会绝，我的心好似双丝织成的网，其中有千千万万的结。"作者深情抒发。

一夜无眠，记录下自己的心事，等到收起笔墨，发现天还未大亮，他于是吹灭孤灯，悄然睡下。

青门引

乍暖还轻冷[①]，风雨晚来方定。庭轩寂寞近清明，残花中酒[②]，又是去年病。

楼头画角风吹醒，入夜重门静。那堪更被明月，隔墙送过秋千影。

【注释】

①乍暖：天气忽然转暖。②中酒：醉酒。

【词解】

暮春清明时节，气候多变，乍暖还冷。风雨刚过的傍晚，作者在寂寞庭院中对残花饮酒至醉，心中郁结的是年年依旧的伤春之情。

入夜后，夜风送来戍楼上声声号角，将作者从醉中惊醒，角声过后，更觉重门深院之静。苦闷重新清晰起来，仰俯间却又发现月光将隔壁秋千架的影子送到眼前，不由得联想起曾经爱过的人；伤春之情上更增怀念，作者因而以"不堪"愁叹。

晏殊

晏殊（公元 991—1055 年），字同叔，抚州临川（今江西抚州）人。七岁能写文章，十五岁赐同进士出身，任秘书省正字。屡擢知制诰、翰林学士。庆历初，拜集贤殿大学士、同中书门下平章事兼枢密使。后知永兴军，徙河南，以疾回京师，卒，赠司空兼侍中，谥元献。其词多写四季景物、男女恋情、诗酒优游、离愁别恨，文词典雅华丽，雍容华贵，韵味独特，又不失清新雅淡，含蓄委婉，有“导宋词之先路”“为北宋倚声家之初祖”的美誉。今存《珠玉词》一卷及清人所辑《晏元献遗文》。

浣溪沙

一曲新词酒一杯，去年天气旧亭台。夕阳西下几时回？
无可奈何花落去，似曾相识燕归来。小园香径独徘徊。

【词解】

赋一曲新词，饮一杯清酒，和去年一样的天气，依旧是去年所登临的亭台。一切似乎无甚变化，可是夕阳西下何曾回头，花儿落去谁又能阻拦？时光不停地流走，今年毕竟不是去年。

燕子归来旧巢，但只是似曾相识，作者在花间小径上独自徘徊，惆怅在“逝者如斯”的感慨里。

浣溪沙

一向年光有限身，等闲离别易销魂①。酒筵歌席莫辞频②。
满目山河空念远，落花风雨更伤春。不如怜取眼前人。

【注释】

①等闲：轻易。销魂：形容伤感到极点，如同魂魄离散躯壳。②莫辞频：谓不要频频推辞。

【词解】

上片写人生光阴有限，而别离又每每轻易发生，让人为之黯然销魂，表示应该及时行乐，不要频频推辞酒筵歌席。

下片抒发面对山河怀念远人的惆怅，写因为落花风雨而引发的春愁，进而感悟到空自怀思无益，不如怜惜眼前爱人。

蝶恋花

槛菊愁烟兰泣露[1]，罗幕轻寒[2]，燕子双飞去。明月不谙离恨苦[3]，斜光到晓穿朱户。

昨夜西风凋碧树，独上高楼，望尽天涯路。欲寄彩笺兼尺素[4]，山长水阔知何处。

【注释】

①槛菊：栏杆旁的菊花。②罗幕：丝罗做的帷幕，此指屋内。③谙：知晓。④彩笺兼尺素：指书信、题诗。

【词解】

以愁眼看栏杆下的菊与兰，菊含愁，兰泣露。作者身边虽有罗幕，却挡不住寒气透入。他目送双燕飞过，心中满含离别愁苦，他埋怨月儿不懂人情，直到拂晓仍将清光遍洒入窗户。

昨夜西风吹凋绿树，今晨起来，独上高楼，望尽天涯路。想要寄给情人书信一封，无奈山长水阔，不知她身在何处。

破阵子

燕子来时新社[1]，梨花落后清明。池上碧苔三四点，叶底黄鹂一两声。日长飞絮轻。

巧笑东邻女伴[2]，采桑径里逢迎。疑怪昨宵春梦好，元是今朝斗草赢[3]，笑从双脸生。

【注释】

①新社：即春社。古时祭祀土神的日子有春社、秋社之分，一般在立春、立秋后第五个戊日。②巧笑：美丽的笑容。③斗草：古时妇女常玩的一种游戏，以手中草赌斗输赢。

【词解】

燕子来时，春社在即，梨花落后，清明便为期不远。在这个季节，池塘中会疏疏落落地点缀着几点绿苔，树荫里则不时传来一两声莺啼，白昼渐长，尽日飘飞的是轻轻的柳絮。

忽而笑声盈耳，原来是互为邻里的两位女子在采桑小径上相逢，二人继而玩起了斗草游戏。斗赢的一方充满欢乐，她随即想到：怪不得昨天晚上做了那样的一个好梦，原来是今天斗草要赢的兆头。想到这里时，笑容已然绽放在她的脸上。

欧阳修

欧阳修（1007—1072 年），字永叔，自号醉翁，晚号“六一居士”，吉州庐陵（今江西吉安）人。幼年丧父，由寡母教养成人。仁宗天圣八年（1030 年）进士。历官知制诰、翰林学士、枢密副使、参知政事等。早年支持范仲淹新政，因此屡遭贬谪。晚年思想趋于保守，反对王安石变法。卒赠太子太师，谥文忠。北宋诗文革新运动的领袖，唐宋八大家之一。其词以小令见长，多写男女恋情、伤春怨别，亦有疏狂豪放之作。曾与宋祁等合修《新唐书》，并独撰《新五代史》。有《六一词》。

踏莎行

候馆梅残[1]，溪桥柳细。草薰风暖摇征辔[2]。离愁渐远渐无穷，迢迢不断如春水。

寸寸柔肠，盈盈粉泪。楼高莫近危阑倚[3]。平芜尽处是春山[4]，行人更在春山外。

【注释】

①候馆：驿馆。②摇征辔（pèi）：指策马远行。③危阑：高楼上的栏杆。④平芜：绵延不断、向远方伸展的草地。

【词解】

旅舍边梅花已然凋败，溪桥边柳树上新生的枝条细如垂丝。在和煦的春风中，柔嫩的芳草地上，女子目送自己的爱人骑马远去，心中的离愁也随之变得如春水般无穷无尽。

分别以后，女子每每柔肠百结，因不堪相思之苦而粉泪满面，她想凭高望远，却怕触景伤情，因为极目远眺虽然可见辽阔芳草地外的青山，但爱人更在那渺远的青山之外。

生查子

去年元夜时，花市灯如昼。月上柳梢头，人约黄昏后。

今年元夜时，月与灯依旧。不见去年人，泪湿春衫袖。

【词解】

去年元夜的京城，人潮如涌，华灯将花市照得如同白昼。作者与恋人相约在黄昏后，举头间看到月亮升起在柳树梢头。

转眼又是今年元宵，月依旧，灯依旧，只是作者不能再见到去年的情人，泪水沾湿了他春衫的衣袖。

蝶恋花

庭院深深深几许？杨柳堆烟，帘幕无重数。玉勒雕鞍游冶处[①]，楼高不见章台路[②]。

雨横风狂三月暮，门掩黄昏，无计留春住。泪眼问花花不语，乱红飞过秋千去。

【注释】

①玉勒雕鞍：镶玉的马笼头和雕花的马鞍。游冶处：冶游处，指歌楼妓馆。②章台：妓女住所的代称。

【词解】

词写闺怨，主人公是一位满心愁苦的贵族少妇。

庭院深深，深到什么程度？那里杨柳丛丛，堆叠着烟雾，那里帘幕重重，不可胜数。

只是深深庭院禁锢的是闺中少妇，她那风流成性的夫君终日游荡在外，家中虽有高楼，却望不到他寻花问柳所经之路。

在雨横风狂的三月暮，女子常常在黄昏时掩上房门，叹息无计将哪怕一个春日留住。她含泪问花如之奈何，花儿非但没有回答，反而随风飘落过秋千去。

浪淘沙

把酒祝东风，且共从容[①]。垂杨紫陌洛城东[②]，总是当时携手处，游遍芳丛。

聚散苦匆匆，此恨无穷。今年花胜去年红，可惜明年花更好，知与谁同？

【注释】

①且共从容：意谓暂且一起悠闲一刻，不要急于离去。②紫陌：指京城郊外的道路。

【词解】

手持酒杯向东风祝愿，愿美好春光且作停留。离别在即，作者和朋友再次沿着垂杨紫陌来到了繁花似锦的洛阳城东，重温去岁此时携手遍游芳丛的惬意和快乐。

作者深深地知道，世事无常，聚散匆匆，离别是人生摆脱不掉的憾恨。他觉得今年的花儿比去年开得红艳，所以推测明年的花儿也应更红更好于今年今日，但人却未必能复如今日一样相聚。无限感慨惆怅，自在不言之中。

王　观

王观（1035—1100年），字通叟，如皋（今属江苏）人，仁宗嘉祐二年（1057年）进士。神宗熙宁中，曾以将仕郎守大理寺丞，知扬州江都县事。作《扬州赋》，受神宗褒赏。后官至翰林大学士，奉诏作《清平乐》“黄金殿里”词一首，被罢职，自号逐客。有《冠柳集》一卷，《全宋词》录词十六首，《全宋词补辑》又增补十二首。其词构思新颖，造语俳丽，有所独创。

卜算子

水是眼波横，山是眉峰聚。欲问行人去那边？眉眼盈盈处[1]。
才始送春归，又送君归去。若到江南赶上春，千万和春住。

【注释】

①盈盈：美好的样子。

【词解】

浙东素以山清水秀闻名，因而词也就从山水写起。作者用女子含情脉脉的眼波来形容浙东的水，用女子蹙拢的眉来形容浙东的山，更用“眉眼盈盈”一语注入灵气，凸显出江南山水的柔情绰态。

别离是伤感的，何况是在春日将尽的时候，惜春惜别之情一同搅缠于心中的滋味确实不好受。但作者想到友人此去江南兴许还能赶上春天在那里逗留的脚步，不禁又为他庆幸。他于是叮嘱友人，如果真的赶上了春天，千万要拣那春意最浓的地方住下。

晏几道

晏几道（约1030—1106年），字叔原，号小山，抚州临川（今江西抚州）人。晏殊幼子，人称“小晏”。曾任颍昌府许田镇监、开封府推官等。一生仕途失意，晚年家道中落。能文善词，其词多写四时景物、男女爱情，尤长于小令。词风近其父，轻柔流丽，典雅和婉，但情感较为伤感沉郁。有《小山词》。

临江仙

梦后楼台高锁，酒醒帘幕低垂。去年春恨却来时[1]。落花人独立，微雨燕双飞。
记得小蘋初见[2]，两重心字罗衣[3]。琵琶弦上说相思。当时明月在，曾照彩云归。

【注释】

①却来：又来。②小蘋（pín）：歌女的名字。③心字罗衣：古时女子穿的衣领形如“心”字的罗衣。

【词解】

这是一首怀念情人的词，所怀之人便是词中的小蘋。

暮春的一天，作者于酒醉中醒来，静默在门窗皆闭、帘幕低垂的屋内，回想着去年此时那难忘的一幕——那是作者与小蘋初见的夜晚，她穿着两重心字领口的罗衣，柔媚曼妙，娇俏可人。那天她怀抱琵琶唱出相思情意，离去时朦胧绰约的身影宛如明月照归的彩云。

无奈世事无常，风云难测，小蘋现在已不知下落，留下作者在此暮春之时空自伤怀。他常常呆望着簌簌落花叹息小蘋的命运，也曾在细雨中注视着双飞燕子，羡慕着它们的美好爱情。

蝶恋花

醉别西楼醒不记，春梦秋云，聚散真容易。斜月半窗还少睡，画屏闲展吴山翠。
衣上酒痕诗里字，点点行行，总是凄凉意。红烛自怜无好计，夜寒空替人垂泪[1]。

【注释】

①“红烛”两句：化用唐杜牧《赠别》中“蜡烛有心还惜别，替人垂泪到天明”句。

【词解】

欢宴之后酩酊大醉地回到家，夜半醒来时，已记不清宴会上狂欢的情景；但觉人生聚散犹如春梦秋云，缥缈无定。作者无法再次入睡，他卧看月儿斜挂窗外，闲对画屏上青秀的吴山。继而瞥见衣物上的酒痕，桌案上的诗稿，一点点，一行行，所记录的，总逃不过“凄凉”二字。

长夜将尽，寒气愈积愈浓；红烛焚芯，流下滴滴蜡泪。在作者看来，那红烛宛若在替自己哀伤，哀伤着自己的身世，却又无可奈何。

鹧鸪天

彩袖殷勤捧玉钟①，当年拚却醉颜红。舞低杨柳楼心月，歌尽桃花扇底风②。
从别后，忆相逢，几回魂梦与君同。今宵剩把银釭照③，犹恐相逢是梦中。

【注释】

①捧玉钟：指劝酒。玉钟：精美的酒杯。②“舞低”两句：描绘彻夜不停地歌舞作乐。月亮本来是挂在树梢上照进楼中的，此处不说月亮低沉下去，而说“舞低”，指明是欢乐把夜晚消磨了。桃花扇是歌舞时用的扇子，这里不说歌扇挥舞不停，而说风尽，表明唱的回数太多了。③剩：尽情地。釭（gāng）：油灯。

【词解】

词写作者与一位歌女久别重逢的一幕，开篇则从对曾经与她共度时光的回忆写起——

那一个个温馨旖旎的春日夜晚，她总是在侧殷勤劝酒，他则是不辞饮得满面酡红；她每每极尽所能，把最美妙的歌舞献给他，他则沉醉其中，通宵达旦乐而忘归。

对这一段疏狂生涯，作者并不后悔，女子的音容笑貌在二人分别的岁月里常出现于他的梦中，他盼望着能够再次与她相见。

天公作美，安排了他们的重逢。惊喜之下，作者手把蜡烛照亮夜色中她朦胧的面容，睁大眼睛仔细地端详着这个让他朝思暮想的佳人，唯恐这一次又是在梦境当中。

鹧鸪天

小令尊前见玉箫①，银灯一曲太妖娆。歌中醉倒谁能恨，唱罢归来酒未消。
春悄悄，夜迢迢，碧云天共楚宫遥②。梦魂惯得无拘检，又踏杨花过谢桥③。

【注释】

①尊：酒器。②楚宫：指代玉箫居处。③谢桥：谢娘桥。谢娘为唐代妓人。此处代指冶游之地，或指与情人欢会之地。

【词解】

词写作者对一位美丽歌女的怀念之情。“玉箫”指代歌女，作者在一次宴会上偶然遇到她，久久不能忘怀。

酒宴歌席间第一次见到玉箫，银灯璀璨的光华下，她清歌一曲，让作者连连叹息“太妖娆”。他情愿歌中醉倒而无怨恨，宴毕后一路陶醉归来，酒意未消。

春悄悄，夜迢迢，作者空对碧色云天，叹息佳人远隔，不无惆怅。他于是求助于不受束缚的梦境，踏杨花，过谢桥，一路寻去，往见昼思夜想的玉箫。

阮郎归

旧香残粉似当初，人情恨不如。一春犹有数行书，秋来书更疏。

衾凤冷[①]，枕鸳孤[②]，愁肠待酒舒。梦魂纵有也成虚，那堪和梦无。

【注释】

①衾凤：绣着凤的被子。②枕鸳：绣着鸳鸯的枕头。

【词解】

面对着她用过的胭脂香粉，他慨叹脂粉尚能长久地保持香味不去，而她对自己的感情却很快变淡。春天的时候还常能收到她简短的书信，而现在刚步入秋天，连这样的书信都已是越来越少。

作者并不能就此将她忘记，虽然每晚孤枕冷被，但他没有另寻新欢，愁肠也总须以酒舒解。他叹道：“纵然能在梦中相见，到头来也只是一场虚空，何况近来连梦中都不见她的影踪！”

苏轼

苏轼（1036—1101年），字子瞻，号东坡居士，眉州眉山（今属四川）人。仁宗嘉祐二年（1057年）进士，神宗时因与王安石政见不合请求外调，历任杭州通判与密、徐、湖三州知州。因作诗讽刺新法，贬黄州团练副使。哲宗朝，召为翰林学士，新党再度执政，又贬惠州，再贬琼州（今海南岛）。徽宗即位，赦还，途中卒于常州。苏轼的诗、词、文均代表了北宋文学的最高水平，词别开风气，冲破了晚唐、五代以来的绮罗香泽之气，在题材、意境、风格方面都作了开拓和革新，词集有《东坡乐府》。

水龙吟　次韵章质夫杨花词

似花还似非花，也无人惜从教坠[①]。抛家傍路，思量却是，无情有思[②]。萦损柔肠，困酣娇眼，欲开还闭[③]。梦随风万里，寻郎去处，又还被，莺呼起[④]。

不恨此花飞尽，恨西园，落红难缀⑤。晓来雨过，遗踪何在？一池萍碎⑥。春色三分，二分尘土，一分流水。细看来，不是杨花，点点是离人泪。

【注释】

①从教坠：任其飘落。②无情有思：意谓杨花随风飘舞，看似无情，却也有它自己的思绪。③“萦损”三句：此三句是将杨花想象成闺中少妇，写尽夫婿远行后她整日百无聊赖的姿态。④莺呼起：唐金昌绪《春怨》：“打起黄莺儿，莫教枝上啼。啼时惊妾梦，不得到辽西。”⑤落红难缀：意谓花儿纷纷凋落，再也不能连结在枝头了。缀：连结。⑥萍碎：古人认为杨花落水变成浮萍。

【词解】

此词作虽为和词，但自出新意，以大胆的夸张和想象为线，深挚的感情为针，结合贴心的体会，细致的捕捉，将思妇清晨慵起、梦里寻郎、惜春伤逝等一系列情态与杨花之轻柔飘洒、随风远行、落水为萍等影迹交织在一起，在一种若即若离、空灵超逸的氛围中表现出思妇幽怨缠绵的心绪，使情物交融至浑化无迹之境，堪称咏物抒情词中的绝唱，也是苏轼词中婉约风格的代表作。

水调歌头

明月几时有？把酒问青天。不知天上宫阙，今夕是何年？我欲乘风归去，又恐琼楼玉宇①，高处不胜寒。起舞弄清影，何似在人间②？

转朱阁③，低绮户④，照无眠。不应有恨，何事长向别时圆？人有悲欢离合，月有阴晴圆缺，此事古难全。但愿人长久，千里共婵娟⑤。

【注释】

①琼楼玉宇：指月宫，也指朝廷。②在人间：也含有出任地方官的意思。③朱阁：朱红色的楼阁。④绮户：雕花的门窗。⑤婵娟：月亮。

【词解】

词从对青天明月的诘问写起，问中蕴寓着作者对盛景难逢的感慨和对朝廷的牵挂之情。此时的作者，虽然心中仍存着对“天上宫阙”的向往，但终究已了解到“高处不胜寒”，于是从容地安居人间，享受月下婆娑起舞的乐趣。

月华如水，清光或流转于高楼之上，或低洒入雕花窗里，但每每映在心含离愁别恨之人的脸上。当此中秋之夜，作者格外地思念弟弟苏辙。良辰好景，而兄弟却无法相聚，他不禁诘问月儿何以总在人不团圆时变圆；继而意识到，月亮的阴晴圆缺一如人间的悲欢离合，变化无常，难求永恒完满。于是变埋怨为祝愿——“但愿人长久，千里共婵娟。”

念奴娇　赤壁怀古

大江东去，浪淘尽，千古风流人物。故垒西边，人道是，三国周郎赤壁。乱石穿空，惊涛拍岸，卷起千堆雪。江山如画，一时多少豪杰。

遥想公瑾当年，小乔初嫁了，雄姿英发。羽扇纶巾①，谈笑间，樯橹灰飞烟灭②。故国神游③，多情应笑我，早生华发④。人生如梦，一尊还酹江月⑤。

【注释】

①纶（guān）巾：用青丝带做的头巾。②樯橹：指曹操水军。樯，桅杆。橹：船桨。③故国：指赤壁古战场。④华发：白发。⑤酹（lèi）：将酒倒在地上以表祭奠。

【词解】

大江东去，浪花淘尽千古风流人物，旧时营垒的西边，有人说，那便是三国周郎的用武之地。作者面对着陡向天空的乱石，看惊涛拍岸，感叹江山如画，感叹在那遥远的三国年代，一时涌现出多少英雄豪杰。

他遥想起年轻周郎手摇羽扇、头扎纶巾，刚娶得国色天香的小乔时的风流倜傥、英姿勃发，想起他在谈笑间让前来入侵的万千敌船灰飞烟灭的雄才伟略、从容自如，继而自笑多情善感以致白发早生，叹息人生如梦；而后满斟酒杯，祭洒永世不变的滔滔江水和朗朗明月。

临江仙　夜归临皋

夜饮东坡醒复醉①，归来仿佛三更。家童鼻息已雷鸣，敲门都不应，倚杖听江声。
长恨此身非我有，何时忘却营营②。夜阑风静縠纹平③。小舟从此逝，江海寄余生。

【注释】

①东坡：苏轼被贬黄州时曾筑室于黄州城外之东坡，因号东坡居士。②营营：为功名利禄而奔波劳碌。③縠（hú）纹：如绉纱一样褶皱的水波纹。

【词解】

上片叙事，写夜饮醉归，家童已然熟睡，敲门不应，自己只能倚杖听江声，为下片的抒情不论在时间上、空间上还是情绪上都做好了铺垫。下片慨叹身不由己，总是囿于名利世俗而不能逃脱，疲于宦海沉浮而不能抛却。望着夜深风静后平静的湖面，作者由衷希望有一天自己的心情也能如同这湖水一般平静无波，并由此产生了泛舟江湖、归隐终老的想法。

定风波

三月七日，沙湖道中遇雨。雨具先去，同行皆狼狈，余独不觉。已而遂晴，故作此词。

莫听穿林打叶声，何妨吟啸且徐行。竹杖芒鞋轻胜马[1]，谁怕？一蓑烟雨任平生。

料峭春风吹酒醒，微冷，山头斜照却相迎。回首向来萧瑟处[2]，归去，也无风雨也无晴。

【注释】

①芒鞋：草鞋。②向来：刚才。

【词解】

“不要去听那风雨潇潇，穿林打叶之声，何不吟诗长啸，信步缓行？”脚踏草鞋，手拄竹杖，词人感到轻松自在胜于乘马，他更说道：“小小风雨有何可怕？平生一路走来，带着一身烟雨，我也能处之泰然。”料峭春风吹来，词人酒意渐醒，刚感到微微寒冷，山头晚照又将他温馨相迎。回头看看那所经过的凄冷萧瑟之处，然后淡然归去；归去，也无风雨也无晴。

卜算子　黄州定惠院寓居作

缺月挂疏桐，漏断人初静[1]。谁见幽人独往来[2]？缥缈孤鸿影。

惊起却回头，有恨无人省[3]。拣尽寒枝不肯栖[4]，寂寞沙洲冷。

【注释】

①漏断：漏壶里的水滴尽了，指夜已深了。②幽人：幽居之人，与下句的“孤鸿”都是作者自指。③省（xǐng）：理解，懂得。④拣（jiǎn）：选择。

【词解】

一弯月儿挂在稀疏的梧桐枝头，夜深人静，万籁俱寂。幽人独自在清冷的月光下徘徊，孑然身影，有如远处飞来的缥缈孤鸿。孤鸿在惊飞中不断回头，它惊惶不安、满怀幽怨，但是无人理解。它拣尽高枝而不肯栖息，最后归宿于冷冷的沙洲。

“谁见”二句极写一腔孤寂，人雁合一，曲尽其怨。下阕更借孤鸿喻写凄惶处境，表达出甘守寂寞孤独而不愿随波逐流的心志。

江城子　密州出猎

老夫聊发少年狂①，左牵黄，左擎苍。锦帽貂裘，千骑卷平冈。为报倾城随太守②，亲射虎，看孙郎③。

酒酣胸胆尚开张，鬓微霜，又何妨！持节云中，何日遣冯唐④？会挽雕弓如满月，西北望，射天狼⑤。

【注释】

①聊：姑且，暂且。②倾城：举城的人。③看孙郎：三国孙权曾亲自射虎，此处是作者自喻。④“持节”二句：汉文帝时魏尚镇守云中以拒匈奴，功绩显著。后获罪，得冯唐上书相救。文帝遂遣冯唐持节赦之。此处作者是以魏尚自比，希望朝廷不计自己以前的过失，重新委以重任。⑤天狼：此处是泛指西北边陲进犯之敌。

【词解】

那一天，作者忽为少年般的豪情和狂放所冲动，他左手牵着黄狗，右手擎着苍鹰，戴锦帽，穿貂裘，带领着大队人马，席卷原野山冈。为了报答全城百姓的相随出猎，他要亲自射虎，仿效当年的孙郎。

猎罢开宴，作者酒酣耳热，心胸气魄更加豪放，他抒发了“鬓微霜，又何妨”的激奋，表达出对于重新受到朝廷重用的渴望，而那力挽雕弓，遥望西北，射落天狼的英雄形象，便是他对为国戍边抗敌的未来的慷慨设想。

江城子　乙卯正月二十日夜记梦

十年生死两茫茫①，不思量，自难忘。千里孤坟②，无处话凄凉。纵使相逢应不识，尘满面，鬓如霜。

夜来幽梦忽还乡，小轩窗，正梳妆。相顾无言，唯有泪千行。料得年年肠断处，明月夜，短松冈。

【注释】

①十年：作者作此词时，其妻王氏辞世恰已十年。②千里孤坟：王氏死后葬于苏轼故乡眉州眉山，与苏轼其时所在的密州相隔千里。

【词解】

十年生死相隔，别来音容渺茫。就算是不去追忆往事前情，心中对于妻子却总是念念不忘。妻子的坟冢远在千里之外，作者无法在她旁边诉说凄凉。

十年人生路，作者走得坎坷，走得忧伤，他猜想纵使能与妻子相逢，她也应认不出自己，因为自己满面风尘，鬓已如霜。

夜来忽入幽梦，在梦中回到了故乡。作者看到熟悉的小轩窗，看到年轻秀丽的妻子正坐在窗下梳妆。两人相见无言而泣，流下泪水千行。明月朗照的夜里，遍植矮松的小山冈，那里静默着妻子的坟茔，让作者年年为之断肠。

蝶恋花

花褪残红青杏小。燕子飞时，绿水人家绕。枝上柳绵吹又少，天涯何处无芳草！
墙里秋千墙外道，墙外行人，墙里佳人笑。笑渐不闻声渐悄，多情却被无情恼。

【词解】

独自漫步于暮春之初，作者感受着杏树枝头残红落尽果实初现的盎然生意，放情于燕子低飞徘徊、绿水环绕人家的惬意舒松，既为柳絮渐少这春天将去的征兆而叹惋，也为茂盛葱翠、无处不生的芳草上寄挂的希望而欣慰。

由人家院外经过，他看到高出院墙的秋千架，听到了墙内女子游戏的欢笑声，于是驻足停留，陶醉遐想在这天真悦耳的声音中。可惜笑声渐渐隐去，不多时便只剩下满院的寂静。墙内人自是进行着日常的作息，墙外人却感到惆怅懊恼，但这墙内“无情”与墙外人短暂的遇缘，又何尝不是缘起于墙外人的善感多情？

李之仪

李之仪（1038？—1117年），字端叔，号姑溪居士，乐寿（今河北献县）人。神宗元丰进士。苏轼任定州知州时，为幕僚。徽宗初以文章获罪，编管太平州。终朝请大夫。有《姑溪居士文集》。

卜算子

我住长江头，君住长江尾。日日思君不见君，共饮长江水。
此水几时休，此恨何时已。只愿君心似我心，定不负相思意！

【词解】

词以一位女子的口吻，向自己的爱人倾诉衷肠。这对恋人虽是同住长江边，共饮长江水，却相隔遥远，不能常常见面。对于女子来讲，那东流的江水正像一条纽带连接着爱人与她，承载着她太多的思念，日日如一，绵长无绝。面对着现实的阻隔，女子没有办法，她唯将一腔真情热盼尽皆付出作为填补，留下了“只愿君心似我心，定不负相思意”的坚定誓言。

黄庭坚

黄庭坚（1045—1105 年），字鲁直，号山谷道人，洪州分宁（今江西修水）人。英宗治平四年（1067 年）进士。曾任秘书省校书郎、著作佐郎等职，后屡遭贬谪，卒于宜州任所。苏门四学士之一。书法精妙，与苏轼、米芾、蔡襄并称“宋四家”。长于诗，开一代风气，为江西派宗主。其词早年学柳永，俚俗轻艳，晚年近苏轼，豪放纵逸。有《山谷词》。

清平乐

春归何处？寂寞无行路。若有人知春去处，唤取归来同住。
春无踪迹谁知？除非问取黄鹂。百啭无人能解，因风飞过蔷薇。

【词解】

怅问过“春归何处”，寂寞的词人凄凄而不知该向何方行路，他说如果有人晓得春天的去处，请将春天唤回同住。

四处找寻不到春天离去的行踪，词人想到去询问逢春而啼的黄莺，黄莺低回高转地说了许多，但他不解莺语。一阵风来，莺儿乘风飞入蔷薇丛中，蔷薇花开，说明夏已临，词人也终于清醒地认识到：春天确实是不会回来了。

秦　观

秦观（1049—1100 年），字少游，一字太虚，号淮海居士。扬州高邮（今属江苏）人。神宗元丰八年（1085 年）进士。历官太常博士、秘书省正字兼国史院编修。后新党掌权，因与苏轼关系密切，屡遭贬谪。徽宗即位，卒于赦还途中。与黄庭坚、晁补之、张耒齐名，称“苏门四学士”。能诗善词，其词多写男女恋情和迁谪愁苦。笔法致密，音律和美，语言清丽自然，情致柔婉含蓄。有《淮海集》《淮海居士长短句》。

望海潮

梅英疏淡[①]，冰澌溶泄[②]，东风暗换年华。金谷俊游[③]，铜驼巷陌[④]，新晴细履平沙。长记误随车[⑤]。正絮翻蝶舞，芳思交加[⑥]。柳下桃蹊[⑦]，乱分春色到人家。

西园夜饮鸣笳。有华灯碍月[⑧]，飞盖妨花[⑨]。兰苑未空，行人渐老，重来是事堪嗟！烟暝酒旗斜[⑩]。但倚楼极目，时见栖鸦。无奈归心，暗随流水到天涯。

【注释】

①梅英：梅花。②澌（sī）：冰。③金谷：金谷园，为晋人石崇所建，著名的饮宴游乐之处。俊游：指与诸俊杰同游。④铜驼巷陌：指铜驼路，因竖有铜驼而得名。⑤误随车：因车水马龙而跟错了车子。⑥芳思：春思。⑦桃蹊：两边种着桃花的小路。⑧华灯碍月：形容灯光明亮，连月亮也因之失去了光辉。⑨飞盖：飞驰的华舆。⑩烟暝：指日近黄昏，暮烟霭霭。

【词解】

冬去春来，年华暗换，词人忆起昔日与好友同游名都佳园，赏览春光的轻松惬意，忆起共饮西园的纵情欢乐，不禁感慨系之。佳园依旧，但人渐衰老，故地重游，事事皆堪哀叹。昏暗的暮烟中，一帘酒旗斜挑，倚楼极目处，时见晚鸦归巢。晚鸦归巢，词人思归之情，也“暗随流水到天涯”。

满庭芳

山抹微云，天连衰草，画角声断谯门[①]。暂停征棹，聊共引离尊[②]。多少蓬莱旧事，空回首、烟霭纷纷。斜阳外，寒鸦万点，流水绕孤村。

销魂。当此际，香囊暗解，罗带轻分。谩赢得青楼，薄幸名存[③]。此去何时见也？襟袖上、空惹啼痕。伤情处，高城望断，灯火已黄昏。

【注释】

①画角：军中号角。谯（qiáo）门：城门上的望楼。②聊共：姑且一同。离尊：离别之酒。③薄幸：薄情寡义。

【词解】

山上微云轻抹，城外衰草连天，谯楼上刚吹过黄昏报时的号角。作者暂让行舟等候，与心上人举酒话别。

多少欢乐情事已成过往，回首只见茫茫暮霭、纷纷烟云。斜阳外，寒鸦万点，流水绕孤村，二人解下贴身之物以为临别纪念，此时此刻，此情此景，让人销魂。

作者仕途困顿，游宦四方，半生来，功名不就，空赢得薄情郎的恶名。此地一别，他不知道何时才能与她再次相见，两人相对无奈啜泣，襟头袖口空惹泪痕。

他最终满怀伤感地离去，高城逐渐淡出视野，望处只见一片灯火黄昏。

鹊桥仙

纤云弄巧，飞星传恨，银汉迢迢暗度[1]。金风玉露一相逢[2]，便胜却人间无数。

柔情似水，佳期如梦，忍顾鹊桥归路！两情若是久长时，又岂在朝朝暮暮。

【注释】

①银汉：银河。②金风：秋风。

【词解】

丝丝彩云变幻成各种图案，那是织女巧手织成的云锦；闪亮的流星飞过银河，替牛郎、织女二星传递着离愁别恨。七月初七的夜晚，多情的喜鹊架起长桥，那秋风白露中的一次欢聚，便胜过人间的千次万次。

绵绵温情，似水般柔美；相逢的喜悦，把人带入梦境。只是那成就团圆的鹊桥，转眼间便要成为分离的归路，又让人怎忍回顾！

作者说，两人若是真诚相爱，并不一定形影不离、相伴朝朝暮暮。

千秋岁

水边沙外，城郭春寒退。花影乱，莺声碎。飘零疏酒盏[1]，离别宽衣带[2]。人不见，碧云暮合空相对。

忆昔西池会，鹓鹭同飞盖[3]。携手处，今谁在？日边清梦断[4]，镜里朱颜改。春去也，飞红万点愁如海。

【注释】

①疏酒盏：多时不饮酒。②离别宽衣带：意谓离别使人消瘦。③鹓（yuān）鹭：比喻品级相差不远的同僚。④日边：指在皇帝身边。

【词解】

绿水之旁，沙岸之畔，举目一望，城郭内外春寒退去，已是一派“花影乱，莺声碎”的大好春光。作者飘零在外，许久不曾欢饮，人生中一次次的离别，更使他衣带渐宽。孤孤单单的他，此时默然凝望着逐渐合拢的暮云。

作者回忆起往昔与朋友们相聚西池，乘车同游的快乐时光，怅然于这一班曾经携手并肩之人的风流云散，悲叹回京无望、青春老去。

词尾以“春去也，飞红万点愁如海”宣泄内心痛苦，句中的“春”是指作者的人生之春、事业之春。

踏莎行

雾失楼台，月迷津渡[1]，桃源望断无寻处。可堪孤馆闭春寒，杜鹃声里斜阳暮。

驿寄梅花，鱼传尺素[2]，砌成此恨无重数。郴江幸自绕郴山[3]，为谁流下潇湘去？

【注释】

①津渡：渡口。②尺素：指书信。③郴（chēn）江、郴山：在今湖南郴州。幸自：本自。

【词解】

词作寓情于景，以凄迷的暮春景色的烘托沦落天涯的作者迷茫、孤苦的心境，以质问郴江为何不安分地环绕郴山而流，却要远下潇湘自嘲身世，讽喻自己本可安贫自守，却因为出仕而卷进政治旋涡。除此之外，作者还写到亲朋的书信不但不能让他感到慰藉，反而让他心中累恨积怨，真实地表现出谪贬之人复杂的内心世界和痛苦的心灵挣扎。

浣溪沙

漠漠轻寒上小楼，晓阴无赖似穷秋[1]。淡烟流水画屏幽。

自在飞花轻似梦，无边丝雨细如愁。宝帘闲挂小银钩。

【注释】

①无赖：无可奈何。穷秋：深秋。

【词解】

漠漠轻寒侵入小楼，漫漫无边、挥不走、逃不脱的晨阴让人恍如处在清冷的残秋，幽静的画屏上，淡烟流水，迷蒙渺远，意味悠悠。

楼前花儿自在飘落，好似梦中，悄然无声；蒙蒙细雨笼盖天地，无边无垠，细密如愁。小银钩上，宝帘闲挂，无人舒卷。

贺　铸

贺铸（1052—1125 年），字方回，自号庆湖遗老，卫州共城（今河南辉县）人。元祐中任泗州、太平州通判。晚年退居苏州，杜门校书。为人豪侠尚气，秉性刚直，不附权贵，喜论天下事。以词作名世，其词内容、风格丰富多样。有《东山词》。

青玉案

凌波不过横塘路①，但目送，芳尘去。锦瑟华年谁与度②？月桥花院，琐窗朱户③，只有春知处。

飞云冉冉蘅皋暮④，彩笔新题断肠句。若问闲情都几许？一川烟草，满城风絮，梅子黄时雨。

【注释】

①凌波：形容女子脚步轻盈，飘移如履水波。②锦瑟华年：唐李商隐《锦瑟》有“锦瑟无端五十弦，一弦一柱思华年”之句。③琐窗：有锁链形纹饰的窗子。④冉冉：渐渐地。蘅皋：长满香草的高地。

【词解】

轻盈的脚步不曾移向自己所居住的横塘，作者只得无可奈何地目送她远去，他猜想着她的青春年华会与何人一起度过，他觉得她一定住在有小桥、有鲜花、有精致房屋的庭院里，并且，只有春天才知道那庭院在哪里。

不晓得痴立了多久，但回过神来，只见飞云冉冉飘过，暮色已然苍茫。作者提起多情妙笔写下惆怅的词句，词中自问闲愁几许，还以比喻作答：如遍地春草弥望无际，如满城风絮铺天彻地，如绸缪浓密、挥散不尽的梅子黄时雨。

六州歌头

少年侠气，交结五都雄[①]。肝胆洞[②]，毛发耸。立谈中，死生同，一诺千金重。推翘勇[③]，矜豪纵，轻盖拥，联飞鞚[④]，斗城东。轰饮酒垆，春色浮寒瓮，吸海垂虹。间呼鹰嗾犬[⑤]，白羽摘雕弓，狡穴俄空。乐匆匆！

似黄粱梦，辞丹凤[⑥]，明月共，漾孤篷。官冗从[⑦]，怀倥偬[⑧]，落尘笼，簿书丛[⑨]。鹖弁如云众[⑩]，供粗用，忽奇功。笳鼓动，渔阳弄[⑪]，思悲翁。不请长缨[⑫]，系取天骄种[⑬]，剑吼西风。恨登山临水，手寄七弦桐[⑭]，目送归鸿。

【注释】

①五都：泛指宋朝的各大都市。②肝胆洞：真诚以待，肝胆相照。③翘勇：骁勇。④飞鞚（kòng）：马飞驰。鞚，马笼头，借指马。⑤嗾（sǒu）：发出声音来指示狗。⑥丹凤：指代京城。⑦冗从：散职侍从官。⑧倥偬：指奔波劳苦。⑨薄书丛：指堆积的官府文书。⑩鹖（hé）弁（biàn）：以鹖羽为装饰的武士冠。⑪“笳鼓”二句：指边事已起。渔阳：指安禄山自渔阳起兵反叛一事。⑫请长缨：西汉终军二十多岁时曾请缨抓回南岳王。⑬天骄种：指北方少数民族。⑭七弦桐：指琴。

【词解】

词人少年侠义，爱好结交各地的英雄。朋友间一诺千金，肝胆相照，生死与同。他们或在京城之东竞争骁勇，矜夸豪纵，轻车相从，并马飞驰；或在酒垆鲸吸虹饮，谈笑喧嚣；或者呼鹰使犬，搭箭弯弓，将狡兽巢穴猎取一空。

快乐匆匆，好似黄粱一梦，作者后来离开汴京，孤独漂泊，如今身居散职，整日为尘俗事务束缚，陷入了繁杂的文书堆中。他感叹芸芸武将，都只做些无意义的工作，无法建功立业；他得知边烽已起，自悲报国无门，连身边的宝剑似乎也在为主人愤愤不平。无可奈何之下，作者登山临水，弹起瑶琴，寄出自己心中的感情。

周邦彦

周邦彦（1056—1121年），字美成，自号清真居士，钱塘（今浙江杭州）人。为太学生时献《汴京赋》，被神宗擢为太学正。历官州教授、县令、秘书省正字、校书郎、秘书监等职，提举大晟府。周邦彦精通音律，能自度曲，为北宋重要词家。其词集北宋婉约派大成，长调尤善铺叙，富丽精工，历来被奉为词坛正宗，对南宋及后代均有巨大影响。有《清真集》。

兰陵王　柳

柳阴直，烟里丝丝弄碧。隋堤上，曾见几番[①]，拂水飘绵送行色。登临望故国[②]，谁识京华倦客？长亭路，年去年来，应折柔条过千尺[③]。

闲寻旧踪迹，又酒趁哀弦，灯照离席。梨花榆火催寒食[④]。愁一箭风快，半篙波暖，回头迢递便数驿[⑤]。望人在天北。

凄恻，恨堆积！渐别浦萦回⑥，津堠岑寂⑦。斜阳冉冉春无极。念月榭携手⑧，露桥闻笛⑨。沉思前事，似梦里，泪暗滴。

【注释】

①隋堤：汴京汴河之堤，为隋时所建，故称“隋堤”。②故国：故乡。③柔条：柳枝。④榆火：唐制，清明取榆柳之火赐近臣。⑤迢递：遥远。⑥别浦：送别的水边。⑦津堠（hòu）：渡口守望的高台。岑寂：清冷寂寥。⑧月榭：月光遍照的亭榭。⑨露桥：凝结露水的小桥。

【词解】

词为作者离开汴京时所作。汴河隋堤两岸，杨柳成行，柳丝飘拂，柳绵乱飞。这里的柳色，作者因为送别而看过很多次，这一次，轮到了送自己。他站在高处远望故乡，心中满是客子的疲惫和惆怅。默默估算着，这堤岸因为送别而折下的柳枝，总也应该超过千尺了。

船儿启程，闲念旧时踪迹，思绪又回到了那令人难以忘怀的一夜——寒食节，在凄凄丝竹声中饮酒，在灯烛闪烁中与她告别。因为留恋着她，作者所以忧愁风顺船疾，回头之间便过数驿，伊人从此远隔。

行渐远，恨堆积，一路说不尽的迂回寂寞，举目所见，夕阳冉冉西下，春色一望无边。作者怀想着与伊人月下携手漫步，在结满露水的小桥共赏悠扬的笛声，感到往事前情恍然如梦。想着想着，泪水已然不知不觉地流了下来。

李清照

李清照（1084—约 1151 年），自号易安居士，历城（今山东济南）人，著名学者李格非之女。十八岁嫁给金石考据家赵明诚为妻，婚后生活美满，夫妇二人雅好词章，常相唱和，并共同从事金石学研究。金兵攻陷汴梁后，流徙南方，仓皇中丧失了多年收藏的金石书画，后明诚病死，李清照只身漂泊杭州、绍兴、金华、温州等地，在孤苦中度过了晚年。所作词，前期格调明快，语言清新婉丽；后期情调感伤。论词强调协律，崇尚典雅、情致，提出词“别是一家”之说。

南歌子

天上星河转，人间帘幕垂。凉生枕簟泪痕滋，起解罗衣，聊问夜何其？

翠贴莲蓬小，金销藕叶稀。旧时天气旧时衣，只有情怀，不似旧家时！

【词解】

天上星河移转，人间夜幕笼罩。秋凉从枕席间透出来，枕上簟边，点点斑斑是词人洒落的泪痕。

她难耐这秋夜的清寂与清寒，起身更衣，向他人问起夜已几何。而当取出那件贴着翠色莲蓬、金色荷叶绣样的襦衣，睹物之情更将悲怀深深触动。“旧时天气旧时衣，只有情怀，不似旧家时”。同样的天气，同样的衣衫，只有历经沧桑的心情，不再和从前一样。

一剪梅

红藕香残玉簟秋[1]。轻解罗裳，独上兰舟。云中谁寄锦书来？雁字回时，月满西楼。花自飘零水自流。一种相思，两处闲愁。此情无计可消除，才下眉头，却上心头。

【注释】

①簟（diàn）：席子。

【词解】

在那藕花香减、竹席渐凉的秋天，词人轻解罗衣，登上小舟，一个人在荷塘中徜徉。她看到天空中南归的雁阵，猜想着它们是否带来了丈夫的书信，也意识到大雁南归，团圆节将至，月儿将圆满在西楼。

然而月圆人不圆，花儿有凋落的时候，流水一去不回头，词人叹息年华在两地的相思与离愁中空自流走，叹息这相思与离愁，刚从眉间散开，便泛起在她的心头。

如梦令

常记溪亭日暮，沉醉不知归路。兴尽晚回舟，误入藕花深处。争渡，争渡，惊起一滩鸥鹭。

【词解】

曾经独泛小舟于溪畔荷塘，又在酒酣兴尽后驾舟归来，只是恍惚迷离间已不辨归途，因而不知不觉地误入藕花深处。天色渐晚，归心渐切，正因荷丛密密匝匝难于速出而略显焦急，却误打误撞惊起一群已经栖息了的鸥鹭，故而重新唤来意兴一片。

渔家傲

天接云涛连晓雾，星河欲转千帆舞。仿佛梦魂归帝所，闻天语，殷勤问我归何处。

我报路长嗟日暮，学诗谩有惊人句。九万里风鹏正举，风休住，蓬舟吹取三山去。

【词解】

这也许是遥望海天时的遐想，也许是于缥缈梦境的游离，总之，那苍茫壮阔的云涛雾海，令人目眩的灿烂星河，还有随风舞荡的千叶白帆确乎是在同一时刻映入了词人的眼帘，让她胸怀尽敞，飘飘乎如在回归天帝居处的路上。她也果真听到了似曾相识的声音从天空中清晰传来，亲切地问她将往何处。词人率真作答，感叹求索之路漫长曲折，感伤满腹才华却不知有何用处；她不无激动地请求天帝让那举鹏高飞的九万里长风来辅助自己的小舟，将自己带到那理想的仙山琼阁。

如梦令

昨夜雨疏风骤，浓睡不消残酒。试问卷帘人，却道海棠依旧。知否？知否？应是绿肥红瘦。

【词解】

昨夜的雨疏风骤对于侍女而言不过是暮春时节极为普通的一幕，但女主人却因之愁烦不已，借了许多酒力才得入眠。若问她为何于晨起时忐忑问到落红几何而不亲自前去观看，若问她听到“海棠依旧”的率尔一答后为何耐心更正应是“绿肥红瘦”，正因她爱春之情深入肺腑而不忍看到春残花落，正因她已为叶茂花稀、春之将去而叹息良久。

凤凰台上忆吹箫

香冷金猊[①]，被翻红浪，起来慵自梳头。任宝奁尘满[②]，日上帘钩。生怕离怀别苦，多少事、欲说还休。新来瘦，非干病酒[③]，不是悲秋。

休休[④]。这回去也，千万遍阳关[⑤]，也则难留。念武陵人远，烟锁秦楼[⑥]。惟有楼前流水，应念我、终日凝眸。凝眸处，从今又添、一段新愁。

【注释】

①金猊（ní）：狮形香炉。②奁（lián）：女子梳妆用的镜匣。③非干：不关。④休休：算了，罢了。⑤阳关：即《阳关三叠》。⑥秦楼：原是秦穆公女弄玉与夫婿箫史的居所，此处作者用来比喻自己独居妆楼。

【词解】

香炉已冷，锦被散乱堆叠，词人虽然起得床来，却懒得梳洗打扮。她的梳妆盒上落满了尘土，太阳，这时候已经高高在天。词人满怀心事，但每每欲说还休，她近来日渐消瘦，不是因为病酒，不是因为悲秋，是为离愁别恨所苦，她感叹丈夫执意出行，自己毫无办法将他挽留。

爱人一去，词人思念非常，她的小楼从此为愁云笼罩，她日日倚楼凝望楼前流水，觉得流水也对自己的离怀别苦表示同情。终日凝望，今天，词人心头又添一段相思新愁。

醉花阴

薄雾浓云愁永昼，瑞脑消金兽[1]。佳节又重阳，玉枕纱厨[2]，半夜凉初透。

东篱把酒黄昏后[3]，有暗香盈袖。莫道不消魂，帘卷西风，人比黄花瘦。

【注释】

①瑞脑消金兽：意谓香炉中的香快燃尽了。瑞脑，香料名。金兽，兽形的铜香炉。②纱厨：纱帐。③东篱：指植有菊花的地方。

【词解】

此词意在抒发孤居独处的少妇情怀。

轻雾蒙蒙，浓云密布，整个白天正如词人之愁，阴郁，悠长。她点燃瑞脑香，看香烟从金炉中袅袅升起，寂寞，惆怅。

又到重阳佳节，无奈独自闺中，夜半不眠时，词人但觉玉枕纱帐渐为凉意侵透。她也曾在菊丛中把酒消愁，一直到黄昏以后，归来时却只空惹菊香淡淡盈袖。她自语："谁说这一切不让人魂消神伤，帘幕被西风卷起，你会看到人儿比菊花还要清瘦。"

武陵春

风住尘香花已尽[1]，日晚倦梳头。物是人非事事休，欲语泪先流。

闻说双溪春尚好[2]，也拟泛轻舟。只恐双溪舴艋舟[3]，载不动、许多愁。

【注释】

①尘香：尘土中的落花香。②双溪：在浙江金华县，唐宋时已成为文人骚客游赏吟咏的胜地。③舴（zé）艋（měng）舟：小船。

【词解】

风住，花儿尽已零落成泥，所余痕迹，但有尘香。日晚，词人倦梳头发，举目所见，物是人非；不待张口倾吐，眼泪已先行流了下来。词人听说双溪春色尚好，也想到那里泛舟散忧，却担心舴艋小舟，载不动自己这许多忧愁。

永遇乐

落日熔金，暮云合璧，人在何处？染柳烟浓，吹梅笛怨，春意知几许？元宵佳节，融和天气，次第岂无风雨？来相召、香车宝马，谢他酒朋诗侣。

中州盛日，闺门多暇，记得偏重三五①。铺翠冠儿②，捻金雪柳③，簇带争济楚④。如今憔悴，风鬟雾鬓，怕见夜间出去。不如向、帘儿底下，听人笑语。

【注释】

①三五：指元宵节。②铺翠冠儿：嵌插着翠鸟羽毛的女士帽子。③捻金雪柳：以金丝作点缀的绢花。④簇带：成簇的插戴。济楚：漂亮美好。

【词解】

夕阳好像熔开了的金块，暮云托出玉璧般的新月。美好景色，不能解释词人孤身流落的愁怀，但看到柳色渐青，听到《梅花落》的笛声，她也恍然问起“春意几许”。

“气候虽然渐渐暖和起来，但难保没有风雨吧？”变幻莫测的世事，让词人常怀着疑惧的心情。她婉言谢绝了酒朋诗友们的热情相召，独处中，黯然追忆起在汴京欢度元宵的繁华往事。如今憔悴，雾鬓风鬟，她不愿参加夜游庆典，今夜的她，只在帘儿底下，听人笑语。

声声慢

寻寻觅觅，冷冷清清，凄凄惨惨戚戚。乍暖还寒时候，最难将息①。三杯两盏淡酒，怎敌他、晚来风急。雁过也，正伤心，却是旧时相识。

满地黄花堆积，憔悴损，如今有谁堪摘？守着窗儿，独自怎生得黑？梧桐更兼细雨，到黄昏、点点滴滴。这次第②，怎一个愁字了得？

【注释】

①将息：将养休息。②次第：情形，景况。

【词解】

首句连下七对叠字，创意新奇，笔力浑厚，呈现词人孤寂凄苦、怅然若失的心情神态。在这个冷暖不定的深秋，晚来渐紧的风势使词人的处境变得更为艰难。三杯两盏淡酒抵挡不住那透心彻骨的寒冷，而看到“旧时相识”的雁儿飞过，又勾起她对往事的辛酸回忆。庭院里满是凋落的菊瓣，无人摘取，无人怜惜，正如词人身世。她独自坐在窗前，到黄昏，屋里已是难耐的漆黑。窗外，冷雨敲打桐叶，点滴作响，词人此时的心情，又远非一个“愁”字所能概括。

岳飞

岳飞（1103—1142 年），字鹏举，相州汤阴（今属河南）人。出身贫寒，二十岁应募为“敢战士”，身经百战，屡建奇功，是南宋初期的抗金名将。绍兴十年（1140 年）统率岳家军大破金兵于郾城，进军朱仙镇，准备渡河收复中原失地。但朝廷执行投降政策，勒令其退兵。后被赵构、秦桧以“莫须有”的罪名杀害。岳飞流传下来的作品不多，有《岳武穆集》。今存词仅三首。岳飞精忠报国的精神深感之心。他在壮志未酬的悲愤心情下写的千古绝唱《满江红》，至今让人士气振奋。其率领的军人被称为“岳家军”，人称“撼山易，撼岳家军难”。

满江红

怒发冲冠，凭栏处、潇潇雨歇。抬望眼，仰天长啸，壮怀激烈。三十功名尘与土，八千里路云和月。莫等闲、白了少年头，空悲切。

靖康耻[①]，犹未雪。臣子恨，何时灭？驾长车踏破，贺兰山阙[②]。壮志饥餐胡虏肉，笑谈渴饮匈奴血。待从头、收拾旧山河，朝天阙。

【注释】

①靖康耻：指靖康二年徽、钦二帝被掳入北廷之事。②贺兰山：在今内蒙古境内，此代金人基地。

【词解】

怒发冲冠，凭栏时，潇潇风雨方过。将军极目远眺，继而仰天长啸，只为胸中热血沸腾，豪情激烈。他慨叹三十年功名如尘土般微不足道，他回首八千里征战的艰苦岁月，他自诫莫轻易虚度了年少光阴，以至老大后徒然悲切。尚未洗雪的靖康之耻，长存心中的覆国之恨，将军欲驾长车踏破贺兰山口，饥则食虏肉，渴则饮虏血，重新收拾起旧日山河，然后向国家报捷，庆贺胜利。

朱淑真

朱淑真，约 1131 年前后在世，宋代女词人。一作淑贞，号幽栖居士，钱塘（今浙江杭州）人。出身宦家，博通经史，能文善画，精晓音律，尤工诗词。嫁给一文法小吏，因志趣不合，抑郁而终。有《断肠集》十卷、《断肠词》一卷行世。

谒金门 春半

春已半，触目此情无限。十二阑干闲倚遍[①]，愁来天不管。
好是风和日暖，输与莺莺燕燕[②]。满院落花帘不卷，断肠芳草远[③]。

【注释】

①阑干：栏杆。②输与：付与。③芳草：《楚辞·招隐士》有："王孙游兮不归，春草生兮萋萋。"

【词解】

春已过半，目光所及景物让作者愁情无限。她闲倚遍各处栏杆，深叹春愁漫天彻地席卷而来时，无人安抚劝慰。

让人感到舒适的是天气的风和日暖，但孤单的作者觉得这个春天里的自己远不及莺莺燕燕幸福。黄莺呼朋引伴，燕儿依偎呢喃，只有作者闭门独处，苦思远人，任凭春花落满了庭院。

蝶恋花 送春

楼外垂杨千万缕，欲系青春，少住春还去。犹自风前飘柳絮，随春且看归何处。

绿满山川闻杜宇[1]，便做无情，莫也愁人苦[2]？把酒送春春不语，黄昏却下潇潇雨。

【注释】

①杜宇：杜鹃。②莫也：岂不也。

【词解】

由楼外杨柳万千垂条的招展披拂而想到它们是在希望能将春天系住片刻，由柳絮的随风飘飞而想象它们是去探寻春的归处，情感细腻的词人对于春天有着深深的眷恋。当她看到满眼的山川已变得碧绿一片，听到杜鹃哀鸣声声，不由得发出了"即便心中无情，这般景况也足以让人愁苦"的感叹。

词人举起酒盏，打算就此为春送行，然而春天却缄口不语，飘然洒下蒙蒙细雨，似向词人挥泪告别。

陆游

陆游（1125—1210年），字务观，号放翁，越州山阴（今浙江绍兴）人。少有大志，二十九岁应进士试，名列第一，因"喜论恢复"，被秦桧除名。孝宗时赐进士出身，任历官枢密院编修兼类圣政所检讨、夔州通判。乾道八年（1172年），入四川宣抚使王炎幕府。孝宗淳熙五年（1178年），离蜀东归，在江西、浙江等地任职，终因坚持抗金复国，不为当权者所容而罢官。居故乡山阴二十余年。后曾出修国史，任宝章阁待制。其词风格变化多样，多圆润清逸，不乏忧国伤时、慷慨悲壮之作。有《剑南诗稿》《渭南文集》《渭南词》等。

钗头凤

红酥手[①]，黄縢酒[②]，满城春色宫墙柳。东风恶，欢情薄。一怀愁绪，几年离索。错，错，错！

春如旧，人空瘦，泪痕红浥鲛绡透[③]。桃花落，闲池阁。山盟虽在，锦书难托。莫，莫，莫！

【注释】

①红酥手：红润白嫩的双手。②黄縢酒：黄纸封坛的美酒。③浥（yì）：浸湿。 鲛（jiāo）绡：丝帕。

【词解】

见到唐琬，往日她酥手侑酒，与自己春日漫步在宫墙边、柳荫下的情景又浮现在眼前。无奈欢情短暂，一场“东风”的无情摧残让恩爱的情侣分离，作者怀着不散的愁绪，度过了别后的几年。他最深刻的感触是：这是一次由因缘到人事彻彻底底的大错。

再见唐琬，春色依旧，但她比从前消瘦了很多。作者知道那是因为流过太多泪水，溶了胭脂，湿透了鲛绡。美丽的桃花已然飘落，知音一去，空闲了池阁，海誓山盟虽然还清晰在耳，但已不能写封书信将自己的情感和盘而托，作者沉痛而无奈地叹息：“莫！莫！莫！”

卜算子 咏梅

驿外断桥边，寂寞开无主。已是黄昏独自愁，更著风和雨。

无意苦争春，一任群芳妒。零落成泥碾作尘，只有香如故。

【词解】

风雨的黄昏，词人走过驿站，看到断残的小桥旁寂寞地开放着一株梅花。梅花独处黄昏已然愁苦，却还要忍受风吹雨淋。词人歌颂它无意争春，淡然对待群芳的妒恨，纵然飘落成泥，碾作灰尘，却依然是清香如故。

诉衷情

当年万里觅封侯，匹马戍梁州[①]。关河梦断何处？尘暗旧貂裘[②]。

胡未灭，鬓先秋，泪空流。此生谁料，心在天山，身老沧洲。

【注释】

①梁州：今陕西汉中一带。②尘暗旧貂裘：意谓貂裘上积满了尘土，颜色也因日久而改变。

【词解】

这首词也是作者晚年隐居山阴后所作。上片回顾了当年的英雄气魄和戎马生涯，慨叹其后长年闲居废置、请缨无路的境遇。下片更作悲凉语，表达出他如今仍旧心系国事，但自知已是身老力乏、难以为用的凄哀心情，同时也抒发出对被迫退隐命运的痛心和对当权者去正存邪、压制爱国力量的强烈愤慨。

唐　琬

唐琬，字蕙仙，生卒年月不详。她是陆游母舅唐诚的女儿，为陆游的第一任妻子，被陆母拆散，后嫁给了皇家后裔同郡士人赵士程。陆游在沈园偶然遇唐琬，在墙上题了一首《钗头凤》（红酥手）词，唐琬和了一阕《钗头凤》（世情薄）。随后抑郁而终。

钗头凤

世情薄，人情恶，雨送黄昏花易落。晓风干，泪痕残，欲笺心事，独倚阑干。难，难，难！

人成个，今非昨，病魂常系秋千索。角声寒，夜阑珊[1]，怕人寻问，咽泪装欢。瞒，瞒，瞒！

【注释】

①阑珊：将尽。

【词解】

世情凉薄，人情险恶，黄昏暮雨中花儿最易凋落。晨风吹干泪水，泪痕残留脸上，本想写下心事，却终作倚栏自语，唐琬哀叹："难，难，难。"

人已离散，今非昔比，如今的唐琬犹如秋千架上的绳索，摇摇荡荡，多病多忧。她每每长夜无眠，愁听清寒号角，直到夜色阑珊。她有苦无处倾诉，因为怕人询问，还要咽泪装欢，她只能将一切深深地隐瞒，隐瞒。

辛弃疾

辛弃疾（1140—1207年），字幼安，号稼轩，济南历城（今属山东）人。年轻时参加耿京抗金义军，为掌书记。南归后历任建康通判、江西、湖南、湖北安抚使等职，颇有政绩。他力主抗金复国，以恢复中原为己任，屡受朝中投降派排挤，淳熙八年（1181年）被劾落职，闲居二十余年，其间曾两度被起用，任福建、浙江安抚使等，但都不久于职。终以报国无路，忧愤而死。辛弃疾能诗善文，尤工词，是继苏轼以后的又一位大词人。现存词六百二十余首，风格多样，或慷慨豪迈，或沉郁悲壮，或清新自然，或婉转细腻，其中抒写爱国思想之作占有极重要的地位。他大量吸收口语、古语入词，善于用典，扩大了词的表现力。有《稼轩长短句》。

水龙吟　登建康赏心亭

楚天千里清秋，水随天去秋无际。遥岑远目[1]，献愁供恨，玉簪螺髻[2]。落日楼头，断鸿声里，江南游子。把吴钩看了[3]，栏杆拍遍，无人会、登临意。

休说鲈鱼堪脍[4]，尽西风、季鹰归未[5]？求田问舍，怕应羞见，刘郎才气[6]。可惜流年，忧愁风雨，树犹如此[7]！倩何人唤取，红巾翠袖[8]，揾英雄泪[9]。

【注释】

①遥岑：远山。此指沦陷地区的群山。②玉簪螺髻：形容远山如玉簪，如盘起的发髻。③吴钩：古代吴地出产的一种弯刀，后泛指锋利的刀剑。④脍：将鱼肉切成细丝。⑤季鹰：张翰，字季鹰。《晋书·张翰传》："翰因见秋风起，乃思吴中菰菜、莼羹、鲈鱼脍，曰：'人生贵得适志，何能羁宦数千里以要名爵乎？'遂命驾而归。"⑥"求田问舍"三句：以三国时刘备责许汜只知购置房产而全然不管国计民生之事，来责备那些只为一己私利的人。⑦树犹如此：东晋桓温北征，见昔日所种柳树已粗十围，叹曰："树犹如此，人何以堪。"⑧红巾翠袖：借指歌女。⑨揾（wèn）：擦拭。

【词解】

词文上片写登高远望之所见：天无际，水随天，远山层层叠叠，如"玉簪螺髻"。江山虽美，但在作者眼里竟为"献愁供恨"之物，因为他空握长剑而不能杀敌，满怀抱负却无处施展。下片评古论今，表示自己不愿效仿张翰退隐，也不愿学许汜求田问舍，而是想报效国家，有所作为。继而又叹流年似水，光阴虚度。情到伤心，他不禁潸然洒泪。英雄失路之悲，让人嘘唏不已。

菩萨蛮　书江西造口壁

郁孤台下清江水[1]，中间多少行人泪。西北望长安[2]，可怜无数山。
青山遮不住，毕竟东流去。江晚正愁余，山深闻鹧鸪[3]。

【注释】

①郁孤台：在今江西赣州市西南，唐宋时为游览胜地。②长安：指代北宋京师汴梁。③鹧鸪：其鸣声似“行不得也哥哥”。

【词解】

郁孤台下的清江水，其中汇聚了多少流离逃亡之人的眼泪，举头向西北方向眺望长安，无数青山将视线遮拦。青山能遮断行人的望眼，却遮断不了江水的奔流，亦如胡虏虽猖、奸佞虽多，却挡不住仁人志士的抗敌报国的热血豪情。

江天渐晚，词人愁情又浓，岁月在屡受排挤、报国无门的苦闷中空流。这个时候，深山中又传来鹧鸪的叫声：“行不得也哥哥，行不得也哥哥……”

青玉案　元夕

东风夜放花千树，更吹落、星如雨。宝马雕车香满路。凤箫声动，玉壶光转[1]，一夜鱼龙舞。

蛾儿雪柳黄金缕[2]，笑语盈盈暗香去。众里寻他千百度，蓦然回首，那人却在，灯火阑珊处[3]。

【注释】

①玉壶：喻月亮。②蛾儿、雪柳、黄金缕：此三样皆为元宵时妇女们佩戴的饰物。③阑珊：衰落。

【词解】

正月十五的汴京灯市，灿烂灯火有如东风吹绽鲜花无数，又如满天星斗飘落人间，熙熙攘攘的车马人流，听不完的凤箫声乐。月亮移过天空，人间正在通宵达旦地鱼龙狂舞。

群群笑语盈盈、盛装而行的游女经过，鼻息中回荡着她们留下的幽香，作者不曾停下寻觅的步伐，他在寻找自己的意中人，千寻百找，不辞辛苦。百寻不见，猛然回首的时候，却看到那人就在灯火阑珊的地方。

清平乐　村居

茅檐低小，溪上青青草。醉里吴音相媚好[1]，白发谁家翁媪[2]？

大儿锄豆溪东，中儿正织鸡笼。最喜小儿无赖[3]，溪头卧剥莲蓬。

【注释】

①吴音：吴地方言。②翁媪（ǎo）：老公公、老婆婆。③无赖：淘气调皮。

【词解】

檐儿低低茅屋小，溪水两岸长满青青草。作者醉中听到亲切悦耳的吴音对话，那是一对白发苍苍的农家老年夫妇在茅屋前闲话家常。继而关注到他们的三个儿郎，竟是一律的忙碌：老大在溪东豆地锄草，老二在编织鸡笼，最年幼的小儿子也不甘清闲，淘气地趴在溪边剥着莲蓬。

西江月　夜行黄沙道中

明月别枝惊鹊，清风半夜鸣蝉。稻花香里说丰年，听取蛙声一片。

七八个星天外，两三点雨山前。旧时茅店社林边[1]，路转溪桥忽见。

【注释】

①社：土地庙。

【词解】

清新的语言，轻快的情致，让我们的心充分舒展，放松；让我们如同身临那明月林梢挂、清风习习的爽朗秋夜，闻到风中淡淡的稻花香，听到人们快乐地闲话着丰年，蛙儿们兴高采烈地对唱。你也可以坐在作者带来的情境里，仰望七八个星天外，静观两三点雨山前，或者，随他漫步村林，走过溪桥，感受他忽见到曾住过的茅店时的欣慰与悠然。

丑奴儿　书博山道中壁

少年不识愁滋味，爱上层楼。爱上层楼。为赋新词强说愁。

而今识尽愁滋味，欲说还休。欲说还休。却道天凉好个秋。

【词解】

历尽沧桑，饱尝愁滋味之后，回想起少年时代爱上高楼，为了赋一首新词强要说愁的单纯幼稚，作者不禁哑然失笑。少年时是故作愁态，怕人不知自己有愁，而今愁满胸中，却不知从何说起。在数次的“欲说还休”之后，吐出“天凉好个秋”的不相干的话聊以应景。作者是无可奈何，只好回避不谈。

破阵子　为陈同甫赋壮词以寄之

醉里挑灯看剑，梦回吹角连营。八百里分麾下炙①，五十弦翻塞外声②。沙场秋点兵。

马作的卢飞快③，弓如霹雳弦惊。了却君王天下事，赢得生前身后名。可怜白发生！

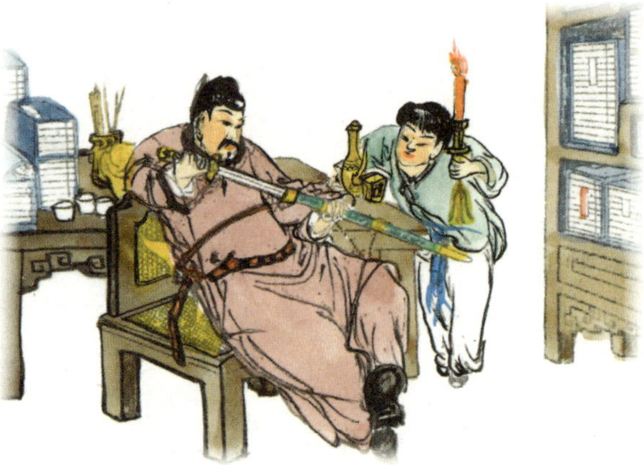

【注释】

①八百里分麾（huī）下炙：意谓方圆八百里的军营中士兵们，在战旗下分吃着烤牛肉。②五十弦翻塞外声：意谓各种乐器合奏出雄壮的军歌。③的卢：骏马名。

【词解】

词由灯下醉看长剑写入梦境，极力描绘抗金部队雄壮的的军容，生动地刻画了将士们矫健威武、横戈跃马的身姿，直抒作者“了却君王天下事，赢得生前身后名”的心愿，豪情恣肆，气壮山河，交织着他忠君爱国的思想和强烈的个人功名观念。然而通篇的壮词竟以“可怜白发生”之悲语收尾，又反映出作者壮志难酬的悲愤心情。

永遇乐　京口北固亭怀古

千古江山，英雄无觅，孙仲谋处。舞榭歌台，风流总被、雨打风吹去①。斜阳草树，寻常巷陌，人道寄奴曾住②。想当年、金戈铁马，气吞万里如虎③。

元嘉草草，封狼居胥，赢得仓皇北顾④。四十三年，望中犹记，烽火扬州路⑤。可堪回首，佛狸祠下⑥，一片神鸦社鼓⑦。凭谁问，廉颇老矣，尚能饭否？

【注释】

①“风流”句：意谓孙仲谋英雄事业的风流余韵已在历史的风吹雨打中远去。②寄奴：南朝宋武帝刘裕小字寄奴。③“想当年”三句：刘裕曾率军北伐，先后灭掉南燕和后秦，光复洛阳、长安等地。④“元嘉”三句：是说宋文帝不能继承父亲刘裕的功业，草率派兵北伐，想要像当年汉将霍去病战胜匈奴、封狼居胥山一样荡平北方，到头来只落得仓皇北望，后悔冒然北伐带来的惨败。⑤“四十三年”三句：辛弃疾于四十三年前南归，其时扬州地区正烽火弥漫。⑥佛狸祠：北魏太武帝拓跋焘击败南朝宋军后，于长江北岸的瓜步山上所建行宫，当地百姓年年在祠下举行迎神赛会。⑦神鸦：庙里吃祭品的乌鸦。社鼓：祭祀的鼓声。

【词解】

上片追忆孙权、刘裕二人事迹，表达出作者对既能守成抗敌，又能进取破虏的君王的期盼。下片引宋文帝仓促北伐而招致全败之事，提醒掌权者不可贪功冒进；通过写历史上佛狸祠的迎神赛会，表示了对江北各地沦陷已久、人民将安于异族统治的隐忧。最后得结论于欲图恢复大计，当重用老成练达之臣。

南乡子　登京口北固亭有怀

何处望神州？满眼风光北固楼。千古兴亡多少事，悠悠。不尽长江滚滚流。
年少万兜鍪[①]，坐断东南战未休[②]。天下英雄谁敌手？曹刘。生子当如孙仲谋。

【注释】

①兜鍪（móu）：古代打仗时戴的头盔。此处指代将士。②坐断：占据。

【词解】

何处可以望到中原？站在北固楼上眺望，满眼是美好的风光，但是中原还是看不见。千古兴亡，往事悠悠，都随不尽的长江水，滚滚东流。

当年轻的孙权成为三军统帅，他能够独霸东南，坚持抗战。天下的英雄有谁堪称是他的敌手？只有曹操和刘备而已，所以也就难怪曹操说："生子当如孙仲谋。"

姜　夔

姜夔（1155—1221年），字尧章，号白石道人，饶州鄱阳（今江西波阳）人。早年随父宦游，居汉阳。屡试不第，布衣终身。其词或感慨时世、抒写恋情，或写景咏物、记述交游。琢句精工，韵律谐婉，寄意幽邃。有《白石道人诗集》《白石道人歌曲》《诗说》等。

暗　香

辛亥之冬，予载雪诣石湖。止既月，授简索句，且征新声。作此两曲。石湖把玩不已，使工妓习之。音节谐婉。乃名之曰《暗香》《疏影》。

旧时月色，算几番照我，梅边吹笛。唤起玉人，不管清寒与攀摘。何逊而今渐老[①]，都忘却、春风词笔。但怪得、竹外疏花，香冷入瑶席。

江国，正寂寂。叹寄与路遥，夜雪初积。

翠尊易泣[2]，红萼无言耿相忆[3]。长记曾携手处，千树压、西湖寒碧。又片片、吹尽也，几时见得？

【注释】

①何逊：南朝诗人，此处为作者自喻。②翠尊：碧绿酒杯。③红萼：指红梅。耿相忆：心中挂怀，不能消解。

【词解】

词以回忆昔日与情人月下梅边吹笛、折花的风流韵事起首，而后感叹如今老来落寞情怀，又怪梅香入席，空惹惆怅。词人欲折梅寄远以慰相思，但无奈路遥夜雪。感伤之下，更觉杯中绿酒，室外红梅也似在深情怀念伊人，思绪又回到与她携手西湖岸、踏雪观梅的快乐时光。曲终遥想梅花渐落，复叹重聚难期。

疏　影

苔枝缀玉，有翠禽小小，枝上同宿。客里相逢，篱角黄昏，无言自倚修竹[1]。昭君不惯胡沙远，但暗忆、江南江北。想佩环、月夜归来[2]，化作此花幽独。

犹记深宫旧事，那人正睡里，飞近蛾绿[3]。莫似春风，不管盈盈，早与安排金屋。还教一片随波去，又却怨、玉龙哀曲[4]。等恁时，重觅幽香，已入小窗横幅。

【注释】

①无言自倚修竹：用杜甫《佳人》“天寒翠袖薄，日暮倚修竹”句意。②“想佩环”二句：化用杜甫《咏怀古迹》“环珮空归月夜魂”句意。佩环：指代昭君。③“犹记”三句：相传宋武帝女寿阳公主日卧于含章殿檐下，梅花落公主头上，留下了花瓣的印记，三天后才褪去。蛾绿：蛾眉。④玉龙哀曲：指笛曲《梅花落》。玉龙，笛名。

【词解】

梅花像玉一样缀在长着苔藓的梅枝上，枝头栖息着小小翠鸟。在词人的眼中，白梅如同杜甫诗中的高洁佳人，无言独倚修竹；它又好似眷念故乡、月夜归来的昭君灵魂所化，美丽中透露出忧郁与孤独。词人还联想到那深宫旧事：寿阳公主小憩之时，梅花飘落在她的眉间，留下了五瓣梅花印。

词人劝说世人准备金屋珍藏美好清洁的梅花，莫学春风，让它随处飘零。待到梅花逐水漂走，词人要为它吹上一曲忧伤的《梅花落》。而当梅花落尽，再要寻觅它的踪迹，怕是只能到小窗上的图画中去欣赏了。

吴文英

吴文英（1212—1272 年），字君特，号梦窗，晚年又号觉翁，四明（今浙江宁波）人。一生未仕，但平生所交，皆一时显贵。其词典丽而工，多雕琢，音律合谐。有《梦窗词》。

风入松

听风听雨过清明，愁草瘗花铭①。楼前绿暗分携路②，一丝柳，一寸柔情。料峭春寒中酒③，交加晓梦啼莺④。

西园日日扫林亭，依旧赏新晴。黄蜂频扑秋千索，有当时、纤手香凝。惆怅双鸳不到⑤，幽阶一夜苔生。

【注释】

①瘗花铭：南北朝著名的文学家庾信曾作《瘗花铭》以悼落红。②分携：分手，离别。③中酒：醉酒。④交加：形容嘈杂的鸟鸣声。⑤双鸳：指恋人的鞋子。

【词解】

听着风声和雨声过了清明，词人满怀春愁，草拟了伤悼落红的《瘗花铭》。他的目光又落在楼前当日与她分别的小路，那里已是绿树成荫；丝丝垂柳，唤人思念她从前的寸寸柔情。回忆往事，词人不觉在春暮余寒中醉酒，破晓时，浅梦却被杂乱的莺啼扰断。

还是一如既往地日日打扫西园林亭，还是依旧坐在亭子里欣赏雨后的新晴。看蜜蜂频频扑向秋千，词人想，那是因为秋千索上有当时她纤手香凝。他于是因为园中小路上再也见不到她的足迹而惆怅，他静默着，痴看一夜过后，幽阶上生出的苔藓青青。

张　炎

张炎（约 1248—1320 年），字叔夏，号玉田，又号乐笑翁。张俊六世孙，祖籍凤翔（今属陕西），寓居临安。宋亡后，落拓浪游于杭州、苏州、南京之间，著有《山中白云词》《词源》。其词主要抒写国破家亡之痛和身世漂泊之哀，也擅长咏。

清平乐

候蛩凄断①，人语西风岸。月落沙平江似练，望尽芦花无雁。

暗教愁损兰成②，可怜夜夜关情。只有一枝梧叶，不知多少秋声。

【注释】

①候蛩：蟋蟀。②兰成：梁朝诗人庾信小字。

【词解】

秋蛩哀鸣，其声欲绝，情人惜别江岸，飒飒西风吹过。落月映照着沙滩，江水像洁白的绸缎。无边的芦花丛中，不见栖雁。

这昔日分别的场景每每让词人愁苦难当，他夜夜为此而惆怅叹息。现在眼前，只有梧叶一枝，在今夜的秋风里，却不知它能吟唱出多少秋声。

元　曲

元曲起初在民间流传，被称为“街市小令”或“村坊小调”。它是金元时期在北方歌谣俗曲的基础上发展起来的新诗歌形式。它成长繁荣的环境是金元时期的城镇，作者大多是中下层文人和民间艺人，演唱者大多是勾栏里的歌伎。元曲有严格的格律定式，每一曲牌的句式、字数、平仄等都有固定的格式要求。

元曲的组成包括两类文体：一是小令、带过曲和套数的散曲；二是由套数组成的曲文，间杂以宾白和科范，专为舞台上演出的杂剧。继唐诗、宋词之后的元曲，有着它独特的艺术魅力，体现出直截明快、意到言随的艺术特色。

元曲以其作品揭露现实的深刻以及题材的广泛、语言的通俗、形式的活泼、风格的清新、描绘的生动、手法的多变，在中国古代文学艺苑中放射着璀璨夺目的异彩。

元好问

元好问（1190—1257年），字裕之，号遗山，世称遗山先生。金宣宗兴定五年（1221年）进士，历官任尚书省掾、左司都事员外郎。金亡不仕，以著述为事。他是金元间最有成就的诗人之一，风格质朴沉郁。今存小令九首，大都清润疏俊，被奉为楷模。

人月圆　卜居外家东园

玄都观里桃千树，花落水空流。凭君莫问①，清泾浊渭②，去马来牛。谢公扶病③，羊昙挥涕④，一醉都休。古今几度，生存华屋，零落山丘。

【注释】

①凭君莫问：意谓随您怎样，只是不要问。②泾（jīng）：泾水。它是渭水的支流。泾、渭二水，一清一浊，虽合流汇聚，却清浊分明。③谢公：东晋谢安。晚年受权臣王道子排挤，抑郁而死。④羊昙（tán）：谢安的外甥，当时的名士。谢安死后，他行路不忍经过谢安生前所居的西州路。一日，他醉中误入西州门，觉察后悲吟曹植之诗：“生存华屋处，零落归山丘。”吟毕大哭而去。

骤雨打新荷

绿叶阴浓，遍池塘水阁，偏趁凉多①。海榴初绽②，朵朵簇红罗。乳燕雏莺弄语，有高

柳鸣蝉相和。骤雨过，琼珠乱撒，打遍新荷。人生有几，念良辰美景，休放虚过。穷通前定[3]，何用苦张罗。命友邀宾玩赏，对芳樽浅酌低歌[4]。且酩酊，任他两轮日月，来往如梭。

【注释】

①偏趁凉多：意谓此处比别处更为清凉。②海榴：即石榴。③穷通：困厄与发达。④樽：酒杯。

杨　果

杨果（1195—1269年），字正卿，号西庵，祁州蒲阴（今河北安国）人。金正大元年（1224年）进士，历官偃师、陕县县令，入元官至参知政事、怀孟路总管，以廉洁干练著称。著有《西庵集》。散曲今存小令十一首，套曲五首，内容多咏自然风光，曲辞华美，富于文采。

小桃红　采莲女

满城烟水月微茫，人倚兰舟唱。常记相逢若耶上[1]，隔三湘，碧云望断空惆怅[2]。美人笑道：莲花相似，情短藕丝长。

【注释】

①若耶：若耶溪。它源出若耶山，相传西施曾在溪边浣纱。②望断：望尽。

商　挺

商挺（1209—1288年），字孟卿，号左山，曹州济阴（今山东曹县）人。曲家商正叔之侄。金亡后为元世祖赏识，历官宣抚副使、参知政事、同佥枢密院事，累迁枢密副使。后以疾病免。散曲今存小令十九首，多写闺情，描摹女儿神态、心理极其细腻。

潘妃曲

戴月披星耽惊怕，久立纱窗下。等候他，蓦听得门外地皮儿踏[1]。只道是冤家[2]，原来风动荼蘼架[3]。

【注释】

①蓦：猝然，忽然。②冤家：对所爱人的昵称。③荼蘼（mí）：花名，又名木香。落叶灌木，攀缘茎；茎有棱，并有钩状的刺，羽状复叶，小叶椭圆形，花白色，有香气。供观赏。也作酴醾。

关汉卿

关汉卿（约 1234—1300 年），元代杂剧作家，是中国古代戏曲创作的代表人物。号已斋（一作一斋）、已斋叟，解州人（今山西运城）。关于他的籍贯，还有祁州（今河北安国县）伍仁村、大都（今北京市）人之说。与马致远、郑光祖、白朴并称为“元曲四大家”，位居“元曲四大家”之首。

四块玉 闲适

旧酒投[1]，新醅泼[2]，老瓦盆边笑呵呵。共山僧野叟闲吟和。他出一对鸡，我出一个鹅，闲快活。

【注释】

①投：即“酘（dòu）”，酒再酿。②醅（pēi）泼：即“醅酦（pō）”，醅、酦都是未滤过的酒。

碧玉箫

秋景堪题[1]，红叶满山溪。松径偏宜[2]，黄菊绕东篱。正清樽斟泼醅[3]，有白衣劝酒杯[4]。官品极，到底成何济[5]！归，学取他渊明醉。

【注释】

①堪题：值得品评、赞赏。②偏宜：形容景物搭配得正好。③泼醅（pēi）：重酿的没有过滤的新酒。④白衣：指布衣之士。⑤成何济：有何用。

一枝花 不伏老（节选）

我是个蒸不烂、煮不熟、捶不扁、炒不爆、响当当一粒铜豌豆，恁子弟每谁教你钻入他锄不断、斫不下、解不开、慢腾腾千层锦套头[1]。我玩的是梁园月[2]，饮的是东京酒[3]，赏的是洛阳花[4]，攀的是章台柳[5]。我也会围棋、会蹴踘、会打围、会插科、会歌舞[6]，会吹弹、会咽作、会吟诗、会双陆[7]。你便是落了我牙、歪了我口、瘸了我腿、折了我手，天赐与我这几般儿歹症候[8]，尚兀自不肯休[9]。则除是阎王亲自唤，神鬼自来勾，三魂归地府，七魄丧冥幽。天哪，那其间才

不向烟花路儿上走⑩。

【注释】

①恁（nèn）：这样，如此。斫（zhuó）：砍。锦套头：指风月场诱人的圈套。②梁园：汉梁孝王所建，是古时著名的游赏宴饮之所。③东京：北宋都城开封。④洛阳花：指洛阳牡丹。⑤章台柳：指代最好的妓女。⑥蹴（cù）踘（jū）：踢球。打围：即打猎。插科：即插科打诨，指滑稽表演。⑦咽作：唱曲。双陆：古时一种搏胜负的游戏。⑧歹症候：坏毛病。⑨兀自：犹，仍。⑩烟花路：指风流放荡的生活。

王　恽

王恽（1226—1304 年），字仲谋，号秋涧，卫州汲县（今属河南）人。元好问弟子。元世祖中统年间出仕，历官国史编修、监察御史、翰林学士等职，谥文定。以诗文称，雄深雅健，著有《秋涧先生大全集》。散曲今存小令四十一首，题材广泛，描写真切，风格或清丽典雅，或豪迈爽朗。

平湖乐

采菱人语隔秋烟，波静如横练①。入手风光莫流转②。
共留连，画船一笑春风面。江山信美③，终非吾土。问何日是归年？

【注释】

①横练：展开的带子。②入手：即到手，此处指映入眼帘。流转：流走。③信：确实。

白　朴

白朴（1226—1306 年？），原名恒，字仁甫，后改名朴，字太素，号兰谷，隩州（今山西河曲）人。客居真定（今河北正定），晚岁移居金陵（今江苏南京），终身未仕。他是元代著名的文学家、杂剧家，元曲四大家之一。作杂剧 16 种，今存 3 种，《梧桐雨》为代表作。有《天籁集》词二卷，散曲有《天籁集摭遗》一卷，收其小令三十七首，套曲四套。白朴的作品，题材多出自历史传说，剧情多为才人韵事。与关汉卿相比，白朴的生活圈比较局限，因此，他不可能从社会下层提炼素材，然而，他善于利用历史题材，敷演故事，因旧题，创新意，词采优美，情意深切绵长，又是关汉卿所不及的。他在文学史和戏曲史上的地位和作用，以及他的剧作的艺术成就，早已成为文学艺术上的重要研究课题。

醉中天　佳人脸上黑痣

疑是杨妃在①，怎脱马嵬灾②。曾与明皇捧砚来③，美脸风流杀。叵奈挥毫李白，觑着娇态，洒松烟点破桃腮④。

【注释】

①杨妃：指杨贵妃。②马嵬：安史之乱起后，唐玄宗逃往蜀中。车驾行至马嵬驿时，护驾将士因怨恨杨

氏兄妹祸国而发生兵变，玄宗被迫将杨贵妃缢死于路旁祠下。③明皇：唐玄宗。④“叵（pǒ）奈”三句：用杨妃捧砚侍奉李白作《清平调》之事。叵奈：无奈。松烟：指墨。古时制墨之法有以松木在火中燃烧产生的灰烬为原料，而后与其他添加剂混合加工而成。

沉醉东风 渔父

黄芦岸白蘋渡口，绿杨堤红蓼滩头[1]。虽无刎颈交[2]，却有忘机友[3]。点秋江白鹭沙鸥。傲杀人间万户侯，不识字烟波钓叟。

【注释】

①红蓼（liǎo）：开着浅红色花儿的水蓼。②刎颈交：刎颈之交，指可以共生死的朋友。③忘机：抛却人世间的机心。

陈草庵

陈草庵，生卒年不详，名英，字彦卿，号草庵，析津（今北京）人。一生仕履显赫，曾任宣抚，延祐初拜河南省左丞。其散曲今存小令二十六首，多愤世嫉俗之作。

山坡羊

晨鸡初叫，昏鸦争噪，那个不去红尘闹[1]？路遥遥，水迢迢，功名尽在长安道[2]。今日少年明日老。山，依旧好；人，憔悴了。

【注释】

①红尘：闹市的飞尘，借指繁华纷扰的人世。②长安道：指通往京城的道路。

山坡羊

伏低伏弱[1]，装呆装落[2]，是非犹自来着莫[3]。任从他，待如何？天公尚有妨农过，蚕怕雨寒苗怕火。阴，也是错；晴，也是错。

【注释】

①伏：承认。②装落：装作失魂落魄的样子。③着莫：烦扰，纠缠之义。

马致远

马致远（约1250—约1321年），号东篱，大都（今北京）人。仕途坎坷，漂泊经年，曾任江浙江行省务官，不甘屈居下僚，五十岁左右退隐。元曲四大家之一，著有《汉宫秋》等杂剧十五种，散曲今存辑本《东篱乐府》。他的曲被推为元人第一，所作豪放清丽、本色流畅。明代贾仲明称他为“曲状元”。现存曲120多首，小令［天净沙］“枯藤老树昏鸦”为咏景名篇，周德清赞其为“秋思之祖”，王国维评其为“寥寥数语，深得唐人绝句妙境”。

天净沙　秋思

枯藤老树昏鸦①，小桥流水人家，古道西风瘦马②。夕阳西下，断肠人在天涯。

【注释】

①昏鸦：黄昏归巢的乌鸦。②古道：古老的驿道。

蟾宫曲　叹世

咸阳百二山河①，两字功名，几阵干戈。项废东吴②，刘兴西蜀③，梦说南柯。韩信功兀的般证果④？蒯通言那里是风魔⑤？成也萧何，败也萧何⑥，醉了由他。

【注释】

①百二山河：极言山河之险固。②项废东吴：指项羽兵败。项羽起兵吴中，率八千子弟兵逐鹿天下。及至兵败乌江，所带领的吴中子弟已无一人生还。③刘兴西蜀：指刘邦以巴蜀之地为根基，逐步统一天下。④兀的：怎的。证果：结果。⑤蒯通：即蒯彻。他是韩信幕下谋士，曾劝韩信起兵反叛刘邦，自己统一天下。⑥成也萧何，败也萧何：指当初举荐韩信的是萧何，后来助吕后设计杀韩信的也是萧何。

张养浩

张养浩（1270—1329年），字希孟，号云庄，济南人。历官东平学政、监察御史、礼部尚书、中书参议，后因批评时政而罢官。文宗天历二年（1329年），关中大旱，他被任命为陕西行台中丞，日夜办理赈灾事务，积劳成疾而死。他以风度气节闻名天下，是元代著名散文家、词曲家，著有《归田类稿》。今存小令一百六十一首，套数三首，题材广泛，风格豪放，朱权评为“如玉树临风”。

山坡羊　潼关怀古

峰峦如聚，波涛如怒，山河表里潼关路①。望西都②，意踌躇③。伤心秦汉经

行处，宫阙万间都做了土。兴，百姓苦！亡，百姓苦！

【注释】

①山河表里：指潼关西近华山，北据黄河，形势非常险要。②西都：指长安（今西安）。③踌躇（chú）：此指思绪起伏。

郑光祖

郑光祖，生卒年不详，字德辉，平阳襄陵（今山西临汾）人。做过杭州路吏，死后葬于西湖里灵芝寺。他是元代后期著名杂剧作家，以曲名满天下，声振闺阁，有《倩女离魂》等杂剧十八种。散曲以清丽缠绵著称，善于言情。

蟾宫曲　梦中作

半窗幽梦微茫①，歌罢钱塘②，赋罢高唐③。风入罗帏，爽入疏棂④，月照纱窗。缥缈见梨花淡妆，依稀闻兰麝余香。唤起思量，待不思量，怎不思量？

【注释】

①半窗：指窗光半明半暗。②歌罢钱塘：《春渚纪闻》载宋人司马才仲于洛阳昼寝，一美人入梦而歌曰："妾本钱塘江上住，花落花开，不管流年度。燕子衔将春色去，纱窗几阵黄梅雨。"此句指美人入梦。③赋罢高唐：宋玉《高唐赋》言楚怀王曾与巫山神女幽会，神女辞别时说自己"旦为朝云，暮为行雨"。④棂（líng）：窗户框。

张可久

张可久（1279—1354年？），字小山，庆元（今浙江鄞县）人。曾任绍兴路吏、桐庐典史等小官，仕途颇不得意。交游遍天下，晚年移家杭州西湖，纵情诗酒，以山水自娱。专攻散曲，特别致力于小令，他的《小山乐府》存小令八百五十五首，套数九首，为元人留存散曲最富者，与乔吉并称"元散曲两大家"。作品多写景抒情，感怀不遇。《太和正音谱》评其曲"如瑶天笙鹤"，又说"其词清而且丽，华而不艳，有不吃烟火食气"。

卖花声　怀古

美人自刎乌江岸，战火曾烧赤壁山，将军空老玉门关①。
伤心秦汉，生民涂炭，读书人一声长叹。

【注释】

①"将军"句：《后汉书·班超传》中载，班超于迟暮之年上书皇帝说："臣不敢望到酒泉郡，但愿生入玉门关。"

贯云石

贯云石（1286—1324年），原名小云石海涯，号酸斋，又号芦花道人。师从著名古文学家姚燧。袭父亲官职，仁宗时，官至翰林侍读学士、中奉大夫、知制诰。后弃官南下归隐。曲风豪放清逸，明朱权《太和正音谱》评他的散曲如“天马脱羁”。

塞鸿秋 代人作

战西风几点宾鸿至[①]，感起我南朝千古伤心事。展花笺欲写几句知心事[②]，空教我停霜毫半晌无才思[③]。往常得兴时，一扫无瑕疵[④]。今日个病恹恹刚写下两个相思字[⑤]。

【注释】

①战：通“颤”，发抖。宾鸿：指依节气而南来北往行如宾客的大雁。②花笺（jiān）：精美的信纸。③霜毫：指毛笔。④一扫：一挥而就。瑕疵（cī）：原指玉器上的斑点，此借指作品的缺陷。⑤病恹恹（yān）：精神萎靡不振的样子。

宋、元、明、清诗

纵观宋代诗歌，在思想内容上，比历代诗歌所反映的都要广阔，宋诗与当代的社会、政治、民生结合得更为紧密，更重视理性。宋诗在唐代诗歌格律完备、意象纯熟、臻于顶峰的情况下另辟蹊径，为近世诗歌的发展提供了富有时代意义的榜样。

元诗是对唐宋诗歌的继承和发扬。元代诗歌承前启后，成为中国古典诗歌发展史上一个不可或缺的链环；它并兼各族文化，为我国各民族的融合做出了贡献；它将传统诗歌转变成为散曲，开拓了文学领域的版图，在中国文学史上占有不可忽略的地位。

明代诗歌一直是在拟古派和反拟古派的反复斗争中曲折地前进，没有出现杰出的作家作品，但公安派等诗人的进步文学主张还是对后世产生了很大的影响的。

清代诗人不满于元诗的绮弱，明诗的复古和轻浅、狭窄的毛病，在技巧上兼学唐宋诗的长处，不断追求创新，流派迭出，风格多样，其成就是超过元明两代。

宋诗

范仲淹

江上渔者

江上往来人，但爱鲈鱼美[①]。
君看一叶舟，出没风波里。

【注释】

①但：只。鲈鱼：体长而扁，头大鳞细，银灰色，味鲜美，以松江所产尤为著名。这首诗说人们只知鲈鱼的味道鲜美，却不会想到渔人在江上捕鱼时的艰辛。

晏　殊

寓　意

油壁香车不再逢[①]，峡云无迹任西东[②]。梨花院落溶溶月，柳絮池塘淡淡风。几日寂寥伤酒后，一番萧索禁烟中[③]。鱼书欲寄无由达[④]，水远山长处处同。

【注释】

①油壁：用油彩涂饰。香车：女子所乘之车。②“峡云”句：大意是说分别后各自东西，不知踪迹。③禁烟中：指寒食节期间。古代以清明前一日为寒食节，禁止举火。禁烟即禁火。④鱼书：即书信。

示张寺丞王校勘

元巳清明假未开[①]，小园幽径独徘徊。春寒不定班班雨[②]，宿醉难禁滟滟杯[③]。无可奈何花落去，似曾相识燕归来。游梁赋客多风味，莫惜青钱万选才[④]。

【注释】

①元巳：即上巳，三月上旬的第一个巳日。假未开：假期未满。②班班：即“斑斑”。③滟滟：形容杯满酒波闪动的样子。④梁：指梁园，汉代梁孝王刘武宴饮宾客之所，故址在今河南商丘。青钱：青铜钱，指钱财。万选才：万里挑一选拔人才。“游梁”二句：鼓励张寺丞和王校勘不要吝啬才华，写出出色的作品来。

梅尧臣

梅尧臣（1002—1060年），字圣俞，宣州宣城（今安徽宣州）人。宣城古名宛陵，故世称宛陵先生。皇祐三年（1051年）赐同进士出身，历任太常博士、尚书都官员外郎，故又称梅都官。诗风平淡朴素，擅于写景，意境含蓄。他提倡平淡工稳的艺术境界，后人称其开宋诗风气之先。欧阳修说他的诗是“穷而后工”。有《宛陵先生集》。

田家语并序

庚辰诏书：凡民三丁籍一[①]，立校与长[②]，号“弓箭手”，用备不虞[③]。主司欲以多媚上[④]，急责郡吏。郡吏畏，不敢辩，遂以属县令[⑤]。互搜民口[⑥]，虽老幼不得免。上下愁怨，天雨淫淫，岂助圣上抚育之意耶！因录田家之语，次为文[⑦]，以俟采诗者云[⑧]。

谁道田家乐，春税秋未足[⑨]。里胥扣我门[⑩]，日夕苦煎促。盛夏流潦多，白水高于屋。水既害我菽[⑪]，蝗又食我粟。前月诏书来，生齿复版录[⑫]。三丁籍一壮，恶使操弓韣[⑬]。州符今又严[⑭]，老吏持鞭朴。搜索稚与艾[⑮]，唯存跛无目。田间敢怨嗟，

父子各悲哭。南亩焉可事[16]，买箭卖牛犊。愁气变久雨，铛缶空无粥[17]。盲跛不能耕，死亡在迟速[18]。我闻诚所惭，徒尔叨君禄[19]。却咏《归去来》，刈薪向深谷[20]。

【注释】

①三丁籍一：每户三个成年男子中登记一人为乡兵。丁：北宋以二十为丁，六十为老。籍：造册登记。②立：设置。校、长：带领乡兵的低级武职。③备：防备。不虞：意外事变。④主司：主管官。以多媚上：以尽量多籍乡兵取媚上司。⑤属（zhǔ）：委托，交付。⑥民口：人口。⑦次：排比，编排。⑧采诗者：借用周代采诗官的说法，希望下情能够上达。⑨"春税"句：春天的租税到秋天还没有交足。⑩里胥（xū）：里长一类的小吏。⑪菽（shū）：豆类。⑫生齿：人口。板录：录于板上，即登记造册。⑬弓韣（shǔ）：弓和弓袋。⑭符：符信，文书。⑮朴（pū）：鞭打的工具。稚与艾：孩子与老人。⑯南亩：田地。⑰铛（chēng）：锅。⑱在迟速：早晚之间。⑲叨：愧受。⑳"却咏"二句：大意说不如辞官归去，以砍柴度日。《归去来》，指陶渊明的《归去来兮辞》。

汝坟贫女

汝坟贫家女，行哭声凄怆。自言"有老父，孤独无丁壮[1]。郡吏来何暴，县官不敢抗。督遣勿稽留[2]，龙钟去携杖[3]。勤勤嘱四邻，幸愿相依傍[4]。适闻闾里归[5]，问讯疑犹强[6]。果然寒雨中，僵死壤河上[7]。弱质无以托，横尸无以葬[8]。生女不如男，虽存何所当[9]！拊膺呼苍天[10]，生死将奈向[11]？"

【注释】

①丁壮：成年男子。②督遣：催促。③龙钟：形容老态。去携杖：扶杖而行。④"勤勤"句：恳切地嘱托同行的乡邻照顾老父。依傍（bàng）：依靠。⑤闾里：乡里，这里指同乡。⑥疑犹强：心存疑虑，仍然勉强（去打听消息）。⑦壤河：疑即瀼河镇，在鲁山县（今属河南）西南。⑧"弱质"二句：上句贫女自指，下句指父亲。托：依靠，寄托。⑨存：生存，活着。当（dàng）：值得。⑩拊膺：抚胸。⑪"生死"句：意谓生者和死者如何归向？

欧阳修

食糟民

田家种糯官酿酒，榷利秋毫升与斗[1]。酒沽得钱糟弃物[2]，大屋经年堆欲朽。酒醅瀺灂如沸汤[3]，东风吹来酒瓮香。累累罂与瓶[4]，惟恐不得尝。官沽味醲村酒薄，日饮官酒诚可乐。不见田中种糯人，釜无糜粥度冬春[5]。还来就官买糟食，官吏散糟以为德[6]。嗟彼官吏者，其职称长民[7]，衣食不蚕耕，所学义与仁。仁当养人义适宜，言可闻达力可施[8]。上不能宽国之利[9]，下不能饱尔之饥。

我饮酒，尔食糟，尔虽不我责[10]，我责何由逃！

【注释】

①榷（què）利：牟利。秋毫：比喻细微苛杂。②沽：卖出。糟：酒糟。③醅（pēi）：未滤的酒。瀺（chán）灂（zhuó）：形容轻微的滤酒声。沸汤：开水。④累累：很多。罂（yīng）：小口大腹的盛酒器。⑤釜：一种锅。糜：即粥。⑥德：德政。⑦称：号称。长（zhǎng）民：民之长。⑧"仁当"句：根据仁、义的原则，应当使人民过好生活，做事要得体有分寸。养：长养。"言可"句：进言可使下情上达，力行可以补救弊政。⑨宽：开拓。利：财利。⑩不我责：不责备我。

戏答元珍

春风疑不到天涯，二月山城未见花。残雪压枝犹有桔，冻雷惊笋欲抽芽。夜闻归雁生乡思，病入新年感物华[1]。曾是洛阳花下客，野芳虽晚不须嗟[2]。

【注释】

①归雁：北归的雁。物华：美好的事物。②不须嗟：不必太在意。

春日西湖寄谢法曹歌

西湖春色归，春水绿于染。群芳烂不收[1]，东风落如糁[2]。参军春思乱如云，白发题诗愁送春。遥知湖上一樽酒，能忆天涯万里人[3]。万里思春尚有情，忽逢春至客心惊[4]。雪消门外千山绿，花发江边二月晴。少年把酒逢春色，今日逢春头已白。异乡物态与人殊，惟有东风旧相识。

【注释】

①烂不收：指花开烂漫，美不胜收。②糁（sǎn）：米粒，形容花瓣散落。③天涯万里人：作者自指。④客：指客居他乡的人。惊：惊叹。

画眉鸟

百啭千声随意移[1]，
山花红紫树高低。
始知锁向金笼听，
不及林间自在啼。

【注释】

①随意：随心。移：迁移变化。

和王介甫明妃曲

其　二

汉宫有佳人，天子初未识。一朝随汉使，远嫁单于国①。绝色天下无，一失难再得。虽能杀画工②，于事竟何益。耳目所及尚如此，安能万里制夷狄③！汉计诚已拙，女色难自夸。明妃去时泪，洒向枝上花。狂风日暮起，飘泊落谁家。红颜胜人多薄命，莫怨春风当自嗟④。

【注释】

①单于国：指匈奴。②画工：当时的宫廷画师。③制：制伏。夷狄(dí)：指四方少数民族。④当自嗟：应当嗟叹自己的薄命。

宿云梦馆

北雁来时岁欲昏①，私书归梦杳难分②。
井桐叶落池荷尽，一夜西窗雨不闻。

【注释】

①北雁来时：北雁南飞的时候，一般指暮秋。②私书：不公开的个人书信。

梦中作

夜凉吹笛千山月，路暗迷人百种花。
棋罢不知人换世①，酒阑无奈客思家②。

【注释】

①“棋罢”句：《述异记》说，晋朝人王质入山砍柴，见二童子对弈。一局棋罢，他手中斧子的柄已经腐烂。回到家里，同时人均已去世。原来时间已过了一百年。②阑：残，尽。

苏舜钦

苏舜钦（1008—1048 年），字子美，梓州铜山（今四川中江）人，后迁居开封（今属河南）。北宋诗人，与梅尧臣齐名，人称“梅苏”。仁宗景祐元年（1034 年）中进士，官集贤校理。诗风豪迈隽永，气势宽广。欧阳修《六一诗话》称其“笔力豪隽，以超迈横绝为奇”。有《苏学士文集》。

城南感怀呈永叔

春阳泛野动[1]，春阴与天低[2]。远林气蔼蔼，长道风依依。览物虽暂适[3]，感怀翻然移[4]。所见既可骇，所闻良可悲。去年水后旱，田亩不及犁，冬温晚得雪，宿麦生者稀。前去固无望[5]，即日已苦饥[6]。老稚满田野，斫掘寻凫茈[7]。此物近亦尽[8]，卷耳共所资[9]。昔云能驱风，充腹理不疑。今乃有毒厉，肠胃生疮痍[10]。十有七八死，当路横其尸，犬彘咋其骨[11]，乌鸢啄其皮[12]。胡为残良民，令此鸟兽肥？天意岂如此，决荡莫可知[13]。高位厌粱肉，坐论搀云霓[14]。岂无富人术[15]，使之长熙熙[16]。我今饥伶俜[17]，闵此复自思：自济既不暇，将复奈尔为！愁愤徒满胸，嵘竑不能齐[18]。

【注释】

①春阳：春天的阳和之气。②春阴：春季天阴时空中的阴气。③适：适意。④移：改变。⑤前去：前途。⑥即日：眼前。⑦凫茈（cí）：荸荠。⑧近：近来，⑨卷耳：即苍耳子，可入药。资：凭借。⑩“昔云”四句：过去说卷耳能驱风邪，充饥应该不成问题，现在才知道它有毒，会损坏肠胃。⑪咋（zé）：咬。⑫鸢（yuān）：老鹰。⑬“决荡”句：大意说（天道）打破常规，降灾于人的事，难以深究。⑭“高位”二句：指在高位者吃饱了细粮肉食，坐着说些云遮雾罩不着边际的话。⑮富人：使人富。⑯熙熙：和乐的样子。⑰伶（líng）俜（pīng）：孤零零的，指穷苦无依。⑱嵘竑（hóng）：山势突兀不平，这里形容悲愤之情难以平息之态。齐：平。

淮中晚泊犊头

春阴垂野草青青，时有幽花一树明。
晚泊孤舟古祠下，满川风雨看潮生[1]。

【注释】

①潮生：春潮涨起的景象。

初晴游沧浪亭

夜雨连明春水生[1]，娇云浓暖弄阴晴[2]。
帘虚日薄花竹静[3]，时有乳鸠相对鸣[4]。

【注释】

①连明：直到天明。②弄：戏。这里指阴晴变幻不定。③日薄：因云遮而日光淡薄。④乳鸠：幼鸠。

曾 巩

曾巩（1019—1083年），字子固，建昌军南丰（今属江西）人。北宋政治家、文学家，“唐宋八大家”之一。嘉祐二年（1057年）中进士，历任知州、史馆修撰、中书舍人。文学成就以散文最高，长于议论，说理精密，风格淳古明洁。王安石曾赞叹说：“曾子文章世稀有，水之江汉星之斗。”有《元丰类稿》。

西 楼

海浪如云去却回，北风吹起数声雷。
朱楼四面钩疏箔[1]，卧看千山急雨来。

【注释】

①朱楼：即指西楼。钩疏箔（bó）：将帘子挂起来。疏：疏密。箔：用苇子或秫秸编成的帘子。

司马光

司马光（1019—1086年），字君实，号迂夫，晚年号迂叟，世称涑水先生。赠太师、温国公，谥“文正”。陕州夏县涑水乡（今山西运城夏县）人。北宋时期著名政治家、史学家、散文家。宝元二年（1039年）中进士，历任馆阁校勘、待制、翰林学士，官至尚书左仆射兼门下侍郎（宰相）。历时十九年撰成历史巨制《资治通鉴》。存诗千余首，有《传家集》《司马文正公集》。

居洛初夏作

四月清和雨乍晴，南山当户转分明[1]。
更无柳絮因风起[2]，惟有葵花向日倾。

【注释】

①转：渐，更加。分明：清晰。②“更无”句：借用东晋谢道韫的“未若柳絮因风起”句，暗喻没有干扰，心境清净。

王安石

王安石（1021—1086年），号半山。北宋杰出的政治家、思想家、文学家、改革家，“唐宋八大家”之一。晚年退居江宁（今江苏南京），建半山园，终老。封荆国公，谥“文”。有《王临川集》《临川集拾遗》等存世。

登飞来峰

飞来山上千寻塔[1]，
闻说鸡鸣见日升。
不畏浮云遮望眼[2]，
只缘身在最高层。

【注释】

①千寻：八尺为一寻，千寻极言其高，是夸张的说法。②畏：惧怕。

壬辰寒食

客思似杨柳，春风千万条。更倾寒食泪，欲涨冶城潮[1]。巾发雪争出[2]，镜颜朱早凋[3]。未知轩冕乐，但欲老渔樵[4]。

【注释】

①冶城：在今江苏南京城西，为吴国铸冶之地，故名。"寒食泪"能涨起"冶城潮"，极言悲恸。②巾发：巾下之发。雪：喻白发。③镜颜：镜中之颜。④轩：指轩车。冕：指冕服。后世用"轩冕"指官位爵禄。

明妃曲

其　一

明妃初出汉宫时，泪湿春风鬓脚垂[1]。低徊顾影无颜色，尚得君王不自持[2]。归来却怪丹青手[3]，入眼平生未曾有[4]。意态由来画不成，当时枉杀毛延寿[5]。一去心知更不归，可怜着尽汉宫衣[6]。寄声欲问塞南事[7]，只有年年鸿雁飞。家人万里传消息："好在毡城莫相忆[8]。君不见，咫尺长门闭阿娇[9]，人生失意无南北。"

【注释】

①春风：指代脸。②不自持：难以控制自己。③丹青手：画师，指毛延寿。④"入眼"句：意谓平生从未见过如此美色。⑤枉杀：错杀，空杀。⑥着尽：穿尽。⑦塞南：边塞之南，指汉朝。⑧毡城：指匈奴地区。⑨咫尺长门：近在咫尺的长门宫。长门，汉朝宫名。阿娇：汉武帝皇后陈阿娇。失宠后居长门宫。

元　日

爆竹声中一岁除，春风送暖入屠苏[1]。
千门万户曈曈日[2]，总把新桃换旧符[3]。

【注释】

①屠苏：酒名。古代风俗，正月初一日合家饮屠苏酒。②曈曈(tóng)：太阳初出渐渐明亮的样子。③桃符：古代风俗，元旦日用桃木板绘神(shēn)荼(shū)、郁垒(lěi)二神像(或书其名)，悬挂门旁，以为能驱邪，后来逐渐被春联代替。

北陂杏花

一陂春水绕花身[1]，花影妖娆各占春。
纵被春风吹作雪，绝胜南陌碾成尘。

【注释】

①陂(bēi)：池，塘。

梅　花

墙角数枝梅，凌寒独自开。
遥知不是雪，为有暗香来[1]。

【注释】

①"遥知"二句：远远地就能感知它不是白雪，因为有一股幽香不知不觉地潜来。蔡正孙引胡仔说，"南朝苏子卿有《梅花》诗云，'只言花是雪，不悟有香来。'"王安石虽袭此意，"然思益精，而语益工也"(《诗林广记》后集卷二)。

书湖阴先生壁

其　一

茅檐长扫静无苔，花木成畦手自栽[1]。
一水护田将绿绕，两山排闼送青来[2]。

【注释】

①成畦（qí）：一畦一畦的。畦：田地间为方便耕作管理而划分的长行。②排闼（tà）：推开门。

贾　生

一时谋议略施行[1]，谁道君王薄贾生？
爵位自高言尽废，古来何啻万公卿[2]！

【注释】

①略：大体，大致。②何啻（chì）：何止。

泊船瓜洲

京口瓜洲一水间[1]，钟山只隔数重山[2]。
春风又绿江南岸，明月何时照我还？

【注释】

①京口：今江苏镇江，与瓜洲渡南北相对。瓜洲：瓜洲渡，长江渡口，在扬州南。一水：指长江。②钟山：今南京紫金山。

苏　轼

和子由渑池怀旧

人生到处知何似[1]，应似飞鸿踏雪泥。泥上偶然留指爪，鸿飞那复计东西[2]。老僧已死成新塔，坏壁无由见旧题[3]。往日崎岖还记否[4]？路长人困蹇驴嘶[5]。

【注释】

①到处：所到之处。②“泥上”二句：强调鸿雁无心，不在意在何处留下过自己的足迹。③“老僧”二句：苏辙原诗说，“旧宿僧房壁共题。”这时已人物俱非了。④往日：指嘉祐元年（1056年）“三苏”赴京曾路经此地。⑤“路长”句：作者自注，“往岁（即指嘉祐元年）马死于二陵（在渑池西），骑驴至渑池”。蹇（jiǎn）驴：跛足的或驽钝的驴。

六月二十七日望湖楼醉书五绝

其　一

黑云翻墨未遮山，白雨跳珠乱入船。
卷地风来忽吹散，望湖楼下水如天[①]。

【注释】

①望湖楼：在西湖边。水如天：湖面如天空一样地明净。

吴中田妇叹　和贾收韵

今年粳稻熟苦迟，庶见霜风来几时[①]。霜风来时雨如泻，杷头出菌镰生衣[②]。眼枯泪尽雨不尽，忍见黄穗卧青泥！茅苫一月垄上宿[③]，天晴获稻随车归。汗流肩赪载入市[④]，价贱乞与如糠粞[⑤]。卖牛纳税拆屋炊[⑥]，虑浅不及明年饥[⑦]。官今要钱不要米[⑧]，西北万里招羌儿[⑨]。龚黄满朝人更苦[⑩]，不如却作河伯妇[⑪]。

【注释】

①“庶见”句：希望霜风催熟稻谷，使早日收割。②杷头出菌：杷头（农具）长出了蘑菇。镰生衣：镰刀生出了一层锈。③“茅苫（shān）”句：在地头茅棚住了一个月。④赪（chēng）：红。市：街市。⑤乞与：给与。粞（xī）：碎米。⑥拆屋炊：拆了屋木为柴，烧火做饭。⑦“虑浅”句：大意是说为了救目前燃眉之急，顾不得考虑明年如何应付饥荒了。⑧“官今”句：当时赋税收钱不收米，农民以贱价卖米交钱，正所谓“弃其有余，取其所无”。⑨羌儿：指党项羌（少数民族）建立的西夏政权。⑩龚黄：龚指龚遂，曾任渤海郡太守，黄指黄霸，曾任颍川郡太守，是西汉的两位能臣循吏。人：民。⑪“不如”句：意谓日子过不下去了，不如投河自尽。河伯娶妇故事见《史记·滑稽列传》西门豹治邺一段。

饮湖上初晴后雨

其　二

水光潋滟晴方好[①]，山色空蒙雨亦奇[②]。
欲把西湖比西子[③]，淡妆浓抹总相宜[④]。

【注释】

①潋（liàn）滟（yàn）：湖面上波光荡漾的样子。②空蒙：雾气迷蒙的样子。③西子：即西施，春秋时越

国美女。④淡妆：应第一句。浓抹：应第二句。总：都。清人查慎行说："多少西湖诗被二语扫尽，何处着一毫脂粉颜色！"

新城道中

其　一

东风知我欲山行，吹断檐间积雨声。岭上晴云披絮帽[1]，树头初日挂铜钲[2]。野桃含笑竹篱短，溪柳自摇沙水清[3]。西崦人家应最乐[4]，煮葵烧笋饷春耕[5]。

【注释】

①絮：指丝绵絮。②初日：初升的太阳。铜钲（zhēng）：铜锣。③"野桃"二句：写景名句，前人称之为"铸语神来"。短：矮。④西崦（yǎn）：西山（泛指，不是山名）。⑤葵：葵菜，一种蔬菜。饷（xiǎng）：给在田间劳动的人送饭。

於潜女[1]

青裙缟袂於潜女[2]，两足如霜不穿屦[3]。䰖沙鬓发丝穿柠，蓬沓障前走风雨[4]。老濞宫妆传父祖[5]，至今遗民悲故主。苕溪杨柳初飞絮[6]，照溪画眉渡溪去[7]。逢郎樵归相媚妩[8]，不信姬姜有齐鲁[9]。

【注释】

①於潜：宋代杭州属县，在今浙江西北部，已并入临安。②缟（gǎo）袂（mèi）：白袖，指代白色上衣。③屦（jù）：单底的鞋，多用麻、葛制成。④"䰖（zhā）沙"二句：大意说於潜女用大银梳拢住蓬松的头发，像织布的梭子一样，在风雨中穿行。䰖沙，这里形容鬓发翘起开张的样子。柠：当作"杼（zhù）"，织布梭。蓬沓（tà）：大银梳。障前：遮住前额。⑤"老濞（bì）"句：大意说於潜女的妆束是从祖辈流传下来的。老濞：西汉初刘濞，刘邦之侄，封吴王。这里借指吴越王钱镠，五代时吴越国的建立者（公元907—932年在位）。⑥苕（tiáo）溪：在浙江北部，东西两源在湖州境内汇合，北流入太湖。⑦照溪：意谓以溪水为镜照面。⑧"逢郎"句：丈夫打柴归来，夫妇相互亲昵。⑨"不信"句：大意说於潜女的自然真率之美，胜过诗礼传家的闺秀。姬：指周公之子伯禽。姜：指姜太公（吕尚），西周初封于齐。

东　坡[1]

雨洗东坡月色清，市人行尽野人行[2]。
莫嫌荦确坡头路[3]，自爱铿然曳杖声[4]。

【注释】

①东坡：作者贬居黄州后，亲自垦耕于坡地，并筑“雪堂”于其上，自号东坡居士。②市人：城市居民。野人：山野之人，指农民。这里也包括作者自己在内。③荦确：山石不平的样子。④铿然：手杖触及山石的声音。

题西林壁

横看成岭侧成峰，远近高低各不同。
不识庐山真面目，只缘身在此山中[1]。

【注释】

①缘：由于。后人引此二句，常用来说明当局者迷，旁观者清，执着于局部，而不能洞察全局的哲理。

惠崇春江晚景

其　一

竹外桃花三两枝，春江水暖鸭先知。
蒌蒿满地芦芽短[1]，正是河豚欲上时[2]。

【注释】

①蒌蒿：多年生草本植物，花淡黄色，其茎可食。②河豚：鱼名。肉味鲜美而内脏有毒。

赠刘景文

荷尽已无擎雨盖[1]，菊残犹有傲霜枝。
一年好景君须记，最是橙黄桔绿时。

【注释】

①擎雨盖：喻指荷叶。

淮上早发

淡月倾云晓角哀，小风吹水碧鳞开[1]。
此生定向江湖老，默数淮中十往来[2]。

【注释】

①碧鳞：碧波微漾，犹如鱼鳞。②十往来：指作者共十次往返于淮河一线。

荔枝叹

十里一置飞尘灰，五里一堠兵火催[①]。颠坑仆谷相枕藉[②]，知是荔枝龙眼来。飞车跨山鹘横海[③]，风枝露叶如新采[④]。宫中美人一破颜[⑤]，惊尘溅血流千载。永元荔枝来交州[⑥]，天宝岁贡取之涪[⑦]。至今欲食林甫肉[⑧]，无人举觞酹伯游[⑨]。我愿天公怜赤子，莫生尤物为疮痏[⑩]。雨顺风调百谷登，民不饥寒为上瑞[⑪]。君不见，武夷溪边粟粒芽[⑫]，前丁后蔡相笼加[⑬]，争新买宠各出意，今年斗品充官茶[⑭]。吾君所乏岂此物？致养口体何陋耶[⑮]！洛阳相君忠孝家[⑯]，可怜亦进姚黄花[⑰]。

【注释】

①置、堠（hòu）：都指驿站。②枕藉：交错相枕而卧。这里指死人多，遗尸重叠。③鹘（hú）横海：以鹘横掠大海比喻飞车跨山，极言其快。④风枝露叶：荔枝还带着产地的风露，极言其新鲜。⑤宫中美人：指杨贵妃。杜牧《过华清宫绝句》，"一骑红尘妃子笑，无人知是荔枝来"。⑥永元：汉和帝年号（公元 89—105 年）。交州：今两广及越南北部一带。⑦天宝：唐玄宗年号（公元 742—756 年）。涪（fú）：涪州，今重庆涪陵。⑧林甫：李林甫，玄宗时权臣，争宠固位，败坏朝政。⑨举觞：举杯。酹（lèi）：浇酒致祭。伯游：即唐羌（字伯游），汉时为临武县（今属湖南）令，曾上书言进荔枝之弊，和帝接受了他的劝谏，罢去进贡。⑩尤物：非凡的物品。疮痏（wěi）：疮痍。喻指祸害。⑪上瑞：最好的祥瑞。瑞，吉祥的征兆。⑫武夷：武夷山，在今福建西北部，产名茶。粟（sù）粒芽：茶名。旧注引《武夷山记》，"山产茶粟粒者，初春芽茶也。品最贵"。⑬前丁后蔡：丁指丁谓，宋真宗时官至参知政事。蔡指蔡襄，官至端明殿学士，福建路转运使，二人曾进贡"大小龙茶"。笼加：装笼加封以进贡。⑭今年：即绍圣二年（1095 年）。斗品：参加比赛的极品好茶。⑮"致养"句：使（皇帝）口体得到养护，满足口腹之欲。何陋耶：见识多么浅陋！指进贡取宠者说。⑯洛阳相君：指钱惟演，位至使相，晚年判河南府，为西京（洛阳）留守。忠孝家：五代时吴越王钱俶（钱惟演之父）不战而降宋，太宗称赞他能以"忠孝保社稷"。⑰可怜：可惜可叹。姚黄花：洛阳牡丹的珍贵品种。花黄色，出于姚氏家，故称姚黄。

六月二十日夜渡海

参横斗转欲三更，苦雨终风也解晴[①]。云散月明谁点缀？天容海色本澄清[②]。空余鲁叟乘桴意[③]，粗识轩辕奏乐声[④]。九死南荒吾不恨，兹游奇绝冠平生[⑤]。

【注释】

①参（shēn）横斗转：参星横斜，北斗转向。用星座位置的移动说明时间推移。参：二十八宿中西方白虎七星之一。斗：北斗星。苦雨：比喻自己所受的政治上的磨难。终风：大风，暴风。②“云散”二句：歌颂朝廷新气象，以浮云比喻奸佞，“天容海色”比喻皇帝和朝廷的本心。③鲁叟：指孔子。④轩辕：黄帝。⑤兹游：指作者被贬的经历。作者于绍圣元年（1094 年）六月被贬，十月到岭南惠州，绍圣四年（1097 年）再贬海南，据说在宋朝，放逐海南是仅比满门抄斩罪轻一等的处罚。后徽宗即位，调廉州安置、舒州团练副使、永州安置。元符三年大赦，六月渡海北还，复任朝奉郎，北归途中，卒于常州（今属江苏）。

澄迈驿通潮阁

其　二

余生欲老海南村①，帝遣巫阳招我魂②。
杳杳天低鹘没处，青山一发是中原③。

【注释】

①海南村：海南的村野。②“帝遣”句：这里以天帝喻朝廷，以招魂喻自己从贬地被召回。《楚辞·招魂》：“帝告巫阳曰：‘有人在下，我欲辅之。魂魄离散，汝筮予之。’巫阳乃下招曰：魂兮归来。”③杳杳：深远不清晰的样子。鹘：鹰一类的鸟。没：隐没，消失。青山一发：远处青山连成一片，其轮廓逶迤如一发。

苏　辙

苏辙（1039—1112 年），字子由，眉州眉山（今属四川眉山）人。北宋著名的文学家、诗人、政治家。以散文著称，与父苏洵、兄苏轼合称“三苏”，并列“唐宋八大家”。嘉祐二年（1057 年）进士及第，官至尚书右丞，门下侍郎。晚年退居颍滨，自号颍滨遗老。其文风汪洋淡泊，一波三折，法度严整，有秀杰深醇之气。亦能诗，内容多为个人生活中的见闻感触，以及朋友之间的酬答，其中与其兄苏轼之间的唱和尤多。有《栾城集》。

游西湖

闭门不出十年久，湖上重游一梦回①。行过闾阎争问讯②，忽逢鱼鸟亦惊猜③。可怜举目非吾党④，谁与开樽共一杯？归去无言掩屏卧，古人时向梦中来。

【注释】

①湖：指颍州西湖。徽宗崇宁三年（1104 年），苏辙为避祸，退居颍州（即颍昌府，在今河南许昌）。一梦回：重游西湖，恍如梦境。②闾（lǘ）阎（yán）：街坊的门，这里指街坊。争问讯：指邻居街坊向作者问候致意。③惊猜：惊讶。④怜：叹惜。吾党：朋辈。

黄庭坚

登快阁

痴儿了却公家事①，快阁东西倚晚晴。落木千山天远大②，澄江一道月分明③。朱弦已为佳人绝④，青眼聊因美酒横⑤。万里归船弄长笛，此心吾与白鸥盟⑥。

【注释】

①痴儿：作者自指，含戏谑意。公家事：官事，公事。②落木：树木落叶。③澄江：既是江名（快阁即在其上），又指澄清之江水，与“落木”相对。④“朱弦”句：大意是说：世无知音，自己不愿显露才华。《吕氏春秋·本味》记伯牙善鼓琴，钟子期善听音，“钟子期死，伯牙破琴绝弦，终身不复鼓琴，以为世无足复为鼓琴者”。佳人：知音。绝：断。⑤“青眼”句：大意是说：只有美酒，才是自己愿意以正眼相对的。言外之意是鄙视俗人俗事。《晋书·阮籍传》记载阮籍能作青白眼。俗人来，作白眼；高士来，才青眼（黑眼珠）正视。⑥“此心”句：说自己的心愿是与白鸥订盟，同游云水之涯。借指退隐。据刘昼《刘子》记载，古时有隐者，无机巧之心，故鸥鸟与之同游，每日至者百数。

寄黄几复

我居北海君南海①，寄雁传书谢不能②。桃李春风一杯酒，江湖夜雨十年灯。持家但有四立壁③，治病不蕲三折肱④。想得读书头已白，隔溪猿哭瘴溪藤⑤。

【注释】

①北海：时作者在德州德平镇（今山东陵县东北）任上，地近“北海”。君：指黄几复。黄介，字几复，豫章（今江西南昌）人，作者的旧交，长期官于岭南。黄几复任四会（今属广东）知县，地近南海。②“寄雁”句：托大雁传书，大雁推辞说不能。③四立壁：家徒四壁，空无所有。《史记·司马相如传》：“相如乃与（卓文君）驰归成都，家居徒四壁立。”④“治病”句：《左传·定公十三年》，“三折肱，知为良医。”这里反用其意，说不须多经挫折，便能深知世故。蕲（qí）：祈，求。肱（gōng）：手臂。⑤瘴：瘴气。旧指南方（尤其是岭南）致人疾病的湿热之气。

米 芾

米芾（1051—1107年），字元章，号鹿门居士、襄阳居士、海岳山人等。湖北襄阳人。北宋著名书法家、画家、书画理论家。曾任校书郎、书画博士、礼部员外郎。徽宗时任书画博士，人称“米南宫”。因举止“颠狂”，又称“米颠”。书法与蔡襄、苏轼、黄庭坚并称“宋四家”。擅长于水墨山水，人称“米氏云山”。著《山林集》，已佚。其书画理论见于所著《书史》《画史》《宝章待访录》等书中。

望海楼

云间铁瓮近青天①，缥缈飞楼百尺连②。三峡江声流笔底，六朝帆影落樽前③。几番画角连红日④，无事沧洲起白烟⑤。忽忆赏心何处是？春风秋月两茫然⑥。

【注释】

①铁瓮：铁瓮城，丹徒城的别称。在丹徒北固山，三国时孙权所筑。②飞楼：指望海楼，“飞”字形容其高耸之势。③三峡：长江三峡，在镇江千里以外。六朝：指吴、东晋、宋、齐、梁、陈，在北宋数百年以前。④画角：带有彩绘的号角，发声激越，多在晨昏时吹之。连红日：这里指画角声直上云霄，似乎在催促红日西沉。⑤沧洲：滨水的地方，这里即指长江岸边。⑥“忽忆”二句：在这样的良辰美景之中，自己却不觉得愉悦。赏心：四美之一，古人以良辰、美景、赏心、乐事为“四美”。

贺 铸

贺铸（1052—1125年），北宋著名词人，名作《青玉案》脍炙人口，流传甚广，有“一川烟草，满城风絮，梅子黄时雨”之句，时人遂以“贺梅子”称之。入仕为右班殿直，又历任都作院、监钱官、管界巡检等地方低级武职，抑郁不得志，自称“四年冷笑老东徐”。元祐六年（1091年），由于李清臣、苏轼推荐，改为文职，任承事郎，为常侍。其词刚柔兼济，深婉丽密，风格多样。有《庆湖遗老集》《东山词》。

清燕堂

雀声啧啧燕飞飞，在得残红一两枝①。
睡思乍来还乍去②，日长披卷下帘时③。

【注释】

①在：存留。②睡思：睡意。③披卷：打开书卷。

陈师道

陈师道（1053—1101年），字履常，一字无己，号后山居士。彭城（今江苏徐州）人。北宋诗人，与黄庭坚、陈与义并列为江西诗派之三宗。元祐二年（1087年），由于苏轼等人的推荐，以布衣为徐州教授，元符三年（1100年），任秘书省正字。其作品淡泊中见深沉，朴拙中见精工，别具特色。有《后山居士文集》。

九日寄秦觏

疾风回雨水明霞[1]，沙步丛祠欲暮鸦[2]。九日清樽欺白发，十年为客负黄花。登高怀远心如在，向老逢辰意有加[3]。淮海少年天下士[4]，可能无地落乌纱[5]！

【注释】

①回雨：雨被风吹散。水明霞：水光映霞光，格外鲜明。②沙步：江边可以系船，供人上下的地方。丛祠：丛林中的祠庙。③向老：接近老境。辰：这里指节令（重阳）。④淮海少年：指秦觏（gòu）。⑤可能：岂能。落乌纱：《晋书·孟嘉传》："孟嘉为桓温参军，九月九日，与温同游龙山，风吹嘉帽堕落，嘉之不觉。温命孙盛作文嘲嘉，嘉亦为文答之，其文甚好。"后世传为佳话。这里是说：像你这样优秀出色的人，岂能没有展示才华并受到赏识的机会？

晁补之

晁补之（1053—1110年），字无咎，号归来子。济州巨野（今属山东）人。北宋时期著名文学家，为"苏门四学士"之一，其他三人为黄庭坚、秦观、张耒。元丰二年（1079年）中进士，历任秘书省正字、校书郎、通判、知州等职。以散文见长，文字流畅博辨，其政论、论史之作比较注重"事功"，诗歌风骨高骞，词作神姿高秀。有《鸡肋集》《琴趣外篇》。

行路难和鲜于大夫子骏

赠君珊瑚夜光之角枕[1]，玳瑁明月之雕床[2]，一茧秋蝉之丽縠[3]，百和更生之宝香[4]。秾华纷纷白日暮[5]，红颜寂寞无留芳。人生失意十八九[6]，君心美恶谁能量？愿君虚怀广末照[7]，听我一曲关山长[8]：不见班姬与陈后[9]，宁闻衰落尚专房！

【注释】

①角枕：角制的枕。是说角枕用珊瑚和夜光珠做装饰。下句句法仿此。②玳瑁：海中动物，其角质板有花纹，可做装饰品。明月：明月珠。③縠（hú）：绉纱一类的丝织品。④百和：百和香，用多种原料配制的香。更生：菊花的别名。⑤秾华：繁盛的花朵，比喻青春。⑥十八九：十有

八九。⑦广：推广，扩大。末照：夕阳余辉。⑧关山长：古乐名。郭茂倩《乐府诗集》卷三十二引《乐府解题》说，"'《关山月》，伤离别也。'按相和曲有《度关山》，亦此类也"。⑨班姬：班婕妤，名未详。成帝时入宫，为婕妤（女官名），后失宠，曾作诗赋自伤。陈后：陈皇后（小字阿娇）。汉武帝年幼时说，"若得阿娇，当以金屋藏之"。武帝即位，立为皇后，被废后居长门宫。

李 纲

李纲（1083—1140年），字伯纪，号梁溪先生。原籍邵武（今福建武夷山），后居无锡。宋代著名抗金名臣。宋徽宗政和二年（1112年）进士，历任起居郎、太常少卿、兵部侍郎、尚书右丞。其诗文多为爱国诗篇，其词形象生动，风格沉雄劲健。有《梁溪先生文集》《靖康传信录》《梁溪词》等。

病 牛

耕犁千亩实千箱①，力尽筋疲谁复伤②？
但得众生皆得饱③，不辞羸病卧残阳④。

【注释】

①实：果实，粮食。箱：车箱。②伤：同情，哀怜。③众生：世人，百姓。④羸病：瘦弱多病。

李清照

夏日绝句

生当作人杰，死亦为鬼雄。
至今思项羽①，不肯过江东②。

【注释】

①项羽：秦末起义军领袖，对灭秦有重大贡献。秦亡后，与刘邦争战，于乌江兵败后自杀。②"不肯"句：《史记·项羽本纪》载，项羽兵败，乌江亭长驶船让项羽渡乌江，项羽不肯，最后自刎而死。江东：长江下游以南地区。

绝 句

其 四

书当快意读易尽①，客有可人期不来②。
世事相违每如此，好怀百岁几回开③。

【注释】

①快意：心情爽快舒适。②可人：称自己心意的人，可爱的人。期：企盼。③百岁：指一生。意谓人生不过百年，却难得几次开怀。

曾 几

曾几（1084—1166 年），字吉甫，号茶山居士，祖籍赣州，徙居河南府（今河南洛阳）。宋代诗人。历任江西、浙西提刑、秘书少监、礼部侍郎。其诗多属抒情遣兴、唱酬题赠之作，闲雅清淡。有《茶山集》。

苏秀道中，自七月二十五日夜大雨三日，秋苗以苏，喜而有作[①]

一夕骄阳转作霖[②]，梦回凉冷润衣襟[③]。不愁屋漏床床湿，且喜溪流岸岸深[④]。千里稻花应秀色，五更桐叶最佳音[⑤]。无田似我犹欣舞，何况田间望岁心[⑥]！

【注释】

①苏秀：苏州（今属江苏）和秀州（今浙江嘉兴）。苏：复活。久旱逢甘霖，秋苗得以复苏，使行旅中的诗人为之欢欣鼓舞，替农民高兴。②霖：凡下三天以上的雨，叫霖。③梦回：从梦中醒来。④“不愁”二句：化用杜甫《茅屋为秋风所破歌》“床头屋漏无干处”和《春日江村》第一首“春流岸岸深”。⑤“五更”句：五更时雨打着梧桐叶，这是最好听的声音。⑥岁：年成，收成。

岳 飞

池州翠微亭

经年尘土满征衣[①]，特特寻芳上翠微[②]。
好水好山看不足，马蹄催趁月明归[③]。

【注释】

①经年：常年。②特特：特地，特意。寻芳：游赏美景。③马蹄催：在马蹄声的催促中。

陆 游

剑门道中遇微雨

衣上征尘杂酒痕[1]，远游无处不消魂[2]。
此身合是诗人未[3]？细雨骑驴入剑门。

【注释】

①征尘：远行途中身上沾染的尘土。②消魂：哀愁，怅惘。③未：用同“否”，表示疑问。

游山西村

莫笑农家腊酒浑[1]，丰年留客足鸡豚[2]。山重水复疑无路，柳暗花明又一村。箫鼓追随春社近，衣冠简朴古风存。从今若许闲乘月，拄杖无时夜叩门。

【注释】

①腊酒：指农家在上年腊月里自酿的浊酒，多为过年时祭祖先、祭百神和自家饮用。②鸡豚：鸡与猪。豚，小猪。

书 愤

早岁那知世事艰，中原北望气如山。楼船夜雪瓜洲渡[1]，铁马秋风大散关[2]。塞上长城空自许[3]，镜中衰鬓已先斑。出师一表真名世，千载谁堪伯仲间[4]？

【注释】

①“楼船”句：指南宋高宗绍兴三十一年（1161年）冬天，金主完颜亮欲自瓜洲渡江侵犯南宋，当时的将领虞允文等造楼船战舰抵抗的事情。瓜洲：在江苏邗江县南，与镇江相对，又称瓜埠洲。②“铁马”句：指高宗绍兴三十一年（1161年）秋天，吴璘领军与金人激战于大散关，最终取胜，击败金兵收复大散关。大散关在陕西宝鸡南面的大散岭上，是渭河平原进入秦岭的要道，也称散关。③塞上长城：典出《南史·檀道济传》，南朝宋文帝欲杀名将檀道济，檀怒叱道：“乃坏汝万里长城！”④堪：可以，能够。伯仲：是古代长幼次序之称，伯为长，仲为次。后用以衡量人物等差。这句是说：千载以来没有人可以与写《出师表》的诸葛亮相比。

秋夜将晓，出篱门迎凉有感

其　二

三万里河东入海①，五千仞岳上摩天②。
遗民泪尽胡尘里③，南望王师又一年。

【注释】

①三万里河：指黄河。三万里：极喻其长。②五千仞岳：指西岳华山等。五千仞：极喻其高。仞：古代以八尺或七尺为一仞。③胡尘：胡人兵马扬起的沙尘，比喻入侵中原的北方少数民族士兵。

示　儿

死去元知万事空，但悲不见九州同①。
王师北定中原日，家祭无忘告乃翁。

【注释】

①但：只。九州同：古代中国分为九州，这里指国家统一。同：统一。

范成大

范成大（1126—1193 年），字致能，号石湖居士，苏州吴县（今属江苏）人。南宋著名诗人，与陆游、杨万里、尤袤并称“南宋四大诗人”。宋高宗绍兴二十四年（1154 年）进士，历任处州知府、知静江府兼广南西道安抚使、四川制置使、参知政事等职。有《范石湖集》《吴船录》《桂海虞衡志》等。范成大的作品在当时即有显著影响，到清初则影响尤大，有“家剑南而户石湖”之说。其诗风格轻巧，但好用僻典、佛典。晚年所作《四时田园杂兴》（六十首）是其代表作，钱锺书在《宋诗选注》中谓之“也算得中国古代田园诗的集大成”。

寒食郊行书事

其　二

陇麦欣欣绿，山桃寂寂红。帆边渔蓑浪①，木末酒旗风②。信步随芳草，迷途问小童。赏心添脚力，呼渡过溪东③。

【注释】

①渔蓑（jué）浪：指渔蓑随水浮动。此用唐陆龟蒙《奉和袭美吴中书事寄汉南裴尚书》“三泖凉波鱼蓑

动”句意。罶，拦水捕鱼的器具。浪，动荡。②木末：树梢头。酒旗风：酒帘随风招展。此用唐杜牧《江南春绝句》“水村山郭酒旗风”句意。③渡：这里指渡船。

四时田园杂兴

淳熙丙午[1]，沉疴少纾[2]，复至石湖归隐，野外即事，辄书一绝[3]，终岁得六十篇，号《四时田园杂兴》。

其二十五

梅子金黄杏子肥，麦花雪白菜花稀。日长篱落无人过，惟有蜻蜓蛱蝶飞[4]。

【注释】

①丙午：宋孝宗淳熙十三年（1186年）。②沉疴（kē）少纾（shū）：重病稍缓解。③辄：就，往往。④蛱（jiá）蝶：蝴蝶的一类，身上有刺，翅有鲜艳的色斑。

其三十一

昼出耘田夜绩麻[1]，村庄儿女各当家[2]。童孙未解供耕织[3]，也傍桑阴学种瓜。

【注释】

①绩麻：搓麻线。②当家：行家、能手。③供：从事。

杨万里

杨万里（1127—1206年），字廷秀，号诚斋，吉州吉水（今属江西）人。南宋杰出的诗人，与尤袤、范成大、陆游合称南宋“中兴四大诗人”。宋高宗绍兴二十四年（1154年）进士。历官太常博士、太子侍读、秘书监等。诗风新巧风趣，多写自然景物，被称为“诚斋体”。

虞丞相挽词

其　一

负荷偏宜重[1]，经纶别有源[2]。雪山真将相[3]，赤壁再乾坤[4]。奄忽人千古，凄凉月一痕。世无生仲达，好手未须论[5]。

【注释】

①负荷：承担重大的责任，指虞允文富有才学。②“经纶”句：虞允文在采石（今安徽当涂县境内）大败

金兵以后，当时的大将刘锜曾对他说："朝廷养兵三十年，今日大功乃出儒者。"这里是说虞为儒生而能领兵克敌，不仅有文才，亦有武略。经纶：整理丝缕，编丝成绳，引申为筹划、治理国事。③雪山：指祁连山，又名天山。东汉窦固率兵出酒泉至天山，破北匈奴呼衍王。④"赤壁"句：汉末诸葛亮、周瑜指挥的吴蜀联军在赤壁大败曹操，奠定了三国鼎立的局面。虞允文指挥宋军大败完颜亮，稳定了宋、金南北对峙的形势。这里指虞允文有再造乾坤之功。赤壁，在今湖北蒲圻境内。⑤"世无"二句：当今世上连司马懿那样堪称对手的人都没有，还有谁称得上好手能够与虞丞相相比呢？仲达，指司马懿，他是诸葛亮的对手。这句和"赤壁"句一样，都以诸葛亮比虞允文。

小　池

泉眼无声惜细流，树阴照水爱晴柔①。
小荷才露尖尖角，早有蜻蜓立上头。

【注释】

①"树阴"句：树影投映在池水上，仿佛爱恋着那明净柔美的水面。

初入淮河四绝句

其　四

中原父老莫空谈，逢着王人诉不堪①。
却是归鸿不能语，一年一度到江南②。

【注释】

①中原父老：指中原沦陷区的百姓。王人：皇帝派遣的使者。②"却是"二句：鸿雁虽然不会说话，却能一年一度飞到江南。意谓中原父老比不上鸿雁。

晓出净慈寺送林子方

毕竟西湖六月中，风光不与四时同。
接天莲叶无穷碧，映日荷花别样红。

宿新市徐公店

其　一

篱落疏疏一径深①，树头新绿未成阴。
儿童急走追黄蝶，飞入菜花无处寻。

【注释】

①篱落：篱笆。

朱 熹

朱熹（1130—1200年），字元晦，一字仲晦，号晦庵，晚号晦翁，别称紫阳。徽州婺源（今江西婺源）人，后迁徙到建阳（今属福建）考亭。南宋著名的理学家、思想家、哲学家、教育家、诗人。闽学派的代表人物，世称朱子，是孔子、孟子以来最杰出的弘扬儒学的大师之一。与李宽、韩愈、李士真、周敦颐、张栻、黄干同祀石鼓书院七贤祠，世称“石鼓七贤”。宋高宗绍兴十八年（1148年）进士，曾任秘阁修撰、焕章阁待制等职。卒谥“文”，世称朱文公。著述甚丰，有《四书章句集注》《诗集传》《周易本义》《楚辞集注》等，后人编有《晦庵先生朱文公文集》《朱子语类》等。

春 日

胜日寻芳泗水滨[1]，无边光景一时新。
等闲识得东风面[2]，万紫千红总是春。

【注释】

①胜日：风光美好的日子。寻芳：游赏美景。泗水：在今山东境内，流经孔子的家乡曲阜之北。②等闲：轻易地。

观书有感

其 一

半亩方塘一鉴开[1]，天光云影共徘徊。
问渠那得清如许？为有源头活水来。

【注释】

①一鉴开：像一面打开的镜子。

姜 夔

过垂虹

自作新词韵最娇[1]，小红低唱我吹箫[2]。
曲终过尽松陵路，回首烟波十四桥。

【注释】

①自作新词：指作者在石湖所作《暗香》《疏影》两首词。娇：这里指音调谐婉柔美。②小红：歌伎。《砚北杂志》载："小红，顺阳公（即范成大）青衣也，有色艺。顺阳公之请老，姜尧章诣之。一日，授简征新声，尧章制《暗香》《疏影》二曲，公使二伎习之，音节清婉。公寻以小红赠之。其夕大雪，过垂虹，赠诗曰。"

林　升

林升，生卒年不详，字梦屏，温州平阳（今属浙江）人，是一位擅长诗文的士人。事见《东瓯诗存》卷四。《西湖游览志余》录其诗一首。据民国《平阳县志》《西湖志》等地方文献记载，林升大约生活在南宋绍兴至淳熙之间。其主要作品有《题临安邸》《长相思》《洞仙歌》等。《题临安邸》所写为毫不引人注意之现象，表现的内容却又触目惊心，实为惊人的讽刺。在宋代，这类小诗颇有流传。

题临安邸

山外青山楼外楼，西湖歌舞几时休？
暖风熏得游人醉，直把杭州作汴州①。

【注释】

①汴州：北宋都城，即今河南开封市。

翁　卷

翁卷，生卒年不详，字续古，又字灵舒，温州（治所在永嘉）乐清人。南宋诗人，"永嘉四灵"之一，其他三人为徐照（字灵晖）、徐玑（号灵渊）、赵师秀（号灵秀）。翁卷布衣终身。诗学晚唐，工近体，也长于五言古体。有《苇碧轩集》（又称《西岩集》）。

乡村四月

绿满山原白满川①，子规声里雨如烟②。
乡村四月闲人少，才了蚕桑又插田。

【注释】

①白：指水。川：河，溪流。②子规：杜鹃。《本草·杜鹃》：

“春暮而鸣，至夏尤甚。田家候之，以兴农事”。雨如烟：形容细雨飘洒而下。

叶绍翁

叶绍翁（1194—1269年），字嗣宗，号靖逸，建安蒲城（今属福建）人，本姓李，继嗣于处州龙泉（今属浙江）叶氏。南宋中期诗人，擅作绝句，言近旨远。有《靖逸小集》《四朝闻见录》。

游园不值

应怜屐齿印苍苔[1]，小扣柴扉久不开。
春色满园关不住，一枝红杏出墙来[2]。

【注释】

①“应怜”句：这是猜想园主人爱惜绿苔，怕被踩上鞋印子。屐（jī）：木鞋，鞋底有前后二齿，便于泥地行走。②“春色”二句：脱胎于陆游《马上作》“杨柳不遮春色断，一枝红杏出墙头”和南宋另一诗人张良臣《偶题》“一段好春藏不尽，粉墙斜露杏花梢”的诗意。

文天祥

文天祥（1236—1283年），字履善，一字宋瑞，号文山，又号浮休道人，吉州庐陵（今江西吉安）人。南宋后期杰出的军事家、诗人和政治家。宋理宗宝祐四年（1256年）进士第一，官至右丞相。文天祥以忠烈名传后世，抗元被俘后，元世祖以高官厚禄劝降，他宁死不屈，从容赴义。生平事迹被后世称许，与陆秀夫、张世杰并称为“宋末三杰”。有《文山先生全集》《文山乐府》。

过零丁洋

辛苦遭逢起一经[1]，干戈寥落四周星[2]。山河破碎风飘絮，身世浮沉雨打萍。惶恐滩头说惶恐，零丁洋里叹零丁。人生自古谁无死，留取丹心照汗青。

【注释】

①遭逢：遇合，指得到皇帝的知遇。起一经：精通一种经书，指由科举走上仕途。②干戈寥落：连续不断地战争。寥落：多而连续不断的样子，指作者连续进行武装抗元的斗争。四周星：指四年。自德祐元年（1275年）正月，文天祥响应号召起兵勤王，至祥兴元年（1278年）十二月兵败被俘，恰为四年。

正气歌

余囚北庭[1]，坐一土室[2]。室广八尺，深可四寻[3]。单扉低小[4]，白间短窄[5]，污下而幽暗。当此夏日，诸气萃然[6]：雨潦四集[7]，浮动床几，时则为水气[8]；涂泥半朝[9]，蒸沤历澜[10]，时则为土气；乍晴暴热，风道四塞，时则为日气；檐阴薪爨[11]，助长炎虐，时则为火气；仓腐寄顿[12]，陈陈逼人[13]，时则为米气；骈肩杂遝[14]，腥臊汙垢，时则为人气；或圊溷[15]、或毁尸、或腐鼠，恶气杂出，时则为秽气。叠是数气，当侵沴[16]，鲜不为厉[17]。而予以孱弱[18]，俯仰其间[19]，于兹二年矣，无恙，是殆有养致然尔[20]。然亦安知所养何哉[21]？孟子曰：“我善养吾浩然之气[22]。”彼气有七，吾气有一，以一敌七，吾何患焉。况浩然者，乃天地之正气也。作《正气歌》一首。

天地有正气，杂然赋流形[23]：下则为河岳，上则为日星；于人曰“浩然”，沛乎塞苍冥[24]。皇路当清夷[25]，含和吐明庭[26]。时穷节乃见[27]，一一垂丹青[28]：在齐太史简，在晋董狐笔，在秦张良椎，在汉苏武节[29]；为严将军头，为嵇侍中血，为张睢阳齿，为颜常山舌[30]；或为辽东帽，清操厉冰雪[31]；或为出师表，鬼神泣壮烈[32]；或为渡江楫，慷慨吞胡羯[33]；或为击贼笏，逆竖头破裂[34]。是气所磅礴[35]，凛烈万古存。当其贯日月，生死安足论[36]！地维赖以立，天柱赖以尊[37]。三纲实系命[38]，道义为之根[39]。

嗟予遘阳九[40]，隶也实不力[41]。楚囚缨其冠[42]，传车送穷北[43]。鼎镬甘如饴[44]，求之不可得[45]。阴房阒鬼火[46]，春院闷天黑[47]。牛骥同一皂[48]，鸡栖凤凰食[49]。一朝蒙雾露[50]，分作沟中瘠[51]。如此再寒暑[52]，百沴自辟易[53]。哀哉沮洳场[54]，为我安乐国。岂有他缪巧[55]，阴阳不能贼[56]！顾此耿耿在[57]，仰视浮云白[58]。悠悠我心悲，苍天曷有极[59]！

哲人日以远[60]，典型在夙昔[61]。风檐展书读[62]，古道照颜色[63]。

【注释】

①北庭：指元都燕京（今北京市）。②坐：居住。③寻：八尺为一寻。④单扉：独扇门。⑤白间：窗。⑥萃然：聚集在一起。然，在这里用法同“焉”。⑦雨潦（lǎo）：雨水。⑧时：是、此。⑨涂泥半朝：涂在墙上的泥土下半截已经潮湿。朝，通“潮”。⑩蒸：水气上升。沤：浸泡。历澜：历久而剥离（指涂泥）。澜，散。⑪薪爨（cuàn）：烧柴做饭。⑫仓腐：仓库里陈腐的粮食。寄顿：存储。⑬陈陈逼人：陈年粮食的腐气逼人。⑭骈肩：肩和肩相挨。杂遝（tà）：行人多，拥挤纷乱。⑮圊（qīng）溷（hùn）：厕所。⑯当侵沴（lì）：受到侵袭。⑰鲜：少。厉：疾病。⑱以孱弱：凭着虚弱的身体。⑲俯仰其间：生活于其中。⑳殆：大概。养：修养。致然：使得这样（不患疾病）。㉑然尔：然而。㉒“我善”句：《孟子·公孙丑上》：“我善养吾浩然之气。其为气也，至大至刚，以直养

而无害，则塞于天地之间。”浩然之气，即正大刚直之气。㉓“杂然”句：分别赋予宇宙间的各种事物。㉔沛乎：充沛地。塞苍冥：即“塞于天地之间”。苍冥：天空。㉕皇路：国运，国家的政治局面。清夷：清平，太平。㉖“含和”句：（浩然之气）就祥和地表露于圣明的朝廷，意即有正气的人立朝执政，发挥作用。㉗“时穷”句：当时运穷迫危难之际，就表现出人的气节。见：通“现”。㉘垂丹青：留传于史册。丹青：史书，古代丹册纪勋，青史纪事。㉙太史简：春秋时，齐国大夫崔杼弑齐庄公，一个太史写道：“崔杼弑其君。”崔杼杀了这个太史，太史的两个弟弟接续他都这样写，也都被杀，另一个弟弟还是这样写，崔杼只好罢手。太史：史官。简：记事用的竹片。董狐笔：春秋时，赵穿弑晋灵公，当时晋国的大臣赵盾逃遁在外，他回来后并未惩处赵穿（赵穿是赵盾的族侄），太史董狐认为责任在赵盾，就写下“赵盾弑其君。”张良椎（chuí）：秦始皇灭了张良的祖国韩，张良就寻觅力士报仇，力士执一百二十斤重的铁椎在博浪沙狙（jū）击秦始皇，误中副车。苏武节：汉武帝时，苏武奉命出使匈奴被扣留，匈奴威逼利诱苏武投降未遂，就把苏武置于北海牧羊，苏武卧起操持汉节。被拘十九年，全节而返。节：符节，苏武出使的凭证。㉚“为严”句：东汉末，刘璋命严颜守巴郡，张飞攻陷巴郡，要严颜投降。严说：“我州但是断头将军，无降将军。”“为嵇”句：嵇绍为晋侍中，皇室内哄，嵇绍为保卫晋惠帝而被杀，血溅惠帝衣。有人要洗血衣，惠帝说：“此嵇侍中血，勿洗。”“为张”句：唐安史之乱时，安禄山攻睢阳，睢阳太守张巡海战，皆大呼誓师，眦裂血流，齿牙皆碎。“为颜”句：唐颜杲卿任常山太守，安禄山反，他起兵讨贼，后被俘，对安禄山骂不绝口，他的舌头被钩断，还是骂，直至牺牲。㉛“或为辽”二句：三国时，管宁避乱辽东，“常着皂帽，布襦裤”，终身不出仕。清操厉冰雪：激励冰雪般高洁的操守。㉜“或为出”二句：诸葛亮为蜀相，立志北定中原，出师北伐时，上《出师表》给后主刘禅，表达“鞠躬尽瘁，死而后已”的决心。鬼神泣壮烈：其豪壮忠烈，惊天地泣鬼神。㉝“或为渡”二句：东晋奋威将军、豫州刺史祖逖率军北伐，渡长江时，至中流击楫发誓说：“不能清中原而复济者，有如大江。”渡江以后，收复了黄河以南的失地。楫：船桨。胡羯：占据北中国的少数民族“五胡”之一的羯族，这里指后赵的统治者石勒（羯人）。㉞“或为击”二句：唐德宗时，朱泚谋反，看重段秀实的声望，想引为同谋。朱泚说到反谋时，段秀实勃然而起，夺了朱泚的笏板，唾其面，大骂，击伤其头部。段秀实被害。笏：大臣上朝所持的手板，记事用。逆竖：指朱泚。竖：小子，是蔑称。㉟磅礴：充溢，充满。㊱“当其”二句：当这股正气激昂起来直冲日月的时候，哪里还把生和死放在心上！安足论：哪里值得论量。㊲“地维”二句：地的四角依赖正气而稳立，顶天的柱子依赖正气而高竖，意谓天和地都依靠正气支撑着。地维：维系大地的大绳子。古人认为天有柱支撑，地有绳系缀。又认为天圆地方，故亦以地维指大地的四角。《神异经》：“昆仑之山，有铜柱焉，其高入天，谓之天柱也。”尊：高。㊳三纲：封建社会的伦理观，认为君臣、父子、夫妻三者的关系是：君为臣纲，父为子纲，夫为妻纲。系命：系命于正气。㊴“道义”句：说道义是正气的根本，《孟子·公孙丑上》：“其为气也，配义与道，无是馁也。”为之根：为它的根。㊵“嗟予”句：可叹我遭遇了厄运。遘（gòu）：遇到。阳九：道家认为，天厄为阳九，地亏为百六，都是灾难的年头。㊶隶：仆役，贱臣。语出《晋书·石苞传》“隶也，何卿相乎？”㊷“楚囚”句：意指自己为敌人所俘。春秋时，楚国钟仪被郑国俘虏，送到晋国，晋君看见他，问“南冠而絷者谁也？”别人回答：“郑人所献楚囚也”。这里以楚囚自指。缨：帽带。缨其冠，即“南冠而絷”的意思。㊸传（zhuàn）车：驿站所备的车马。穷北：极远的北方，此指燕京。㊹鼎镬（huò）：都是锅的种类，古代有烹人的酷刑，使用鼎、镬。饴：糖稀。㊺“求之”句：元统治集团极力想使文天祥投降，所以囚禁其数年而不杀。㊻“阴房”句：阴暗的囚室寂无人声，鬼火闪烁。阒：寂静。杜甫《玉华宫》：“阴房鬼火青。”㊼“春院”句：即使在春光明媚的时候，院门也关得紧紧的，一片漆黑。闷（bì）：闭门。杜甫《大云寺赞公房》：“天黑闷春院。”㊽皂：马槽。㊾“鸡栖”句：凤凰食于鸡舍，与鸡同居处。鸡栖：鸡窝。㊿蒙雾露：受到雾露侵袭。51“分（fèn）作”句：料定必成为沟壑中的枯骨，意谓病死后被弃尸于沟壑中。分：料想。52再寒暑：两经寒暑，指在囚室中度过了两年。53百沴：百害。辟易：退走，退避。54沮（jù）洳（rù）场：低下潮湿的地方。55缪巧：诈术，巧计。56阴阳：寒热。贼：害。57顾：不过，只是。58“仰视”句：《论语·述而》：“子曰：不义而富且贵，于我如浮云。”此用其意，表示自己视富贵如浮云。59“悠悠”二句：我的心悲痛忧伤，苍天啊，哪里有尽头！意谓自己有无穷的忧伤。悠悠：形容忧思。曷：何。《诗经·鸨羽》：“悠悠苍天，曷其有极。”60哲人：明哲卓越的人，指上文所说的那些先贤。61夙昔：往昔，从前。62风檐：风吹着的屋檐下。63古道：古代的传统美德。照颜色：在我面前照耀着。

郑思肖

郑思肖（1241—1318 年），字忆翁，号所南，自称三外野人，福州连江（今属福建）人。曾以太学上舍生应博学鸿词试。论诗主张“灵气”说，认为诗是天地、人心灵气的集中表现。他的诗多以怀念故国为主题，表现了忠于宋的坚贞气节，著有《所南翁一百二十图诗集》《郑所南先生文集》等，存世画有《国香图卷》。

寒 菊

花开不并百花丛[①]，独立疏篱趣未穷。
宁可枝头抱香死，何曾吹落北风中[②]？

【注释】

①不并百花丛：不和百花杂在一起开。②“宁可”二句：指菊花不落，而枯死枝头，作者借此明志。

同儿辈赋未开海棠

其 二

枝间新绿一重重，小蕾深藏数点红。
爱惜芳心莫轻吐，且教桃李闹春风。

元 诗

耶律楚材

耶律楚材（1190—1244 年），字晋卿，号玉泉老人，法号湛然居士。出身于契丹贵族家庭，生长于燕京（今北京），世居金中都（今北京）。是辽太祖耶律阿保机的九世孙，官至中书令。他工诗，其诗常信手拈来，风格清纯自然、玲珑透彻。有《湛然居士集》《皇极经世义》等。耶律楚材多才多艺，不仅是一位杰出的政治家，而且是一个在文化艺术方面有卓越修养和多种贡献的人。他是我国提出经度概念的第一人，编有《西征庚午元历》，还主持修订了《大明历》。

庚辰西域清明

清明时节过边城[①]，远客临风几许情。野鸟间关难解语[②]，山花烂熳不知名。葡萄酒熟愁肠乱，玛瑙杯寒醉眼明。遥想故园今好在，梨花深院鹧鸪声[③]。

【注释】

①边城：边远的城市。②间关：形容鸟鸣声。这句话的意思是，鸟儿叽叽喳喳叫个不停，却不知它们说些什么。③“遥想”两句：是想象家园此时的景物。鹧鸪声，暗示家里人盼望他回家，以表达自己对家乡的思念之情。

王　冕

王冕（1287—1359 年），字元章，别号煮石山农、饭牛翁、梅花屋主等，诸暨（今属浙江）人。元代著名画家、诗人、书法家，尤以画“没骨梅”著名。诗风质朴、自然，诗作内容丰富多彩，多写隐逸生活。有《竹斋集》。

劲草行

中原地古多劲草，节如箭竹花如稻。白露洒叶珠离离，十月霜风吹不倒。萋萋不到王孙门[1]，青青不盖谗佞坟。游根直下土百尺，枯荣暗抱忠臣魂。我问忠臣为何死，元是汉家不降士。白骨沉埋战血深，翠光潋滟腥风起[2]。山南雨晴蝴蝶飞，山北雨冷麒麟悲[3]。寸心摇摇为谁道[4]，道旁可许愁人知？昨夜东风鸣羯鼓，髑髅起作摇头舞。寸田尺宅且勿论，金马铜驼泪如雨[5]！

【注释】

①萋萋：草茂盛的样子。王孙：贵族子弟。②翠光：指鬼火。潋滟：光闪耀的样子。③麒麟：墓前的石麒麟。杜甫《曲江》：“苑边高冢卧麒麟。”④寸心摇摇：心中忧虑，心神不定。⑤金马铜驼：汉未央宫前有金马。此处意思是指南宋灭亡后令人悲伤的凄惨境况。

墨　梅

我家洗砚池头树[1]，朵朵花开淡墨痕。
不要人夸好颜色，只留清气满乾坤[2]。

【注释】

①我家：既是自指，又泛指王姓的人。洗砚池：洗笔砚的池塘。晋代书法家王羲之有“临池学书，池水尽黑”的传说。作者与王羲之同姓，所以说“我家”。池头：池边。②“只留”句：只愿留下清香之气充溢在天地之间。乾坤：指天地。

倪瓒

倪瓒（1301—1374 年），字元镇，号云林，别号荆蛮民、净名居士、朱阳馆主、萧闲仙卿、幻霞子、幻霞生等，无锡（今江苏无锡）人。元末著名山水画家、诗人。其画淡远简古，其诗自然清隽。有《清闷阁集》等。

题郑所南兰

秋风兰蕙化为茅，
南国凄凉气已消[1]。
只有所南心不改，
泪泉和墨写《离骚》。

【注释】

①“秋风”二句：是说秋风一起，使香草化为茅草，江南一片凄凉，生机消尽。化用屈原《离骚》“兰芷变而不芳兮，荃蕙化而为茅”的诗意。蕙：香草名。茅：野草。南国：指南宋。

明诗

于谦

于谦（1398—1457 年），字廷益，钱塘（今浙江杭州）人。明代名臣，民族英雄。与岳飞、张煌言并称“西湖三杰”。永乐十九年（1421 年）进士。官至兵部尚书。万历年间谥“忠肃”。一生功业在政治军务，诗文多反映现实和时事，或个人的人格精神。有《于忠肃集》。

石灰吟

千锤万击出深山，烈火焚烧若等闲[1]。
粉身碎骨浑不怕，要留清白在人间[2]。

【注释】

①若：如同。等闲：平常。②清白：以石灰的清白比喻人的品质清白纯洁。

唐　寅

唐寅（1470—1524 年），字伯虎，又字子畏，号六如居士、桃花庵主等，吴县（今属江苏）人。明朝著名画家、诗人。与祝枝山、文征明、徐祯卿并称“江南四才子”，与沈周、文征明、仇英并称“吴门四家”。弘治十一年（1498 年）中解元（举人第一名）。弘治十二年参加进士考试时因科场舞弊案牵连下狱，出狱后无意功名，放浪形骸，自称“江南第一才子”。其诗华丽畅达，语浅意隽，其画笔墨细秀，布局疏朗，风格秀逸清俊。诗文有《六如居士集》，代表画作有《骑驴思归图》《山路松声图》《事茗图》《王蜀宫妓图》《秋风纨扇图》等。

言　志

不炼金丹不坐禅[1]，不为商贾不耕田。
闲来写就青山卖[2]，不使人间造孽钱[3]。

【注释】

①金丹：古代方士用黄金、丹砂（即辰砂）等炼成的药物。坐禅：指佛教徒静坐潜修领悟教义。②写就青山：绘画。③使：用。造孽钱：做坏事得来的钱。造孽：佛家语，这里指贪赃盘剥，巧取豪夺等。

夏完淳

夏完淳（1631—1647 年），原名复，字存古，号小隐、灵首（一作灵胥），乳名端哥，明松江府华亭县（现上海市松江）人。明末抗清志士，少年诗人。清兵南下时，追随其父夏允彝、老师陈子龙投入抗清的武装斗争。顺治四年（1647 年）七月被捕，赋绝命诗，遗母与妻。九月被害于南京，临刑神色不变。年仅十七岁。他的诗语言华美而笔力雄健，许多篇章富于浪漫色彩。有《夏完淳集》。

长　歌[1]

我欲登天云盘盘[2]，我欲御风无羽翰[3]，我欲陟山泥洹洹[4]，我欲涉江忧天寒。琼弁玉蕤佩珊珊[5]，蕙桡桂櫂凌回澜[6]，泽中何有多红兰[7]，天风日暮徒盘桓。芳草盈箧怀所欢，美人何在青云端。衣玄绡衣冠玉冠[8]，明珰垂絓乘六鸾。欲往从之道路难，相思双泪流轻纨。佳肴旨酒不能餐[9]，瑶琴一曲风中弹。风急弦绝摧心肝，月明星稀斗阑干[10]。

【注释】

①长歌：放声高歌。这首诗采用屈原《离骚》芳草美人的比兴手法，和上天下地不懈探索的浪漫精神，反映自己对崇高理想的追求。②盘盘：反复盘旋的样子，形容迂回曲折。③羽翰（hàn）：羽毛，翅膀。④陟（zhì）：登，

升。洹洹（huán）：盛，多。泥洹洹：形容道路泥泞不堪。⑤琼弁（biàn）玉蕤（ruí）：美玉装饰的皮弁（皮帽）和弁缨（颈下系帽的带子）。佩：玉佩，衣带上的玉饰。珊珊：玉佩碰撞发出的声音。⑥蕙桡（ráo）桂櫂（zhào）：桡、櫂，皆为划船的工具，在这里指代船。蕙、桂，形容其华美，也是情怀高雅的体现。凌回澜：破浪而行。⑦红兰：即兰草，生长在水边湿地，开红色或白色花。⑧衣玄绡衣冠玉冠：前一个“衣”和前一个“冠”，与后边的词性不同，前为动词，后为名词。⑨旨酒：美酒。⑩斗：北斗七星。阑干：横斜的样子。

别云间①

三年羁旅客②，今日又南冠③。无限河山泪，谁言天地宽。已知泉路近④，欲别故乡难。毅魄归来日，灵旗空际看⑤。

【注释】

①云间：今上海松江的古称，诗人的家乡，清顺治四年（1647年）七月被捕于此。②“三年”句：指作者从事抗清斗争的三年（1645—1647年）。羁旅：漂泊他乡。③南冠：春秋时楚人之冠，借指被囚的人。《左传》载：成公九年，晋景公见钟仪而问曰：“南冠而縶者，谁也？”有司回答说：“郑人所献楚囚也。”后以楚囚、南冠指被俘虏或处于困境的人。④泉路：黄泉路，即死亡。⑤“毅魄”二句：作者希望自己魂归乡之日，又能重新看见在天空飘扬的反清复明的战旗，借此表达诗人壮志未酬但矢志不渝的精神。毅魄：威武不屈的灵魂。屈原《国殇》，“魂魄教兮为鬼雄”。灵旗：战旗，古代出征前予以祭祀，求其灵佑。

清诗

吴伟业

吴伟业（1609—1672年），字骏公，号梅村，别署鹿樵生、灌隐主人、大云道人，江南太仓（今属江苏）人。与钱谦益、龚鼎孳并称“江左三大家”，又为娄东诗派开创者。以张溥为师，是复社成员。明崇祯四年（1631年）进士，官左庶子。南明弘光朝时任少詹事。入清后曾任秘书院侍讲、国子祭酒，不久辞官归里。其诗多为哀时伤事的题材，富有时代感。其诗的风格，早期绮丽，明亡后多苍凉、哀惋。有《梅村家藏稿》等。

圆圆曲①

鼎湖当日弃人间②，破敌收京下玉关③。恸哭六军俱缟素④，冲冠一怒为红颜⑤。红颜流落非吾恋⑥，逆贼天亡自荒宴⑦。电扫黄巾定黑山⑧，哭罢君亲再相见⑨。相见初经田窦家⑩，侯门歌舞出如花⑪。许将戚里空侯伎⑫，等取将军油壁车⑬。家本姑苏浣花里⑭，圆圆小字娇罗绮。梦向夫差苑里游⑮，宫娥拥入君王起。

前身合是采莲人[16]，门前一片横塘水[17]。横塘双桨去如飞，何处豪家强载归[18]。此际岂知非薄命，此时只有泪沾衣[19]。熏天意气连宫掖[20]，明眸皓齿无人惜[21]。夺归永巷闭良家[22]，教就新声倾座客。座客飞觞红日暮，一曲哀弦向谁诉？白皙通侯最少年[23]，拣取花枝屡回顾。早携娇鸟出樊笼[24]，待得银河几时渡[25]？恨杀军书抵死催[26]，苦留后约将人误。相约恩深相见难，一朝蚁贼满长安[27]。可怜思妇楼头柳[28]，认作天边粉絮看[29]。遍索绿珠围内第，强呼绛树出雕栏[30]。若非壮士全师胜[31]，争得蛾眉匹马还[32]。蛾眉马上传呼进，云鬟不整惊魂定。蜡炬迎来在战场，啼妆满面残红印[33]。专征箫鼓向秦川[34]，金牛道上车千乘[35]。斜谷云深起画楼[36]，散关月落开妆镜[37]。传来消息满江乡[38]，乌桕红经十度霜[39]。教曲伎师怜尚在[40]，浣纱女伴忆同行[41]。旧巢共是衔泥燕[42]，飞上枝头变凤凰。长向尊前悲老大[43]，有人夫婿擅侯王[44]。当时只受声名累[45]，贵戚名豪竟延致[46]。一斛珠连万斛愁[47]，关山漂泊腰支细[48]。错怨狂风飏落花，无边春色来天地[49]。尝闻倾国与倾城[50]，翻使周郎受重名[51]。妻子岂应关大计，英雄无奈是多情。全家白骨成灰土[52]，一代红妆照汗青[53]。君不见，馆娃初起鸳鸯宿[54]，越女如花看不足[55]。香径尘生鸟自啼[56]，屧廊人去苔空绿[57]。换羽移宫万里愁[58]，珠歌翠舞古梁州[59]。为君别唱吴宫曲[60]，汉水东南日夜流[61]。

【注释】

①这首长诗约作于顺治八年（1651 年），是吴伟业的代表作。圆圆：陈圆圆，本姓邢，名沅，字畹芬，小字圆圆。明末苏州名妓，后为吴三桂宠妾。②鼎湖弃人间：这里喻指崇祯帝自缢于煤山。鼎湖：据《史记·封禅书》载，黄帝采首山铜，铸鼎于荆山下，鼎既成，乘龙上天，后世因称此处为鼎湖。③“破敌”句：是说吴三桂降清后，引清兵入关，打败李自成，攻破北京。玉关：玉门关，古为疆界关隘，在本诗中借指山海关。④“恸哭”句：明朝军队为祟祯帝服丧。六军：指明朝官军。缟素：白色的丧服。⑤红颜：喻美女，这里指陈圆圆。意为吴三桂因为爱妾陈圆圆的被俘而怒发冲冠，率兵降清。⑥“非吾恋”句：这是诗人用吴三桂的口吻说起兵的动机不是为了陈圆圆，显然是为自己开脱。⑦逆贼：对李自成农民起义军的诬称。荒宴：荒于酒色。此句系吴三桂起兵助清的借口。⑧电扫：喻进击神速。黄巾：指东汉末年张角领导的黄巾军。黑山：东汉末年张燕领导的起义军，号黑山。黄巾、黑山，这里均用以代指李自成起义军。⑨君亲：指祟祯帝和吴三桂之父吴骧（吴骧因招降吴三桂不成，为李自成所杀）。⑩田窦：西汉外戚田蚡（fén）和窦婴，这里借指田贵妃父田畹。这句是说：吴三桂是在田畹家中见到陈圆圆的。⑪侯门歌舞：指田畹家的歌伎舞伎。出如花：陈圆圆色艺出众，吴三桂很快就看中了她。⑫戚里：帝王外戚聚居的地方，在本诗中指田畹家。空侯伎：弹箜篌的乐伎，指陈圆圆。⑬将军：指吴三桂。油壁车：古时较为华贵的车子，用油漆涂饰车壁。⑭姑苏：即苏州。浣花里：成都西有浣花溪，为唐代蜀中名伎薛涛所居，以其居所代指陈圆圆出生地奔牛里。⑮夫差苑：即姑苏台。春秋时吴王夫差筑姑苏台以居西施。这句写陈圆圆以西施自比，自信美貌过人，向往荣华富贵。⑯采莲人：指西施。⑰横塘：在苏州市西南。⑱豪

家：在本诗中指外戚田畹。⑲“此际”二句：是说陈圆圆被迫进京，并非自愿，内心痛苦。⑳熏天：形容气势之盛。宫掖(yè)：宫中旁舍，嫔妃所居。㉑明眸皓齿：形容陈圆圆的美貌。无人惜：指陈圆圆被送进宫中，崇祯不纳。㉒永巷：皇宫中妃嫔居住的地方。这句是说：陈圆圆进宫不得纳，后成为贵戚的家伎。㉓通侯：汉代列侯中最高一等，这里指吴三桂。㉔娇鸟：指陈圆圆。㉕“待得”句：借牛郎织女七夕一会的传说，喻吴三桂不能与陈圆圆久聚即匆匆出京。㉖抵死催：犹言“拼命催”。㉗蚁贼：对李自成义军的蔑称。长安：古时常以长安喻京都，这里借指北京。㉘这句化用王昌龄《闺怨》诗意，表达陈圆圆对吴三桂的无限思念。㉙粉絮：杨花，旧时喻妓女。㉚“遍索”二句：是写农民起义军百番搜索，终于搜到陈圆圆。绿珠：晋代石崇的爱妾，代指陈圆圆。内第：内宅。绛树：魏文帝时歌女，代指陈圆圆。㉛壮士：指吴三桂。㉜争得：怎么能。蛾眉：喻美女，指陈圆圆。㉝“蛾眉”四句：写陈圆圆在战场被接回时的情景。传呼：喝道。残红印：泪湿脂粉，留下残红印痕。㉞“专征”句：写吴三桂携陈圆圆出镇云南时路过陕西关中地区。专征：古代诸侯经天子特许可以自行征伐。秦川：今陕西关中地区。㉟金牛道：汉中入蜀的古栈道。㊱斜谷：在今陕西眉县西南。这句写陈圆圆所至，吴三桂为她造楼安置。㊲散关：大散关，在今陕西宝鸡西南大散岭上。㊳消息：指陈圆圆为吴三桂宠爱的事。江乡：指苏州。㊴乌桕(jiù)：树名，夏日开花，秋叶变红。这句是说陈圆圆离别家乡十年了。㊵怜尚在：为陈圆圆还活着而高兴。㊶浣纱女伴：指陈圆圆的闺中密友。㊷衔泥燕：喻地位低微者。㊸“长向”句：写旧时女伴对自己命运的自叹。尊：同“樽”，酒杯。㊹“有人”句：写女伴对陈圆圆服侍王侯的艳羡。擅：据有。㊺声名：指陈圆圆早年色艺俱佳，曾为名妓。㊻竞延致：争相邀请。㊼一斛(hú)珠：相传唐玄宗曾命以一斛珍珠密赐梅妃。这里指陈圆圆身价之高。万斛愁：极言愁烦之多。㊽腰支细：因到处漂泊而腰肢瘦损。㊾“错怨”二句：是说曾经哀怨命运多变，如同随风飘荡的落花，后又意外地得到了荣华富贵。㊿倾国、倾城：形容女子容貌绝美，这里指陈圆圆。51周郎：三国东吴名将周瑜，这里指吴三桂。受重名：指吴三桂因陈圆圆而扬名于世。52“全家”句：史载，李自成与吴三桂战于一片石，兵败，怒杀吴骧。53一代红妆：指陈圆圆。照汗青：名留史册。54馆娃：宫名，吴王夫差为西施而建。55越女：指西施。56香径：即采香径，据说是吴王种花处。57屧(xiè)廊：又名响屧廊，春秋时吴王宫的廊名。用梓板铺地，行走则有清脆声响。58换羽移宫：指演奏时变换曲调，暗喻人事变迁，朝代更迭。羽、宫为古代五音中的两个音级。59珠歌翠舞：指吴三桂沉浸于声色之中。古梁州：汉中南郑古称梁州。60吴宫曲：咏叹吴宫兴衰的歌曲。61这句化用李白《江上吟》“功名富贵若长在，汉水亦应西北流”诗意，暗示吴三桂的荣华富贵难以久长。

李渔

李渔（1611—1680年），初名仙侣，后改名渔，字谪凡，号笠翁。浙江兰溪人。明末清初文学家、戏曲家。十八岁补博士弟子员，在明代中过秀才，入清后无意仕途，从事著述和指导戏剧演出。后居于南京，把居所命名为“芥子园”，并开设书铺，编刻图籍，广交达官贵人、文坛名流。其诗浅显通俗，有《传奇十种》《笠翁一家言》等。

清明前一日①

正当离乱世②，莫说艳阳天。地冷易寒食③，烽多难禁烟④。战场花是血，驿路柳为鞭⑤。荒垅关山隔⑥，凭谁寄纸钱⑦？

【注释】

①这首诗写1644年清兵南下时的战乱生涯，充满悲凉之绪。②离乱：战乱。③寒食：清明前一日是寒食节，

从这一天起，三天不生火做饭，称为“禁火”，所以叫做寒食。④“烽多”句：遍地烽火，狼烟四起，要禁火是很难的了。⑤“战场”句：极言战争惨烈，军情紧急。⑥荒垅：无人祭扫的坟墓。关山隔：隔着关隘和山岭，形容边塞之地，路途遥远，交通阻隔。⑦凭：依靠。

郑　燮

郑燮（1693—1765年），字克柔，号板桥，江苏兴化人。清代著名画家、书法家，“扬州八怪”之一。其诗、书、画称为“三绝”。乾隆元年（1736年）进士，曾任范县、潍县知县。其诗多为反映现实生活，同情民间疾苦之作。风格质朴泼辣，体现了作者正直倔强的性格。有《郑板桥集》。

竹　石[①]

咬定青山不放松，立根原在破岩中[②]。
千磨万击还坚劲[③]，任尔东西南北风。

【注释】

①这是一首题画诗，把竹子人格化。赞美竹石坚定顽强的同时，隐喻作者坚贞刚劲的风骨。②破岩：岩石缝隙。③千磨万击：指狂风暴雨等磨折摧残。

潍县署中画竹呈年伯包大中丞括[①]

衙斋卧听萧萧竹[②]，疑是民间疾苦声。
些小吾曹州县吏[③]，一枝一叶总关情[④]。

【注释】

①这首题画诗，约作于乾隆十一年（1746年）诗人任潍县县令之初。诗借题画而自明心迹，展现了作者对民间疾苦的关怀和同情。年伯：古代称同榜考取的人为“同年”，对同年的父辈或父亲的同年称“年伯”。②萧萧：形容草木摇落的声音。《楚辞·九怀·蓄英》：“秋风兮萧萧。”③些小：微小，这里指官职低微。吾曹：我们。④关情：牵动感情。

赵　翼

赵翼（1727—1814年），字雲崧，号瓯北，晚号三半老人，江苏阳湖（今江苏常州）人。清朝文学家、史学家。乾隆二十六年（1761年）进士，为翰林院编修，官至贵西兵备道。晚年退闲，主讲安定书院。长于咏史诗。有《廿二史札记》《陔余丛考》《瓯北诗钞》《瓯北诗话》等。

论　诗[①]

其　二

李杜诗篇万口传[②]，至今已觉不新鲜。
江山代有才人出[③]，各领风骚数百年[④]。

【注释】

①《论诗》绝句约作于乾隆四十九年（1784年）。赵翼论诗的主要精神在于创新。②李杜：李白和杜甫。③代：代代，每个时代。④风骚：指《诗经》和《离骚》的合称，指诗坛。领风骚，指为诗坛领袖，开一代风气。

林则徐

林则徐（1785—1850年），字元抚，又字少穆、石麟，晚号俟村老人、俟村退叟、七十二峰退叟、瓶泉居士、栎社散人等，福建侯官（今福州市）人。清朝后期政治家、思想家和诗人，是中华民族抵御外辱过程中伟大的民族英雄。嘉庆进士，曾任江苏巡抚、两广总督、湖广总督、陕甘总督和云贵总督，两次受命为钦差大臣。道光十八年（1839年）奉命查禁鸦片，发动了著名的虎门销烟事件。作为关心国计民生的政治家，他不以诗名世，但在禁烟抗英至谪戍伊犁时期写了很多优秀篇章。其诗含蓄幽深，苍劲雄健。有《云左山房诗钞》。

赴戍登程口占示家人

其　二

力微任重久神疲，再竭衰庸定不支。苟利国家生死以，岂因祸福避趋之！谪居正是君恩厚，养拙刚于戍卒宜[①]。戏与山妻谈故事，试吟断送老头皮[②]。

【注释】

①谪居：古代官吏被贬到边远地方居住。君恩厚：表面上说仅贬官流放而没给更重的处分，这是皇上的厚恩，实际上隐含不平。养拙：谓才能低下而闲居度日。戍卒：守边的士兵。②“戏与”二句，自注：“宋真宗闻隐者杨朴能诗，召对，问：‘此来有人作诗送卿否？’对曰：‘臣妻有一首云：更休落魄耽杯酒，且莫猖狂爱咏诗。今日捉将官里去，这回断送老头皮。’上大笑，放还山。东坡赴诏狱，妻子送出门，皆哭，坡顾谓曰：‘子独不能如杨处士妻作一首诗送我乎？’妻子失笑，坡乃出。”所引见《东坡志林》卷二《书杨朴事》。山妻：隐士的妻子，此乃自称其妻的谦辞。

出嘉峪关感赋[①]

其　一

严关百尺界天西[②]，万里征人驻马蹄[③]。飞阁遥连秦树直[④]，缭垣斜压陇云低[⑤]。天山巉削摩肩立[⑥]，瀚海苍茫入望迷[⑦]。谁道崤函千古险？回看只见一丸泥[⑧]。

【注释】

①嘉峪关：在甘肃酒泉县西嘉峪山西麓。地势险要，为明、清以来西北军事要地，明长城西端终关。②严关：险要的关隘。界：毗连。天西：极远的西方，此指新疆。③万里征人：诗人自称。驻：车马停止不前。④飞阁：凌空耸立的高阁，此指嘉峪关上的阁楼。秦树：陕西一带的树。⑤缭垣（yuán）：盘绕在山上的长城。陇：陇山。⑥天山：横贯新疆中部的大山。巉（chán）削：高峻陡峭。摩肩立：高峰并峙，如人摩肩而立。⑦瀚海：指沙漠。苍茫：空阔辽远。入望：进入视野。⑧崤（xiáo）函：崤山和函谷关。自古为险要关隘，少数兵力即可扼守，故有“一丸泥”可以“东封函谷关”的说法。

陆嵩

陆嵩（1791—1860年），字希孙，号方山，江苏吴县（今苏州市）人。出身寒微，一生未中进士，只做过镇江府学教谕之类的小官。其诗作中颇多反映人民疾苦、社会矛盾的篇章，风格质朴自然，不假雕琢。有《意苕山馆诗集》。

鬻儿行①

老夫牵儿上街鬻，老妇相随道旁哭。“儿年虽幼颇有知，扫地烹茶习已熟②。”客问鬻儿几何钱③？老夫老妇俱涕涟④：“是儿亲生不论价⑤，但愿小过休笞鞭⑥。”儿随客去远难唤，老妇归来哭且怨。可怜老夫不敢言，忍泪吞声欲谁劝。君不见，东家有男朝无餐，西家有女衣不完⑦。老夫老妇慎勿叹，儿虽远去无饥寒。呜呼！儿苟无饥寒，鬻儿何用心悲酸。

【注释】

①作于道光二十年（1840年）。鬻（yù）：卖。②烹茶：煮茶或沏茶。习：学习，练习。③几何：多少。④涕涟：泪流不断。⑤是：此，这个。⑥笞鞭：用鞭、杖或板子打，也作“鞭笞”。⑦完：完好，完整。杜甫《石壕吏》：“出入无完裙。”

龚自珍

龚自珍（1792—1841年），字璱人，号定盦（ān），浙江仁和（今杭州）人。清代思想家、文学家，也是近代思想、文学及改良主义的先驱者。道光九年（1829年）进士，官至礼部祠祭司行走、主客司主事。其诗文主张“更法”“改图”，揭露清统治者的腐朽，饱含忧国忧民之情和追求理想的精神，风格瑰丽奇肆，情感激切，富于浪漫主义色彩。有《龚自珍全集》。

咏　史①

金粉东南十五州②，万重恩怨属名流。牢盆狎客操全算③，团扇才人踞上游④。避席畏闻文字狱⑤，著书都为稻粱谋⑥。田横五百人安在，难道归来尽列侯⑦？

【注释】

①本诗作于道光五年（1826 年）。借咏史揭露了上流社会腐朽黑暗，世风浮靡险恶的时弊。②金粉：花钿与铅粉，旧时妇女装饰用品。古诗文中常用以此喻繁华绮丽的生活。东南十五州：泛指江南地区。③牢盆：煮盐的器具，这里指掌管盐务的官员。狎客：陪伴权贵游乐的人。操全算：执掌财政全权。④团扇才人：侍奉皇帝的内廷女官，借指皇帝身边的亲信。团扇，圆形的扇子，又称宫扇。才人，宫中女官名。踞上游：处于重要地位。⑤避席：古人席地而坐，有所敬畏则离席而起，称为避席。文字狱：旧时统治者为迫害知识分子，故意从其著作中摘取字句，罗织罪名，构成冤狱。⑥稻粱谋：比喻人谋取衣食。杜甫《同诸公登慈恩寺塔》："君看随阳雁，各有稻粱谋。"句谓一般士大夫埋头著书，只是为了谋取衣食俸禄。⑦"田横"二句：田横原为齐国贵族，秦末自立为齐王，刘邦建汉后，他率五百余人逃亡海岛。刘邦招降说："田横来，大者王，小者侯。"田横听说后就去洛阳投降，途中又深感事汉之耻辱，于是自刎，其余五百余人也都自杀（见《史记·田儋列传》）。作者此处借田横事讥刺清统治者惯于欺诈诱骗，讽劝士大夫不要贪恋功名，空存幻想。

己亥杂诗①

其　五

浩荡离愁白日斜②，吟鞭东指即天涯③。
落红不是无情物，化作春泥更护花④。

【注释】

①道光十九年（1839 年），作者辞官南归，后又北上接家属，往返途中杂述见闻、感想以及往事回忆等，写成这组诗，共计 315 首。②浩荡离愁：浩大深广的离愁。③吟鞭：行吟诗人的马鞭。东指：离京东行。即天涯：指归向远在天涯的东南故乡。刘禹锡《和令孤相公别牡丹》诗："莫道两京非远别，春明门外即天涯。"此化用其意。④"落红"二句：落红，指落花。诗人以落花自喻，落花有情，化作春泥去护持百花，而诗人甘愿如落花一般，贡献自己去培育新生力量，维护变革的理想。

其一百二十五

九州生气恃风雷①，万马齐喑究可哀②！我劝天公重抖擞③，不拘一格降人材④。（过镇江，见赛玉皇及风神、雷神者⑤，祷词万数，道士乞撰青词⑥。）

【注释】

①九州：相传古代中国分为九州，后为中国的代称。生气：生命力，活力。恃：依赖，倚仗。风雷：狂风和雷暴，比喻气势浩大而猛烈的冲击力量。②万马齐喑（yīn）：喻当时全国死气沉沉的局面。苏轼《三马图赞引》称西域贡马“振鬣长鸣，万马皆喑”。喑：哑。究：毕竟，到底。③重：重新。抖擞：振作，奋发。④不拘一格：不局限于一种规格、标准。降：降下，即产生。⑤赛：酬报，旧时祭祀酬神之称。⑥青词：道士设坛祈祷用的祝文，以朱笔写在青藤纸上，所以称为青词。

魏　源

魏源（1794—1857年），名远达，字默深，湖南邵阳人。著名学者，中国近代启蒙思想家和文学家。道光进士，官至高邮知州。鸦片战争时曾参与浙东抗英战役。学识渊博，著述很多，主要有《书古微》《诗古微》《老子本义》《圣武记》《元史新编》和《海国图志》等。《海国图志》是他作为地理学家的代表作。他还写了不少山水诗，风格雄浑遒劲，朴素明快。有《古微堂集》。

江南吟十章　效白香山体

其　八

阿芙蓉[1]，阿芙蓉，产海西，来海东。不知何国香风过，醉我士女如醇酞[2]。夜不见月与星兮，昼不见白日，自成长夜逍遥国[3]。长夜国[4]，莫愁湖[5]，销金锅里乾坤无[6]。溷六合[7]，迷九有[8]，上朱邸[9]，下黔首[10]，彼昏自痼何足言[11]，藩决膏殚付谁守[12]？语君勿咎阿芙蓉，有形无形𤺥则同[13]：边臣之𤺥曰养痈[14]，枢臣之𤺥曰中庸[15]，儒臣鹦鹉巧学舌[16]，库臣阳虎能窃弓[17]。中朝但断大官𤺥[18]，阿芙蓉烟可立尽。

【注释】

①阿芙蓉：即鸦片。②醇酞（nóng）：浓酒。③“自成”句：引用殷纣王荒淫享乐，“为长夜之饮”的典故，见《史记·殷本纪》。是说瘾客昼夜吸食鸦片，无忧无虑。④长夜国：比喻荒淫侈靡、浑浑噩噩的生活状态。《韩非子·说林上》：“纣为长夜之饮，懼以失日，问其左右尽不知也。”⑤莫愁湖：在南京水西门外。相传六朝时有女子莫愁居此，故名。这里仅借“莫愁”二字来说吸鸦片者醉生梦死、无忧无愁，置国家安危于度外。⑥销金锅：喻大量花费金钱的处所，这里指吸鸦片的烟具。乾坤无：沉溺于吸食鸦片，神魂颠倒，仿佛天地都不存在了。⑦溷（hùn）：混浊。六合：上下及四方的合称。⑧九有：九州。《诗·玄鸟》：“奄有九有。”毛传：“九有，九州也。”⑨朱邸（dǐ）：古时诸侯有功者赐朱户，故称王侯第宅为朱邸。此指贵族官僚之家。⑩黔首：古时称老百姓。先秦称百姓为黎民，秦始皇二十六年“更名民曰黔首”（《史记·秦始皇本纪》）。⑪痼（gù）：积久难改的习惯，此指鸦片烟瘾。⑫藩决：边防被敌人突破。藩：屏藩，指国家边防。膏：油脂，喻财富，此指国家财富。殚：尽。⑬𤺥：诗末自注：“俗语烟瘾之瘾，字书无之。《说文》：‘𤺥，病瘢也。’今借用之。”句谓无形的𤺥与鸦片危害相同。⑭边臣：守卫边疆的官员。养痈（yōng）：对毒疮不认真治疗，喻指姑息苟且，不治边患。⑮枢臣：朝廷中参与决策的大臣。中庸：儒家倡导的一种调和折中的思想。⑯儒臣：旧指读书人出身或有学问的大臣。鹦鹉巧学舌：比喻人云亦云，没有主见。⑰库臣：掌管府库的官员。阳虎：又称阳货。春秋鲁国人，原为季氏家臣，后擅权鲁国。周敬王五十八年（公元前502年），他在与鲁国三大贵族作战时，到鲁定公宫中盗出鲁国国宝宝玉大弓。这里用阳虎事说库臣监守自盗，指斥清朝官吏贪污盗窃成风。⑱中朝：即朝中。大官𤺥：语意双关，既指鸦片烟瘾，又指官僚们的诸多弊病。

寰海十章[①]

其　九

城上旌旗城下盟[②]，怒潮已作落潮声。阴疑阳战玄黄血[③]，电挟雷攻水火并[④]。鼓角岂真天上降，琛珠合向海王倾[⑤]。全凭宝气销兵气，此夕蛟宫万丈明[⑥]。

【注释】

①这组诗大部分作于1841年。当年两江总督裕谦在浙江防御英军，魏源在其幕中，参加了抗英斗争。1841年5月，英军炮击广州，清守将奕山不战而和，本诗即有感于此而作。②城下盟：敌人兵临城下时，被迫订立屈辱的盟约。在《左传》桓公十二年："楚伐绞……大败之，为城下之盟而还。"杜预注："城下盟，诸侯所深耻。"这里指奕山与英军签订的一系列屈辱性条款。③"阴疑"句：《周易·坤卦》上六爻辞："龙战于野，其血玄黄。"《文言》："阴疑于阳必战。"孔颖达《正义》："阴盛为阳所疑，阳乃发动，故除去此阴；阴既强盛，不肯退避，故必战也，"玄黄：杂色。④电挟（xié）：比喻强兵挟制。雷攻：比喻攻击迅猛。⑤"鼓角"句：汉景帝三年（公元前154年），周亚夫奉命平定吴楚七国之乱。赵涉建议他隐蔽奇袭，"直人武库，击鸣鼓，诸侯闻之，以为将军从天而降也。"亚夫采纳此议，获得胜利。见《汉书·周勃传》。此反用亚夫典，谓英军并非天降神兵，之所以能轻易得手，皆因清军腐败无能。琛（chēn）：珍宝。合：应当，此含讽刺意。海王：海上的首领、霸王。⑥"全凭"二句：宝气：珍物、财宝等所显现的光气。兵气：战争的气氛。蛟宫：即龙宫。传说中的龙宫在东海中，"夜中远望，见此水上红光如日，方百余里，上与天连，船人相传龙王宫在其下矣"。此借指英军攫取的大量财宝光亮四射。

姚　燮

姚燮（1805—1864年），字梅伯，号复庄、野桥，浙江镇海人。清代文学家。道光十四年（1834年）举人。其文集中有较多反映民生疾苦的作品。鸦片战争爆发后，他写了很多爱国诗篇。他主张诗应"自寄其性情"，反对过份追求格律。有《复庄诗问》等。

太守门[①]

鬼官设座太守门[②]，愚民号泣来诉冤，细书事状长跽陈[③]。鬼官不解民所语，旁有青衣相尔汝[④]：小事鸡一匹，大事犊一头[⑤]；我当释尔苦，官当如尔求。尔不鸡，褫尔衣[⑥]；尔不犊，割尔肉。缚鸡牵犊来献公，驱犊入栅鸡入笼。鬼官点头画破纸，画篆如符阔三指[⑦]，归贴门户堪辟灾。有不得者心悲哀，明朝当办肥犊来。君不见，墨书朱印天朝字[⑧]，门上犹悬太守示。

【注释】

①太守：清代知府的别称，为地方府一级长官。②鬼官：对英侵略者官员的蔑称。③事状：指诉状所陈述的事。长跽（jì）：长跪。跽，双膝着地，上身挺直。④青衣：穿青衣或黑衣的人，此指衙役。尔汝：彼此亲昵的称呼。相尔汝：指青衣与鬼官沆瀣一气。⑤"小事"二句：揭露鬼官明码标价，公然索贿。小事要交一只鸡，大事要交一头牛。⑥褫（chǐ）：夺去，褫夺。⑦画篆：签署判行文书。符：道士画的图形或线条，迷信说法认为"符"能驱使鬼神，消灾求福。⑧天朝字：指满文。

洪秀全

洪秀全（1814—1864 年），原名仁坤，广东花县人。太平天国的创建者及思想指导者，称“天王”。1851 年 1 月，他领导太平军在广西桂平金田村起义，定国号太平天国，自任天王。1853 年 3 月，攻克南京，定都，改称天京。1864 年，清军围攻天京，他困守孤城，6 月病逝。洪秀全的诗一部分是抒发爱国革命壮志的，而绝大部分都是直接宣传鼓动革命的，诗歌成了他对敌斗争的一大武器。现存诗歌十余首，散见于《洪仁玕自述》《太平天国起义记》等著作中。

吟剑诗①

手持三尺定山河②，四海为家共饮和③。擒尽妖邪归地网④，败残奸宄落天罗⑤。东西南北敦皇极⑥，日月星辰奏凯歌。虎啸龙吟光世界⑦，太平一统乐如何⑧！

【注释】

①原载于《洪仁玕自述》。作于道光十七年（1837 年），表达了铲除奸邪，建立平等友爱、太平一统的新世界的政治理想。②三尺：指剑。剑长约三尺，故以“三尺”代指剑。《汉书·高帝纪》：“吾以布衣提三尺”。颜师古注：“三尺，剑也。”③饮和：谓使人感到自在，享受和乐。语本《庄子·则阳》：“故或不言而饮人以和”。④妖邪：指封建统治者。洪秀全在《原道觉世训》中把封建帝王当作“阎罗妖”来反对，正与此合。⑤奸宄（guǐ）：原义内盗为奸，外盗为宄。后混用，泛指坏人、恶人。奸宄亦指违法作乱的事情。⑥敦：崇尚。此有推崇、拥戴意。皇极：指皇位。极：特指帝王之位。班固《东都赋》：“奋布衣以登皇极。”⑦虎啸龙吟：形容歌声雄壮而嘹亮。此写起义队伍充满生机和活力。⑧“太平”句：洪秀全在《原道醒世训》中号召群众变“陵夺斗杀之世”为“公平正直之世”，实现“天下一家，共享太平”的理想，本句正是其政治理想的形象概括。

张之洞

张之洞（1837—1909 年），字孝达，号香涛，又号广雅、无竞居士，晚年自号抱冰。直隶南皮（今属河北）人。清朝洋务派代表人物之一，其提出的“中学为体，西学为用”，是对洋务派和早期改良派基本纲领的一个总结和概括。同治二年（1863 年）进士，历任湖广、两江总督、内阁大学士、军机大臣等职。致力于洋务运动，注重兴办实业及发展教育。张之洞不以诗名世，然其政余所作诗歌亦颇有特色，受到文界好评。著有《广雅堂诗集》。

四月下旬过崇效寺访牡丹，花已残损[1]

一夜狂风国艳残，东皇应是护持难[2]。
不堪重读元舆赋[3]，如咽如悲独自看。

【注释】

①约作于1899年。崇效寺：旧址在北京广安门内，唐初建寺，元代赐额“崇效”，后几经废兴，清代为游观胜地。②国艳：国中最艳丽的花，多指牡丹。东皇：指神话中的司春之神，此喻指光绪帝。③不堪：承受不了。元舆赋：指唐代舒元舆所作的《牡丹赋》。唐文宗大和九年（公元835年），宰相李训、节度使郑注谋诛宦官，舒元舆参与此事，事败被杀。《新唐书·舒元舆传》：“元舆为《牡丹赋》一篇，时称其工。死后，帝观牡丹，凭殿阑诵赋，为泣下。”诗用此事暗指维新党人谋诛慈禧等顽固派未遂，反遭惨杀的“戊戌政变”，“元舆”暗指作者门生杨锐。杨锐（1857—1898年），四川绵竹人。官内阁中书，戊戌变法六君子之一，被捕后，张之洞营救不及，与谭嗣同等同时被害。

郑观应

郑观应（1842—1921年），原名官应，字正翔，号陶斋，别号杞忧生、罗浮待鹤人。广东香山（今中山市）人。他是中国近代最早具有完整维新思想体系的理论家，揭开民主与科学序幕的启蒙思想家，也是实业家、教育家、文学家、慈善家和热忱的爱国者。他关心祖国命运，主张变革以御外侮，是近代早期的资产阶级改良主义者。他常以诗歌抒情言志，表达出伤时忧世的爱国情怀。诗集有《罗浮待鹤山人诗草》等。

闻中法息战感赋[1]

牢补亡羊尚未迟[2]，农工商是富强基[3]。强邻环伺犹堪虑[4]，当轴因循岂不知[5]！
贾谊上书唯痛哭[6]，班超投笔莫怀疑[7]。疮痍满目凄凉甚[8]，深盼回春国手医[9]。

【注释】

① 1885年3月，中国军民在镇南关打败了入侵的法军，而清政府竟向战败的法国求和，与之签订停战协定。作者就此赋诗抒感，对国家频遭列强欺凌的艰危处境深表忧虑，疾呼变革图强，发展民族工商业，以拯救祖国的危亡。②“牢补”句：说出了差错及时纠正、补救，还不算迟。《战国策·楚策四》：“亡羊而补牢，未为迟也。”亡，丢失。牢，牲口圈。③“农工商”句：谓农工商业是国家富强的根基。郑氏力主发展民族工商业以抗御西方：“欲制西人以自强，莫如振兴商业”，“论商务之源，以制造为急，而制造之法，以机器为先”。④强邻环伺：指列强四面窥伺我国，处境险恶，令人忧虑。⑤当轴：喻官居要职，掌握大权。此指当朝政要，如李鸿章之流。因循：沿袭旧法而不改革。⑥“贾谊”句：西汉贾谊曾向文帝上书，论治安之策，称当时天下事势“可为痛哭者一，可为流涕者二，可为长太息者六”（见《汉书·贾谊传》）。此用其事，谓当时天下之事令人伤痛。⑦“班超”句：班超家贫，为官府抄书养家，一日投笔叹道：“大丈夫无他志略，犹当效傅介子、张骞立功异域，以取封侯，安能久事笔砚间乎？”此用班超事，谓在国家危难之时，应投笔从戎，毋须迟疑。

⑧疮（chuāng）痍（yí）满目：形容遭到严重破坏或灾害后的景象。⑨回春：冬去春来。喻医术高明，能治愈危重病症。国手：一国中某项技艺最为出众的人。

黄遵宪

黄遵宪（1848—1905年），字公度，别号人境庐主人，广东嘉应州（今梅县）人。清末杰出的爱国诗人、外交家。光绪举人，历任驻日、英参赞及旧金山、新加坡总领事。回国后，积极参加变法维新活动，戊戌政变后，被放归乡里。论诗主张“我手写我口”，要求表现“古人未有之物，未辟之境”。潜心新体诗创作，被誉为“诗界革命巨子”。同时，他热心家乡教育事业，创立嘉应兴学会议所，自任会长，积极兴办新学堂。著有《日本杂事诗》《日本国志》《人境庐诗草》等。

哀旅顺[1]

海水一泓烟九点，壮哉此地实天险[2]。炮台屹立如虎阚，红衣大将威望俨[3]。下有深池列巨舰[4]，晴天雷轰夜电闪[5]。最高峰头纵远览，龙旗百丈迎风飐[6]。长城万里此为堑[7]，鲸鹏相摩图一啖[8]。昂头侧睨视眈眈[9]，伸手欲攫终不敢[10]。谓海可填山易撼，万鬼聚谋无此胆[11]。一朝瓦解成劫灰[12]，闻道敌军蹈背来。

【注释】

①旅顺：又称旅顺口，在辽东半岛最南端，地势险要，与山东威海卫同为北洋海军基地。光绪二十年（1894年）十月十八日，日军进犯旅顺，徐邦道率部奋战数日，因敌众我寡、后援不继而战败，旅顺遂于二十一日被日军占领。本诗对北洋海军经营十余年的要塞旅顺口顷刻失陷表示哀伤和愤慨。这不仅是旅顺之哀，水师之哀，更是十九世纪末中华民族的悲哀。②“海水”二句：写旅顺地形，背山面海，扼渤海湾之口，为我国东北屏障，壮若天险。李贺《梦天》：“遥望齐州（中州，中国）九点烟，一泓海水杯中泻。”③虎阚（hǎn）：虎怒的样子。红衣大将：指大炮。明末清初仿荷兰大炮而造的一种炮，称红衣大炮。威望俨：威望俨然，即威严可怕的样子。④深池：指大船坞。⑤“晴天”句：描写舰上演习发炮的情形。⑥飐（zhǎn）：飘动。⑦“长城”句：谓旅顺地势险要，好像是万里长城的护城河。⑧“鲸鹏”句：语本韩愈《送无本诗归范阳》：“鲸鹏相摩窣，两举快一啖。”鲸鹏，这里喻指外国侵略者。摩：迫近，此有欺凌意。啖：吃。⑨睨（nì）：斜视。眈眈：威猛地看着。⑩攫：抓取，夺取。⑪万鬼：列强侵略者。无此胆：指没有进攻旅顺的胆量。⑫劫灰：劫火的余灰。劫火，佛家语，指坏劫之末（世界末日）所起的大火，也借指兵火。

书　愤[1]

其　一

一自珠崖弃[2]，纷纷各效尤[3]。瓜分惟客听[4]，薪尽向予求[5]。秦楚纵横日[6]，幽燕十六州[7]。未闻南北海，处处扼咽喉[8]。

【注释】

①作于光绪二十四年（1898年）。中日甲午战后，帝国主义竞相瓜分中国，强租领土，清政府腐败无能，屈膝投降，民族危机日益严重。面对这种局势，作者忧心如焚，便写下这组诗，以抒发悲愤之情。②珠崖弃：

汉元帝初元元年（公元前48年），珠崖（海南省琼山县东南）等郡反叛，元帝拟发兵镇压，贾捐之劝阻说，珠崖非冠带（礼仪，教化）之国，现今关东民众久困，连年流离，“愿遂弃珠崖，专用恤关东为忧”。元帝听从其意见，下诏罢珠崖郡。事见《汉书·贾捐之传》。后以“弃珠崖”指抛弃国土。句下自注：“胶州”。指清廷同意德国强租胶州湾。③效尤：明知不对而去仿效。这句下自注：“旅顺、大连湾、威海卫、广州湾。”④客听：任客自便。《左传》成公二年：晋齐交战，齐军败，齐侯答应献出珍宝和土地，请求晋国退兵，并说：“不可，则听客之所为！”此用其典，是说清政府腐败无能，听任帝国主义瓜分国土。客，指各国侵略者。⑤薪尽：语出《庄子·养生主》，说薪一烧便尽，而火却可以因为不断添薪而传下去。⑥秦楚纵横：战国时七国并峙，秦、楚两国最强，都想并吞他国，独霸天下。秦国在西，六国在东，地贯南北。当时以南北为纵，东西为横。故秦国争取与东方六国分别交好，为连横；楚国争取六国联合以拒秦，为合纵。这里以“秦楚纵横”喻指帝国主义列强在中国互相争斗。⑦“幽燕”句：五代时，石敬瑭为后唐河东节度使，契丹南侵，他引契丹兵灭后唐，建立后晋，自称儿皇帝，称契丹为父皇帝，并割幽蓟十六州（又称燕云十六州）给契丹。这里混用两种名称为“幽燕十六州”，此借石敬瑭事抨击清王朝的卖国罪行。⑧南北海：指南北海口及重要地区。扼咽喉：喻控制要害。此二句是说：从未听说过南北海口各咽喉要地像今天这样被列强控制的。

夜　起①

千声檐铁百淋铃②，雨横风狂暂一停③。正望鸡鸣天下白④，又惊鹅击海东青⑤。沉阴曀曀何多日⑥，残月晖晖尚几星⑦。斗室苍茫吾独立⑧，万家酣梦几人醒。

【注释】

①约作于光绪二十七年。诗针对沙俄入侵东北一事，抒发了忧国伤时的感叹。②檐铁：即檐马，又称铁马，是挂在屋檐下的风铃。淋铃：指《雨淋铃》，相传唐玄宗入蜀，夜雨闻风铃，采其声而作此曲，以悼念杨贵妃。见《太真外传》。亦借指雨声。韦庄《宿蓬船》：“夜来江雨宿蓬船，卧听淋铃不忍眠。”③横：粗暴，凶暴。④“正望”句：化用李贺《致酒行》“一唱雄鸡天下白”而成。全句寄予了作者对局势好转的深切期望。⑤“又惊”句，作者自注：“元杨允孚《滦京杂咏》：‘新腔翻得凉州曲，弹出天鹅避海青。’自注曰：‘海青击天鹅，新声也。海东青者，出于女真，辽极重之。’”海东青：雕的一种，凶猛而珍贵，产于黑龙江下游及附近海岛，这里借指我国东北地区。鹅：谐音“俄”，指沙皇俄国。⑥“沉阴”句：用《诗·邶风·终风》“曀曀其阴”和《邶风·旄丘》“何多日也”，喻指当时局势暗淡，像连阴天一样。曀曀（yì）：天气阴沉昏暗。⑦晖晖：明亮。⑧斗室：比喻极小的屋子。苍茫：夜色昏暗，模糊不清。独立：单独站立。杜甫《独立》：“天机近人事，独立万端忧。”

陈三立

陈三立（1853—1937年），字伯严，号散原，江西义宁（今修水）人。湖南巡抚陈宝箴之子，国学大师、历史学家陈寅恪之父。近代诗文名家，同光体赣派代表人物，被誉为中国最后一位传统诗人。与谭嗣同、丁惠康、吴保初合称“维新四公子”，但戊戌变法后，甚少插手政治，自谓“神州袖手人”。光绪十五年（1889年）进士，官吏部主事，戊戌政变后，被革职。他在用字遣词上“避俗避熟，力求生涩”，为“同光体”诗人首领，颇为时人所重。早年多忧愤国事之作，对帝国主义的入侵、人民的苦难等均有所反映。著有《散原精舍诗集》等。

夜舟泊吴城[1]

夜气冥冥白，烟丝窈窈青[2]。孤篷寒上月，微浪稳移星[3]。灯火喧渔港，沧桑换独醒[4]。犹怀中兴略，听角望湖亭[5]。

【注释】

①作于光绪二十七年（1901 年）。这首诗写了舟泊吴城所见鄱阳湖夜景。借眼前所见之景，抒发心中情怀，希望为国家谋求一条富国强兵的中兴之路。吴城：镇名，在江西省永修县北，为赣江入鄱阳湖之口。②夜气：夜间的清凉之气。冥冥：弥漫。烟丝：指缕缕烟雾。窈窈：深邃幽暗。③篷：船篷。上月：指月升于空。稳：指浪小船稳。移星：星星倒映水中，波动星移。④沧桑："沧海桑田"的略语。指大海变农田，农田变大海，比喻世事变化巨大。语本葛洪《神仙传·王远》，这里指戊戌政变和庚子事变的发生。独醒：独自清醒，喻不同流俗。语出《楚辞·渔父》："世人皆醉我独醒"，句谓经历世事的巨大变化，获得了不同于流俗的清醒认识。⑤中兴略：使国家由衰而盛的谋略。角：古乐器，吹奏以报时，军中多用作军号。望湖亭：在吴城镇鄱阳湖边。

严　复

严复（1854—1921 年），字又陵，又字幾道，晚号愈壄老人。福建闽侯（今福州市）人。清末很有影响力的资产阶级启蒙思想家、翻译家和教育家，是中国近代史上向西方国家寻找真理的"先进的中国人"之一。年轻时，曾留学英国海军大学，回国后任北洋水师学堂总教习。中日甲午战后，大力宣传变法维新，抨击封建专制，提倡"新学"，成为维新运动中的出色思想家、宣传家。翻译了《天演论》《原富》等西方著作，对当时的思想文化界产生了很大影响。他不以诗著称，但也写了一些感时忧国之作。有《愈壄堂诗集》《严复诗文选》等。

戊戌八月感事[1]

求治翻为罪[2]，明时误爱才[3]。伏尸名士贱[4]，称疾诏书哀[5]。燕市天如晦[6]，宣南雨又来[7]。临河呜犊叹，莫遣寸心灰[8]。

【注释】

①作于光绪二十四年（1898 年）夏历八月戊戌政变后。诗中痛惜变法失败和六君子被害，揭露以慈禧为首的顽固派的罪恶，并抒感自勉。②求治：谋求国家的安定太平，指变法维新。翻：反而。③明时：政治清明的时代，此指光绪执政时。误爱才：光绪爱惜任用维新人才，反使自己和被重用的人遭到以慈禧为首的顽固派的迫害，所以作者这样说。④伏尸：尸体倒地，犹言死亡。指谭嗣同等六君子被杀害。⑤"称疾"句：指慈禧以光绪的名义下诏，声称有病，请太后再度临朝听政。⑥燕市：指北京。晦：黑夜。⑦宣南：指北京宣武门南。谭嗣同等六人被杀于宣武门外菜市口。雨又来：喻政变发生，志士被害。⑧"临河"二句：据《史记·孔子世家》记载，孔子准备去晋国见赵简子，走到黄河边，听说晋贤大夫窦鸣犊和舜华被赵简子杀害，便叹息道："丘之不济此，命也夫！"于是返回。这里把谭嗣同等比作窦鸣犊、舜华，诗人为他们的遇害而叹息。

康有为

康有为（1858—1927年），字广夏，号长素，又号明夷、西樵山人、游存叟，晚年别署天游化人，广东南海人，人称“康南海”。近代著名政治家、思想家、社会改革家、书法家和学者。清光绪年间进士，官授工部主事。甲午战后，他发动了“公车上书”，此后连续上书光绪帝，积极进行变法活动，成为维新运动的领袖。变法失败后，其思想日趋僵化，后成为保皇派。其诗学杜甫、龚自珍，前期诗多感慨时事，抒发幽愤，充满爱国精神，风格雄健，文辞瑰丽。后期流亡国外，诗作多反映世界各地的风俗名胜。有《南海先生诗集》《康有为诗文选》。

过虎门①

粤海重关二虎尊②，万龙轰斗事何存③？
至今遗垒余残石④，白浪如山过虎门。

【注释】

①作于光绪十三年（1887年）。诗中追怀林则徐在虎门的抗英业绩，慨叹如今海防空虚，无人御敌。虎门：在广东东莞，东西有大小虎山对峙如门，自明以后，即为我国海防要塞。②粤海：指中国南部广东一带的海域，又作为广东或广州的代称。重关：险要的关塞。二虎：指大小虎山。③万龙轰斗：指鸦片战争初期，林则徐坚决抵抗英国侵略，曾在虎门一带与英军激战的事。④“至今”句：慨叹林则徐当年修筑的营垒如今仅余残石。

出都留别诸公①

其　二②

天龙作骑万灵从，独立飞来缥缈峰③。怀抱芳馨兰一握，纵横宙合雾千重④。眼中战国成争鹿⑤，海内人才孰卧龙⑥？抚剑长号归去也，千山风雨啸青锋⑦！

【注释】

①作于光绪十五年（1889年）。作者自注：“吾以诸生上书请变法，开国未有。群疑交集，乃行。”1888年，康有为利用在北京参加顺天乡试之机上书清帝，陈述变法图强的必要性和紧迫性，建议“变成法，通下情，慎左右”。由于顽固派阻挠，该书未得上达，作者遂于1889年9月出京。②这首诗抒发了作者对国家民族命运的关切之情，展示了诗人变法图强的宏大抱负，志气豪迈，富有激情。③天龙：天上的龙。龙为传说中的一种神异动物，能兴云降雨，为水族之长。作骑（jì）：即“坐骑”。万灵：众神。飞来缥缈峰：高远隐约，如自天外飞来的奇峰。④“怀抱”二句：是说虽然自己保持着芳香高洁的志行，但是所处的世界却昏暗混浊。芳馨：芳香，也指香草。宙合：原为《管子》篇名，意思是囊括上下古今之道。这里借以指宇宙、世界、天下。⑤战国：指帝国主义列强。争鹿：即逐鹿。《汉书·蒯通传》：“秦失鹿，天下共逐之。”⑥卧龙：诸葛亮的别号，此指杰出人才。⑦抚：持。号：长声大叫。青锋：即青锋剑，因剑身寒光闪烁，锋芒毕露，故称。此指宝剑。啸青锋：宝剑发出鸣叫声。

谭嗣同

谭嗣同（1865—1898年），字复生，号壮飞，又号华相众生、东海褰冥氏、廖天一阁主等，湖南浏阳人。著名维新派人物，与林旭、杨深秀、刘光第、杨锐、康广仁六人并称“戊戌六君子”。少怀大志，博览群书，能文章，通剑术。甲午战后提倡新学，积极推行新政。变法失败后被捕入狱，慷慨就义。他的诗无论写景、述怀，都饱含着救国济民的感情和积极奋进的精神。境界恢廓，情辞激越，笔力遒劲。著有《莽苍苍斋诗》《谭嗣同全集》等。

狱中题壁①

望门投止思张俭，忍死须臾待杜根②。
我自横刀向天笑③，去留肝胆两昆仑④。

【注释】

①光绪二十四年（1898年）变法失败，作者拒绝亲友们出奔避险的劝告，被捕入狱，意态从容，慷慨就义。此诗即遇害前在狱中所作。大有“死得其所，快哉快哉”的英勇气概。②张俭：字元节，东汉末年人，因弹劾宦官侯览，反遭诬陷，逃亡避害，“望门投止”（见门即往投宿），人们敬其品行，都冒险接待他。见《后汉书·张俭传》。忍死：强忍装死。须臾：片刻。杜根：东汉人，任郎中，时邓太后临朝摄政，他上书要求太后还政于帝，太后大怒，命人将他装入口袋，在殿上摔死。执法人同情杜根，施刑不用力，载其出城后苏醒。太后派人察看，杜装死三天，得以逃脱。后邓氏被诛，杜根复官为侍御史。见《后汉书·杜根传》。③横刀：横陈佩刀，以示英勇无所畏惧。《三国志·魏志·袁绍传》：“董卓呼绍，议欲废帝，立陈留王。”“绍伪许之，曰：‘此大事，出当与太傅议。’卓曰：‘刘氏种不足复遗。’绍不应，横刀长揖而去。”此用其事，表示自己反对废光绪帝和坚持维新的态度。向天笑：表示从容就义的英雄气概。被捕前作者曾说：“各国变法无不从流血而成，今日中国未闻有因变法而流血者，此国之所以不昌也。有之，请自嗣同始。”④肝胆：比喻真诚的心。两昆仑：梁启超《饮冰室诗话》：“所谓两昆仑者，其一指南海（康有为），其一乃侠客大刀王五……浏阳（谭嗣同）少年尝从之受剑术，以道义相期许。戊戌之变，浏阳与谋夺门迎辟（指营救光绪帝），事未就而浏阳被捕，王五怀此志不衰。”

梁启超

梁启超（1873—1929年），字卓如，号任公，又号饮冰室主人、饮冰子、哀时客、中国之新民、自由斋主人等。广东新会人。中国近代史上著名的政治活动家、启蒙思想家、资产阶级宣传家、教育家、史学家和文学家。戊戌变法领袖之一。他是康有为的学生，变法失败后，流亡日本，创办《清议报》《新民丛报》等报刊，坚持改良主义，宣传君主立宪，反对资产阶级民主革命。在文学上，他提倡过“诗界革命”“小说界革命”“文界革命”，写过诗文、小说、戏曲，影响颇大。他的诗作抒发了民族危机感以及变法失败的愤慨，有一定进步意义。著有《饮冰室全集》。

读陆放翁集[1]

其 一

诗界千年靡靡风，兵魂销尽国魂空[2]。
集中什九从军乐，亘古男儿一放翁[3]。

【注释】

①光绪二十五年（1899年）作于日本。陆放翁：即陆游，南宋著名爱国诗人。著有《剑南诗稿》《渭南文集》等。②“诗界”二句：是说诗界近千年来充斥着柔弱、颓靡的风气，致使国家民族的战斗精神和高贵风尚都销磨尽了。国魂：国家的灵魂。指一国特有的高贵精神与风尚，一个国家、民族的活力。③什九：十分之九。此言其多，并非确指。亘古：自古以来，从古到今。诗末自注：“中国诗家无不言从军苦者，惟放翁则慕为国殇（为国牺牲的人），至老不衰。”这是诗人对陆游一而生忧国忧民，渴望为南宋统一而驰骋沙场的精神的高度赞扬。

秋 瑾

秋瑾（1875—1907年），原名秋闺瑾，字璿卿（璇卿），号鉴湖女侠。祖籍浙江山阴（今绍兴市），出生于福建厦门。蔑视封建礼法，提倡男女平等，常以花木兰、秦良玉自喻。性豪侠，习文练武，喜男装。庚子事变后，她深感民族危机严重，决心献身救国事业，1904年赴日留学，积极参加留日学生的革命活动，先后加入反清革命团体光复会及同盟会，并任同盟会浙江主盟人。1907年徐锡麟在安庆起义失败，秋瑾的革命活动也随之暴露而被捕，在绍兴英勇就义。秋瑾早年即工诗文词，革命后的作品，多抒发憎恶清廷、忧时爱国之情，表达拯救危亡，献身革命之志。激昂慷慨，雄健奔放。著有《秋瑾集》。

黄海舟中日人索句并见日俄战争地图[1]

万里乘风去复来[2]，只身东海挟春雷[3]。忍看图画移颜色[4]？肯使江山付劫灰[5]。浊酒不销忧国泪[6]，救时应仗出群才[7]。拼将十万头颅血，须把乾坤力挽回[8]。

【注释】

①作于光绪三十一年（1905年）。这首诗对帝国主义蹂躏、侵占我国领土和清政府丧权辱国的罪行表示极大的愤慨，抒写了诗人深挚的爱国感情和救亡图存的宏伟抱负。全诗格调高亢，虽出自女性之手，却不乏阳刚之美。索句：请求作者写诗。日俄战争：1904年，日、俄为争夺我国东北而进行的一场战争。腐败无能的清政府竟然宣布“中立”，丧权辱国，民遭涂炭。②万里乘风：指远渡重洋，同时寓指此行具有远大抱负。南朝刘宋时代的宗悫（què）年少时曾说：“愿乘长风破万里浪。”见《宋书·宗悫传》。后借以示壮怀。③东海：这里泛指祖国大陆以东的海面。挟春雷：隐喻诗人怀有激扬风雷、唤醒民众的壮志。④图画：指地图。移颜色：地图改变颜色，指领土被人侵占。⑤肯使：意为“岂能使”。江山：江河山岳，借指国家的疆土、政权。劫灰：佛家语，意思是天地经历劫火后烧剩的灰。这里用以指战火的灰烬。⑥浊酒：用糯米、黄米等酿制的酒，较混浊。销：消除。⑦出群才：出众超群的人才，此指革命的先觉者。⑧十万：喻指极多。乾坤：指国家、江山。

元、明、清词

元词是宋、金词学传统在特定时代环境中的延续和再生，是新的历史条件下文人心灵的写照。从中我们可以看到南北文化的差异与交流，以及相互之间的融汇与影响，领略到词在元代特有的风采和成就。

词发展到明代，虽然没有消亡，但是已经有了明显的衰退趋势，明词虽然上不如宋，下不如清，但是从中国词史发展的整体上来看，明词无疑是其中一个不可或缺的环节。它的存在并不是可有可无的，缺了它，就打破了中国词史的连续性和完整性。总体来说，明词虽然不如宋词那样光彩夺目、灿烂多姿，但也有其时代特色和风格。

词盛于两宋，衰于元明，而复振兴于清，因此清词在词的发展历史上号称“中兴”。清词虽不是清朝文学艺术殿堂的首席，但其内容却空前广泛，风格更加多姿多彩。

元词

耶律楚材

鹧鸪天　题七真洞[1]

花界倾颓事已迁[2]，浩歌遥望意茫然。江山王气空千劫[3]，桃李春风又一年。横翠嶂，架寒烟。野花平碧怨啼鹃[4]。不知何限人间梦，并触沈思到酒边。

【注释】

①七真洞：见顾况《步虚词》，“回步游三洞，清心礼七真”。陆龟蒙《和怀茅山》诗：“望三峰拜七真堂。”自注：“三茅、二许、一杨、一郭，是为七真。”②花界：香界，指佛寺。韦应物《游琅琊山寺》：“填壑跻花界。”罗邺《匡庐寺宿》诗：“花界登临转悟空。”这句是说佛家认为自己所居之处为天堂和香花世界。③千劫：佛教用语，天地间一成一败叫作一劫。千劫指时间之久。④平碧：平芜，远望平原一片碧草。

【词解】

此词是作者看到倾颓的道观而生发的感怀。眼前荒凉颓废的道观与远处蓬勃生长的野草闲花两相映衬，形成了鲜明的对比，更显得人事之无常，让人感慨万千。寒烟、怨鸟，触目成愁，满怀愁绪都寄予词中。

前人评语，况周颐《蕙风词话》云，“耶律文正《鹧鸪天》歇拍云，‘不知何限人间梦，并触沈思到酒边。’高浑之至，淡而近于穆矣，庶几合苏之清，辛之健而一之。”

冯子振

冯子振（1257—1325 年？），字海粟，号怪怪道人、瀛洲客，攸州（今湖南攸县）人。至元中以荐入仕，官至承事郎集贤待制。博学强记，才思敏捷，著有《海粟集》。散曲今存四十四首，贯云石在《阳春白雪序》中称赞他的散曲“豪辣灏烂”。

鹧鸪天　赠歌儿珠帘秀

凭倚东风远映楼，流莺窥面燕低头。虾须瘦影纤纤织，龟背香纹细细浮[1]。
红雾敛，彩云收。海霞为带月为钩。夜来卷尽西山雨，不着人间半点愁。

【注释】

①虾须：指竹帘。陆畅诗：“劳将素手卷虾须。”龟背：指烹茶所起的水纹。刘兼《从弟舍人惠茶》诗：“龟背起纹轻炙处，云头翻液乍烹时。”

【词解】

这是一首赠送给歌女的诗。“流莺窥面”句，写出女子容貌之美，有沉鱼落雁之意。接着描写楼内烹茶之景以及晚霞收尽、弯月如钩的楼外景色。虽然字面上作者是在写景，实际上心系于佳人，句句扣住“帘”字，语意双关，衬托出佳人之美。

本文依张宗楠《词林纪事》本，与徐釚《词苑丛谈》本有出入。《丛谈》本原文：“十二阑干映远眸，醉香空断楚天秋。虾须影薄微微见，龟背纹轻细细浮。香雾敛，翠云收，海霞为带月为钩。夜来卷尽西山雨，不著人间半点愁。”《词综》相同，唯改“月”为“玉”。《青楼集》云：珠帘秀，姓朱氏，行第四，杂剧为当今独步。胡紫山宣尉，尝以《沉醉东风》曲赠云：“锦织江边翠竹，绒穿海上明珠，月淡时、风清处，都隔断落红尘土。一片闲情任卷舒，挂尽朝云暮雨。”

虞　集

虞集（1272—1348 年），字伯生，号道园，又号邵庵，宋丞相虞允文五世孙，其先武州宁远（今山西宁远）人，徙居江西崇仁。元代文学家，文与揭傒斯、柳贵、黄溍并称“儒林四杰”；诗与揭傒斯、范梈、杨载齐名，人称“元诗四大家”。大德初（1297 年）荐授大都路儒学教授，累迁奎章阁侍书学士。纂修《经世大典》。平生为文多至万篇，著有《道园学古录》五十卷，《道园遗稿》六卷。

风入松　寄柯敬仲[1]

画堂红袖倚清酣，华发不胜簪[2]。几回晚直金銮殿，东风软、花里停骖[3]。书诏许传宫烛，轻罗初试朝衫[4]。

御沟冰泮水挼蓝。飞燕语呢喃[5]。重重帘幕寒犹在，凭谁寄银字泥缄[6]。为报先生归也，杏花春雨江南。

【注释】

①柯敬仲：即柯九思，仙居（浙江县名）人，字敬仲，工诗善画，官至奎章阁学士。②清酣：清新酣畅。苏轼《西太一见王荆公旧诗偶次其韵》诗："雨馀风日清酣。"华发不胜簪：是说白发稀少，已经没有办法再插住簪子了。③晚值金銮殿：金銮殿，皇帝宝殿。《文献通考·学士院》："故事，学士掌内庭书诏，故学士院常在金銮殿侧……前朝因金銮坡以为门名，与翰林院相接，故为学士者称金銮，以美之。"停骖：停驻车马。骖，车辕两侧之马。④传宫烛：传唤执烛的宫人。这里指用金莲炬送学士归院事。⑤呢喃：燕子的叫声。⑥银字泥缄：指书信。梁简文帝诗："昔日书银字。"

【词解】

这是一首寄赠友人的作品。以景结情，寓情于景，可谓文采风流，自然雅致。"凭谁"句流露出对对方的思念，而"为报"句紧接之以自己的归讯相告，写得十分紧凑。

陶宗仪《辍耕录》云："吾乡柯敬仲先生，际遇文宗，起家为奎章阁鉴书博士，以避言路居吴下。时虞邵庵先生在馆阁赋《风入松》词寄之，词翰兼美，一时争相传刻，而此曲遂遍满海内矣。"瞿宗吉《归田诗话》云："虞邵庵在翰林，有诗云：'屏风围坐鬓毵毵，银烛烧残照暮酣。京国多年情尽改，忽听春雨忆江南。'又作《风入松》词云云，盖即诗意也，但繁简不同尔。曾见机坊以词织成帕，为时所贵重如此。张仲举词云：'但留意江南杏花春雨，和泪在罗帕。'即指此也。"

詹　正

詹正，生卒年不详，字可大，别号天游，郢（今湖北江陵县）人。宋末官翰林学士，入元落拓以终。工词，语多故国乔木之悲。有《天游词》传世。

小桃红

一江秋水洗寒烟，水影明如练[1]。眼底离愁数行雁。雪晴天。
绿苹红蓼参差见。吴歌荡桨，一声哀怨，惊起白鸥眠[2]。

【注释】

①水影明如练：练，熟绢。谢朓《晚登三山还望京邑》诗："澄江静如练。"②吴歌：古乐府有吴歌，为江南一带民间歌曲。

【词解】

这首小令描绘了一幅美丽如画的风景，淡而有味，让人有置身旷野之感，可觉清气扑面。

萨都剌

萨都剌（1308—1355年），字天锡，号直斋，蒙古族人，居雁门（今山西代县）。元代著名诗人、画家、书法家。泰定四年（1327年）进士，历官闽海廉访知事、河北廉访经历等职。为文雄健而诗笔清丽，长于抒情。著有《雁门集》三卷，集外诗一卷。亦善词曲，有《天锡词》传世。

小阑干

去年人在凤凰池，银烛夜弹丝①。沉水香消，梨云梦暖，深院绣帘垂②。
今年冷落江南夜，心事有谁知？杨柳风柔，海棠月澹，独自倚阑时。

【注释】

①凤凰池：中书省所在地。《晋书·荀勖传》："勖自中书监除尚书令，人贺之，勖曰：夺我凤凰池，诸君何贺耶。"弹丝：弹奏琴瑟弦索。②沉水香消：即沉香。梨云梦暖：王建《梦好梨花歌》诗："落落漠漠路不分，梦中唤作梨花云。"

【词解】

这首词是作者贬官江南之后所写的。上片写作者在翰林院应官时，宾僚宴集时的情景。下片写自己被贬官江南后独倚阑干的寂寞心情。两处的春夜景色一对比，含蓄地表达了作者心中的感怀触动。《词苑》云："笔情何减宋人。"

木兰花慢 彭城怀古

古徐州形胜，消磨尽，几英雄①。想铁甲重瞳，乌骓汗血，玉帐连空。楚歌八千兵散，料梦魂，应不到江东②。空有黄河如带，乱山回合云龙③。

汉家陵阙起秋风，禾黍满关中④。更戏马台荒，画眉人远，燕子楼空⑤。人生百年寄耳，且开怀，一饮尽千钟。回首荒城斜日，倚栏目送飞鸿⑥。

【注释】

①古徐州形胜：徐州古为大彭氏国，春秋时为宋地，战国时属楚，秦置彭城县。项羽自称西楚霸王，曾经在此定都。所以说是形胜之地。②“想铁甲重瞳”六句：指项羽。重瞳，目中有双瞳。《史记·项羽本纪》，“吾闻之周生曰：舜目盖重瞳子，又闻项羽亦重瞳子，羽岂其苗裔耶。”乌骓：项羽所骑战马。汗血：大宛产的千里马。此句用来形容乌骓。玉帐：指军营。八千兵散：《史记·项羽本纪》：“项王欲东渡乌江，乌江亭长舣船待，谓项羽曰：江东虽小，亦足王也，愿大王急渡。项王曰：籍与江东子弟八千人渡江而西，今无一人还，纵江东父老见怜而王我，我何面目见之。遂自刎。”③黄河如带：徐州东下为黄河。《史记》：“封爵之誓曰：使河如带，泰山若厉，国以永宁，爰及苗裔。”云龙，山名。在徐州南。《通志》：“云龙山，宋武帝微时憩息此山，有云龙旋绕之。”“乱山回合云龙”，《雁门集》作“乱山起伏如龙”。④汉家陵阙：李白《忆秦娥》词：“西风残照，汉家陵阙。”此句为借用。⑤戏马台：旧址在今江苏徐州南，是项羽所筑之台，用来观看戏马（又名掠马台）。宋刘裕在彭城有九日出项羽戏马台的故事，见《齐书》。燕子楼：旧址在徐州城北。白居易诗序：“徐州故尚书张建封，有爱妓曰盼盼。尚书既没，归东洛。而彭城有张氏旧第，第中有小楼，名燕子楼。盼盼念旧爱而不嫁，居是楼十余年。”⑥目送飞鸿：嵇康诗：“目送归鸿，手挥五弦。”

【词解】

这是一首怀古词，作者登临彭城而生发无限怀古之情。上片记述了西楚霸王项羽兵败乌江之事。下片用项羽戏马台，及盼盼燕子楼之旧事，凭吊英雄，悲念美人。运用了很多的典故，但是并无堆砌之嫌，反倒运用自然，如盐入水，融化无痕，又有新意。读来回肠荡气，感人至深。

人月圆　客垂虹

三高祠下天如镜，山色浸空濛①。莼羹张翰，渔舟范蠡，茶灶龟蒙②。故人何在？前程那里③，心事谁同？黄花庭院。青灯夜雨，白发秋风。

【注释】

①三高祠：在江苏吴江县。龚明之《中吴纪闻》：“越上将军范蠡，江东步兵张翰，赠右补阙陆龟蒙，各有画像在吴江鲈乡亭。苏轼尝有吴江三贤画像诗。后易其名曰三高。”空濛：迷茫的样子。②莼羹张翰：刘义庆《世说新语》：“张翰字季鹰，辟齐王东曹掾，在洛见秋风起，因思吴中菰菜莼羹、鲈鱼脍，曰：人生贵适意尔，何能羁宦数千里以要名爵！遂命驾便归。”渔舟范蠡：《国语》：“范蠡乘轻舟浮于五湖，莫知其终极。”茶灶龟蒙：《唐书·陆龟蒙传》：“升舟设篷，席赍束书，茶灶笔床，钓具往来。时谓江湖散人。”③前程那里：《词综》作“前程莫问”。

【词解】

上片写怀古之思，头两句描写三高祠下水天一色的美丽情景。接着用“莼羹”“渔舟”“茶灶”等有特征性的事物点出了三位前修的身份。下片感慨今朝，用黄花、青灯、夜雨、白发、秋风描述了一幅孤寂的凄凉晚景，表现得深婉有致，让人心生哀叹。

明 词

刘 基

刘基（1311—1375 年），字伯温，浙江青田人。元末明初军事家、政治家及诗人。在文学史上，刘基与宋濂、高启并称“明初诗文三大家”。元末进士，任江西高安县丞。后弃官归。以辅佐朱元璋完成帝业、开创明朝驰名天下，被后人比作为诸葛武侯。明洪武三年封诚意伯，明武宗正德九年被追赠太师，谥文成，因而后人又称他刘诚意、刘文成、文成公。通经史、晓天文、精兵法。诗文闳深顿挫，自成一家。有《诚意伯文集》等传世。

水龙吟

鸡鸣风雨潇潇，侧身天地无刘表[1]。啼鹃迸泪，落花飘恨，断魂飞绕。月暗云霄，星沈烟水，角声清嬝[2]。问登楼王粲，镜中白发，今宵又添多少[3]。

极目乡关何处，渺青山髻螺低小[4]。几回好梦，随风归去，被渠遮了[5]。宝瑟弦僵，玉笙指冷，冥鸿天杪[6]。但侵阶莎草，满庭绿树，不知昏晓。

【注释】

①鸡鸣：《诗经》：“风雨潇潇，鸡鸣胶胶。”潇潇：风雨的声音。侧身天地：杜甫诗：“侧身天地更怀古。”侧身：戒慎恐惧，不能安身的样子。刘表：后汉高平人，字景升，官荆州刺史。当时中原混战，荆州之地偏安一隅，于是当时的很多士人百姓都归附于他。②角声清嬝：画角声清，余音不断。“嬝”同“嫋”。苏轼《前赤壁赋》：“余音嫋嫋，不绝如缕。”③登楼王粲：三国时王粲登襄阳城楼写下了流传千古的《登楼赋》。词里作者以王粲自比。④髻螺：盘成螺形的发髻。形容远山苍翠的样子。释惠洪诗：“落日远山螺髻青。”⑤被渠：被他。渠，他。⑥冥鸿：高飞的鸿雁。扬子《法言》：“鸿飞冥冥，弋人何慕焉。”

【词解】

这首词是作者还未取得显赫的声名之前所作。上片“鸡鸣风雨潇潇”二句，说元末政治局势动荡不安，而这时的士民却没有刘表那样的人物可以投靠依附。“啼鹃迸泪”三句，写心中的无限愁绪。“月暗”以下几句，以王粲作客他乡、登楼作赋自比。下片承“登楼”意，写思乡之情。“不知昏晓”，与起句关合，反映了他对时势的看法。这首词化豪迈雄壮于婉约之中，富有特色。

《草堂词评》云此词，“感喟激昂”。徐珂云：“伯温为元进士，入明以佐命功显，封诚意伯。此词为未遇时作。”

杨 慎

杨慎（1488—1559年），字用修，号升庵，四川新都人。正德六年（1511年）进士第一及第。官经筵讲官。以直谏忤旨，被明世宗朱厚熜廷杖谪戍云南永昌，死于贬所。杨慎博闻广识，著述极富，有《升庵词》二卷。其词好入六朝丽字，似近而远，然其妙处亦能过人。

临江仙

《廿一史弹词》第三段说秦汉开场词①。

滚滚长江东逝水，浪花淘尽英雄②。是非成败转头空。青山依旧在，几度夕阳红。

白发渔樵江渚上，惯看秋月春风。一壶浊酒喜相逢。古今多少事，都付笑谈中。

【注释】

①《廿一史弹词》：长篇弹词，为杨慎所作，以正史所记载的事迹为题材写成唱文。②“滚滚”两句：用杜甫《登高》诗“不尽长江滚滚来”诗意，以及苏轼《念奴娇》词“大江东去，浪淘尽，千古英雄人物”词意。

汤显祖

汤显祖（1550—1616年），字义仍，号海若，一字若士，别署清远道人，江西临川人，明代著名词曲家、评词家。万历十一年（1583年）进士。因弹劾权贵被贬，后投劾归。居玉茗堂，常以作曲自娱。有《玉茗堂词》《汤评〈花间集〉》传世。

阮郎归

不经人事意相关。牡丹亭梦残①。断肠春色在眉弯。倩谁临远山。

排恨叠，怯衣单，花枝红泪弹。蜀妆晴雨画来难②。高唐云影间。

【注释】

①牡丹亭：汤显祖著有《牡丹亭》传奇，共五十五出，内容写杜丽娘与柳梦梅的生死恋爱故事。以浪漫主义的手法揭露了封建礼教的罪恶。文辞飘逸韶秀，真挚动人，对后世戏剧的发展影响很大。它与《南柯记》《邯郸记》《紫钗记》合称“四梦”，实为《西厢记》以后少见之佳作。词里“牡丹亭梦残”句，即指此。②蜀妆：四川妇女的妆饰。

【词解】

沈雄《柳塘词话》评曰："义仍精思异彩见于传奇，出其馀绪，以为填词……必指为义仍杰作也。"

王夫之

王夫之（1619—1692 年），字而农，号薑斋，湖南衡阳人。明末清初杰出的思想家、哲学家，与方以智、顾炎武、黄宗羲同称"明末四大学者"。明崇祯举人。瞿式耜荐于桂王，授官行人。晚年居衡阳石船山，筑土室曰观生居，闭门著书，世称"船山先生"。后往深山。王夫之学问渊博，尤精于经学、史学、文学。一生著作很多，如《读通鉴论》，后汇刊为《船山遗书》三百二十四卷，附《鼓棹》及《潇湘怨词》。

烛影摇红

瑞霭金台，琼枝光射龙楼雪①。群仙笑指九阊开，朱凤翔丹穴。云暗雁风高揭②，向海屋重标珠阙③。文鹓飞舞，日暖霜轻，小春佳节④。

迢递谁知，碧鸡影里催啼鴂⑤。骖鸾不得玉京游，难挽瑶池辙⑥。黄竹歌声悲咽。望翠甍双鸳翼折⑦。金茎露冷，几处啼乌，桥山夜月⑧。

【注释】

①瑞霭金台：祥瑞云气笼罩着金台。"琼枝"一句：雪白的花枝光照龙楼。②群仙：指朝廷文武官员。九阊：九重天门。阊，天门。朱凤翔丹穴：红凤凰飞翔于丹穴山。《山海经》上记载说丹穴山上有凤凰。此处用以形容凤阙的美观。高揭：高高掀起。③向海屋重标珠阙：永历元年，南明行宫在广东肇庆，所以说海屋。珠阙，形容宫阙华丽。④文鹓（yuān）：鸟名，似凤，有文彩，所以叫文鹓。此指朝廷文武官员。小春：农历十月称小春。⑤碧鸡：山名，在昆明附近。⑥难挽瑶池辙：瑶池辙，指周穆王西征在泾川回山瑶池会见西王母之事。⑦甍（méng）：屋脊。双鸳：指瓦形如鸳鸯。⑧桥山：相传黄帝埋葬之处。

【词解】

此乃伤怀永历帝（南明最后一个皇帝朱由榔）之词。1646 年，清兵攻克福州，隆武帝（南明皇帝朱聿键号）被杀，朱由榔即位于广东肇庆，1656 年为清兵攻破，后入缅甸。1662 年为吴三桂所杀，南明亡。这首词用了一些象征性的事物，隐晦迷离地记录了这一段悲痛的历史。遗臣孤愤，哀怨焉能不深！

摸鱼儿

东洲桃浪，潇湘小八景词之三

剪中流，白蘋芳草，燕尾江分南浦[①]。盈盈待学春花靥[②]，人面年年如故。留春住，笑几许浮萍，旧梦迷残絮。棠桡无数[③]。尽泛月莲舒，留仙裙在[④]，载取春归去。

佳丽地[⑤]，仙院迢迢烟雾。湿香飞上丹户[⑥]。醮坛珠斗疏灯映，共作一天花雨[⑦]。君莫诉。君不见桃根已失江南渡[⑧]。风狂雨妒，便万点落英，几湾流水，不是避秦路[⑨]。

【注释】

①燕尾：江流南北分岔如燕尾形。②靥：面颊。春花靥，是说面貌像春天的花朵一样。③棠桡：词句里代指船。④留仙裙：汉代时宫廷中流行的一种裙子的款式。⑤佳丽地：指东洲。⑥丹户：红色大门。⑦醮（jiào）坛：道士敬神的祭坛。珠斗：星斗。花雨：即雨花之义。⑧“君不见桃根”一句：引《古今乐录》，王献之妾名叫桃叶，其妹名桃根。献之曾临渡歌送之：“桃叶复桃叶，渡江不用楫，但渡无所苦，我自迎接汝。”又曰：“桃叶复桃叶，桃树连桃根，相连两乐事，独使我殷勤。”后人把秦淮青溪合流处称为桃叶渡。词中之意是说南京已陷落，明朝已经灭亡了。⑨避秦路：引陶渊明《桃花源记》“先世避秦时乱”，在此指无避乱之地。

【词解】

叶恭绰曰：“故国之思，体兼骚、辨。船山词言皆有物，与并时批风抹露者迥殊，知此方可以言词旨。”（《广箧中词》）

玉楼春　白莲

娟娟片月涵秋影，低照银塘光不定。绿云冉冉粉初匀[①]，玉露泠泠香自省。

荻花风起秋波冷，独拥檀心窥晓镜[②]。他时欲与问归魂，水碧天空清夜永。

【注释】

①绿云冉冉：绿云缓缓流动的样子。冉冉，缓缓意。②檀心：浅红色的花蕊。

【词解】

咏物之词以寄托为上。此词上片“月涵秋影”句已点出

“白”字来，犹恐不足，又用“银塘”衬托。“绿云冉冉”二句写出白莲在玉露中幽香四溢。下片前二句写白莲檀心窥镜，顾影自怜，无人欣赏。结尾二句是说在此一片凄清之境中，有谁来问归魂？作者以此传述当时亡国漂泊无依之感，读来使人感受深刻。

蝶恋花　衰柳

为问西风因底怨[1]。百转千回，苦要情丝断。叶叶飘零都不管，回塘早似天涯远。

阵阵寒鸦飞影乱。总趁斜阳，谁肯还留恋。梦里鹅黄拖锦线[2]，春光难借寒蝉唤。

【注释】

①因底怨：底，作“什么事”解。这句是说因什么缘故而生怨气。②鹅黄：浅黄色。

【词解】

这首词用托物寄怀之法，意在言外。上片“叶叶飘零都不管，回塘早似天涯远”，下片“梦里鹅黄拖锦线，春光难借寒蝉唤”句，喻明朝大势已去，局势已无法挽救。语调婉转而意义深远，把眷恋故国的悲怆之情含蓄而深致地表达了出来。

绮罗香

读《邵康节遗事》：属纩之际，闻户外人语，惊问所语云何[1]？且云：“我道复了幽州。”声息如丝，俄顷逝矣。有感而作。

流水平桥，一声杜宇，早怕洛阳春暮[2]。杨柳梧桐，旧梦了无寻处。拼午醉，日转花梢，甚夜阑、风吹芳树。到更残，月落西峰，泠然蝴蝶忘归路。

关心一丝别罣[3]，欲挽银河水，仙槎遥渡[4]。万里闲愁，长怨迷离烟雾。任老眼、月窟幽寻[5]，更无人、花前低诉。君知否，雁字云沉，难写伤心句。

【注释】

①邵康节：北宋哲学家邵雍。②洛阳春暮：洛阳，当时北宋都城。此句意为宋室将乱。③罣：同“挂”。④仙槎：神话中能来往于海上和天河之间的竹木筏。槎：木筏。⑤月窟：月宫。

【词解】

此词乃伤念世乱之作，却不胜异代同悲之感。咏邵雍即所以自咏。缠绵凄切，忠爱之遗，实为词中独造之境。况周颐《蕙风词话》评云："世讥明词纤靡伤格，未为允协之论。明词专家少，粗浅芜率之失多，诚不足当宋元之续。唯是纤靡伤格，若祝希哲、汤义仍（原注，义仍工曲，词则弊甚）、施子野辈，偻指不过数家，何至为全体诟病。洎乎晚季，夏节愍、陈忠裕、彭茗斋、王薑斋诸贤，含婀娜于刚健，有风骚之遗则，庶几纤靡者之药石矣。"

夏完淳

夏完淳（1631—1647年），明末著名诗人。他的诗词悲壮慷慨。作有《大哀赋》，奇情异彩，读来令人惊心动魄。

卜算子

秋色到空闺，夜扫梧桐叶。谁料同心结不成①，翻就相思结。

十二玉阑干，风有灯明灭。立尽黄昏泪几行，一片鸦啼月。

【注释】

①同心结：古人用彩丝缠绕做同心之结。喻永结同心之意。

【词解】

这首词表面写闺怨，但寄意遥深。"立尽黄昏泪几行"，寓有国破家亡、身世凄凉之感。沈雄《柳塘词话》评云："夏存古《玉樊堂词》……慷慨淋漓，不须易水悲歌，一时凄感，闻者不能为怀。"

鱼游春水　春暮

离愁心上住，卷尽重帘推不去。帘前青草，又送一番愁句。凤楼人远箫如梦，鸳枕诗成机不语①。两地相思，半林烟树。

犹忆那回去路，暗浴双鸥催晓渡。天涯几度书回，又逢春暮。流莺已为啼鹃妒，蝴蝶更禁丝雨误。十二时中，情怀无数。

【注释】

①鸳枕：鸳鸯枕。机不语：机杼无声息。

【词解】

这首词表面写暮春时节情人隔地相思，转而"流莺"二句，却透露出国亡家破、盛时难再的时代悲哀。

烛影摇红

辜负天工，九重自有春如海[①]。佳期一梦断人肠，静倚银釭待[②]。隔浦红兰堪采。上扁舟，伤心欸乃[③]。梨花带雨，柳絮迎风，一番愁债。

回首当年，绮楼画阁生光彩。朝弹瑶瑟夜银筝，歌舞人潇洒。一自市朝更改。暗销魂，繁华难再。金钗十二，珠履三千，凄凉千载[④]。

【注释】

①天工：大自然的工巧。九重：九重天。春如海：春光如海水般浩荡。②银釭：指灯。③欸乃：棹歌声。④金钗十二：比喻侍女之多。珠履三千：比喻门客之多。珠履，《史记·春申君列传》中说春申君家中的上客皆穿珠履。

【词解】

这首词作于南都沦陷之后。上片写故乡松江之景，眼前的烟花都成愁怨。下片回忆当年南都旧事，曾经的歌舞繁华都随流水一去不返。整首词表现出作者对国家颠覆的无限感伤。

《蕙风词话》评此词云："声哀以思，与《莲社词》（南宋张抡词集名）《双阙中天》阕，托旨略同。"

清词

毛奇龄

毛奇龄（1623—1713年），字大可，又名甡，号初晴，又号齐于、秋晴、晚晴，别号河右。浙江萧山人。清代的大学者、文学家。以郡望西河，学者称"西河先生"，与其兄万龄有"江东二毛"之称，清康熙十七年（1678年）举博学鸿词，授翰林院检讨，预修《明史》。工诗词，其小令仿学"花间"，兼有南朝乐府风味，在清初词家中，独树一帜。著书数百卷，有《西河全集》附《桂枝词》六卷。

南柯子

淮西客舍接得陈敬止书，有寄[①]。

驿馆吹芦叶，都亭舞柘枝[②]。相逢风雪满淮西，记得去年残烛照征衣。

曲水东流浅，盘山北望迷[③]。长安书远寄来稀，又是一年秋色到天涯[④]。

【注释】

①淮西：淮河以西之地。②驿馆：驿站所设供行人休息之客舍。芦叶：即芦笳。乐器。都亭：城下之亭。柘枝：舞曲名。③曲水：形容河流曲折。盘山：形容山势蜿蜒。④长安：指京城。

【词解】

这首词写作者在羁旅中怀念京城友人。

谭献《箧中词》评此词云："北宋句法。"

朱彝尊

朱彝尊（1629—1709年），字锡鬯，号竹垞，又号金风亭长、醧舫，晚号小长芦钓鱼师。浙江嘉兴人。清康熙十八年（1679年）举博学鸿词，以布衣授翰林院检讨，入直南书房，曾参加纂修《明史》。曾出典江南省试。后因疾未及毕其事而罢归。其学识渊博，通经史，擅长诗词古文。词推崇姜夔、张炎，为浙西派词的创始者。作品有《曝书亭集》等。

卖花声　雨花台[①]

衰柳白门湾，潮打城还[②]。小长干接大长干[③]。歌板酒旗零落尽，剩有渔竿。
秋草六朝寒，花雨空坛[④]。更无人处一凭阑。燕子斜阳来又去，如此江山[⑤]！

【注释】

①雨花台：在江苏南京。②白门：此言刘宋都门事，即今南京。潮打城还：浪潮拍打城墙而回。③小长干、大长干：均为南京地名。④六朝：吴、东晋、宋、齐、梁、陈。花雨空坛：花雨，指雨花台。此句谓雨花台只剩下空坛了。⑤燕子斜阳来又去：燕子在斜阳中飞来飞去。

【词解】

这首词是作者游览雨花台的吊古伤今之名作。雨花台所在地南京，不仅是六朝的都会，明朝开国皇帝朱元璋和明末的福王也曾以南京为都城。作者生于明清交替之际，游览雨花台时有所感触。词中写到：繁华的都市荒凉，歌板酒旗零落，雨花台成为空坛，豪门贵族家的燕子飞到寻常老百姓家中去了。尤其是末二句："燕子斜阳来又去，如此江山！"是全词中的警句。这二句运用唐人诗意，写出作者对时过境迁而江山依旧这种沧桑兴亡的感慨。《卖花声》即《浪淘沙》。前代词家用《浪淘沙》词牌作词的，少见雄健之风，多有凄婉之意。朱彝尊这首词却写得刚断遒劲，声调雄健，从艺术性上看，有其独到之处。

纳兰性德

纳兰性德（1655—1685年），原名成德，字容若，号楞伽山人，满洲正黄旗人。太学士明珠长子。康熙进士，官一等侍卫。他为人淡泊名利，所交游皆一时俊异，与顾贞观、陈维崧等尤契厚。善骑射，好读书，擅长于词。作词主情致，工小令，诗词多哀感顽艳，有南唐后主李煜之遗风。其悼亡词情真意切，痛彻肺腑，令人不忍卒读。他的诗词不但在清代词坛享有很高的声誉，在整个中国文学史上，也以"纳兰词"为词坛一说而占有一席之地。

杨芳灿曾说纳兰词："骚情古调，侠肠儁骨，隐隐奕奕，流露于豪楮间。"又曰："先生貂珥朱轮，生长华膴，其词则哀怨骚屑，类憔悴失职者之所为。盖其三生慧业，不耐浮尘，寄思无端，抑郁不释，韵淡疑仙，思幽近鬼，年之不永，即兆于斯。"

浣溪沙

谁念西风独自凉？萧萧黄叶闭疏窗。沈思往事立残阳。

被酒莫惊春睡重，赌书消得泼茶香[1]。当时只道是寻常。

【注释】

①赌书消得泼茶香：李清照《金石录后序》："余性偶强记，每饭罢，坐归来堂烹茶，指堆积书史，言某事在某书某卷第几页第几行，以中否角胜负，为饮茶先后。中，即举杯大笑，至茶倾覆怀中，反不得饮而起。"

【词解】

这是一首悼亡词。上片写丧偶后的孤单。下片"被酒""赌书"一联是回忆往事。结尾句从黄东甫《眼儿媚》"当时不道春无价，幽梦费重寻"句中化出，意思是说：生活里常常有这么一种情况——当时以为是极其寻常的事，到了后来追忆起来，才觉得它是多么珍贵！

蝶恋花

辛苦最怜天上月。一昔如环，昔昔都成玦[1]。若似月轮终皎洁，不辞冰雪为卿热[2]。

无那尘缘容易绝。燕子依然，软踏帘钩说。唱罢秋坟愁未歇，春丛认取双栖蝶[3]。

【注释】

①一昔如环：谓一夜满月如环。一昔，一夜。环，圆形玉璧。昔昔都成玦（jué）：谓夜夜明月都如玉玦。半环玉佩曰玦。②冰雪：谓月轮中很冷。③秋坟：即指坟地。双栖蝶：东晋会稽梁山伯，以病死。相传山伯曾与上虞祝英台为同学，祝适马氏，过山伯墓，大号恸，地忽自裂，遂与山伯同葬，后来化为双飞蝴蝶。

【词解】

这是一首情词，也可能是悼亡词。上片说，爱情如同月之圆缺，圆满的时间短，缺损的时间长。接着又说，如果爱情能像月亮一般始终皎洁，即使你在冰雪之中，我也要用爱情之火来温暖你。下片写伤逝者的哀伤：双燕在帘间呢喃，衬托出人的孤单。结语把永恒的爱情寄托在化蝶上。

浣溪沙

记绾长条欲别难，盈盈自此隔银湾[1]。便无风雪也摧残。
青雀几时裁锦字，玉虫连夜翦春旛[2]。不禁辛苦况相关。

【注释】

①记绾（wǎn）长条欲别难：谓两情相悦，如柳条系住，不易分离。绾，钩系。长条，指柳条。盈盈自此隔银湾：谓情人离别就像隔了一条清浅的银河。盈盈，清浅貌。银湾，银河。②青雀：《洞冥记》："有女人爱悦于帝（汉武帝），名曰巨灵。帝傍有青珉唾壶，巨灵出入其中。东方朔望见，目之，因飞去，化成青雀。帝乃起青雀台，时见青雀来，不见巨灵也。"锦字：指锦字书。玉虫连夜翦春旛：谓连夜在灯花下翦春旗。玉虫，指灯花。春旛，春旗。

【词解】

这是一首感伤离别的词，极言离别对于人的摧残，有如风雪。下片"青雀"一联是说春天到了，她的书信写了没有呢？他一连几夜在灯下等待着。赵师秀诗："有约不来过夜半，闲敲棋子落灯花。""闲敲棋子"和"翦春旛"同一机杼。结语说，思念人是很辛苦的事，何况她是他相关的人呢！

金缕曲 赠梁汾[1]

德也狂生耳！偶然间、缁尘京国，乌衣门第[2]。有酒惟浇赵州土，谁会成生此意[3]？不信道、遂成知己。青眼高歌俱未老，向尊前、拭尽英雄泪[4]。君不见，月如水。

共君此夜须沈醉。且由他、蛾眉谣诼，古今同忌[5]。身世悠悠何足问，冷笑置之而已！寻思起、从头翻悔。一日心期千劫在，后身缘恐结他生里[6]。然诺重[7]，君须记！

【注释】

①梁汾：顾贞观号。②德也狂生耳：纳兰性德自谓。缁尘京国：谓在京城奔走供职，衣裳为风尘染黑。缁，黑色。乌衣门第：乌衣，乌衣巷，六朝时王谢两大望族的居住地。此句谓生在贵族之家。③有酒惟浇赵州土：引李贺《浩歌》诗："买丝绣作平原君，有酒惟浇赵州土。"此说是因为平原君是赵国的贤公子，还因为燕赵自古多慷慨悲歌之士。成生：性德自指。不信道、遂成知己：不信道，表示惊怪之意。遂成知己：谓与顾贞观遂成知己朋友。④青眼：眼睛色青。喜时正视，则见青处。表示对之喜爱或尊重。尊前：酒杯前。尊同"樽"，盛酒的器具。⑤蛾眉谣诼：谓美女遭人妒忌。蛾眉，此指美女。谣诼，造谣诽谤。⑥一日心期千劫在：谓一日心期相许，成为知己，其情感虽经历千劫，仍然存在。后身缘：即身后因缘。这句话的意思是：到来生还要成为知己朋友。⑦然诺重：答允了的话，不再食言。

【词解】

纳兰性德在清初做了不少团结知识分子的工作。他以满族贵公子兼词家的身份，结交了许多汉族知名人士，徐乾学称纳兰性德"君所交游，皆一时俊异，于世所称落落难合者，若无锡严绳孙、顾贞观，秦松龄、宜兴陈维崧、慈溪姜宸英尤所契厚。吴江吴兆骞，久徙绝域，君闻其才名，赎而还之。坎轲失职之士，走京师，生馆死殡，于赀财无所计惜"。这首词中"有酒唯浇赵州土"句，是引用李贺的诗句，以此来说明他服膺平原君的为人。纳兰性德招揽当时许多文人才士，不仅为文坛增添声色，且对清初的政治局面起了稳定作用。

南乡子 为亡妇题照[①]

泪咽却无声，只向从前悔薄情。凭仗丹青重省识，盈盈，一片伤心画不成[②]。

别语忒分明，午夜鹣鹣梦早醒[③]。卿自早醒侬自梦，更更，泣尽风檐夜雨铃[④]。

【注释】

①亡妇：纳兰性德之妻。②丹青：指画。盈盈：形容美女之词。一片伤心画不成：谓眼前一片伤心之景作不成画。③忒(tuī)：太。鹣鹣：古称比翼鸟。④夜雨铃：用"雨淋铃"故事。《碧鸡漫志》记载：唐玄宗幸蜀，于霖雨中闻铃声，帝悼念贵妃，作《雨霖铃》，以寄恨。

【词解】

陈维崧《词评》评纳兰词："饮水词哀感顽艳，得南唐二主之遗。"顾贞观《通志堂词序》："容若天资超逸，翛然尘外，所为乐府小令，婉丽凄清，使读者哀乐不知所主。"《箧中词》引周之琦评语："容若长调多不协律，小令则格高韵远，极缠绵婉约之致。能使残唐坠绪，绝而复续，第其品格，殆叔原、方回之亚乎？"王国维《人间词话》："纳兰容若以自然之眼观物，以自然之舌言情，此由初入中原，未染汉人风气，故能真切如此，北宋以来，一人而已。"丁药园曰："容若填词，有《饮水》《侧帽》二本，大约于尊前马上得之，读之如名花美锦，郁然而新。又如太液波澄，明星皎洁。"聂晋人曰："容若为相国才子，少工填词，香艳中更觉清新，婉丽处又极逸俊，真所谓笔花四照，一字动移不得者也。"

龚自珍

湘　月

壬申夏泛舟西湖①，述怀有赋，时予别杭州盖十年矣。

天风吹我，堕湖山一角，果然清丽②。曾是东华生小客③，回首苍茫无际。屠狗功名，雕龙文卷，岂是平生意④？乡亲苏小，定应笑我非计⑤。

才见一抹斜阳，半堤香草，顿惹清愁起。罗袜音尘何处觅，渺渺予怀孤寄⑥。怨去吹箫，狂来说剑，两样消魂味。两般春梦，橹声荡入云水⑦。

【注释】

①壬申：嘉庆十七年（1812年）。②“天风吹我”三句：自谓生长在杭州。湖山清丽，指西湖风景。③东华生小客：谓小时曾客居京城。东华，指京城。生小，犹言小时。客，作客或客居。④屠狗功名：谓屠狗者得功名。雕龙文卷：对文章精雕细琢。雕龙，比喻精细如雕刻龙纹。岂是平生意：谓平生大志，不是赢得功名与文名而已。⑤乡亲苏小：苏小，即苏小小，南齐钱塘名妓，见《乐府解题》。一说苏小小是南宋钱塘妓，见《武林旧事》。非计：不好的打算。⑥罗袜音尘：谓美人步履轻逸。渺渺：极目远视。⑦两般春梦：谓功名与文名都如春梦。橹：拨水使船前进之具。

【词解】

此词写出了作者的身世没落及其无奈情绪，读起来荡气回肠。此词出后，歙洪子骏赞曰：“结客从军双绝技，不在古人之下。更生小、会骑飞马。如此燕邯轻侠子，岂吴头楚尾行吟者。”又曰：“一棹兰舟回细雨，中有词腔姚冶。忽顿挫、淋漓如话。侠骨幽情箫与剑，问箫声剑态谁能画？且付与，山灵诧。”（歙洪子骏《金缕曲》）吴山人文徵为其作《箫心剑态图》。而谭献谓自珍词“绵丽飞扬，意欲合周（邦彦）辛（弃疾）而一之，奇作也。”此词即可一见。

鹊踏枝①　过人家废园作

漠漠春芜春不住，藤刺牵衣，碍却行人路。偏是无情偏解舞，濛濛扑面皆飞絮。

绣院深沉谁是主？一朵孤花，墙角明如许。莫怨无人来折取，花开不合阳春暮。

【注释】

①鹊踏枝：即《蝶恋花》。

【词解】

此词写作者过废园时所见之景，景语中有情语。此词上片中的藤刺与飞絮，或含有对时局的感慨（龚自珍生于清朝内忧外患初亟时）。下片中的墙角孤花，是作者对自己的写照。结语是美人迟暮之意。

浪淘沙　书愿

云外起朱楼，缥缈清幽，笛声叫破五湖秋①。整我图书三万轴，同上兰舟②。镜槛与香篝，雅憺温柔③。替侬好好上帘钩。湖水湖风凉不管，看汝梳头。

【注释】

①五湖：太湖之别名。②轴：卷轴。兰舟：指小船。③镜槛：镜架。香篝：香炉外的笼罩。篝，竹笼。憺（dàn）：安然。

【词解】

云外起朱楼，即所谓空中楼阁。此乃作者自勾出的理想的境界：整理图书，携她于太湖之上泛舟游玩，且看她梳头。此词中，作者隐约以春秋时范蠡在辅佐勾践灭吴后，功成身退，携西施泛舟五湖而不返之结局为他自己的理想归宿。

谭献《箧中词》评曰："定公能为飞仙、剑客之语，填词家长爪梵志也。昔人评山谷诗'如食蝤蛑，恐发风动气'，予于定公词亦云。"

王鹏运

王鹏运（1849—1904年），字幼遐，号半塘，晚号鹜翁，广西桂林人。同治九年（1870年）举人，历官内阁侍读、监察御史、礼科给事中。他支持并参与康有为的改良主义运动，同情戊戌变法。他屡次上疏言事，几罹杀身之祸。其词承常州的余绪，而予以发扬光大，词风沉郁，语言工丽，多反映对清廷江河日下的趋势无可奈何的哀叹。有《半塘定稿》等。所辑《四印斋所刻词》，以校勘精审见称。

点绛唇　饯春

抛尽榆钱[1]，依然难买春光驻。饯春无语，肠断春归路。

春去能来，人去能来否？长亭暮，乱山无数，只有鹃声苦。

【注释】

①榆钱：榆树花后结实，垂垂成串，故谓榆钱。

【词解】

这首词的题目是饯春，但“人去能来否”句才是此词的核心所在。结语“长亭暮，乱山无数”是作者目见，“鹃声苦”是耳闻。由此一见一闻构成一种凄惋的氛围，衬托这首小令所表达的主题思想：离愁。

南乡子

斜月半胧明[1]，冻雨晴时泪未晴。倦倚香篝温别语[2]，愁听，鹦鹉催人说四更。

此恨拼今生，红豆无根种不成[3]。数遍屏山多少路[4]，青青，一片烟芜是去程。

【注释】

①胧明：明貌。②香篝：香炉外的罩子。③红豆：亦名相思子。④屏山：屏风上的山。

【词解】

这首词主题同上首，也是写离别之情。鹦鹉催人、屏山路程，都用来烘托离愁。此词所用笔法，逼近唐、宋词家。

郑文焯

郑文焯（1856—1918年），字俊臣，号小坡、叔问、大鹤山人。奉天铁岭人，属汉军正白旗。为晚清著名词人，兼善书画金石，通医理。与樊樊山、朱疆邨、况周颐称“四大家”。光绪元年（1875年）举人，官内阁中书。精通音律，雅慕姜夔之为人。作品以词为长。其辛亥革命后的作品，多写对清王朝覆灭的悲痛叹惋。有《大鹤山房全集》。

玉楼春

梅花过了仍风雨，著意伤春天不许①。西园词酒去年同②，别是一番惆怅处。
一枝照水浑无语，日见花飞随水去。断红还逐晚潮回，相映枝头红更苦。

【注释】

①伤春：伤，哀伤意。②西园：此处泛指皇宫花园。

【词解】

上片首先写“伤春”，接着由“伤春”而抒发其对往事的回忆（“西园词酒”二句）。下片写未谢之花（“一枝照水”）和已谢之花（“花飞”二句）。结句写未谢者从已谢者的随水浮沉，见到自己来日的命运，故而深感“红更苦”。

点绛唇 饯春

抛尽榆钱[1]，依然难买春光驻。饯春无语，肠断春归路。
春去能来，人去能来否？长亭暮，乱山无数，只有鹃声苦。

【注释】

①榆钱：榆树花后结实，垂垂成串，故谓榆钱。

【词解】

这首词的题目是饯春，但“人去能来否”句才是此词的核心所在。结语“长亭暮，乱山无数”是作者目见，“鹃声苦”是耳闻。由此一见一闻构成一种凄惋的氛围，衬托这首小令所表达的主题思想：离愁。

南乡子

斜月半胧明[1]，冻雨晴时泪未晴。倦倚香篝温别语[2]，愁听，鹦鹉催人说四更。

此恨拼今生，红豆无根种不成[3]。数遍屏山多少路[4]，青青，一片烟芜是去程。

【注释】

①胧明：明貌。②香篝：香炉外的罩子。③红豆：亦名相思子。④屏山：屏风上的山。

【词解】

这首词主题同上首，也是写离别之情。鹦鹉催人、屏山路程，都用来烘托离愁。此词所用笔法，逼近唐、宋词家。

郑文焯

郑文焯（1856—1918年），字俊臣，号小坡、叔问、大鹤山人。奉天铁岭人，属汉军正白旗。为晚清著名词人，兼善书画金石，通医理。与樊樊山、朱疆邨、况周颐称“四大家”。光绪元年（1875年）举人，官内阁中书。精通音律，雅慕姜夔之为人。作品以词为长。其辛亥革命后的作品，多写对清王朝覆灭的悲痛叹惋。有《大鹤山房全集》。

玉楼春

梅花过了仍风雨，著意伤春天不许[1]。西园词酒去年同[2]，别是一番惆怅处。
一枝照水浑无语，日见花飞随水去。断红还逐晚潮回，相映枝头红更苦。

【注释】

①伤春：伤，哀伤意。②西园：此处泛指皇宫花园。

【词解】

上片首先写“伤春”，接着由“伤春”而抒发其对往事的回忆（“西园词酒”二句）。下片写未谢之花（“一枝照水”）和已谢之花（“花飞”二句）。结句写未谢者从已谢者的随水浮沉，见到自己来日的命运，故而深感“红更苦”。